JAZMÍN.

SHIRLEY JUMP
RIVALES

Editado por Harlequin Ibérica.
Una división de HarperCollins Ibérica, S.A.
Avenida de Burgos, 8B - Planta 18
28036 Madrid

© 2025 Harlequin Ibérica, una división de HarperCollins Ibérica, S.A.
N.º 581 - 13.1.25

© 2003 Shirley Kawa-Jump, LLC
Rivales
Título original: The Bachelor's Dare

© 2003 Carla Bracale
El matrimonio más adecuado
Título original: If The Stick Turns Pink...

© 2004 Judith McWilliams
Una vida nueva
Título original: Dr. Charming
Publicadas originalmente por Harlequin Enterprises, Ltd.
Estos títulos fueron publicados originalmente en español en 2004

I.S.B.N.: 978-84-1074-461-5
Depósito legal: M-23893-2024
Impreso en España por: BLACK PRINT
Fecha impresión para Argentina: 12.7.25
Distribuidor exclusivo para España: LOGISTA
Distribuidor para México: Distibuidora Intermex, S.A. de C.V.
Distribuidores para Argentina: Interior, DGP, S.A. Alvarado 2118.
Cap. Fed./Buenos Aires y Gran Buenos Aires, VACCARO HNOS.

CLAIRE Richards pasó la mano por la superficie de líneas elegantes, la deslizó sobre el frío metal. Si al menos los hombres estuvieran así de bien equipados. Y fueran así de útiles.

Era perfecta. Absolutamente perfecta. Lo único que tenía que hacer era ganar aquella bestia de catorce metros de largo. Ya se preocuparía después de llevarla por la autopista.

Se sintió pequeña a la sombra de la enorme caravana crema y burdeos de la marca Deluxe. La casa rodante tenía espacio suficiente para un dormitorio, una cocina y una sala de estar, según decía el anuncio. Una casa y un medio de trasporte al mismo tiempo. Necesitaba ambas cosas, y cuanto antes mejor. Había hecho una promesa y no le quedaba mucho tiempo para cumplirla. En realidad apenas le quedaba tiempo.

Pero salir de Mercy, un lugar de Indiana en el quinto pino, suponía algo más que cumplir una promesa. Pasara lo que pasara, Claire iba a empezar de nuevo. Había dado aviso en el salón de peluquería y belleza donde trabajaba, guardado la mayor parte de sus pertenencias en un almacén y reunido los ahorros suficientes para costear la mudanza. Cuando Claire Richards se lanzaba desde un precipicio, lo hacía sin red.

En su subconsciente una pequeña duda le dijo que cambiar de vida no sólo se basaba en la distancia física. Pero dejó a un lado esa conjetura sin darle mayor importancia.

La caravana era el billete a una nueva vida en California y a la única familia que le quedaba. Le dio una última palmada a la casa rodante y fue a apuntarse a la mesa.

—¿Es aquí donde hay que inscribirse para poder ganar la caravana?

Una animadora del Instituto de Secundaria de Mercy le pasó una tablilla con una hoja de papel y un bolígrafo. La chica era morena, llevaba un uniforme azul y blanco y unas zapatillas de deporte. De haber tenido el pelo rubio, podría haber sido Claire a esa edad.

—Se habrán apuntado un millón de personas, digo yo, y sólo participarán veinte —dijo la chica señalando un tablón donde se especificaban las reglas—. El concurso empieza el domingo. Intente estar temprano, y tráigase todas sus cosas —la animadora agachó la cabeza y empezó a limarse las uñas.

Por un momento deseó poder decirle a aquella chica que no renunciara a ir a la universidad, que no pusiera su fe en algún chico tonto que terminara trabajando en acerería sólo porque su padre y sus hermanos trabajaran allí. Que saliera de Mercy mientras aún tuviera oportunidad. Porque de otro modo seguiría allí a los veintiocho años, aún soltera, atrapada en aquella ciudad y lo bastante desesperada como para apuntarse al concurso «Sobrevive y Conduce» que el centro comercial de Mercy celebrara aquel mes de septiembre.

Deseosa de volver a sentir la libertad y la esperanza que había tenido en abundancia a los dieciocho años.

—¿Señora?

La palabra devolvió a Claire a la realidad.

—¿Señora? —repitió la chica—. ¿Desea apuntarse?

—Sí, sí —Claire garabateó su nombre en la hoja y se la pasó a la chica.

Volvió junto a la caravana y se dio una vuelta. Sólo veinte personas se disputarían el vehículo. Ya podía ir preparándose para pasar una buena temporada en la casa rodante, donde competiría con un montón de extraños o, peor aún, de gente conocida.

–No me importaría estar atrapada en una caravana con una belleza como tú –dijo una voz profunda que Claire reconoció al instante.

Era Mark Dole, hermano de Nate, Jack, Luke y Katie. Los Dole habían sido vecinos de Claire casi toda la vida. Desde que eran niños Claire y Mark se habían peleado y habían jugado como si fueran hermanos. Eran dos personas temperamentales que siempre habían sacado lo peor el uno del otro.

Claire se dio la vuelta.

–Hola, Mark.

Tenía el mismo cabello ondulado que recordaba, castaño oscuro con algunos mechones dorados, como un dios del sol. Era atlético y musculoso, aunque no demasiado corpulento, y tenía unos preciosos ojos azules que parecían traspasar a quienes miraran. Mark Dole era lo más parecido que había en Mercy a uno de esos modelos de Calvin Klein. Un hombre como él, apuesto y encantador, debería ir acompañado de una etiqueta que anunciara «peligro».

–¡Claire! No sabía que fueras tú. Pensé que...

Una de las mejores amigas de Claire, Jenny, que estaba saliendo con Nate Dole, había pensado que sería divertido juntar a Claire y a Mark. Los resultados habían sido desastrosos. Habían chocado en todo, desde la elección de una película hasta el tamaño de la bolsa de palomitas. Al final cada uno se había comprado su propia bolsa y se habían sentado separados; ella al lado de Jenny y él al lado de Nate.

–¿Qué estás haciendo aquí? –le preguntó Claire.

–Voy a apuntarme al concurso. Voy a aguantar más que ninguno de los demás pobres desgraciados y a ganarme esa preciosidad –le dio una palmada con aire de confianza.

Era la personificación de todos los hombres que había jurado evitar. Hombres llenos de palabras dulces y sensuales, pero a los que les faltaba sustancia y permanencia. Hombres que no sólo le partirían el corazón, sino que también se lo despedazarían.

Una de las mejores amigas de Claire, Leanne Hartford, lo había vivido después de salir con Mark durante dos meses. Se había enamorado de él, y luego él la había dejado unos días antes del baile de fin de curso. Claire nunca había olvidado ni perdonado la falta de sensibilidad con la que Mark había puesto fin a la relación.

—¿Pobres desgraciados?

—Bueno, me refiero a las demás personas que se hayan apuntado. Seguramente habrá sólo unos pocos.

—Hazte a la idea de que hay, digamos, un millón —hizo lo posible por imitar a la animadora—. Y sólo participarán los veinte primeros.

Él pestañeó.

—¿Tantos?

—Un concurso así es un acontecimiento grande en Mercy. Además, es la oportunidad perfecta para huir de la vida de una población pequeña. El que no participe, es que está loco.

Claire se había más que arriesgado, pero no se lo dijo a Mark.

Él se lo pensó un momento y entonces la miró. Esos ojos cobalto sin duda habrían acelerado los latidos del corazón de muchas mujeres, pero a Claire no la impresionaron. Los ojos no eran más que ojos, aunque tuvieran aquel color tan eléctrico.

—¿Y tú?

—Mi nombre ya está en la lista.

—Ah —asintió y señaló la caravana—. ¿Así que piensas que puedes durar más que yo?

—Lo sé.

–¿Quieres apostar?

–Claro. Veinte dólares a que me la llevo.

–Me parece justo –sonrió–. Estoy seguro de que estarás fuera el primer día.

Ella soltó un resoplido de incredulidad.

–Tú no pasarás de la primera noche. Recuerda, compartirás un cuarto de baño y un espejo.

Él se llevó la mano al corazón.

–Vaya, eso es un golpe bajo. Me preocupas, Claire.

A pesar de todo, Claire se echó reír. Si Mark tenía un don, era el de hacerle reír.

–Voy a ganarte, Mark Dole. Y después voy a marcharme de esta ciudad y a dejarte plantado en la nube de polvo que voy a levantar.

–Creo que serás tú la que te ahogues con el humo del tubo de escape –arqueó una ceja y le sonrió de medio lado–. No sabes con quién te estás metiendo.

–Ni tú. Jamás subestimes la cabezonería de una mujer.

Sobre todo la de una mujer que se jugaba casi todo. Claire se dio media vuelta dispuesta a marcharse.

–¡Claire! Te has olvidado de una cosa –le gritó Mark.

Ella se detuvo y se volvió.

–¿El qué?

Él la señaló y luego a sí mismo.

–De ti. Y de mí. Vamos a estar ahí encerrados juntos –señaló la caravana y sonrió con suficiencia–. Podría ponerse caliente la cosa.

–Sí, ya me siento algo tibia.

Él se acercó un poco más. El aroma maderado de su colonia la envolvió. En cualquier otro hubiera resultado sexy, tentador, pero en Mark...

–Ya no somos quinceañeros, sabes –le dijo él con su voz profunda–. Somos adultos, con deseos de adultos. Y teniendo en cuenta lo testarudos que somos los dos, podríamos estar dentro durante mucho tiempo.

¿No te preocupa que en un espacio tan pequeño puedas sentir... tentación?

Ella se abanicó la cara a lo Escarlata O'Hara.

–Caramba, señor Dole, debo decir que es usted la cosa más seductora que he visto en mi vida. ¿Cómo voy a poder pensar a derechas?

–Bonito. Muy bonito –retrocedió–. Veremos quién aguanta más en la caravana esta.

–Yo ya conozco la respuesta. Yo –avanzó hacia él, señalándole el pecho–. Y, recuerda, yo no juego limpio.

–Ni yo, Claire –esbozó una sonrisa–. Esto va a ser divertido.

De su mirada intensa dedujo que no se refería al tipo de diversión que habían vivido cuando tenían siete años y jugaban a la carretilla. Claire sintió un remolino de fuego en las entrañas.

Pero se le pasaría con un refresco, se dijo mientras se alejaba. Bueno, tal vez con dos.

Unos pitidos que le traspasaron el tímpano, estridentes. Y al lado de la oreja. Un ruido penetrante, repetitivo, molesto. Mark le pegó un manotazo a la mesilla de noche, buscando a tientas la fuente de aquel ruido. Se pegó en la mano contra el plástico duro, que golpeó hasta dar con el botón.

Abrió un ojo y miró los número digitales rojos; las tres de la madrugada. ¿Qué loco se levantaba tan temprano?

El concurso «Sobrevive y Conduce» empezaba ese día. Sólo los primeros veinte se montarían en la caravana. Si no salía de la cama y corría al centro comercial, perdería la oportunidad.

Se tambaleó hasta la ducha, donde no se molestó en esperar a que el agua saliera caliente. Tres minutos después estaba listo.

En su dormitorio de toda la vida, Mark encendió la luz y se vistió con unos vaqueros y una camisa. Banderines de los Colts de Indianápolis colgaban de la pared, recuerdos de las visitas al estadio con su padre. Una selección de trofeos deportivos coleccionaban telarañas sobre una estantería; imágenes doradas de los chicos jugando al fútbol, al jockey, con palos o pelotas de béisbol. Una foto de hacía cinco años de su familia, Jack, Luke, Nate, Katie, sus padres y él, descansaba sobre la cómoda. Mark la miró pero no se molestó en leer las palabras de la esquina, que en una placa de metal elogiaban a Mark Dole. Porque ninguna de ellas era cierta.

Guardó ropa suficiente para unos cuantos días en una bolsa de gimnasia, metió un desodorante, crema de afeitar, una cuchilla y pasta de dientes. También metió su ordenador portátil, un cuaderno de notas y unos cuantos lápices antes de cerrar la bolsa. Entonces se puso las zapatillas de deporte sin deshacer las lazadas y fue al dormitorio de Luke.

La habitación de su hermano gemelo contrastaba totalmente con la suya. Luke, el más organizado de los dos, había acomodado su habitación a las necesidades de un adulto. Los escasos muebles que se había llevado de su casa de California parecían encerrar todos los recuerdos de lo que antaño había sido un hogar feliz. La luz del pasillo bañaba la habitación con una luz suave que destacaba una colcha hecha a mano sobre el sillón de la esquina y una serie de fotografías en el escritorio rústico que Mary le había regalado a Luke por su cumpleaños. Las fotos captaban momentos más felices, antes de que la muerte hubiera llamado a la puerta de Luke.

Mark experimentó una opresión en el pecho. Tenía veintinueve años; demasiados para jugar a lo que había jugado en su juventud. Cuando Mary había fallecido el año pasado, había sentido, como ocurría muchas veces con los hermanos gemelos, el dolor de Luke; y de repente había entendido que echaba en falta algo muy especial. Cuando había vuelto a casa de sus padres dos semanas atrás, al cálido hogar donde siempre olía a pan recién hecho, había entendido qué era exactamente lo que le faltaba.

Un hogar. No un apartamento semivacío donde sólo había las necesidades primarias de un soltero. Tampoco una ristra de mujeres cuyos nombres había olvidado. Por primera vez en su vida, Mark quería probar lo que su hermano había saboreado. Estaba harto de la comida rápida. Deseaba un plato delicioso con guarnición completa.

Pero eso significaba sentar la cabeza, ser responsable. Y Mark ni siquiera estaba seguro de ser el tipo de hombre que pudiera llevar a casa un salario mensual.

De un modo u otro, antes de pensar en sí mismo, necesitaba devolverle la vida a Luke; o al menos la parte que Mark pudiera darle, lo cual significaba llegar al centro comercial antes de que lo hicieran diecinueve personas. Zarandeó a su hermano para despertarlo.

—¿Qué pasa? Déjame. Estoy durmiendo.

—Necesito que me lleves, o que vayas a buscar mi coche más tarde. No voy a dejarlo en el aparcamiento del centro comercial. Podría pasarse días allí.

Luke soltó una ristra de comentarios malhumorados.

—Es un Nova, Mark; nadie va a robar un cacharro de los años setenta.

—Eh, mi coche es un clásico.

Luke se dio la vuelta en la cama y se tapó la cabeza con las mantas.

—Tal vez lo sea cuando vuelva a ponerse de moda la música disco, pero en este momento es una antigualla —Luke suspiró—. Vale, iré a recogerlo más tarde.

—Gracias.

Luke se retiró las mantas de la cabeza y pestañeó varias veces.

—¿De verdad vas a intentar ganarte esa maldita caravana?

—Sí.

—¿Para qué?

—Quiero... —se calló—. Quiero una casa rodante.

No era una mentira demasiado buena, pero no le podía decir la verdad a Luke. Luke había pasado bastante aquel último año, más de lo que nadie debería sufrir. Con suerte, Mark podría solucionarlo en parte si era el último en salir de la caravana.

Y entonces tal vez pudiera centrarse en arreglar su propia vida. Aunque antes tendría que considerar por dónde empezar.

Su hermano se encogió de hombros y se tapó de nuevo.

—Despiértame cuando termine.

Mark salió por la puerta, se metió en su Nova y cruzó la ciudad. En el último año, Mercy había crecido a medida que la gente de Lawford había empezado a salir de la ciudad en busca de paz y tranquilidad. La población había aumentado en un par de miles, propiciando la apertura de un centro comercial, aunque sólo tuviera doce tiendas.

Cuando llegó Mark contó dieciocho coches aparcados en el aparcamiento principal, y un par de ellos en la zona reservada a los empleados del centro. Maldición. ¿A qué hora se había levantado esa gente? Una vez dentro vio que en el patio de piedra central habían montado una especie de campamento. Tumbonas, toallas de playa, mantas y almohadas. Y gente; diecinueve para ser más exactos. Y junto a ellos la caravana reluciente. La escena parecía sacada de un cuento de Walt Disney.

Mark se sentó en el suelo al final de la fila y apoyó los brazos en las rodillas. A su izquierda una mujer mayor estaba sentada en una de esas sillas plegables de a tres dólares la pieza. A su lado dormía un hombre arrugado y casi calvo. Ambos llevaban boinas con pompón. La mujer tejía y el marido roncaba con la boca abierta.

—Hola, hijo. Soy Millie Parsons. ¿Estás aquí para llevarte la casa rodante? —le preguntó sin perder ni un punto.

—Sí.

Dejó de tejer y una mano nudosa le dio unas palmadas en la suya.

—Buena suerte, querido —esbozó una sonrisa agradable—. Pero Lester y yo planeamos llevárnosla. Queremos ir a Florida, sabes —sonrió otra vez mostrando su dentadura postiza—. Y no pensamos perder.

Mark también le sonrió.

—Ni yo tampoco.

Su sonrisa se desvaneció, retiró la mano y continuó tejiendo. Clic, clac, clic, clac; sin duda haciendo un lazo para echárselo al cuello a cualquiera que intentara durar más que Lester y ella.

A sus espaldas se oyó una palabrota muy impropia de una señorita .

—Tengo veintiuno —dijo.

Mark se volvió y vio a Claire.

—No creo que los aparenten.

Se había recogido la melena lisa con una cola de caballo; un estilo juvenil que complementaba una piel tersa y aterciopelada. Tenía los ojos brillantes, de un tono intenso como el de las esmeraldas, y una boca generosa que jamás la había visto sin carmín rojo. Una boca que parecía pedir a gritos que la besaran; a todos los hombres excepto a Mark, que jamás había sido su tipo.

Era una de las mujeres más altas que conocía, esbelta y atlética, y dada a vestir vaqueros rosa fucsia y camisetas que nunca le cubrían el ombligo. Benditos los diseñadores que nunca pensaban en las personas que tenían el cuerpo largo. Atisbar aquel pedazo de piel blanca y sedosa podría convertirse en su pasatiempo favorito. Remataban el atuendo unas botas de tacón alto.

Claire, que no pareció apreciar su mirada lasciva, lo miró con evidente indignación.

–No he dicho que tenga veintiuno, sino que tengo el número veintiuno. Ya no podré montarme en la caravana.

–Vaya, qué fácil ha sido ganar la apuesta.

Miró a Claire, cuya expresión ceñuda se había intensificado.

–Aún no ha terminado –dijo–. Algunas de estas personas tal vez hayan venido a acompañar a los concursantes.

Dejó su maletón en el suelo y se sentó al lado de Mark.

–¿Pero qué llevas ahí? ¿Ropa para un año o para tres días?

–Prefiero venir preparada que enterarme a los dos días de que no tengo desodorante. Tal vez esté aquí más de tres días.

Mark se inclinó y le susurró al oído:

–Si quieres durar más que Lester y su chica, estos de aquí a mi lado, tal vez tengas que pasar semanas aquí. Ella tiene mucho que tejer.

Una sonrisa se dibujó en el rostro de Claire.

–Estoy preparada –arqueó una ceja mientras señalaba su bolsa de gimnasia–. ¿Y tú?

–Viajo ligero de equipaje.

–Entonces vete de aquí y cédeme tu puesto.

–Claire, cariño, pareces casi desesperada.

Un brillo curioso, tal vez de miedo o de preocupación, se asomó a sus ojos; pero al instante siguiente volvió a ser la Claire de siempre.

–No, tan sólo empeñada.

Metió la mano en el bolso y sacó una bolsa de caramelos; le quitó el papel a dos y se metió uno en la boca. Entonces le pasó la bolsa a Mark.

–No, gracias. Un poco temprano para tomar azúcar.

–Nunca es demasiado tarde o demasiado temprano para tomar chocolate –se metió el segundo en la boca y lo masticó despacio–. Dame tu puesto en la fila; necesito esa caravana.

–Y yo –respondió Mark–. Ahora, muévete, veintiuno, y haz sitio.

Ella se cruzó de brazos y los apoyó en las rodillas.

–No lo creo.

–Me lo imaginaba.

Se quedaron allí sentados más de una hora. Unas cuantas personas más llegaron al centro comercial con maletas y bolsas en la mano. Todos menos dos chicos jóvenes se dieron la vuelta al contar los que había en la fila. Los adolescentes se sentaron junto a Claire y se pusieron a hablar.

A las cinco de la madrugada una mujer delgada y musculosa salió de una de las oficinas y se plantó delante del grupo.

–¡De acuerdo, vamos a empezar! –dijo en voz alta.

Lester continuaba roncando, así que su mujer le dio un codazo. Se despertó sobresaltado y miró a su alrededor como si no tuviera idea de dónde estaba o de por qué su esposa lo había despertado así.

–¿Es la hora, Millie?

–Calla –Millie metió sus agujas de tejer en una bolsa de lona–. Presta atención a lo que dice esa señora, Lester.

–Soy Nancy Lewis, la coordinadora de desarrollo comunitario del centro comercial de Mercy. Tal vez seamos pequeños, pero estamos creciendo –dijo alegremente, utilizando el lema del centro mientras se paseaba de un lado al otro de la fila–. Me gustaría daros la bienvenida al concurso «Sobrevive y Conduce». Sólo veinte de vosotros tendréis la oportunidad de ganar esta fantástica casa rodante –pasó la mano por la carrocería del vehículo con veneración–. Es un vehículo muy caro, valorado en ochenta y cinco mil dólares. Está equipado con una cocina completa con preciosos armarios de madera, una tumbona, un sofá, una cama de matrimonio y un comedor. Hemos añadido unos cuantos taburetes plegables para que haya asientos para todos. Hay tres televisiones, una delante, otra en la zona de estar y otra en el dormitorio. La ducha tiene una cabeza especial de hidromasaje y una claraboya en el techo. Las ventanas y las puertas son inteligentes, y va equipada también con un aparato de música de lujo –dio una pasada final al costado de la caravana–. Cualquiera disfrutaría conduciendo esta casa hasta los montes Catskills o hasta Florida.

Millie le dio a Lester otro codazo; había empezado a quedarse dormido otra vez. Claire, sin embargo, prestaba mucha atención. Miraba de la mujer a la caravana, en tensión, lista para saltar si el número de concursantes pudiera ser veintiuno.

–Me gustaría darle las gracias a Casas Rodantes Deluxe por donarnos este magnífico vehículo. Con esta donación de uno de sus modelos más modernos Deluxe quiere celebrar el cincuenta aniversario de la apertura de su negocio aquí, en Mercy. Démosle las gracias a Don Nash, el presidente de Deluxe.

De la parte delantera del vehículo salió Don en persona, un hombre delgado vestido con un traje elegante. Casas Rodantes Deluxe era una de las empresas que más personas empleaba en la ciudad y un negocio dinámico que fabricaba casas rodantes para cantantes de country y jubilados.

El público aplaudió la generosa donación.

–Bien. Juguemos a quién es quién entre los competidores antes de subir a bordo –señaló a la primera persona de la fila–. ¿Por qué no empieza usted?

Mark estiró el cuello. Una mujer delgada afroamericana vestida con traje de chaqueta estaba sentada en uno de los bancos del centro comercial que alguien había colocado cerca de la caravana.

–Soy Adele Williams.

–¿Y a qué se dedica?

–Soy jefa de préstamos en el Banco Nacional de Lawford.

–Seguramente podría haberse comprado su propia caravana –murmuró Millie, que sacó el punto y se puso a tejer otra vez, como si aquello fuera lo que hacía cuando se sentía frustrada.

Nancy continuó haciendo preguntas al resto de los concursantes, a algunos de los cuales Mark conocía y a otros no.

Estaba Renee Angelo, que había ido a un curso menos que Mark. Le dijo a Nancy que quería la caravana para que su abuela pudiera jubilarse con elegancia.

Después había dos cajeras de una tienda de productos de belleza, un guarda de seguridad que parecía muy viejo aunque no lo fuera, tres amas de casa y un tipo que no parecía tener empleo y al que no se le ocurrió ninguna razón para querer una casa rodante.

Después había un grupo de esos que iban al bingo, más o menos de la edad de Millie y Lester, que dijeron querer la caravana para trasladarse a Florida en invierno. El número quince era un médico. Dos veces atendió al busca mientras le hablaba a Nancy de su consulta. Mark no pensó que fuera a durar mucho.

Claire estaba muda. Observó a Nancy paseándose delante de la fila, mirándolos con recelo.

Los números dieciséis y diecisiete eran una pareja de recién casados de luna de miel. Debían de estar locos para querer pasarla en una casa rodante con un puñado de desconocidos. Parecían jóvenes e ingenuos.

El dieciocho y el diecinueve eran Millie y Lester. El veinte Mark. Cuando Nancy le preguntó a qué se dedicaba, él vaciló.

–Soy vendedor para una empresa de software en desarrollo, pero ahora escribo manuales de formación.

–¡Qué interesante! ¿Como para Microsoft?

Él se echó a reír.

–No exactamente.

–¿Y para qué quieres la casa rodante? –Nancy le sonrió.

–Yo, bueno...

¿Qué podía decir? ¿Que estaba arruinado, que había metido la pata hasta el fondo y que necesitaba la caravana para viajar con seguridad a California y para corregir los errores que había cometido allí? En lugar de eso dijo lo primero que se le ocurrió.

–Me gustaría ir a Disneylandia.

–Qué bonito –Nancy se puso delante de Claire y la señaló–. Lo siento, eres la número veintiuno.

–Soy Claire...

–Eres la veintiuno –la interrumpió Nancy–. Las reglas dicen que sólo pueden subir veinte personas –señaló el tablón y entonces caminó hasta el principio de la fila–. ¡De acuerdo todos! –dio dos palmadas–. ¡Recoged vuestras bolsas! ¡Subamos a bordo!

Millie volvió a darle otro codazo a Lester y se puso de pie con su silla plegada y una bolsa al hombro. El resto de la gente que no formaban parte de los veinte afortunados empezaron a dispersarse.

Mark se volvió hacia Claire. Jamás había visto una mirada de tanta tristeza en los ojos de una mujer.

–Lo siento, Claire.

–Dame tu puesto –lo agarró del brazo–. Por favor, Mark. Nunca te he pedido un favor en mi vida; dame

esto que te pido, y yo... –Mark sabía que Claire no era
de las que le pedía favores a nadie– estaré en deuda
contigo el resto de mi vida.

Él vaciló. En cualquier otra ocasión, si una mujer
bonita le pidiera un favor, se lo concedería, pidiéndole
a cambio que saliera con él. Cenarían, coquetearían, se
la llevaría a la cama y él acabaría pensando que había
salido ganando.

Pero aquella ocasión era especial, y las circunstancias no tenían nada de ordinarias. Por primera vez en
la vida Mark Dole se sintió desesperado. Lo suficientemente desesperado como para ignorar la sonrisa de
una mujer bella y negarle lo que le pedía.

–No puedo, Claire. Lo siento.

Ella lo miró con incredulidad.

–No me irás a decir que tu viaje a Disneylandia es
más importante que lo mío.

–¿Y por qué quieres ganar la caravana exactamente?
Es un poco grande para ti, ¿no te parece?

–Necesito llegar a California.

Lo dijo con tanta determinación que dudó que estuviera mintiendo.

–Compra un billete de avión.

–Un billete de avión no resolverá mis problemas.
Además, hasta ayer yo era peluquera en el salón Flo
–lo miró de nuevo con súplica–. Por favor, Mark, sé
que no siempre te he caído bien pero...

–¿Quién dice eso?

–¡Todo el mundo a bordo! –dijo Nancy–. Última llamada para el tren caravana con destino a Florida o a
Disneylandia.

Mark ignoró las llamadas de la instructora.

–¿Quién ha dicho que no me gustas?

–Vamos, Mark. Recuerda aquella cita horrible que
nos prepararon Jenny y Nate. ¿Te acuerdas? Nos pelea-
mos por todo.

Sonrió. Sus recuerdos eran de una lucha dinámica, pero también de una atracción dinámica. No recordaba por qué nunca habían tomado ese camino.

—Recuerdo que esa noche estuviste muy cálida.

Ella suspiró.

—No era yo, sino las palomitas recién hechas —sacudió la cabeza—. Y no se trata de eso. Necesito subirme a esa caravana y ganarla.

Mark alzó las manos.

—Lo siento, Claire. Ojalá pudiera ayudarte —recogió su bolsa del suelo y fue hacia la caravana.

Había llegado antes que ella. Era el número veinte. Se había ganado el puesto en la caravana. Pero mientras avanzaba hacia el vehículo se sintió peor que nunca.

CLAIRE agarró su maleta mientras Mark subía el primer peldaño de la caravana. En ese momento lo detestó y envidió, y sintió ganas de lanzarle cosas; pero lo cierto era que había llegado demasiado tarde. Había perdido la oportunidad por estar demasiado rato hablando por teléfono; unos minutos más de la cuenta con la enfermera. Y allí estaba, con la maleta en la mano y sin poder llegar a la costa de ningún modo. A su nueva vida. A la primera persona a quien podría llamar familia desde hacía mucho tiempo.

Mark había dicho que sacara un billete de avión. Si fuera tan sencillo. Había hecho una promesa e iba a tener que romperla. Y para colmo de males tendría que ser por teléfono; en un extremo un móvil en Mercy y en el otro una habitación en California donde olía a antiséptico.

¡Qué desesperación tan grande! Había llegado lejos, se había arriesgado muchísimo, y acababa de perderlo todo. ¿De verdad había pensado que podría conseguirlo? ¿Que podría cambiar de vida arriesgándose de aquel modo?

Dejó la maleta en el suelo, se sentó encima y escondió la cara entre las manos. No iba a llorar, no iba a...

—¡No puedo hacerlo! ¡Es tan pequeño! No puedo... —una de las dependientas de la perfumería salió de la caravana, casi derribando a Mark en su huida—. ¡Parece un sarcófago! —se detuvo en medio del patio, aspiró hondo un par de veces y salió apresuradamente del centro comercial.

–Una menos –dijo Nancy–. Dieciocho menos y tendremos un ganador o una ganadora.

–No, espere –Claire se puso de pie y corrió hacia Nancy–. La última persona aún no se ha subido. Técnicamente el concurso no ha empezado. Y ahora sólo tienen diecinueve personas. Las reglas dicen que pueden ser veinte.

Nancy entrecerró los ojos.

–Sé contar. Teníamos veinte y ahora tenemos diecinueve.

–Las reglas dicen...

–La señorita tiene razón –la interrumpió Mark con el pie en el primer peldaño; sonrió a Nancy con encanto–. Veo que es usted una persona... comprensiva. La chica sólo quiere una oportunidad –señaló a Claire–. Usted parece de las que dan esa oportunidad –se acercó a Nancy–. Entre usted y yo, de todos modos no creo que dure más de unas horas. Entonces volveremos a ser diecinueve, y todo esto antes de abrir el centro comercial. Además –añadió en susurros–, tal vez los lleve a juicio. Es una situación peliaguda, teniendo en cuenta que yo aún no me he montado.

¿Por qué iba Mark a ayudarla? Sobre todo porque antes la había rechazado. Claire no se molestó en analizar sus motivos, sobre todo cuando aún no sabía si iba a poder subirse a la caravana finalmente.

Lo del juicio pareció hacer recapacitar a Nancy.

–De acuerdo, suba. Pero recuerde –le advirtió antes de que Claire diera un paso–. Soy muy buena dándole esta oportunidad.

–Nancy, es usted todo corazón –Mark esbozó su mejor sonrisa.

Que por supuesto tuvo el mismo efecto mágico de siempre; un truco que Claire había visto cientos de veces en los años que conocía a Mark. Cuando él sonreía así, hasta las mujeres hechas y derechas perdían el sentido.

–Gracias –Claire le dio la mano a Nancy pero la otra apenas sí se fijó, y se quedó mirando a Mark hasta que Don la interrumpió con una pregunta, y dejó de mirar a Mark con evidente renuencia–. Entremos, Mark.

–Las damas primero –le dijo él haciéndole un gesto.

Claire sacudió la cabeza.

–Sé cómo eres. Sólo quieres mirarme el trasero. Entra y seré yo la que te mire.

Él arqueó una ceja.

–No sabía que yo te gustara. O mi trasero, Claire.

Mark le sonrió y Claire sintió un revoloteo en el estómago que sin duda tenía que provenir de los tres donuts que se había comido antes de entrar en el centro comercial. Él se metió la mano en el bolsillo y sacó un lápiz.

–Toma –se lo pasó a Claire.

–¿Para qué es esto?

–Por si quieres pintar las vistas.

Y dicho eso subió las escaleras y entró en la caravana. Claire divisó su objetivo y le clavó el lápiz en el trasero.

–¡Eh! –exclamó Mark.

Claire sonrió.

–Te he dicho que no juego limpio.

Él se inclinó hacia ella.

–Así es mucho más interesante, ¿no? –añadió con otras implicaciones en su tono de voz.

Ella decidió ignorarlas.

Una vez dentro, Claire entendió por qué la chica había salido de la casa rodante dando gritos. Veinte personas con equipaje no cabían fácilmente en aquel trailer. Acaban de entrar y el ambiente ya resultaba agobiante, y olía a humanidad y a perfume dulzón. Si Claire no hubiera apostado tanto por todo eso, también habría salido corriendo. Tanta gente allí resultaba abrumador.

Nancy entró en la caravana e hizo una mueca.

—Ahora que estamos todos aquí, empecemos el concurso —accionó un interruptor en la parte delantera de la caravana y bendijo el aire fresco que empezó a salir por las rejillas de ventilación—. Empecemos por las reglas. Los periódicos llegarán a diario y podéis captar los canales locales en las televisiones para estar al tanto de todo. Hay una cocina completa, con un frigorífico bien surtido y armarios con todo lo necesario. Yo os traeré productos frescos tan a menudo como haga falta para un grupo tan nutrido como vosotros. Sólo dadme una lista y yo haré lo que pueda. Un par de restaurantes de la zona se han ofrecido amablemente a proporcionaros cenas para las noches siguientes. A cambio de publicidad, por supuesto.

—¿Publicidad a través de los medio de comunicación? —preguntó alguien al fondo.

—Sí, sí. ¿No os lo había dicho? Un equipo de la televisión de Lawford vendrá más tarde a filmaros. Se asomarán de vez en cuando. En realidad ya están de camino hacia aquí. Ha habido un accidente en la autopista y por eso se han retrasado. Así que se han perdido la gran entrada —Nancy se llevó el dedo a los labios—. Tal vez podamos volver a hacerlo después, para las cámaras —sacudió la cabeza—. Como sea. Volvamos a lo nuestro. Vais a estar todos aquí juntos un tiempo, de modo que sed agradables. Nada de insultos ni gestos lascivos —le echó una mirada a Mark, que pareció decirle que no le importaría un gesto lascivo por su parte más tarde—. Y nada de pelearse. Lo de dormir no es difícil. Hay una cama de matrimonio en el dormitorio, el sofá se abre en una cama doble, otra doble sobre la cabina y un sillón. Las sillas en la parte delantera son también bastante cómodas. Y luego está el suelo —dio unos golpes con el pie en el suelo—. Al menos está enmoquetado.

Nancy continuó diciendo que si salían de la caravana quedarían descalificados. Salir del vehículo por cual-

quier razón se consideraba abandonar. El concurso con-
tinuaría mientras hubiera más de una persona dentro.

—El que quede el último se quedará con la casa rodante —dijo, haciendo una pasada con la mano a su alrededor—. Ya está. ¿Alguna pregunta?

—¿Cuántas horas cree que puede durar esto? —le preguntó Adele.

Nancy se encogió de hombros.

—No lo sé. En el concurso del Centro Comercial
América, hubo dos tipos que duraron tres meses.

Del grupo surgió un gemido entrecortado. Adele
miró su reloj.

—Tengo que estar de vuelta al trabajo al mediodía o
tomarme un día libre.

Nancy le dedicó una sonrisa indulgente, como si
Adele fuera lela.

—Creo que estarás aquí todavía después del mediodía.

Adele miró a su alrededor.

—Tendré que llamar a mi jefe.

—No hay teléfono en la caravana. Si tienes un móvil, puedes utilizarlo. De otro modo el único contacto
con el mundo exterior será a través de mí —les sonrió a
todos—. Estaré encantada de contarles a vuestras familias cómo vais, o ellos podrán venir a veros mientras
hacen la compra, y hablar con vosotros por la ventana.
Aseguraos de contarles que el Almacén de Joe va a tener a la venta artículos para camping esta semana, para
completar nuestra promoción.

Cuando nadie preguntó nada más, Nancy agitó la
mano, les deseó buena suerte y se bajó de la caravana.

Claire vio el alivio en la cara de Nancy al aspirar el
aire viciado del centro comercial. Cuando se cerró la
puerta, Claire sintió algo de pánico. Diecinueve personas en una caravana. Durante días y días. ¿En dónde
diablos se había metido? ¿Y si no funcionaba?

Mark la miró.

–¿Estás bien?

Recuperó la compostura y aspiró hondo.

–Claro.

–Claro –repitió con una sonrisa que le dijo que no se lo tragaba.

–Creo que todo el mundo debería llevar su equipaje al dormitorio –dijo Millie–. Lester, lleva nuestras cosas allí.

–¿Quién le ha dicho que usted sea la jefa? –dijo Roger, que se acababa de casar hacía unos días.

Millie frunció la boca.

–¿Tienes una idea mejor, hijo?

–Bueno, no –Roger parecía sofocado con su desafío–. De todos modos, creo que deberíamos decidir las cosas entre todos.

Millie suspiró.

–Aquí hay muy poco espacio, por si no te habías dado cuenta. Si metemos nuestras maletas en el dormitorio, tendremos un lugar privado para cambiarnos.

–De acuerdo –dijo Roger.

Durante los minutos siguientes cada uno de ellos fue al dormitorio y depositó sus maletas.

–Bueno –dijo Millie cuando terminaron–. ¿A alguien le apetece jugar a la canasta?

El silencio que respondió a su sugerencia le dejó claro lo que sentía el grupo por los juegos de cartas. Alguien se puso a preparar café en la cocina diminuta. Uno de los hombres, Danny, el que no parecía tener trabajo, se sentó en el asiento del conductor, agarró el mando a distancia y encendió la tele. Típico.

–¡Tremendo! Puedo ver todos los partidos que dan en todo el país.

Danny le dio uso inmediato al mando y fue pasando canales hasta que dio con el que quería. Entonces se arrellanó en el asiento y puso los pies sobre el salpicadero para ver un partido de béisbol.

–¿Te alegras ahora de haberte subido a este cacharro que no nos llevará a ningún sitio? –le preguntó Mark, que se acercó a la esquina donde ella se había sentado para que no la aplastaran.

Dios, estaba tan cerca. Claire se puso tensa para poder ocupar menos espacio.

–Claro.

–Parece que estaremos así un tiempo. ¿Podrás aguantarlo?

–¿Y tú?

–Oh, sí –se inclinó hacia ella y su aliento le hizo cosquillas en la clavícula–. Me gusta estar cerca.

Se retiró todo lo que pudo, unos tres centímetros, que en absoluto resultaron suficientes.

–Parece que no eres el único –dijo, y señaló hacia Roger y Jessica.

Los recién casados se habían apropiado del sofá y estaban estirados encima. Ya estaban medio abrazados y besándose, sin duda dispuestos a iniciar su luna de miel.

–Eso no es hacer el amor –dijo Mark con desdén–. Eso es luchar.

Claire se echó a reír y enseguida se sintió mucho mejor; la risa era un descanso de tanta tensión que llevaba acumulando desde que había dejado atrás su vida anterior. Había estado tan convencida de que su nueva vida sólo implicaría esperar a que el resto de los competidores cedieran... Pero de pronto no se sentía tan segura de su decisión.

Millie corrió junto al sofá y dio unos toques en el respaldo con la aguja de tejer. Roger y Jessica se separaron y se incorporaron.

–De eso no habrá nada –dijo Millie, meneando un dedo delante de ellos–. Es vergonzoso.

–Vamos, abuela. Acabamos de casarnos ayer –Roger alzó la mano de Jessica como prueba.

—Entonces alquilad una habitación en un motel. Este no es lugar para... para «eso».

—Hemos venido a esta caravana para pasar nuestra luna de miel —dijo Roger.

—Cuando la ganéis; entonces será cuando empiece vuestra luna de miel. Hasta ese momento, creo que tú deberías dormir delante, y tu chica detrás, en el suelo. Lester y yo nos quedaremos con la cama y así podremos vigilarla.

—Eh —dijo Danny—. ¿Quién dice que podéis quedaros con la cama grande?

—Lester y yo somos los mayores —dijo ella, como si eso lo dejara claro.

—No lo sois, Millie —dijo una de las otras personas mayores—. Mi Gracie tiene seis meses más que tú.

Eso dio paso a una discusión sobre la edad, que los llevó a comentar sobre quién tenía peor las caderas y quién merecía más la cama, basándose en el historial médico.

Mark avanzó hacia el centro de la habitación.

—Creo que se me ha ocurrido la manera justa de decidir quién se quedará con la cama —gritó por encima del barullo.

Claire levantó la vista muy sorprendida. ¿Desde cuándo se implicaba Mark en algo que no fueran sus propios asuntos? Jamás había sido de los que se metían a resolver los líos de los demás.

En ese momento, sin embargo, quería ayudar, y se estaba comportando como un tipo agradable, no como el Mark que ella recordaba. Desde que había regresado de California, parecía cambiado. ¿Para bien? Lo dudaba mucho. Los hombres como Mark no cambiaban de personalidad así como así.

Todos se callaron y miraron a Mark. Agarró las cartas que había sobre la mesa de la cocina. Millie abrió la boca para protestar.

–Sólo las voy a necesitar un momento –dijo Mark, que seguidamente barajó las cartas y las sostuvo en la mano–. En las camas hay sitio para seis, después dos sillones y la tumbona. Todos escogéis una carta; las más altas eligen. Mañana por la noche, volveremos a hacerlo; así todos dormiremos en las camas.

Se oyeron unos cuantos gruñidos de protesta, pero nadie dijo nada. Mark pasó delante de todos para que cada uno eligiera una carta. Cuando llegó delante de Claire, sonrió.

–Tal vez te toque el comodín.

Tomó una carta. La jota de tréboles. Parecía que tenía oportunidad de dormir en una de las camas. Después de no haber dormido nada en toda la noche, le resultó una idea reconfortante.

–Yo tengo un as –dijo Millie cuando escogió la carta–. ¿Lester, qué tienes tú?

Le enseñó el dos de diamantes. A Millie se le borró la sonrisa de los labios.

–No puedo dormir con otro hombre. Sería...

–Siempre están las sillas –dijo Mark mientras tomaba su carta del montón, que enseguida miró y se metió en el bolsillo–. Bueno, ahora repartamos las camas.

Millie reclamó inmediatamente uno de los sillones. Adele tenía el rey de corazones, pero lo devolvió.

–Son más de las once. No puedo perder mi empleo por esto, sobre todo porque no tengo la seguridad de que vaya a ganar. Será mejor que me vaya a trabajar –agarró el bolso y fue hacia la puerta.

Claire pensó que ya sólo tenía que eliminar a dieciocho personas. El que se marchara una concursante no contribuyó a que se aireara el interior de la caravana, pero era un comienzo. Tal vez después de pasar la noche durmiendo en el suelo se marchara alguno más. Al médico ya le habían llamado dos veces al busca, y parecía nervioso. Era evidente que había pensado que el concurso sería fácil y rápido. Las tres mamás habían compartido un teléfono para llamar a sus casas y comprobar que sus niños estaban bien. Una de ellas parecía lista para marcharse. Su pequeño Jimmy se había caído de un columpio y se había herido en la rodilla. Claire la escuchaba mientras se debatía entre quedarse o marcharse.

—¿Claire, qué tienes tú? —la voz de Mark la devolvió a la realidad.

—Una jota.

—Tú eliges ahora. Hay espacio con Milo, el guarda de seguridad, en la cama de matrimonio. O espacio con Tawny, la otra chica de la perfumería, en el sofá cama. O bien... —se metió la mano en el bolsillo de atrás del pantalón—. O un espacio conmigo en la cama de matrimonio que hay sobre la cabina.

Se preguntó si Mark habría hecho trampa, tomando a propósito una carta más alta que la suya para poder quedarse con una cama y acostarse con ella. No. Era una estupidez. Mark y ella apenas se toleraban. Sólo eran amigos porque se habían criado juntos, lo cual quería decir que tenían rodillas destrozadas y pasteles de barro en común, no deseo. Tal vez bromearan sobre una supuesta atracción, pero entre ellos no había nada que resultara preocupante.

Sin embargo no pensaba arriesgarse compartiendo cama con él. No pensaba cometer más errores estúpidos sólo porque una sonrisa sensual le hiciera perder la cabeza a ratos. Claire cruzó la habitación y le dio su carta a Lester.

—Gracias, señorita —aceptó la carta con su mano arrugada y nudosa—. Es muy amable por su parte.

—Lester, ponte en la silla que está a mi lado —gritó Millie.

Él ignoró a su esposa.

—Creo que me acomodaré en el sofá —Lester señaló el sofá cama.

—¡No pienso dormir con este viejo! —exclamó Tawny, que se puso de pie inmediatamente.

Millie le cambió la carta a la chica antes de que ella pudiera protestar.

—Entonces duerme delante, hija, en la silla. Yo le haré compañía a mi Lester.

Cuando el resto de las camas fueron ocupadas, Claire se dio cuenta de que Mark no había utilizado su reina. Había vuelto a meterla en el montón de cartas y había pasado a la persona siguiente. Prefirió no analizar su decisión. Mejor dejar las cosas así.

Después de comer, Claire se sentó en la tumbona, abrió su diario y empezó a escribir.

Sólo quedan quince personas. Se han marchado el médico y una de las parejas de señores mayores. Una de las tres mamás se ha marchado también para consolar a su pequeño Jimmy. Si esto sigue así, ganaré enseguida. Danny, sin embargo, está pegado a la silla y a la televisión. Millie, Lester, Art y Gracie están jugando a las cartas y llevan horas. Tawny provocó una pequeña revolución cuando empezó a pintarse las uñas y el olor se hizo insoportable. El guarda de seguridad, Milo, está roncando en el sofá. Renee y John están leyendo, y los demás charlando en voz baja. Roger y Jessica están en el otro extremo del sofá, con un aspecto bastante triste para ser recién casados. Y Mark...

Claire dejó de escribir y miró a Mark. No estaba comportándose como el Mark que ella conocía. Había estado poniendo paz, interviniendo cuando alguien empezaba a discutir, proponiendo ideas para establecerlo todo, desde ir al cuarto de baño hasta fregar los cacharros. De no conocerlo y saber de su fama de rompecorazones, seguramente a Claire le habría parecido... atractivo. De un modo u otro, una relación no entraba en sus planes de futuro, de modo que dejó de pensar en Mark inmediatamente.

Miró su reloj. En California eran más de las diez. Sacó su móvil y se fue al único sitio de la caravana donde uno tenía un poco de intimidad: el cuarto de baño.

Finalmente, a la quinta llamada, contestó una voz rasposa.

—¿Diga?

—¿Papá? ¿Estás bien?

—Sí, ahora mismo estaba peleándome con la enfermera.

Claire se echó a reír.

—¿Y quién ha ganado?

—Creo que yo; pero ya me está retando para la revancha —hizo una pausa para toser.

La tos parecía dolorosa para su padre, pero también le dolió a Claire. Deseó poder tener un plan mejor.

—Lo siento, cariño.

—¿Te estás cuidando?

—Tanto como puedo —le dio otro ataque de tos—. Ojalá pudiera verte.

Claire apoyó la cabeza contra las baldosas blancas del baño.

—Yo también, papá.

David Sawyer seguía siendo sólo una voz para ella. Aún tenía que abrazar a su padre, ver lo alto que era comparado con ella, ver que tenía el dedo meñique un poco torcido como ella. Sólo había encontrado a su padre hacía cuatro meses, y ya el demonio llamado cáncer se lo estaba llevando.

Empezó a toser otra vez, y una de las enfermeras le tomó el teléfono.

—Hola, Claire —durante las semanas pasadas, se había hecho amiga de aquellas mujeres que cuidaban a su padre.

—¿Cómo está?

Oyó que Jeannie cubría el teléfono con la mano.

—Tan bien como puede esperarse. El médico dijo... —vaciló, claramente deseosa de poder darle aquella noticia en persona, en una de esas habitaciones calladas en las que los familiares podían llorar en privado—. La cirugía no acabó del todo con ello. Dentro de dos semanas va a empezar la quimioterapia, en cuanto se recupere de la cirugía. No puede marcharse a ningún sitio hasta que se dé las sesiones, pero estoy segura de que muy pronto empezará a sentirse mejor.

Claire sabía que la quimioterapia no garantizaba nada.

—Estaré ahí muy pronto.

Si no tenía la caravana para cuando su padre empezara con la quimioterapia, tendría que montarse en un avión y pensar después en el resto de su vida. Su mudanza, su nueva vida, todo tendría que esperar.

—Estamos cuidando de él —le dijo Jeannie—. No está en el hospital, está en su casa. Eso es muy bueno.

—Lo sé. Y agradezco mucho lo que estáis haciendo.

Claire oyó las toses de su padre de fondo. Entonces volvió a ponerse al teléfono, algo más cansado ya.

—Supongo que tengo que colgar. Hablar me cansa.

Claire agarró el teléfono con más fuerza, como si pudiera abrazarlo a él a través de la conexión inalámbrica. Dios, cuánto deseaba estar allí, ayudarlo a pasar aquel mal trago.

—Lo sé, papá. Cuídate. Pronto estaré ahí.

—¿Vamos a... —hizo una pausa para tomar aire— tomarnos esas vacaciones... cuando vengas?

Claire se mordió el labio.

—Por supuesto, papá.

Cerró los ojos y colgó el teléfono mucho después

de decir adiós. Una lágrima le corrió por la cara, y después otra, hasta que el estrés dio paso a los sollozos. Ella, que nunca había llorado tanto en su vida como lo había hecho en los últimos cuatro meses.

—¿Claire? ¿Estás bien? —Mark había entrado al baño y ella ni siquiera se había dado cuenta; debía de haber olvidado echar el cerrojo—. Llamé a la puerta, pero no me contestaste, y entonces te oí...

Ella se limpió las lágrimas y lo miró.

—Estoy bien. Sólo estaba mirando el cielo por la claraboya —alzó la vista y vio dos focos del techo del centro comercial—. Sí. Es una vista estupenda.

—Pareces disgustada. ¿Ocurre algo?

—No. Nada de nada.

Se metió el teléfono en el bolsillo trasero de los vaqueros y salió de la ducha.

Él le echó el alto antes de que ella pudiera pasar. Un latigazo de calor le recorrió el brazo cuando la tocó. Debían de ser los nervios.

—Espera, no salgas aún.

—¿Por qué no?

—Están ahí los del equipo de televisión. En cuanto aparecieron, se largaron otras tres personas más. Se han marchado esas otras dos mamás; menos mal porque sus teléfonos no han dejado de sonar todo el tiempo. Y después se marchó Milo, diciendo que con tanto lío no podía dormir una siesta a gusto. Así que ahora somos doce.

Once personas para conseguir la caravana. Algunos de ellos, como Millie, parecía como si quisieran quedarse allí eternamente. Claire Richards no tenía tanto tiempo. Necesitaba ganarla y ponerse en camino hacia California antes de acobardarse y acabar en el salón de Flo el resto de su vida. Necesitaba aquel cambio, tomar su propio rumbo.

Y necesitaba ver a su padre, pasar tiempo con él y

empezar a recuperar los años que habían perdido. Las dudas regresaron de nuevo. ¿Podría empezar de nuevo? ¿Tendría agallas para tirarlo todo por la borda por algo desconocido?

De un modo u otro, sin la caravana le sería imposible hacerlo. No había demasiadas opciones.

—Tal vez quieras poner otra cara antes de salir —le estaba diciendo Mark—. El reportero quiere entrevistar a todo el mundo, saber por qué estamos aquí, cuál es la estrategia de cada uno.

Por un instante sintió la necesidad de apoyarse en Mark, de dejar en sus manos sus problemas. Claire había estado sola tanto tiempo. El peso de ser fuerte le resultaba de pronto demasiado cargante.

Mark estaba cerca, a pocos centímetros de ella. Aunque eso no era culpa suya. Aquel no era exactamente el cuarto de baño del Taj Mahal. Sólo era un poco más grande que el baño del rancho de dos dormitorios donde se había criado. Pero jamás en ese baño, ni en ningún otro, había sido tan consciente de la cadencia del pecho de un hombre. ¿Pero en qué estaba pensando? Aquel hombre era Mark.

—Y te aviso... quieren sacar los trapos sucios —dijo—. Así aumentará el índice de audiencia.

Claire hizo un gesto hacia la ducha.

—Acabo de salir de la ducha. Estoy totalmente limpia —Claire intentó reírse, pero no le salió.

En su mirada, Claire percibió una expresión oscura y fiera; sin embargo cuando habló lo hizo en tono ligero y burlón, volviendo a ser el Mark que conocía de toda la vida.

—No parece que hayas llegado a las partes importantes —le pasó el dedo por la curva del hombro, y Claire sintió que la temperatura aumentaba diez grados; jamás había reaccionado así con Mark en su vida, claro que la última vez que habían «jugado» juntos tenían nueve años–. Para darte una ducha como Dios manda, deberías desnudarte.

–Eso he oído.

Necesitaba tomar un poco de aire.

El dedo que le rozaba el borde de la camiseta le hizo olvidarse de su nombre, del día que era o de dónde estaba.

–Bueno, será mejor que salga –dijo, pero no se movió.

La cara de Mark, tan conocida y a la vez tan distinta toda vez que se había hecho un hombre, estaba a pocos centímetros de la suya.

–Cuando necesites que alguien te frote la espalda, o si quieres frotármela a mí –sonrió y la miró con sensualidad–. Tengo una parte aquí... donde nunca llego. Si quieres ayudarme, la ducha parece lo bastante grande.

Vaya. Aquello estaba moviéndose a un territorio donde Claire se negaba a entrar. Aquel era Mark, se recordó de nuevo. Sabía, por todos los años que había vivido cerca de su casa, que la palabra monogamia no estaba en su diccionario. Ella tenía ya veintiocho años y no le interesaba salir con un hombre a lo tonto. Además, ella no era el tipo de Mark; no era ni joven ni pechugona.

Si le estaba haciendo insinuaciones, sólo tenía dos cosas en mente. O bien estaba pelado, o bien era alguna clase de estrategia para ganar la caravana. Pero no pensaba renunciar a su sueño por un tipo de sonrisa encantadora y palabras suaves. Ya lo había hecho una vez por Travis. Y había terminado con un montón de facturas que pagar mientras él se largaba a perseguir su sueño. Nunca más.

–Gracias, pero no.

Fue a pasar delante de él.

–Claire...

Claire se dio la vuelta.

–Te conozco Mark. Conozco tus tácticas. Una no-

che en la cama contigo, tal vez tres noches. El sexo sería tan maravilloso –le deslizó un dedo por el pecho–.
Y después, en cuanto te dieras cuenta de que tengo cerebro aparte de pechos, te largarías. No –se llevó el
dedo a la barbilla–. Echarías a correr. Y ya desperdicié
unos cuantos años de mi vida con un tipo que no veía
más allá de mi lencería. Así que deja que te evite el su-
frimiento y de paso nos ahorraremos los dos un disgusto –se bajó un poco el hombro de la camiseta–.
Este conjunto es azul, rematado con encaje. Mañana
me pondré uno negro, y pasado tal vez el rojo. ¿Contento? –se colocó la camiseta en su sitio–. Ahora, volvamos al concurso.

Salió del baño, dejando a Mark Dole boquiabierto.

Mark le dio a Claire tres minutos, y después salió del baño y se metió en el dormitorio, donde sacó el portátil. Si alguien se había dado cuenta de que estaban juntos en el baño, nadie dijo nada. Estaban demasiado inmersos en su oportunidad de quince minutos de fama. O en el caso de aquella televisión, más bien de quince segundos.

Mark había tenido su momento años atrás y había detestado cada minuto. Lo que menos deseaba era una repetición.

Colocó su portátil sobre la encimera de la cocina y encendió el ordenador. Trabajaría para evitar las cámaras de televisión. Primero escribió un correo electrónico rápido para enviarlo con su módem inalámbrico.

Luke, ya hemos bajado a doce, así que tal vez esté en casa antes de lo que piensas. Tenemos dos parejas mayores; y una de las mujeres, Millie, tal vez asesine a alguien con su aguja de tejer para ganar; una pareja de recién casados y algunas personas que estaban con nosotros en el instituto. Ha sido... interesante hasta el momento. En realidad, muy interesante.

No dijo nada de Claire. Mark no estaba seguro de qué sentía estando Claire allí, pero sabía que si se lo decía a Luke su hermano iría corriendo a comprobarlo en persona.. En lugar de eso, Mark añadió algo de su

Nova, envió el mensaje y rápidamente abrió el archivo del manual de software en el que estaba trabajando.

Si pudiera enviar por correo electrónico el manual en un par de días, estaría más cerca de su objetivo, que era ayudar a Luke a restablecer el negocio. En cuanto ganara la caravana, podría venderla por el dinero suficiente para poner en marcha su empresa de nuevo. Entonces Luke y él podrían volver a hacer negocio en California, y Mark sentiría finalmente que se había ganado la parte del negocio que su hermano le había dado.

Pero no era fácil, sobre todo con la distracción del equipo de televisión Cuando terminaron con Renee, continuaron con los demás, a quienes les preguntaron de dónde eran y por qué querían ganar. Todos repitieron sus razones de esa mañana, algunos de ellos adornándolas un poco para hacer más dramático su caso. Claire se quedó a un lado con los demás, que ya habían sido entrevistados. Ni siquiera ella había logrado evitar su momento de estrellato.

En su rostro permanecía esa expresión suave teñida de tristeza. Se preguntó en qué estaría pensando y qué podía ir tan mal en su vida como para meterse en la ducha de la caravana a llorar. La Claire que él conocía era estoica, optimista. Jamás la había visto disgustada o herida, ni siquiera cuando se había caído de las barras del gimnasio y se había levantado la piel de las rodillas.

De pequeña ella había sido igual de atrevida que él. Pero de mayores...

Las mismas cosas que le habían vuelto loco habían comenzado a despertar su interés. Estaba mirando a Claire cuando unos diez vatios, o tal vez cien, de luz lo cegaron.

—James Kent —el reportero le estrechó la mano—. ¿Y usted es?

–Mark Dole.

El reportero, un hombre joven y delgado que tenía un tic en el ojo izquierdo, pasó unas cuantas hojas de su cuaderno.

–Nancy nos pasó la lista de concursantes y nosotros hemos investigado un poco –le explicó, deseoso de impresionarlos a todos con sus habilidades periodísticas–. De acuerdo, ¿está listo?

–Estoy trabajando –Mark señaló el ordenador.

–Sólo nos llevará un momento, se lo prometo, ¿vale?

Mark asintió, le echó una mirada inquieta al cuaderno y después levantó la vista hacia la luz cegadora del foco.

–Señor Dole, tiene usted cierta fama en esta ciudad –dijo James por el micrófono con voz profunda y seria–. Dos veces campeón de béisbol y fútbol, primer lugar en la maratón del estado en primaria, y el chico más popular de la clase en primaria y secundaria.

–Eso fue hace años –dijo Mark.

El público de la caravana atendió en silencio a la entrevista.

James consultó su cuaderno.

–Cuando tenía diez años, rescató a un niño del hielo, le salvó la...

–Que no tiene nada que ver con esto.

–Pues claro que sí. Es usted un héroe, señor Dole. Y todo ello completado con la entrega de llave de honor de la ciudad de Lawford –James le pasó el micrófono.

Mark se puso colorado y sintió una especie de ahogo.

–No soy ningún héroe; sólo un tipo normal y corriente.

–No –James soltó una risilla–. Es una historia en sí mismo, amigo. Ahora hábleme de...

–Pues búsquese otra –rugió Mark.

Se apartó el micro, se puso de pie y fue hacia la parte delantera de la caravana.

La escapatoria era imposible. Catorce metros no eran suficientes para escapar. James lo siguió inmediatamente, como si Mark conociera algún secreto importante.

—Es lo más próximo que tengo a un cuento de hadas —dijo James en tono suave y burlón, con el micro a un lado para que no se grabara su conversación—. Un héroe de una pequeña población, una superestrella del atletismo, un niño bonito al que nada podría salirle mal. Se va a California a buscarse la vida, y falla...

—¿Cómo sabe eso?

James soltó una risotada.

—Soy periodista. Mi trabajo es saber cosas. Por eso es tan interesante.

Mark se negó a darse la vuelta.

—Váyase a torturar a otra persona. A mí no me interesa hablar con usted.

James se acercó un poco más a él.

—Francamente, la mayoría de las personas que hay en esta caravana no son nada interesantes —le susurró—. Lo que necesito es una visión humana, algo que consiga que los televidentes sintonicen cada día con nosotros. La vida es un culebrón, señor Dole, y cuanto más podamos explotarlo, más aumenta el índice de audiencia.

Mark se dio la vuelta.

—Me repugna usted.

James se encogió de hombros.

—Me pagan por hacer esto —agarró el micro y lo inclinó hacia Mark—. ¿Va a contarme su versión de la historia o no?

—No —de nuevo Mark agarró la cabeza de gomaespuma del micrófono y lo empujó a un lado—. Si intenta utilizar algo de esto, le llevaré a juicio inmediatamente.

El otro sonrió y sacudió la cabeza.

–No lo creo. ¿Recuerda el formulario ese que firmó? Lea la letra pequeña, amigo. Decía que le daba permiso al centro comercial para que utilizara su historia y prácticamente su ADN para publicar esto –señaló al cámara, que encendió de nuevo la luz–. Ahora, arranquemos donde lo dejamos.

–No lo creo –Mark pasó junto a ellos, casi derribando al cámara al hacerlo, agarró su portátil y se dirigió al único sitio privado que había en la caravana: el baño.

Sólo con mirar a Mark se dio cuenta de que el reportero había metido la pata. Aparentemente, James Kent recibió el mensaje, porque en esa ocasión no lo siguió, sino que pasó a la persona siguiente. Cuando Mark pasó junto a ella, le tocó el brazo.

–¿Estás bien? –le preguntó Claire.

Su intención había sido consolarlo, nada más. Pero un latigazo le recorrió la mano y el brazo al hacerlo, una sensación que aumentó cuando se volvió y la miró con aquellos ojos como un océano embravecido, oscuros como una tormenta.

–No, no lo estoy.

–¿Quieres hablar?

–No especialmente.

Le soltó y volvió a apoyarse sobre la encimera de la cocina, a una distancia segura de la energía que emanaba de él. Aunque no era el único, puesto que ella sentía lo mismo.

–Vale.

Él la miró de reojo.

–¿Ya está? ¿Sólo vale?

–Sí. ¿Qué esperabas? ¿Quieres que te dé un cuestionario de diez páginas?

Él se echó a reír sin poder evitarlo y su expresión se relajó visiblemente.

—La mayoría de las mujeres no aceptarían un no por respuesta; me darían la lata hasta que les contara todo.

—En caso de que no te hayas dado cuenta, no soy como la mayoría de las mujeres —Claire hizo un gesto con la mano para referirse a su altura—. Y no sé con quién estás saliendo, pero tal vez sea mejor que lo hagas con alguien que sea más madura.

Él se echó a reír otra vez.

—Me sorprendes.

—Me alegra saber que todavía puedo —Claire sonrió.

—¿Recuerdas esa vez en cuarto curso...? ¿Cómo se llamaba? Ah, sí Tommy Underhill. Quería darme una paliza porque me choqué con él en la hora del almuerzo y le tiré el postre. Yo entonces era un enano mocoso, pero tú... Bueno, a todos nos parecías muy alta.

—Soy una amazona.

—Me acuerdo que te metiste y le dijiste a Tommy que se perdiera —Mark se echó a reír y sacudió la cabeza—. Sabe Dios de dónde sacabas aquel vocabulario a los ocho años.

—Tenía un padrastro muy extraño. Era camionero —soltó una risotada muy poco propia de una señorita—. Eso cuando se molestaba en ir a trabajar en lugar de estar tumbado en el sofá o gritándome para que limpiara la casa.

—¿Abe era tu padrastro? Pero yo creí...

—Todo el mundo pensaba que era mi padre. Pero no lo era.

No le explicó más.

Mark la observó un momento, pero permaneció en silencio.

A su lado, Millie y Lester habían dejado de jugar a las cartas e intentaban escuchar su conversación con todo descaro. Roger y Jessica estaban en el sofá besándose. Danny había vuelto a su posición delante del televisor, acompañado por Tawny en ese momento. John estaba justo detrás de ellos, mostrando las fotos de sus hijos a la cámara de televisión. Renee estaba sentada en el sillón, limándose las uñas. Del dormitorio salían los ronquidos de Art, y Gracie estaba viendo un culebrón.

–No lo sabía –le dijo en voz baja.

Claire se volvió un poco para que Millie tuviera que aguzar bien el oído.

–Bueno, todo terminó ya. Abe murió hará un par de meses. Chocó el tractor contra un árbol. Como siempre conducía bebido.

–¿Y tu madre... ? Murió cuando tenías diez años, ¿no?

–Once –dijo Claire con pena.

–¿Quién te educó después de eso? ¿No se ausentaba Abe muchas veces?

Claire resopló.

–Sabes, te he preguntado a ti cómo estabas. ¿Cómo hemos terminado hablando de mí?

Se apartó del mostrador, sacó un vaso de plástico de un estante y lo llenó de agua del grifo. Con la bebida en la mano se quedó mirando por la ventana, a los compradores y las plantas de plástico. Se negaba a hablar del pasado. En los días siguientes quería borrarlo para siempre de su mente. Si continuaba dándole vueltas a esas cosas sólo conseguiría complicarse la vida.

–¿Por qué te has enfadado tanto con ese reportero?

–Por nada.

Se dio la vuelta.

–Ah, entiendo. Tú quieres que yo te cuente toda mi vida, pero cuando se trata de la tuya, cierras la boca –dio un sorbo y dejó el vaso sobre el mostrador.

Mark miró hacia el equipo de televisión, y Claire hizo lo mismo. En ese momento estaban entrevistando a Nancy a la entrada de la casa rodante.

–Has empezado a hacerme preguntas muy personales.

–Sé lo que es.

Señaló con la cabeza en dirección a Millie y Lester. Mark sonrió y le hizo un gesto con la cabeza para que lo siguiera.

–Lo siento –dijo él.

–¿Por qué?

–Por hacerte preguntas demasiado personales. Cuando me las han hecho a mí hace un rato, me ha dado muchísima rabia. Sólo es que...

No terminó la frase. La estaba mirando de aquel modo tan extraño que de haberse tratado de otro hombre le habría parecido interés.

–Escucha, el aire de la caravana parece que nos está afectando a todos –dijo ella–. Olvídalo todo.

Él entrecerró los ojos y la miró pensativamente.

–Tal vez no deberíamos.

–¿El qué?

–Olvidarnos de nada. A lo mejor deberíamos considerarlo como un paso más en nuestra relación.

Ella se echó a reír.

–¿Relación? Mark, te conozco. Tú no mantienes relaciones serias. Eres como un fumador empedernido que no quiere renunciar a sus dos paquetes diarios a pesar de que lo está matando.

–¿Quieres decir que no puedo ir en serio con una mujer?

–¿Mark, cuándo fue la última vez que volviste a comprar la misma loción de afeitar? Imagínate con una mujer. Te conozco de toda la vida. Enfréntate a la realidad; tú nunca has valido para el matrimonio –ladeó la cabeza–. Y tú y yo sabemos que eres más feliz así.

Él puso mala cara y en sus ojos resurgió la tormenta.

—Supongo que me conoces bastante bien —dijo—. Tal vez demasiado bien.

Entonces se alejó y fue hacia la cocina. Se colocó en el pequeño comedor, abrió su portátil y se puso a escribir como un poseso. Ella sacó un libro de la maleta y se sentó en un rincón del sofá a leer. Intentó concentrarse en la novela de misterio que tenía en la mano, pero sólo pudo pensar en Mark; en la oscura pasión de su mirada y en el extraño comentario que acababa de hacerle.

Mark podría haber estado tumbado en una cama de clavos a juzgar por lo poco que estaba durmiendo esa noche. Había devuelto su reina al montón, dejando que Art, que tenía un diez, y Gracie, que tenía una jota, se acostaran en la cama de encima de la cabina. La cama que había querido compartir con Claire. O tal vez con Tawny, o incluso Renee, que lo había arrinconado para decirle lo guapo que se había puesto con la edad.

Allí era donde debería estar, y no en el suelo duro y frío, apretujado en la tira de moqueta entre los dos bancos del comedor, con una manta que Millie había tejido. El centro había planeado todo con antelación, pero se había olvidado de proveerles de mantas y almohadas suficientes. Sin duda esperaban que más gente hubiera abandonado llegado ese momento. Pero los doce que quedaban parecían estar aguantando bien, al menos esas dieciséis horas.

Sobre todo Claire. Apenas se había fijado en los demás, a pesar de estar allí todos apelotonados. Desde que la había sorprendido llorosa en el baño no había podido dejar de pensar en ella. No había logrado dejar de pensar en el trozo de hombro suave que había de-

jado al descubierto al enseñarle el tirante de su sujetador azul pastel.

Cada vez que cerraba los ojos veía la mirada desafiante de Claire y el pedazo de seda del tirante.

Jamás la había mirado así, y el descubrimiento de
una mujer hecha y derecha e inteligente, no la chica a
quien le tiraba de las coletas, era para él como entrar
en territorio desconocido. Desgraciadamente, ella le
había puesto límites. Claire tenía razón en cuanto a él.
Si había algo que se le daba bien era llegar al grano.

Él era un perro, y lo sabía. Se había pasado la vida
persiguiendo a mujeres, a las que había conseguido en
casi todas las ocasiones. En realidad, en los últimos
quince años había utilizado todo su encanto y sus habilidades en ventaja suya. Pero con Claire...

Maldición. Con Claire era distinto. En los meses
que habían pasado desde que la esposa de Luke había
muerto, Mark había empezado a mirar a las mujeres de
otro modo. Mark no sabía por qué; sólo sabía que la
vida de su gemelo le había parecido mucho más completa con una buena mujer y un hogar estable. Aunque
había fallecido Luke conservaba recuerdos, cintas de
vídeo y cartas de amor como prueba de su cariño, el
cual era mucho más profundo de lo que Mark se había
imaginado.

Él sólo había salido con mujeres que iban exclusi-
vamente a pasar un buen rato. Mujeres egoístas que no
querían relacionarse con nadie. Mujeres que sólo le
habían querido por su físico, y poco más. Claire tenía
razón. Lo que necesitaba era a una persona más madura; a una mujer segura y valiente.

Una mujer como Claire.

Pero era imposible intentar nada con ella. No podía
fiarse de sus métodos de siempre, de las frases que tan
geniales le habían parecido y que de pronto le parecían
estúpidas. De todos modos, ella no se las tragaría. Te-

nía un modo especial de mirarlo, de ver más allá, de conocerlo, de adelantarse a sus movimientos.

Como el sueño no quería visitarlo esa noche, retiró la manta de lana y se puso de pie; sacó una cerveza del frigorífico, la abrió y se bebió la mitad antes de cerrar la puerta.

La luz de la cocina iluminaba parte de la sala de la caravana. En el sillón tumbona, con los pies recogidos, estaba Claire. Tenía la cabeza apoyada en el brazo, pero estaba despierta. Vio el brillo de la luz reflejado en sus ojos y se preguntó si habría estado observándolo. ¿Habrían tomado sus pensamientos la misma senda peligrosa que los suyos?

Se puso de pie y la manta cayó al suelo. Mark desvió la mirada antes de que la imagen de Claire en camisón se le quedara grabada en la mente toda la noche. Entró en la cocina.

—¿Qué haces levantado?

—No podía dormir. En la jaula de los monos del zoo duermen mejor que aquí.

En la semioscuridad, Claire parecía más suave, casi... vulnerable.

—¿Queda alguna otra cerveza?

Él asintió y abrió la nevera.

—¿Claire?

—¿Mmm? —metió la mano en el frigorífico y sacó una botella de cerveza; le quitó el tapón, lo tiró a la basura y dio un trago—. ¿Qué?

—Cuando esto termine...

—Cuando gane, quieres decir —inclinó la botella hacia sí con énfasis.

—Tal vez —sonrió.

La Claire que él conocía tenía la tenacidad de un bulldog. El corazón se le aceleró. ¿Estaría nervioso? No recordaba la última vez que le había preocupado que una mujer lo rechazara.

–¿Cuando termine esto, querrás salir? ¿Tener una cita conmigo?

Estaba dando el segundo trago cuando se lo preguntó. Empezó a atragantarse, y a punto estuvo de echarle la cerveza encima.

–¿Qué has dicho?

–Tú y yo. Una cena. Tal vez una película. Los primeros pasos del ritual de apareamiento.

¿Por qué había dicho eso? Era la peor frase que podría habérsele ocurrido.

Claire se echó a reír.

–Eso no lo había oído antes.

–Es una tontería que he dicho –dijo, desando poder abofetearse; se adelantó, le quitó la botella y dejó las dos sobre el mármol–. Yo... –hizo una pausa y se dio cuenta de que estaba nervioso de verdad–. Me gustaría salir contigo cuando todo esto acabe.

Ella pestañeó varias veces. El silencio entre ellos se prolongó.

–No creo que sea buena idea.

–¿Por qué no?

–En la única cita que tuvimos una vez, me dejaste en mi casa y te marchaste tan rápidamente que mi padrastro plantó un jardín en los surcos que dejaron los neumáticos.

–Vamos, estás exagerando.

–No te gusté. Ni tú a mí.

–Teníamos dieciséis años.

Ella sacudió la cabeza.

–No creo que nada haya cambiado.

Olía a vainilla, un aroma tan delicioso como el de las galletas caseras. Sin pensar, le tocó la mejilla. La tenía suave, tersa. Besable. Una oleada de deseo puro lo golpeó con fuerza. Tragó saliva, consciente de los pocos centímetros que los separaban en aquella cocina íntima y en sombras.

–Creo que han cambiado muchas cosas, Claire.

Por un instante ella no se movió; incluso pareció que no respiraba. Entonces se retiró, rompió el contacto y su suavidad desapareció.

–¿Tú has cambiado?

–Sí, creo que sí. He aprendido mucho en este último año.

–¿Y de pronto estás pensando en una relación seria?

–Tal vez.

–O tal vez yo sea esa fruta que cuelga del árbol y que no puedes alcanzar.

–No es eso, Claire...

–¿Mark, por qué no empiezas primero con un perro? Cómprate un cachorro. Cuida de él, aliméntalo y atiéndelo cada día. Intenta comprometerte de ese modo antes de hacerle a una mujer promesas que no tienes intención de cumplir.

Él apretó los dientes. Claire, tan precisa como siempre, había destacado todos sus fallos en un bonito párrafo.

–¿Te ha hecho eso alguien?

–¿Te acuerdas de Leanne Hatford?

Él sacudió la cabeza.

–Bueno, pues yo sí. Y si te acordaras entenderías por qué no confío en ti. Ni en muchos otros hombres –soltó un suspiro–. De un modo u otro, no estamos hablando de mí –levantó la botella de cerveza del mostrador–. Te sugiero que duermas un poco. Querrás estar bien descansado para el viaje de vuelta a casa mañana.

Había metido la pata con esa frase estúpida. Había ido demasiado deprisa, como un halcón detrás de un ratón.

–No me doy por vencido tan fácilmente, Claire.

–Y yo no cedo tan fácilmente.

Se dio la vuelta y se marchó sin mirarlo. Fue hacia su sillón, se acomodó y se tapó con la manta.

¿Y quién la necesitaba? Había mujeres en abundancia. No necesitaba a una que lo volviera loco. Mark se terminó su cerveza, tiró la botella vacía a la basura y volvió a su sitio.

Tumbado en el suelo, no dejó de dar vueltas pensando en lo que le había dicho, reconociendo que la mayoría de las cosas estaban muy cerca de la verdad. O al menos de lo que había sido su vida antes de comprender lo que había perdido Luke y lo mucho que él deseaba lo que su hermano había tenido. El problema era cómo conseguirlo. Cómo convertirse en un hombre en quien se pudiera confiar, para ocuparse de su familia cuando llegaran momentos difíciles.

No estaba seguro de si era o no esa clase de hombre.

Cuando Mark finalmente se durmió, sus sueños fueron de color azul pastel.

Día segundo, escribió Claire en su diario.

Los doce que quedamos planeamos distintas formas de asesinar. El espacio aquí es tan reducido que todo el mundo parece diez veces más fastidioso. Y para colmo, sólo hay un baño para compartir con Art, Gracie, Millie, Lester, Roger, Jessica, Renee, Danny, John, Tawny... y Mark. Aunque él ha dejado claro que no le importa compartir. ¿Y yo? ¿Querría acaso tomar ese camino con él?

Antes de contestar esa pregunta Claire cerró el diario y lo metió en la bolsa. Llevaba casi treinta minutos esperando a que Danny terminara de salir del baño. Se había duchado cantando una canción de Sinatra, y hacía ya diez minutos que tenía el grifo abierto. No tenía ni idea de lo que le mantenía tan ocupado.

A unos pasos de ella, Millie estaba mezclando algo asqueroso en la cocina. Olía a aceite de pescado y a cereales, todo ello en forma de brebaje verde y espumoso. A Claire se le quitaron las ganas de comer. Entonces se levantó y llamó a la puerta.

—¿Danny, qué estás haciendo ahí? ¿Muriéndote?

—¡Salgo en un minuto!

Le había dicho lo mismo hacía diez minutos, y también quince antes.

—Si no sales de ahí, entraré y te sacaré de los calzoncillos.

—De acuerdo, de acuerdo —se abrió la puerta y Danny salió seguido de una nube de vapor—. Es todo tuyo.

—¿Queda algo de agua caliente?

Él se encogió de hombros y esbozó una sonrisa tímida.

—Lo siento.

Claire se mordió la lengua para no molestar a Millie que estaba allí cerca, y metió su maleta en el baño.

Justo antes de cerrar la puerta vio a Mark en la habitación de atrás. Tenía el ordenador encendido a su lado, pero no lo estaba utilizando. En lugar de eso estaba apuntando notas y números en un bloc. Sumó la columna, sacudió la cabeza y soltó una palabrota.

Claire vaciló. Se debatió entre una muy necesaria ducha y Mark. Se fijó en el ángulo agudo pronunciado de su mandíbula, en la tensión de sus hombros.

La noche anterior había dormido unos diez minutos en total. Cada vez que cerraba los ojos veía a Mark, sentía su mano rozándole la mejilla, o el aroma a bosque de su loción de afeitar. En menos de veinticuatro horas había conseguido empujar su amistad hasta un territorio que jamás había imaginado que atravesaría con él. Eran amigos de la infancia, dos personas que se incordiaban el uno al otro pero que siempre se habían ayudado en caso de peligro. Amigos y nada más, se recordó. Estar en un espacio tan reducido llevaba a las personas a hacer locuras.

Ya le había entregado el corazón a un tipo como él. Un hombre que la había convencido de que vivir en un apartamento asqueroso en Mercy era la plenitud del amor, y que después se había largado cuando había encontrado a alguien mejor.

Ya habían sido dos los hombres que habían traicionado su corazón y su cuenta corriente. No necesitaba a otro. Sobre todo cuando estaba a punto de iniciar su propia vida.

Había dado un paso hacia el baño cuando le oyó soltar otro improperio. Arrancó la hoja del bloc y la arrugó en una pelota. Estaba claramente frustrado. Entonces decidió que a Mark no le iría mal hablar con alguien; no le costaría nada darle unos minutos de amistad. ¿O sí?

Dejó su maleta en el baño y fue a la habitación.

—¿Necesitas ayuda?

Se incorporó súbitamente. Tenía el pelo revuelto, como si se hubiera pasado la mano por la cabeza muchas veces. Estaba ojeroso y no se había afeitado. Si no lo conociera mejor, habría pensado que Mark parecía preocupado.

—Claire, no te oí entrar.

—Millie tiene la batidora encendida —dijo como explicación—. Tiene que estar mucho rato para mezclar bien toda esa fibra con el aceite de hígado de bacalao.

Mark hizo una mueca.

—¿Lo dices en serio?

—Me huele a eso. Decidí por mi bien saltarme el desayuno.

—Bien hecho —miró de nuevo el bloc.

—¿Qué estás haciendo?

El Mark que había conocido antes de mudarse a California cinco años atrás no había trabajado en mucho más que en conseguir el teléfono de una mujer. Pero lo cierto era que el Mark actual no se parecía al que ella recordaba.

—Intento hacer un milagro —tiró el bloc a un lado.

—Ah —hizo una pausa para que él se explicara, pero no lo hizo—. La próxima vez, utiliza tu reina.

—¿Qué?

—Vi cómo metías tu carta otra vez en la baraja. Creo que dormir bien una noche no te iría mal —se sentó en la cama y rotó la cabeza despacio para intentar quitarse aquel dolor de cuello—. Pero asegúrate de que consigues una cama. La silla parece de cemento.

Él se echó a reír y se tumbó sobre la cama. Antes de que pudiera moverse o decir que no, Mark le tenía las manos en el cuello y le estaba dando un masaje.

—Ah. Ahhh. Qué bien.. —tragó saliva; de sus manos irradiaba un calor que le recorrió la espalda—. Muy agradable.

—Deberías haber aceptado la cama que te ofrecí —le dijo en voz baja—. Entonces los dos podríamos haber dormido.

Claire se apartó y se volvió a mirarlo.

—¿No puedes pasar cinco minutos sin intentar ligar con alguien?

Él puso mala cara.

—¿Crees que me estaba insinuando cuando te ofrecí compartir la cama?

—Bueno, sí. ¿Desde cuándo te van las relaciones platónicas?

—Desde que te conocí a ti en el jardín de infancia —sacudió la cabeza—. ¿Te he abrazado alguna vez?

—No.

—¿Besado?

—No.

—¿Te he tomado entre mis brazos y te he prometido amor eterno?

Ella se echó a reír.

—No, pero te dejo que lo intentes.

—Claire, tú eres mi más feliz, y reconozco que la única, relación platónica que he tenido con una mujer —le retiró un mechón de pelo de la cara y se lo colocó detrás de la oreja—. Eso no quiere decir que no haya querido abrazarte, o besarte. O tumbarte en esta cama y hacerte el amor hasta que los dos perdamos la razón.

Un calor intenso la invadió. La mano de Mark estaba a dos centímetros de la suya. Su cara, más o menos. Se sintió del todo consciente del colchón firme que tenía debajo, de las imágenes que había recreado con sus palabras. ¿Pero cuándo había empezado a mirarlo como se mira a un hombre?

—Mark...

Por primera vez en su vida, Claire se quedó sin habla. Aquella tensión que se tejía entre ellos la había dejado vulnerable, indecisa.

—Cuando te ofrecí un sitio en la cama lo hice por amistad. Anoche me dejaste bien claro que no sientes lo mismo que yo. Que esta atracción que hay entre nosotros sólo existe por mi parte.

—Sí, así es.

Y mejor dejarla así. Iba a abandonar aquella ciudad para iniciar una nueva vida, una que no se centrara en un hombre, particularmente uno cuya idea de ser responsable era cerrar la puerta del frigorífico después de beber a morro del cartón de leche. Se aclaró la voz y se levantó de la cama.

—Supongo que sigo viéndote como al chiquillo de la casa de enfrente.

—Supongo que sí —agarró el bolígrafo y el bloc—. Al menos siempre serviré para frotarte la espalda.

Ella se mordió el labio y asintió. Entonces salió de la habitación, lejos de todas las implicaciones que flotaban en el ambiente.

Antes de poder agarrar el pomo de la puerta del baño, Lester pasó junto a ella y se coló con una rapidez impresionante para ser un hombre que se había pasado la vida durmiendo. Cerró la puerta y echó el cerrojo.

—¡Eh, mi maleta está ahí! ¡Déjeme entrar!

—No lo moleste, querida —Millie le puso la mano en el brazo—. Lester acaba de beberse su batido de la mañana. Estará ahí un rato —Millie sonrió, claramente conocedora de los hábitos intestinales de su marido—. Un buen rato.

Claire se llevó la mano al estómago, intentando ahogar la imagen que su comentario había conjurado en su mente. Se volvió a mirar a Mark, que continuaba escribiendo en el bloc. En su rostro había una intensidad desconocida para ella. El Mark que había conocido había pasado de curso en el colegio sin apenas levantar un lapicero. Las chicas se habían prácticamente postrado a sus pies, ofreciéndose para hacerle los exámenes de matemáticas o sus trabajos de inglés.

El hombre de la cama no era el Mark que pensaba que conocía. Y la mujer que había sentido aquella carga de atracción cuando él le había retirado el mechón de la cara... Esa tampoco era la Claire que ella conocía.

Cuanto antes ganara la caravana y se marchara a California, mejor.

CAPÍTULO 4

LUKE,
Gracias por recoger mi coche. Buenas noticias.
Ahora son las tres de la tarde del segundo día y
se han marchado dos personas más. Tawny se marchó
para ir a una fiesta y John Madison ¿lo recuerdas del
equipo de fútbol? se marchó cuando sus hijos le roga-
ron que volviera a casa. Hasta ahora, la cosa va bien.
He pasado casi toda la noche con ese manual que es-
toy haciendo para Soluciones Informáticas y estoy
muerto de cansancio. Voy a darme una ducha, si
queda agua caliente.

Mark firmó y cerró el ordenador; entonces se puso
delante de la puerta del baño y esperó a que saliera la
persona que estuviera dentro. Después de toda una noche de trabajo, retocando otra idea que aún no había
cuajado del todo, estaba frustrado, cansado e irritable.
Y desesperado por darse una ducha.

Finalmente Art salió y entró en la cocina.

—Todo tuyo, amigo.

—Gracias.

Mark entró con la bolsa de gimnasia al hombro;
abrió la ducha y sacó su neceser. Sacó ropa, varios calzoncillos, desodorante, un cepillo de dientes, calcetines, una lata de galletas y una maquinilla eléctrica. Y
nada más.

No tenía ni jabón, ni pasta de dientes ni champú.
Pensó en la maleta de Claire y cómo le había tomado

el pelo diciéndole que se «había llevado demasiadas cosas». Por lo menos se había llevado ropa interior limpia. Se guardó el orgullo, cerró el grifo de la ducha y fue en busca de Claire.

Estaba sentada en el comedor, jugando a las cartas con Art, Gracie y Millie. Lester estaba tumbado en el sofá, roncando de nuevo.

–Claire, necesito que me hagas un favor.

Ella seleccionó una carta y tiró.

–¿Mmm?

Se inclinó para susurrarle al oído.

–Yo... esto... se me olvidó traerme jabón –pausa–. Y pasta de dientes –pausa–. Y champú.

Claire juntó sus cartas y las dejó en un montón sobre la mesa. Se tomó su tiempo para volverse hacia él.

–¿De verdad? –le dijo con una sonrisa de suficiencia en los labios–. ¿Reconoces entonces que no has traído suficiente?

–No del todo.

–¿O es posible que subestimaras a los demás concursantes y no trajeras bastante?

No pensaba reconocer nada.

–Tal vez.

Levantó sus cartas de la mesa y las colocó en forma de abanico. Le tocaba a ella de nuevo y tiró un diez.

–Tiro un triunfo.

–¿Entonces puedo tomar prestadas tus cosas?

–Tú eres el enemigo, Mark. ¿No sería como repartir comida caliente a los británicos durante la Revolución?

–Yo no lo llamaría así.

–Si te dejo sufrir, tal vez te darás por vencido antes.

Sonrió y recogió la mano que había ganado.

Tenía algo de razón. ¿Por qué iba a ayudarlo? Ella quería la caravana tanto como él. Bueno, tal vez no tanto. Evidentemente, Claire era una mujer con empeño, y si se ponía a ganar, se agarraría hasta el último segundo. Claro que él haría lo mismo.

—Yo tengo algo que quieres. ¿Te interesa hacer un intercambio?

Ella ganó otra ronda y sacó un as. Como él estaba de pie, veía el borde del sujetador debajo de la camiseta turquesa de cuello de pico. Negro, tal y como le había dicho.

—¿Y qué podrías tener tú que yo quisiera?

—Una lata llena de galletas de chocolate que ha hecho mi madre.

Se volvió hacia él.

—¿Tu madre te ha metido galletas? —dijo en tono divertido.

—Eh, mi madre me quiere mucho. ¿Qué puedo decir? Pensó que tal vez me entrara hambre.

Claire seguramente no se había dado cuenta de que se había pasado la lengua por los labios. Cuando eran niños, su madre solía darles paquetes de galletas a los vecinos. Claire conocía muy bien las habilidades culinarias de Grace Dole.

—¿Son de esas blandas que hace en Navidad? ¿Con nueces?

—Sí, y tengo tres docenas en mi bolsa.

—A cambio de pasta de dientes, jabón y champú.

Él levantó las manos para darse por vencido.

—Soy un hombre. Primero pensé en mi estómago.

—¡Claire! —exclamó Gracie, su pareja en el juego, en tono irritado—. Te toca a ti.

Claire eligió una carta de las dos que tenía en la mano y la tiró.

—Lo siento. No necesito galletas.

Pero en ese momento le sonaron las tripas y traicionaron su explicación.

—¿Por qué? ¿Te has llenado con los batidos de Millie esta mañana? —le susurró él.

Ella hizo una mueca y se estremeció un poco.

—De acuerdo. ¿Cuántas galletas me vas a dar?

—Una por cada cosa. Como tengo pensado estar aquí un tiempo, serían tres galletas al día. Todos los días. Y si me siento especialmente sucio, será dos veces al día. Justo después del desayuno. A no ser que prefieras tomar un batido.

Consideró su oferta. Sus ojos le sonrieron y en sus labios se adivinaba una sonrisa.

—Trato hecho —sacó la mano.

Cuando Mark le dio la mano, una corriente eléctrica se descargó en sus venas. Tenía los dedos largos y delgados; bonitos y fuertes. Sintió la tentación de darle un beso en la palma de la mano, sólo para aspirar aquel aroma a vainilla. No tenía ni idea de cómo se llamaba su perfume, pero sabía que nunca lo olvidaría. Sin embargo, en lugar de hacer lo que le apetecía, Mark le estrechó la mano y se la soltó.

—¡Claire! ¿Estás jugando o no?

—Ah, lo siento —Claire se dio la vuelta y sintió que se ruborizaba.

Mark se lo tomó como una buena señal. Tal vez Claire estuviera más interesada en él de lo que quería reconocer. Al dejar su última carta sobre la mesa le tembló un poco la mano. Había ganado esa ronda, pero apenas parecía consciente. Art recogió las cartas y empezó a barajar. Claire se retiró de la mesa y se puso de pie.

—Ahora mismo vuelvo.

—No puedes marcharte ahora —repitió Millie.

—Ahora mismo vuelvo —repitió.

Mark la siguió hasta el dormitorio. Claire puso la maleta encima de la cama, la abrió y sacó una bolsa de plástico con cremallera.

—¿Necesitas algo más? —le preguntó.

—No, gracias.

Mark se colocó la bolsa debajo del brazo y se fue al baño.

Mientras se duchaba, cada pompa de jabón con olor a vainilla le recordó a ella. Agradeció que la fragancia no fuera demasiado femenina. Aun así, incitó a su imaginación a adentrarse por caminos poco recomendables.

Imaginó la misma pastilla de jabón deslizándose por la piel de Claire, con su aroma limpio y ligero perfumando su cuerpo bajo el agua caliente. Cerró los ojos y vio su cuerpo desnudo, brillante bajo el agua, rosado con el calor...

–Eh, tío, necesito entrar –gimió Danny al otro lado de la puerta–. Esas judías que me he tomado ya las tengo en las tripas. Desde hace rato. Vamos, tío.

Mark suspiró y cerró el grifo. Cuando Danny soltó otro gemido, los últimos vestigios de la ensoñación de Mark se colaron por el sumidero junto con el jabón.

Después de prestarle el jabón y el champú a Mark, Claire había decidido que no podía seguir jugando a las cartas. Le había cedido su puesto a Renee, que fastidió tanto a los demás jugadores preguntándoles a cada rato cómo se jugaba que habían dejado la partida minutos después. En ese momento todos estaban viendo la tele, ignorándose los unos a los otros bastante bien.

Claire estaba tomándose un refresco apoyada en el frigorífico. Paseó la mirada por el pasillo hasta la puerta del baño. Sin previo aviso, empezó a imaginarse a Mark enjabonándose con su pastilla, y la espuma deslizándose por sus brazos, por sus hombros.

Claire se sacudió mentalmente. ¿Qué diablos estaba haciendo? ¿Imaginándose a Mark desnudo? Esos pensamientos sólo la llevarían por mal camino.

Y ese camino ya lo conocía. Por amor de Dios, lo conocía al dedillo. Pero ya no volvería a meterse en ningún lío de esa clase. Ni hablar. Era más adulta, más madura. No se enamoraría de un hombre por su sonrisa, o por su cuerpo. O porque tuviera unas manos prodigiosas.

Sabía que sólo le acarrearía problemas, pero aun así se preguntó si Mark sería algo más que eso.

Qué locura. Claire se apartó del frigorífico y se sentó a la mesa de la cocina. Agarró la baraja de cartas y empezó a echar un solitario. Así se concentraría en las cartas. Ella era más fuerte que sus hormonas.

Sí, claro.

Danny pasó junto a ella, agarrándose el estómago y gimiendo, y se puso a aporrear la puerta del baño y a gritarle a Mark.

En ese momento sonó su teléfono móvil.

—¿Papá?

—Hola, cariño. Se me ocurrió llamarte a ver cómo estabas.

—Soy yo la que debería preguntarte a ti.

—Estoy bien. Ahora mejor que esta mañana. Se me ocurrió... –hizo un pausa y tosió un poco– llamarte para decirte que estoy bien. No quiero que te preocupes.

Ella agarró el teléfono con fuerza y cerró los ojos.

—Gracias.

—Sabes, no creo que te lo haya dicho antes, pero... –su voz se fue apagando.

—¿El qué?

—Me alegro muchísimo de que me hayas buscado. Fue una gran sorpresa enterarme de que tenía una hija. Sé que me costó un poco cuando contactaste conmigo la primera vez, y lo siento –hizo una pausa y carraspeó–. Nunca había imaginado que tuviera hijos y ahora... bueno, me alegro de haberte encontrado.

—Yo también de haberte encontrado a ti, papá —Claire se pegó el teléfono a la oreja; él era su única familia y no podía perderlo antes de conocerlo—. Pronto iré a verte, papá —le dijo en voz baja antes de terminar la llamada.

Había sido en esencia huérfana hasta que había encontrado a su padre. Pero como no tenía modo de atravesar el país, sólo habían podido contactar por teléfono. Un billete de avión sólo sería para una visita temporal. Deseaba, necesitaba, un cambió importante.

Había gastado casi todos sus ahorros en contratar a un detective privado, pero había valido la pena. Había estado sola durante demasiado tiempo. Su madre, hija única, había muerto cuando ella tenía once años, tres meses después de la muerte de sus abuelos maternos. Había pasado el resto de su infancia sin abuelos. Tampoco tenía tíos, ni primos, ni hermanos. Abe Richards había sido inútil como familiar. Su único empleo había consistido en beberse su herencia. Su madre le había dejado la casa, tal vez pensando que si era el propietario ella tendría un lugar donde vivir.

En lugar de eso la había hipotecado hasta la saciedad, y se había gastado el dinero en alcohol y apuestas perdedoras. Siempre había pensado que podría contar con la casa, pero cuando Abe había muerto en junio y se la había dejado totalmente hipotecada, se había visto obligada a venderla para pagar las deudas y a utilizar sus ahorros para terminar de saldarlas. Sólo habían quedado unas cuantas cajas y un sofá usado y maloliente.

No le había contado ni a su padre ni a nadie que la caravana era su única oportunidad. Su coche no aguantaría el viaje hasta el otro extremo del país. Después de pagar las deudas de Abe, tenía aún menos dinero que antes. Y necesitaba cada centavo para costear su nueva vida y hacer la mudanza. Podría quedarse en un camping para caravanas hasta que encontrara un empleo y un sitio donde vivir. Tenía suficiente ahorrado para pagar los primeros meses de alquiler de un apartamento además de un remolque que le llevara el coche, pero no mucho más.

Claire se dijo que el fracaso no era una opción. De nuevo volvió aquella idea insidiosa de que tal vez ese concurso no fuera la solución. ¿Y si no funcionaba? ¿Y si fracasaba?

¿Y, peor aún, y si no estaba lista para aquel cambio como pensaba ella?

El ambiente clausurado de la caravana debía de estar afectándola, pensaba Claire mientras se guardaba el teléfono en el bolsillo y miraba a su alrededor. Los otros estaban sentados delante de la tele como estatuas de piedra. De algún modo conseguiría echarlos a todos. Incluso aunque tuviera que recurrir a medidas desesperadas.

Luke,
Cuando vengas la próxima vez, trae unas galletas de manteca de cacahuete de mamá. Me he dado cuenta de que son un modo estupendo de hacer chantaje para utilizar el baño.

Es el quinto día que estamos aquí y la tensión se palpa en el ambiente. He pasado la mayor parte del tiempo con los manuales. He terminado uno y empezado el segundo. Sólo de pensar en hacer otro me muero de aburrimiento, pero necesito el trabajo.

Te veré después. ¡No te olvides de las galletas!
Mark.

Firmó y empezó a trabajar en el siguiente manual. Había amasado unos cuantos miles de dólares en las últimas semanas. Pero necesitaba más; mucho más. Con la venta de la caravana tendría suficiente para reabrir el negocio. A lo mejor entonces conseguiría que Luke volviera al trabajo, y así los dos tendrían algo en qué pensar aparte del pasado. Y a lo mejor así podría también sentir que estaba consiguiendo hacer algo bueno con su vida.

El negocio había sido idea de Luke, una que Mark había apoyado con entusiasmo. Siempre habían hecho todo juntos; en el instituto, en la facultad, en las citas. Y así, cuando Luke le ofreció asociarse, Mark lo había aceptado de buen grado. Aún no había encontrado la vocación de su vida, lo que lo empujaría a levantarse por la mañana, a alcanzar su propia estrella. Así que cuando Luke le había hecho la oferta, él la había aceptado.

Y después lo estropeó todo. En ese momento rectificar su error era su primer objetivo. Después de eso, ¿quién sabría?

Vio el rostro de Claire en su mente y se preguntó si podría convencerla de que había cambiado, de que seguía cambiando, de que quería encontrarse a sí mismo y su lugar en la vida.

De fondo oyó el principio de una pelea en la caravana. Después de todo, se acercaba la hora del culebrón. Todos los días, las mujeres se unían en la batalla del control de la televisión. En ese momento Millie amenazaba a Danny con daños físicos si no le daba el mando a la una.

Claire se acercó y se sentó a su lado en una banqueta.

—Se está poniendo feo, ¿verdad?

Desde el primer día no había podido dejar de pensar en Claire. Cada vez que se daba la vuelta, sus pensamientos regresaban a Claire. Al estar cerca de ella se había visto obligado a reexaminar unas cuantas cosas sobre sí mismo. Cosas que había ignorado durante los últimos veinte años. Pero en ese momento...

Claire era la primera persona en la vida a la que deseaba impresionar, a la que quería demostrar que él era mucho más que un nombre y una fama.

–Tal vez debamos pedirle a Nancy otra antena satélite –dijo Claire.

–No sé si eso nos beneficiaría –respondió, contento de hablar de otra cosa–. Empiezas a eliminar las cosas por las que se pelea la gente y hay incluso más incentivos para que se queden.

–No sé sobre esa teoría. Nadie parece estar dispuesto a marcharse ahora.

Claire se volvió a mirar al grupo del salón. Mark se fijó en la curva de su cuello, expuesto bajo la cola de caballo. Tenía un cuello largo y elegante que le daba un porte regio. Si posara ahí sus labios, sentiría su piel tierna y suave. Y si ella suspirara, la vibración de su voz temblaría sobre sus labios, atizando las llamas que ardían en sus entrañas.

–A veces cuando la gente se pelea se sienten más atraídos.

–A veces –dijo en voz baja. De pronto pareció sorprenderse a sí misma en un momento vulnerable; se dio la vuelta hizo una mueca de fastidio–. Quiero que se marchen todos. Cuanto antes mejor.

–¿Y luego qué?

–Y luego me llevo esta caravana a California para empezar una nueva vida.

–¿Te vas a marchar de Mercy?

–Claro. Debería haber salido de esta ciudad hace diez años, pero no lo hice. Ahora fíjate en mí. Mi carrera hasta el momento ha consistido en poner rulos de plástico rosa en cabezas de cabellos canos. Cuando tenía dieciocho años, tenía sueños, esperanzas... –se mordió el labio–. Entonces las tiré por un estúpido y acabé en Mercy.

Claire se puso de pie y fue a la nevera. Mark quería preguntarle quién había conseguido amargarla tanto, qué tipo podría haberla convencido. A él siempre le había parecido tan fuerte, tan en control de la situación.

Ella le pasó un refresco.

—Gracias —le quitó el tapón y dio un sorbo sin dejar de mirarla–. ¿Qué pasó para que no quisieras volver a salir con ningún hombre?

—¿Desde cuándo te interesa mi vida?

—Desde que has vuelto a la mía.

Ella sacudió la cabeza.

—Yo no estoy en tu vida, Mark. Estoy en la misma caravana que tú, y ya está —se sentó a la mesa y agarró su libro–. No estoy buscando una relación; ni siquiera estoy segura de estar lista para tenerla. Sobre todo cuando tengo... —se calló de repente–. Bueno, otras cosas que hacer.

Y entonces se puso a leer.

Mark tomó su refresco y volvió al salón. A la puerta, vio dos caras conocidas; las de Luke y Emily. Después de pasar días viendo a extraños y a vecinos asomándose a las ventanas, le dio alegría ver a su gemelo y a su sobrina.

Mark abrió la puerta y se sentó en el escalón, con cuidado de no salir para que su posición no pudiera ser considerada fuera del vehículo.

—¿Eh, hermano, cómo estás?

Luke sonrió.

—Bien.

Pero las ojeras de Luke decían lo contrario. Luke no estaba bien; no lo había estado desde la muerte de su esposa hacía más de un año.

Emily, su sobrina de once años, estaba al lado de Luke, con cara de aburrimiento. Tenía en la mano una bolsa de una de las tiendas del centro.

—Eh, patito.

Volteó los ojos al oír el mote familiar, pero Mark percibió una sonrisa en sus labios.

–Dime la verdad –Luke hizo un gesto hacia la caravana y le pasó una bolsa de galletas de manteca de cacahuete–. ¿Estás ahí dentro con un montón de anima-
doras deportivas o qué?

–Mejor aún.

Luke vaciló hasta que Emily se alejó hacia el escaparate de una de las tiendas.

–¿Mejor que un montón de chicas monas con mini-
falda que se vuelven locas por los tipos atléticos?

–Hace tiempo que no me considero atlético. Llevo
demasiado tiempo en una oficina para eso –Mark se
mordió la lengua; la oficina ya no existía–. Bueno, ahí
dentro hay unos cuantos sin los que podría pasar; pero
hay una persona que casi está consiguiendo que me di-
vierta.

Luke arqueó una ceja.

–¿Divertir en el sentido de probar la cama de matrimonio, o en el sentido de jugar al parchís?

–En el sentido de Claire Richards.

–¿Claire? ¿La amazona?

Mark se puso a la defensiva, a pesar de que su hermano no había tenido la intención de ofender a Claire.

–Eh, Claire es elegante.

Luke se echó a reír.

–Parece que ahora es algo más que la vecina de enfrente.

Mark se encogió de hombros.

–Tal vez.

–¿Desde cuándo te interesas en serio por una mujer?

Incluso su gemelo le tenía por un playboy. ¿Si Luke
no podía verlo como a un adulto, quién lo haría?

–Tengo veintinueve años. Es hora de que madure
ya.

Luke asintió.

–Necesitas una mujer que te mantenga a raya. Mary
solía... –su voz se fue apagando.

Mark sintió el dolor punzante de su hermano. Quería decirle tantas cosas, pero no sabía por dónde empezar. ¿Y cómo se disculpaba uno por perder al cliente más importante para el negocio y básicamente echarlo todo a perder en el preciso momento en el que Luke más lo había necesitado?

¿Cómo se justificaba no haber dejado a Luke, a Emily y él mismo otra opción que la de regresar a Mercy, con el rabo entre las piernas, y mudarse a casa de sus padres, como si fueran estudiantes otra vez?

Mark se pasó la mano por la cara y no dijo nada. Tenía que ganar aquella maldita caravana. Inmediatamente. Después la llevaría a California, la vendería al mejor postor y los tres podrían comenzar de nuevo.

—Hablando de adultos, Katie ha dado a luz a los mellizos, un niño y una niña. Somos tíos de nuevo, de la noche a la mañana.

—¿De verdad? ¡Estupendo!

El ver a su hermana pequeña casada y con familia sólo había conseguido que el deseo de hacer lo mismo fuera más fuerte.

—Dijo que después de verte en las noticias de ayer por la noche se puso de parto —Luke se echó a reír—. No sabía que esto saldría en la tele.

—Sí, vino uno de esos reportero fastidiosos que no dejaba de hacer preguntas todo el tiempo. Espero que no vuelva.

—Bueno, será mejor que me vaya —dijo Luke—. Papá y mamá le han dado dinero a Emily para que se compre ropa para volver al colegio, y parece empeñada en gastárselo todo lo antes posible —la miró y vio que tenía las manos llenas de faldas y vaqueros—. Creo que no tardará mucho.

Mark se echó a reír.

—Luke, gracias por venir.

Luke asintió.

–Buena suerte con esto. Mientras estás aquí, deberías trabajar en ese programa de entrenamiento del que siempre hablabas.

Entre manual y manual, Mark había empezado a trabajar en ese proyecto, pero se negaba a tomar forma. Y no estaba del todo seguro de poder hacerlo.

–No sé, Luke. Sólo fue una idea. Estaba diciendo tonterías.

–A mí me pareció una buena idea. Tú tienes un don de gentes que yo no tengo. Sabes explicar las cosas sin que se sientan torpes. Sé que estás escribiendo los manuales, pero esa idea de un programa y clases es... genial –Luke se frotó el mentón–. Sabes, cuando propusiste la idea, no pensé que funcionaría. Pero con el profesor adecuado...

–¿Quién?

–Tú –Luke soltó una risotada–. Sí, lo sé. Ya veo la cara que pones. Sólo piénsatelo, ¿vale? Si yo escribiera la parte informática y tú ayudaras a traducirlo, creo que sería un éxito.

–Tal vez.

–Definitivamente –Luke miró a Emily y de nuevo a Mark–. Si necesitas que te recojan, díselo a papá –Luke evitó la mirada de Mark–. He aceptado un trabajo en la acerería.

Mark suspiró.

–Luke, tú vales para mucho más que para eso.

–Tengo una hija que mantener. Además, aquí no hay mucho dónde elegir. No soy exigente; sólo necesito ganar un sueldo –Luke se encogió de hombros, como si no le importara, pero Mark sabía que no era cierto.

Le dio las gracias a Luke por las galletas y le prometió mantenerlo al día a través del correo electrónico. Luke se despidió de él y fue a buscar a Emily. Su hermano estaba triste; una tristeza que no había estado allí hacía un año. Mark deseó poder hacer algo al respecto.

–Pareces decaído –Claire se sentó a su lado y le pasó un plato lleno de bolas rellenas de queso–. Además, quería disculparme por exagerar contigo antes –su expresión se tornó suave–. Lo siento.

–No te preocupes –Mark agradeció el gesto–. ¿De dónde has sacado esto?

–¿Pensabas que sólo tenía ropa en la maleta? –se echó a reír, mojó uno de las bolas en la salsa que los acompañaba y se la metió en la boca; se había soltado el pelo, y sus bucles dorados le enmarcaban el rostro–. Me encantan estas cosas. Me he traído de todo excepto galletas –le señaló–. Y hablando de todo un poco, me debes tres de hoy.

–En cuanto acabe con estos las tendrás.

Aunque desvió la mirada para dejar de pensar en esa cascada de cabello dorado, no pudo dejar de pensar en ella. Se preguntó por qué se había acercado a él, por qué había pensado en su estómago, por qué no dejaba de estar con él, de ser su amiga cuando más la necesitaba. Sin embargo, cada vez que intentaba acercarse, ella se echaba atrás. Era un tira y afloja. ¿Tendría interés por él, o simplemente sentiría lástima? ¿Y qué sentiría ella cuando ganara la caravana y se marchara?

¿Y sobre todo, por qué de pronto tenía ganas de algo más serio con ella que un par de citas?

Mark se metió una bola de pan rellena de queso en la boca después de untarle salsa.

–De verdad sabes cómo llegar al corazón de un hombre.

Ella se echó a reír y tomó otra.

–Recuerdo la primera vez que te conocí. Tú tenías cinco años y yo acababa de cumplir seis el día antes. Era la primera vez que salías con tu bici nueva sin ruedas de apoyo, y yo estaba muerto de envidia. Te paraste delante de mi puerta, creo que para presumir nada más.

–Sí, me acuerdo –dijo Claire echándose a reír–. Dios, de eso hace años y años. ¿Esa fue la primera vez que nos conocimos?

–Sí. Cuando pasaste te odié sólo porque podías hacer algo que yo no podía aún –se echó a reír también–. Ya sabes cómo son los niños de seis años. Todo el mundo gira a su alrededor.

Claire arqueó una ceja.

–¿Y cuándo dejan de pensar así los hombres?

Mark sonrió.

–Algunos de nosotros nunca.

–Eso pensaba.

Se metió otra bolita de pan rellena de queso en la boca. Una gota de salsa de frambuesa le quedó en la comisura de los labios.

Dulce, caliente, comestible. Pensó en inclinarse hacia delante y lamer sin esfuerzo alguno aquella gota de sus labios. Pero antes de reaccionar como deseaba cada célula de su cuerpo, ella sacó una servilleta y se limpió la salsa. ¡Maldición!

–Qué buenas están –dijo, refiriéndose a todo menos a la comida.

–Gracias –escogió otra y se la metió en la boca–. Las hago yo. Me gusta cocinar, es como un pasatiempo para mí. De pequeña pensaba que me haría chef, pero al final no fue así –se echó a reír–. Tengo la cocina llena de libros, de cacharros, de electrodomésticos, pero...

–Claire –dijo en tono insistente.

–¿Qué?

–Quiero...

Se dominó. Tal vez quisiera hacer un millón de cosas distintas con ella, algunas allí en aquel rincón íntimo del pasillo; otras en el dormitorio de la caravana. Pero esa no era la razón por la que estaba allí.

Mark desvió la mirada hacia el largo pasillo del

centro comercial. Luke. Emily. El negocio. Era en eso en lo que debía centrarse. Por una vez Mark tenía que pensar en algo más que no fueran sus propias necesidades. Claire seguiría allí después.

–Quiero... darte las galletas antes de que se me olviden.

–Ah –una sombra de decepción oscureció sus ojos verdes–. Claro. Estupendo. Serán como un antídoto para esto.

–Sí. Algo así.

DÍA SEIS. Llevo tres noches en la silla y dos en el suelo, porque no dejo de sacar cartas bajas. Me duelen la espalda y las piernas todo el tiempo, y estaría dispuesta a dormir con El Jorobado de Notredame si tuviera la oportunidad de dormir en una cama en lugar de en una silla. No dejo de echar solitarios, pero no me ayuda a dejar de pensar en mi padre y en ganar esta caravana.

Y Mark. Mark es tan distinto a como yo lo recordaba... Sigue siendo atractivo, por supuesto, pero ahora es un poco más maduro, supongo. ¿Será posible que haya decidido dejar la actitud de playboy? Él dice eso, pero no estoy segura...

–Aquí está mi pago de hoy.

Claire cerró el diario al oír la voz de Mark y vio que le dejaba tres galletas de chocolate delante de ella.

–Luke vino y me trajo más –añadió.

A Claire siempre le había gustado el hermano gemelo de Mark, un hombre amable y serio a quien siempre había visto con un libro en la mano. Había leído la noticia del fallecimiento de la esposa de Luke el año pasado en el periódico y no podía imaginar lo difícil que debía resultarle educar a su hija solo. Pero Emily tenía suerte. Aunque había perdido a su madre, aún tenía un padre que la quería y unos abuelos que intentaban llenar ese vacío.

—¿Cómo está Luke?

Mark se sentó delante de ella.

—Sobreviviendo.

—Debe de ser duro para él.

—Horrible —sacudió la cabeza—. Llevaban casados desde los diecisiete años —Mark jugueteó con una galleta—. Creo que la mayor parte de los días se levanta de la cama porque no le queda otra.

—Por Emily.

—Sí. De no ser por ella, no sé dónde estaría.

—Lo entiendo. Mi madre murió cuando yo tenía la misma edad que Emily. Han pasado casi veinte años, pero aún hay días en los que echo de menos oír su voz o poder hablar con ella —Claire sacudió la cabeza.

Él se inclinó hacia delante.

—¿Por eso no quieres acercarte nunca a nadie?

Claire se movió para apartarse un poco de él.

—Eso no es cierto.

Él arqueó una ceja.

—Dime una persona a la que estés unida.

—A Jenny. ¿Ya se te ha olvidado? Solía salir con tu hermano Nate. Vive al lado mío.

—La recuerdo. También que fue lo mejor que le pasó a mi hermano.

Un mechón de pelo le cayó sobre la frente e inmediatamente fue a retirárselo. Pero antes de que pudiera hacerlo Claire adelantó la mano automáticamente. Sus dedos se chocaron con torpeza y Claire sintió un latigazo por todo el brazo.

—Yo... lo siento —balbuceó, sorprendida consigo misma.

Ella nunca balbuceaba de ese modo. Jamás perdía la compostura. Jamás dejaba que el roce de la mano de un hombre, de un amigo, la distrajera de tal modo.

—Sólo estaba... —no terminó la frase.

Mark le tomó la mano antes de que pudiera retirarla.

—No.

—¿No qué?

—No quites la mano. Sólo estamos hablando. En plan de amigos.

Ella tragó saliva.

—Me has dado la mano. Eso es más que lo que hacen los amigos.

—Sólo si sientes algo más que amistad por mí —hizo una pausa breve—. ¿Sientes algo más?

El mechón de pelo volvió a caerle sobre la frente.

—Necesitas un corte de pelo —dijo Claire, quien inmediatamente se puso de pie—. Yo... creo que me he traído mis tijeras; ya sabes, he metido de todo en la maleta —soltó una risa forzada—. Además, podría hacerlo ahora, si tú quieres.

Cualquier cosa para huir de aquella conversación; de aquella cocina demasiado pequeña, demasiado calurosa, donde nada salvo Mark parecía existir.

Él la estudió detenidamente unos segundos. Entonces se puso de pie.

—Claro. Confío en ti.

Ella no pudo resistir una sonrisa.

—¿Estás seguro? En el instituto parecías más preocupado por tu apariencia que por nada más —se burló ella.

—He cambiado. Ahora soy adulto —avanzó un paso, invadiendo de nuevo su espacio—. ¿No te has dado cuenta?

Oh, sí, se había dado cuenta a la perfección. En más de una ocasión desde que habían subido a la caravana. Lo había notado cuando él había pasado junto a ella, había notado su aroma masculino e incitante. Se había fijado en él cuando se levantaba y se estiraba después del desayuno, todo él músculo y fuerza. Lo había notado todo.

El ofrecerle el corte de pelo no había sido buena idea. ¿Pero por qué de pronto sentía cierta emoción?

Mark se sentó en uno de los taburetes plegables de la cocina, el único asiento que resultaba conveniente para la altura de Claire. Le había colocado un plástico alrededor de los hombros, y en ese momento estaba detrás de él, con unas tijeras en una mano y un peine en la otra.

—Tienes el pelo bonito —le dijo ella.

¿Sería su imaginación, o le pareció que su voz era más sensual de lo normal?

Inclinó la cabeza hacia atrás sonriendo.

—La mayor parte de las mujeres enaltecen otras partes de mi cuerpo.

Ella entrecerró los ojos.

—Sólo me interesa tu cabeza. Ahora, estate quieto.

Él bajó la cabeza obedientemente. El peine se deslizó por sus cabellos. Claire levantó un mechón, empezó a cortar y las puntas empezaron a caer al suelo y encima del plástico. Repitió el proceso una y otra vez, avanzando poco a poco. Sus movimientos eran gráciles, suaves y femeninos; profesionales y en absoluto sensuales. Pero en aquel momento, con su cuerpo tan cerca del suyo, cada vez que ella le rozaba el cabello se encendía su deseo.

—¿Por qué no estás casada, Claire? —le preguntó.

Ella dejó de cortar.

—Mark, este no es ni el lugar ni el momento idóneos para...

—Es una pregunta sencilla, Claire. Eres una mujer muy bella. Eres inteligente, lista, vistes de añil —ella sonrió—. ¿Por qué no te ha pillado un hombre afortunado?

Ella se inclinó hacia delante y empezó a cortar otra

vez, pero esa vez los movimientos le parecieron más rígidos, menos fluidos.

–No hay ningún buen partido en Mercy.

–Sí que los hay. Estoy yo.

–Tal vez deba especificar. Ningún buen partido que valga para casarse.

–¿Crees que no valgo para el matrimonio?

Ella se echó a reír con tantas ganas que le temblaron las tijeras. Millie levantó la vista de la labor que estaba haciendo. Roger y Jessica, que estaban abrazándose en el sofá, se asomaron a mirar; Art y Gracie dejaron de leer el periódico un momento; Renee les echó una mirada de fastidio desde donde estaba viendo la tele. Incluso Danny se dio la vuelta para ver lo que le hacía tanta gracia. Lester, sin embargo, continuó durmiendo.

–Eh, eh, ten cuidado con las tijeras –dijo Mark.

–Ay, lo siento –Claire ahogó su risa y las tijeras dejaron de moverse.

Continuó cortando. Terminó de cortarle la parte de atrás y se colocó delante, de pie entre sus piernas, y empezó a canturrear mientras cortaba. Estaba más cerca de lo que lo había estado ningún peluquero profesional. ¿A propósito tal vez?

Las caderas de Claire se curvaban con gracia entre sus piernas. Si se hubiera movido un centímetro hacia un lado u otro, le habría rozado la parte interna del muslo. Era una agonía no poder tocarla. Se aclaró la voz antes de hablar.

–¿Entonces... por qué no te has ido nunca a vivir con un hombre?

–No he conocido a ninguno que quisiera sentar la cabeza. Como diría la señorita Marchand, una de mis clientes, debo de tener «utilízame» escrito en la frente.

Mark se inclinó hacia atrás y la miró con sorpresa.

–¿Tú? Tú siempre has tenido tanto... carácter.

Ella se echó a reír.

–No. La genialidad me desarma –Claire le colocó la cabeza en posición–. O al menos solía desarmarme. Cuando era más joven atraía a los perdedores.

–Tú atraes a cualquier hombre.

–Sí, sobre todo a los hombres que no tienen intención de quedarse. Pero basta de hablar de mí –le levantó otra sección de cabello–. Ahora te estoy cortando el pelo.

Él le agarró de la cintura. Los demás lo estarían mirando, pero le daba igual.

–¿Son los hombres los que no quieren quedarse, o eres tú? ¿Por qué te vas a marchar de Mercy, Claire?

Ella lo miró sorprendida, y abrió la boca, como si fuera a decirle algo. Pero en ese momento se oyeron unos golpes a la puerta y se acercó rápidamente con las tijeras y el peine en la mano para ver quién era.

Por la ventana vio que eran dos de sus clientes más asiduas: la señorita Marchand y la señorita Tanner.

Claire pensó que no podían haber llegado en mejor momento. Las preguntas de Mark habían tocado temas de los que no quería hablar; su pasado, su futuro y sus relaciones con los hombres.

Claire decidió dejar de pensar en todo eso y fue a abrir la puerta.

–Caramba, hola señorita Tanner, hola señorita Marchand. ¿Qué están haciendo aquí?

La señorita Tanner se puso las manos en jarras y la miró con gesto ceñudo.

–¿Qué estás haciendo tú aquí?

–¿Cómo? –dijo Claire.

–Flo nos dijo que dejaste el trabajo. Mañana es sábado, sabes. ¿Qué estás haciendo, si puede saberse? –repitió.

–Yo...

–¡Cómo has podido... ! –la interrumpió la señorita

Tanner–. La gente dependía de ti –señaló las tijeras que aún tenía en la mano.

–Vamos, Colleen, cálmate –dijo la señorita Marchand, que era la más razonable de las dos–. Estoy segura de que Claire tiene sus razones.

–Me voy a California.

Las dos mujeres se quedaron boquiabiertas.

–¿Para qué?

–Eso es lo que yo me estaba preguntando –Mark se sentó junto a ella en el escalón.

Estaban muy pegados, y sin saber por qué se sentía muy consciente de cada movimiento leve de su cuerpo cálido y vibrante.

–Te felicito, Mark –dijo la señorita Marchand–. Los bebés de tu hermana y tu cuñado son preciosos.

–¿Los han visto? –preguntó Mark.

Para tener más sitio le echó a Claire el brazo por la espalda. La tentación de apoyarse en él, de comprobar qué sentiría con su brazo a la cintura, se hizo más intensa. Una intensidad que le corría por las venas. Lo deseaba, y la idea no la sorprendió tanto como habría esperado.

Miró a Mark. Él le sonrió suavemente y sin darse cuenta ella le devolvió la sonrisa antes de volverse hacia las señoras.

–Fui al hospital en cuanto me enteré –dijo la señorita Marchand–. Esos dos hicieron bien en casarse –miró significativamente a Mark y a Claire–. Es lo más adecuado cuando dos personas jóvenes están hechas la una para la otra. ¿No os parece?

Ni Claire ni Mark dijeron nada.

–¿Y tú, Mark? ¿Cuándo vas a sentar la cabeza? Digo yo que ya te toca a ti.

–Sí, Mark –sonrió Claire complacida de ver cómo se había dado la vuelta a la tortilla.

–En cuanto encuentre a una mujer que sepa preparar tarta de limón y merengue –le contestó.

Claire habría esperado que dijera que nunca. Mark era de los que nunca se había acercado a una iglesia, ni jamás se había comprometido. De nuevo se preguntó si en California habría cambiado.

–Parece que no tendrás que buscar muy lejos –murmuró la señorita Marchand–. La gente nunca se entera de lo que tienen delante de las narices –carraspeó y se agarró del brazo de la señorita Tanner–. Será mejor que nos vayamos. Te deseo buena suerte, Claire.

Las señoras se despidieron, y Mark se volvió hacia Claire.

–Parece que tienes un club de fans en Mercy –le dijo.

–Encontrarán a otra.

Mark la estudió.

–No lo sé. No creo que haya nadie como tú.

Claire tragó saliva y se puso de pie. Su creciente atracción por Mark se debía a su proximidad constante, y a nada más. Claire quería hacer su vida; no ceñirse a la que le ofreciera un hombre. Sabía lo que implicaban sus palabras; percibía su interés en sus ojos azul cobalto, pero no pensaba tirar por ese camino. Volvió a la cocina y guardó las tijeras en su estuche.

–Ya estás –le dijo cuando él entró detrás de ella.

Él se pasó la mano por la cabeza.

–Fenomenal. Gracias.

–De nada.

Claire hizo ademán de salir, pero Mark no estaba por la labor de dejarla escapar. No se había imaginado aquel deseo que hervía entre ellos. Claire estaba interesada en él. Estupendo.

–Debería pagarte –le dijo–. Y se me ocurren varias e interesantes maneras de hacerlo. Vestidos. O desnudos.

De nuevo su instinto más primitivo se le había adelantado y empujado a decir lo peor en el peor momento posible.

–¿Qué cobras por cortarle el pelo a un cretino que acaba de decir lo peor posible?

–Nada.

Ella parecía lejana de nuevo. Y sin duda él había contribuido con su comentario.

–Lo siento. Soy un imbécil. ¿Querrás perdonarme por decir tantas estupideces y por hacerte tantas preguntas personales?

Claire sonrió.

–Las peluqueras no le cuentan sus cosas a los clientes. Suele ser al contrario.

–¿Y qué te parece si te sientas y yo te corto el pelo? Así podrás contarme lo que quieras.

Ella pareció horrorizada.

–Jamás te dejaría acercarte a mí con unas tijeras en la mano.

–¿Y si lo hago de mentira?

Avanzó un paso y tomó un mechón de pelo. Era como la seda. Seda rubia. Las ganas de abrazarla y besarla se le hicieron insoportables. Se dijo que era suficiente con tocarle el pelo.

Pero sabía que no. Se estaba engañando a sí mismo si pensaba que lo que había empezado a sentir por Claire era sólo amistad. En los últimos seis días algo había cambiado en su interior. La quería a su lado, junto a él, para todo. Para lavar los cacharros o ver las noticias. Para cosas que jamás había considerado hacer con una mujer.

–¿Habéis terminado ya? –dijo Millie mientras entraba en la cocina–. Es la hora de la comida.

Claire se apartó de él.

–Deja que termine de recoger... –fue por la escoba y el recogedor, que colgaban junto a la nevera.

Él le quitó la escoba de la mano.

–No, tú ya has hecho bastante. Ve a relajarte al sofá, a ver un rato la tele.

Claire se sentó en el sofá, pero no parecía cómoda. No miró hacia él, sino que fijó la vista en la pantalla. El reportero que había estado allí con ellos estaba en ese momento hablando de las personas que quedaban en la caravana y mostrando sus fotografías.

Mark terminó de recoger. Tenía que volver a pensar en el programa de formación que Luke y él habían pensado en montar antes de perder todo el negocio. Durante días había intentado un modo de comercializar el programa como algo valioso en el mundo empresarial. ¿Para qué pagar a un profesor cuando podían comprar los manuales?

Y entonces cayó en la cuenta. Claire. Las señoras de la peluquería. Las relaciones. La confianza. Se le encendió la luz.

Todo el mundo quería poder depender de algo, de alguien que pudiera ofrecer respuestas, apoyo... formación. Así era como podrían vender aquel programa. Si promocionaba el paquete como una asociación en la que las empresas pudieran depender del mismo instructor, entonces tendría algo valioso. Luke podría crear el software y Mark se encargaría de ayudar a los negocios a aplicarlo.

Dejó la escoba y el recogedor en su sitio. Los demás estaban charlando animadamente de su aparición en televisión, pero él apenas los oía. Las ideas, la forma de la proposición, las posibilidades, todo le daba vueltas en la cabeza a toda velocidad. Quería volver a su ordenador antes de perderlas.

Pero entonces se fijó en Claire, acurrucada en un rincón del sofá, pensativa. Había conseguido salvar el obstáculo con el programa de formación. Tal vez consiguiera salvar el obstáculo entre Claire y él.

Fue corriendo al dormitorio y salió con la segunda lata de galletas.

–Toma –le dijo, pasándosela a Claire.

—¿Qué es esto?

Ella sonrió de tal modo que Mark deseó tener diez latas más. Le quitó la tapa y aspiró.

—Tu madre siempre hacía las mejores galletas. ¿Son de manteca de cacahuete?

—Sí.

—Ay, Dios, son mis favoritas —las miró con avidez.

Si lo mirara a él como había mirado a las galletas... se perdería.

—Toma las que te apetezcan.

—¿Las que quiera? —le preguntó.

—Son todas tuyas. Es mi manera de darte las gracias por cortarme el pelo.

—¿Por el corte de pelo?

—Por eso y por unas cuantas cosas más.

Por ser la inspiración a la solución de su problema. Por estar en esa caravana con él. Sencillamente por ser ella.

Escogió una y le dio un mordisco.

—Ah... qué delicia —dijo mientras masticaba—. Pero si me como todas las galletas, ¿entonces qué vas a utilizar para pagarme el uso del champú?

Mark la miró a los ojos fijamente. Una corriente eléctrica chisporroteó entre ellos.

—Estoy seguro de que se me ocurrirá algo.

CAPÍTULO **6**

ESA TARDE Mark observó a Claire en la cocina, batiendo una mousse de chocolate. Art y Gracie estaban durmiendo la siesta; Roger y Jessica sentados en el sofá, discutiendo sobre electrodomésticos. Millie tejía otra manta mientras Lester dormía en la tumbona. Renee estaba sentada en el suelo, haciendo un solitario. Y Danny estaba pegado a la tele, por supuesto.

Mark sabía que debía pensar en cómo eliminar a la competencia, pero sólo era capaz de observar a Claire. Mientras trabajaba meneaba las caderas al son de la música de la radio de la cocina, resultándole mucho más deliciosa que el postre que estaba confeccionando.

Durante años había evitado cualquier cosa que se pareciera remotamente a un compromiso con una mujer. Entonces Claire había vuelto a su vida. Sin embargo, ella le había dejado claro que no quería nada serio en ese momento. En el pasado le habría parecido perfecto; pero en ese momento Mark quería algo más. Deseaba un hogar, un postre en la cocina, una sonrisa al final del día.

Se aprovechó de que ella hizo una pausa y metió el dedo en el cuenco.

—Está deliciosa. Mucho mejor que la mousse que probé en Los Ángeles.

—Dijiste que te gustaba la mousse, así que decidí preparar un poco.

–Gracias.

Ella se encogió de hombros, como si no tuviera importancia. Pero el postre era prueba de que había estado pensando en él, y eso le gustó más de lo que hubiera creído posible.

Tomó otro poco.

–Se te da muy bien. ¿Por qué no te hiciste jefe de cocina?

Ella le apartó el dedo antes de que pudiera meterlo otra vez en el cuenco.

–¿Y cómo podría haber ido a la escuela de hostelería?

–Fácilmente. Apuntándote y yendo.

–Para eso hace falta dinero –repartió la mousse en diez cuencos de plástico, desconectó la batidora y la enjuagó–. Y yo nunca lo tuve. Abe no iba a ocuparse de pagarlo, sobre todo porque lo necesitaba para cerveza.

–Hay becas; distintas ayudas.

–Mi oportunidad de estudiar terminó hace diez años. Debería haber ido, siempre quise hacerlo. Pero al final terminé en la escuela de peluquería –volvió al mostrador, sacó otro cuenco del armario y lo colocó encima de otro que tenía hielo. Entonces vertió una cantidad generosa de nata líquida en el cuenco de encima. Secó las varillas limpias, las acopló de nuevo a la batidora y empezó a batir hasta conseguir montar la nata–. Me gusta más hacerlo en un cuenco de cobre. Queda mejor.

El aroma de chocolate mezclado con el perfume de Claire daban a la escena un aire hogareño. Claire empezó a canturrear al son de la música de la radio y se puso a mover las caderas mientras trabajaba. ¿Cuándo era la última vez que una mujer aparte de su madre le había preparado algo? Muy fácil... nunca.

Sólo de pensar que Claire se había molestado en

prepararle algo porque él había comentado que le gustaba la mousse que había probado en Los Ángeles le proporcionó una sensación de bienestar; algo tan doméstico como lo que había visto cientos de veces entre sus padres, o entre Luke y Mary.

Mientras miraba a Claire cómo cocinaba se dio cuenta de que anhelaba algo más que el chocolate o la nata; algo mucho más personal. El dolor que había sentido en la habitación de Luke regresó con fuerza.

Deseaba a Claire. No sólo para acostarse con ella, sino para compartir la vida juntos. Tantas veces había dicho que no quería nada con él... y sin embargo percibía un conflicto en ella. Sospechaba que lo había metido en el mismo saco que a los demás hombres que le habían roto el corazón; hombres que temían tanto el compromiso como los gatos el agua. Y todo por los errores estúpidos que había cometido de joven.

Mark se dio cuenta con sorpresa de que no conocía tan bien a la Claire adulta. ¿Con qué soñaba? ¿Qué era lo que quería? ¿Y por qué tenía miedo de iniciar una relación?

—¿Claire, te gusta ser estilista de peluquería? —le preguntó.

Ella se encogió de hombros.

—Es un trabajo.

—Sí, es un trabajo, pero no una profesión para alguien que siempre ha soñado con ser chef.

—¿Y tú? —le preguntó mientras continuaba batiendo la nata—. ¿Trabajas en lo que te gusta?

—Bueno, la verdad es que no corro por escribir manuales de software —se echó a reír—. Pero no hay mucho trabajo de lo que a mí me gusta hacer.

—¿Y qué es?

—Me gusta hablar con la gente, ayudarla —le dijo mientras metía el dedo de nuevo en el cuenco—.

Odiaba ser vendedor. Siempre había un motivo ulterior para cualquier conversación.

Claire ladeó la cabeza y le sonrió, y él sintió que se le aceleraba el pulso.

—Tengo que reconocer que se te ha dado muy bien poner paz en la caravana en estos días. Jamás se me habría ocurrido eso de las cartas.

Él se llevó la mano al pecho.

—¿Es un piropo? ¿Claire elogiándome? ¿La misma chica que tanto me detesta?

Ella se puso seria.

—No te detesto —continuó batiendo la nata aunque ya estaba bastante dura.

¿Se atrevería a esperar que sintiera las mismas cosas que estaba sintiendo él?

—No te pases o la estropearás.

Ella lo miró desconcertada.

—¿El qué... ?

—La nata montada —señaló el cuenco y se encogió de hombros—. Mi madre ve el canal de cocina todo el tiempo, y yo he aprendido un par de cosas. Aunque sea un hombre sé que si se bate demasiado la nata montada puedes acabar haciendo mantequilla.

—Ah, sí —se ruborizó un poco, sacó una espátula y empezó a poner un poco de nata en cada cuenco de mousse—. Me he distraído.

Mark se acercó un poco más, hasta que su aliento le hizo cosquillas en la nuca.

—¿Estás diciendo que te distraigo? —le dijo en tono burlón, aunque desde luego no estaba bromeando.

—Sí, me distraes.

—¿Y eso es bueno?

Ella asintió sin decir nada. Antes de poder dominarse, Mark se inclinó y le besó el cuello. Tenía la piel cálida y suave, tierna y más deliciosa que ningún postre.

Ella se quedó inmóvil, pero no se apartó. Él permaneció unos segundos más antes de retirarse. Lo que más deseaba era tomarla entre sus brazos y besarla hasta que se le olvidara su propio nombre, pero sabía instintivamente que si avanzaba demasiado deprisa Claire echaría a correr.

—¿Por qué... has hecho eso?

—Porque hace mucho que te deseo, Claire.

—¿Cuánto, seis días... —miró el reloj— y siete horas?

—Más bien trece años —se apoyó sobre el mostrador—. ¿Recuerdas esa vez que salimos con Jenny y Nate?

—Sí. Fue un desastre.

—Tal vez para ti lo fuera. Yo lo pasé bien.

—Mark, apenas conseguimos aguantarnos.

Se volvió para fregar las varillas, pero él se interpuso en su camino.

—Eras tan... fuerte —le dijo en voz baja mientras le tomaba la mano—. Tan confiada. Tan segura de quién eras. Envidiaba eso en ti al tiempo que me aterrorizaba. No creo haber sabido nunca quién soy o hacia dónde voy.

Ella se echó a reír con nerviosismo.

—Yo no estoy segura de nada. Te has equivocado conmigo, Mark.

—Tal vez seas tú la que no te ves claramente —le deslizó el dedo por la garganta y ella aguantó la respiración; entonces la miró a los ojos—. Eres mucho más de lo que piensas, Claire. Mereces ser feliz.

Ella retiró la mano y desvió la mirada.

—Soy feliz.

—¿Entonces por qué estás tan empeñada en salir de Mercy para irte tan lejos? Sé por experiencia que en California no hay nada que no puedas encontrar aquí.

—No tengo nada aquí, Mark; nunca lo tuve —tragó

saliva–. Hay que meter la mousse en el frigorífico –le pasó dos cuencos y salió corriendo de la cocina.

En la tarde del sexto día, Claire escribió en su diario:

He pasado casi toda la tarde hablando con papá. Las perspectivas no son mejores hoy. Faltan ocho días para que le administren la quimioterapia. Nunca he tenido tantas ganas de estar sola. Quiero dar golpes en la pared, romper algo. Pero no puedo enfadarme con nadie; sólo con unas células intangibles que están devorando el cuerpo de mi padre.

Podría echarle la culpa a las tabacaleras, o a los cigarrillos que se fumó, pero nada de eso va a cambiar la situación. Cada vez que lo llamó me doy cuenta de que el tiempo corre muy deprisa, y me dice que debo estar allí antes de que se ponga demasiado enfermo. ¿Y si la quimioterapia no funciona? ¿Y si el cáncer se extiende aún más?

Necesito salir de esta caravana. Tal vez debería abandonar. Salir ahora, meterme en un avión y arreglar después este lío de vida que tengo.

–Te toca cocinar esta noche –le dijo Millie en tono alegre al entrar en la cocina–. Lo hemos echado a suertes. Pero tienes un ayudante –detrás de Millie entró Mark.

Después de la escena anterior cuando había preparado la mousse, Claire había hecho lo que él la había acusado de hacer: escapar. Era más fácil ignorar a Mark y todas las preguntas que empezaba a darle vueltas en la cabeza. De modo que se había puesto a escribir en su diario y él a trabajar, a teclear como un loco en su ordenador.

Pero incluso después de pasar varias horas delante de la pantalla, parecía lleno de energía y listo para hacer cualquier cosa.

—Estoy segura de que no os importará trabajar juntos. En el cajón de la nevera hay pollo que nos ha traído Nancy hoy. Preparadnos algo bueno, venga.

Claire se puso derecha y aceptó el mandil que le pasaba Millie. Evitó mirar a Mark y se concentró en hacerse la lazada.

—Pensé que los restaurantes nos iban a dar la cena.

—Sólo se ofrecieron unos cuantos. Esta noche estamos solos —Millie le pasó un mandil igual al de Claire antes de volver al sofá donde Lester roncaba.

Claire cerró el estor de la ventana de la cocina al ver que había un grupo de gente curioseando alrededor de la caravana.

—Nos hemos convertido en una atracción turística.

Mark retiró el estor y se asomó.

—Me pregunto cuánto tiempo pasará antes de que un adolescente se suba encima e intente tomar una foto por el tragaluz de la ducha.

—¡Mark!

—Yo lo habría hecho.

—Tú no eres el hombre típico.

—¿No?

Se acercó a ella un momento, y pensó que iba a besarla. Se permitió el lujo de observarlo un instante, de admirar al hombre que tenía delante. Tenía las facciones duras, algo curtidas por el sol californiano. Los hombros eran anchos, capaces, bien definidos bajo la camisa. Sus ojos, de un azul intenso, siempre parecían tener un brillo burlón. Pero en ese momento no había expresión de burla en ellos; tan solo un deseo ardiente que enseguida le corrió a Claire por las venas.

El anhelo de abrazarse a él la golpeó con tal fuerza que la dejó sorprendida. Y si...

¿Y si la besara? ¿Tan malo sería? ¿O tal vez tan bueno?

La miró con curiosidad y se acercó a la pila a lavarse las manos.

—¿Quieres decir que soy único?

—Quiero decir que eres raro —contestó con el sarcasmo que tan cómodo le resultaba..

Se puso a lavarse las manos con empeño para evitar la mirada burlona de Mark.

—Qué lástima. Siempre he pensado que tú estabas por encima de la media.

—Deja de decir tonterías, Mark. Tenemos cosas que hacer.

Debería centrarse en ganar la caravana para ir a California. No debería estar pensando en Mark, ni preguntándose cómo serían sus besos, ni lo que sentiría si la abrazara con fuerza.

—Ah, sí, la cena. ¿Crees que podemos hacer algo para impresionar a los otros ocho?

—Si fuéramos inteligentes les daríamos veneno —dijo Claire—. Para que se marcharan todos, y así poder quedarme con la caravana.

—Anímate —Mark sacó el pollo de la nevera y lo dejó en el mostrador—. Puedes durar más que toda esta gente. Dudo que muchos de ellos se queden más de otra semana.

Ella plantó las manos en el mostrador con fuerza.

—No tengo tiempo —susurró—. No tengo casi tiempo, por amor de Dios.

—¿Entonces por qué sigues aquí? ¿Por qué no vas donde tengas que ir y dejas esto?

—Hice una promesa. Necesito la caravana para cumplirla. No puedo romperla, y no la romperé. Es demasiado importante —sacó una cebolla de un cesto que había debajo de la pila y empezó a picarla.

–Claire, si estás disgustada porque vas a perderte unas vacaciones...

Ella se dio la vuelta con un cuchillo en la mano.

–¿Crees que es eso lo que me tiene preocupada? –con el rabillo del ojo vio que los demás estaban mirándolos y bajó la voz–. Es mucho más que eso.

–Cuéntamelo.

En parte deseaba confiar en él.

–Es personal.

–Bien.

Pero por su tono de voz notó que no le parecía nada bien. Dejó el cuchillo sobre la tabla y suspiró.

–No ha sido mi intención decirlo así. Yo... no quiero hablar de ello. Aquí no...

Mark empezó a desenvolver el pollo.

–¿Con todo este público?

–Sí. Me voy a volver loca si tengo que pasar un día más metida aquí.

–Sé a lo que te refieres –untó de aceite una fuente de horno y empezó a colocar los pedazos de pollo dentro–. Qué pena que no podamos acelerar el proceso de eliminación un poco.

–Sí. Acelerarlo hasta el final –puso la cebolla encima del pollo; sacó un pimiento de la nevera y empezó a picarlo–. Tal vez debería abandonar; olvidarme del concurso.

–Sabes... –Mark hizo una pausa y fue a lavarse las manos.

–¿El qué? –añadió el pimiento a la fuente.

–Estamos preparando juntos la cena sin necesidad de decirnos nada –señaló el pollo–. Imagínate lo que podríamos hacer si tuviéramos un plan.

–¿Un plan?

Agachó la cabeza.

–Para que el resto se largue de la caravana –le susurró al oído–. Y luego ya veremos lo que haremos cuando sólo quedemos los dos.

Claire se mordió el labio mientras reflexionaba. ¿Juntarse con Mark? ¿Confiar en él?

Él era su único aliado en la caravana. Y la había ayudado a entrar allí, aunque había sido la número veintiuno. Miró hacia la zona de estar donde estaban los demás. Todos eran extraños. Cada uno tenía sus propias razones para querer la caravana, pero ninguna tan urgente como la suya.

Si Mark y ella aunaban fuerzas, tal vez pudieran convencer a los otros para que se largaran rápidamente. De ese modo tendría oportunidad de mantener su promesa.

Miró a Mark, que estaba cubriendo el pollo con nata líquida. Habían preparado una cena apropiada con cuatro cosas.

¿Qué tenía que perder? Si pudiera ganar la caravana y llevarse a su padre a hacer ese viaje que le había prometido, entonces cualquier cosa valdría la pena. Tendría a su padre; después podría establecerse para emplear todo el tiempo posible en conocer al hombre que le había dado el ser, antes de perderlo, tal vez para siempre.

De pronto confiar en Mark no le pareció una idea tan mala. Le había dicho que había cambiado, y todo lo que había hecho en los últimos días daba contenido a sus palabras. Se habían hecho amigos... No, algo más que amigos. Aunque no quería explorar aún cuánto más. De momento había aquel acuerdo. Lo demás lo averiguaría después.

Se limpió las manos en un paño de cocina y le tendió una a Mark.

–Trato hecho.

Cuando se dieron la mano sintió que algo surgía entre ellos. Un vínculo que no había estado ahí antes.

—Creo que funcionará —sonrió.

—Pongamos a hervir unas patatas. Y después de la cena...

—Ponemos en práctica el plan, sea cual sea.

Era un comienzo.

—De acuerdo, dime lo que estás pensando —empezó, esperando que la idea de Mark funcionara.

Y que no tuviera que depositar su fe en un hombre que, como tantos otros habían hecho anteriormente, la dejara colgada.

El Plan A, como Mark lo bautizó, consistía en molestar y embaucar a los demás concursantes. Claire, que era capaz de hablar sin parar a tomar aire, los volvería locos con tanta conversación. Mark, con su encanto particular, planeaba persuadirlos y engatusarlos para que se largaran de la casa rodante.

O al menos eso era lo que esperaban. Mientras se cocinaba el pollo, ellos hablaron y concretaron su plan al tiempo que preparaban el puré de patatas y el brócoli al vapor. Después de la cena, se ofrecieron voluntarios para fregar los platos, y de paso para tener unos minutos más para hablar. Cuando terminaron de secar el último plato, el plan estaba urdido.

Claire terminó su refresco y tiró la lata a la basura. En ese momento Millie entró en la cocina apresuradamente y abrió el frigorífico.

—Eh, Millie —dijo Claire—. ¿Qué tal estás?

—Bien. *Jóvenes y Ricos* es uno de los candidatos a los premios a la mejor serie. Ojalá gane Marcie.

Se estrujó el cerebro para recordar cada chisme que había oído en la peluquería y las banalidades que había leído en la *Guía TV*. Las clientes de Flo estaban adictas al culebrón. Había oído cosas mientras trabajaba, aunque nunca había prestado demasiado atención.

—¿Cuánto tiempo llevas viéndola?

—Desde el primero de noviembre de mil novecientos setenta y cinco —dijo Millie con orgullo—. He estado con Jace y con Marcie desde el primer día.

Una vez, curiosa por el tirón de la serie de éxito, había leído un artículo sobre el programa. En ese momento se acordó de unos cuantos detalles.

—Entonces debiste de ver cuando nació el bebé de Marcie.

El anuncio terminó, y empezó el espectáculo otra vez.

—Sí, un nene precioso. Ah, mira. ¡Ya ha empezado! Vamos a ver si le dan el premio a Marcie —dijo Millie en tono rotundo.

Millie volvió a la sala. La conversación había terminado.

Más tarde, puso a prueba la táctica con Art y Gracie. Se sentó a su lado mientras jugaban al scrabble, y de mala gana la invitaron a jugar. Claire no dejó de hablar durante todo el juego. Habló de todo y de nada, incluso de la razón por la cual creía que los recuadros del juego de mesa tenían aquel diseño especial. Ignoró las miradas irritadas que Art y Gracie le echaron, fingió no oír a Millie rogándole que se callara cuando Marcie pronunció su discurso de agradecimiento. Sencillamente continuó hablando.

Finalmente, Art y Gracie se levantaron, guardaron su juego y fueron al dormitorio a estar un rato a solas. Allí se encontraron con Mark, que estaba trabajando con su ordenador portátil, y que tenía todos sus papeles extendidos sobre la cama. Claire se quedó en la cocina, preparando un plato de nachos, pero en realidad intentando oír su conversación.

—No puedo soportar esta caravana ni un minuto más, Gracie, nena —dijo Art con un suspiro de irritación.

Gracie murmuró afirmativamente.

—¿Es duro, verdad? —dijo Mark en tono comprensivo—. Me pregunto si vale la pena quedarse aquí y soportar todo... esto —Claire se asomó y vio que hacía un gesto con la mano abarcando todo el vehículo.

—Es exactamente lo que pienso —contestó Art—. Gracie, tal vez deberíamos pensar en comprarnos una. No necesitamos una tan grande para los dos.

—Pero Art...

—Gracie, podríamos sacar esos ahorros del banco y tener una casa rodante propia en unos días.

Gracie parecía lista para protestar, pero Mark salió al rescate.

—Y será mejor que os pongáis en camino para Florida antes de que llegue el frío. *El Almanaque del Granjero* dice que este invierno será uno de los peores de la historia. Con temperaturas de varios grados bajo cero y mucha nieve. Y ese viento helado que se te mete por todas partes —Mark sacudió la cabeza y se abrazó, como si tuviera frío.

Gracie se estremeció de verdad.

—Tal vez sea buena idea —le dijo a Art—. ¿Crees que podríamos comprarnos una con antena satélite? Detestaría perderme mis programas mientras estamos conduciendo.

—Lo que tú quieras, cariño —Art, que era un oso, le echó el brazo a Gracie, que era menuda.

Llevaban más de cuarenta años casados, pero Art la miraba como si fueran aún jóvenes. Mientras los miraba, pensó que a algunas personas el amor les funcionaba. A ella no, pero se alegraba de que algunos conocieran un final feliz.

Art y Gracie entraron en la cocina.

—Bueno, Claire, parece que con la edad hemos perdido la paciencia. Acabamos de decidir que nos vamos a comprar nuestra propia caravana en lugar de esperar a que esta se vacíe.

Claire le dio la mano y abrazó a Gracie, deseándoles buena suerte. Cuando Art y Gracie salieron de la caravana, el equipo de las noticias y Nancy Lewis subieron. Las luces de la cámara ya estaban encendidas; James Kent tenía el micrófono listo.

Nancy tenía una expresión furiosa en el rostro. Se acercó al grupo con las manos en jarras.

–Uno de vosotros nos está mintiendo. Vais a hacer la maleta y a salir de aquí. Inmediatamente.

MARK aguantó la respiración, pero James pasó de largo. Hizo lo mismo al pasar al lado de Claire, de Millie y Lester y de Danny, que parecían muy aburridos. Pasó delante de Roger y Jessica, que estaba cogidos de la mano y con aspecto de estar algo nerviosos. Finalmente se detuvo delante de Renee.

–¿Te gustaría contarnos algo? –le preguntó Nancy mientras blandía unas hojas delante de Renee–. Como por ejemplo por qué mentiste en este formulario.

–Yo... yo... yo no mentí –Renee se puso colorada.

–¿Tienes acaso algún abuelo que esté vivo?

Renee agachó la cabeza.

–No, pero...

–¿Sabías que hay una orden de busca y captura del Departamento de Policía de Lawford? –James, claramente deseoso de sacar los trapos sucios de Renee, consultó su bloc de notas–. Por conducir con el permiso caducado, por conducir un coche sin asegurar, por abandonar la escena de un accidente después de darse un golpe con el coche. Por no mencionar los varios cientos de dólares que debe por multas de velocidad y de aparcamiento –le colocó el micrófono delante.

–Desde luego no pensamos concederle esta preciosa caravana a una persona que no deja de incumplir las leyes de tráfico –lo interrumpió Nancy.

Como si acabara de darse cuenta de que saldría en las noticias de la televisión local, Renee apartó la cámara a un lado. Fue corriendo al dormitorio, sacó su maleta y salió de la caravana a toda velocidad. Pero no llegó lejos. Dos policías la recibieron a la puerta y le quitaron la maleta antes de llevársela.

James Kent sonrió con alegría y se volvió hacia la cámara.

—Que sea la entrada para el parte de las cinco. El público no se moverá del asiento.

—No pongáis al centro comercial como responsable —le advirtió Nancy—. No comprobamos si el contenido de los formularios era cierto, por amor de Dios. Sólo los leímos.

—Ah, no. Jamás se me ocurriría aprovecharme del centro comercial para sacar una historia.

Mark vio claramente que estaba mintiendo. James Kent era una rata. Una rata que podría resultarle útil, bien mirado.

James levantó de nuevo el micrófono.

—Aquí estamos en el sexto día de «Sobrevive y Conduce» en el Centro Comercial de Mercy. Después de la salida apresurada de Renee Angelo, quedan siete concursantes. Siete personas encerradas en una batalla por una casa rodante de ochenta y cinco mil dólares. ¿Cuál es su estrategia? —dirigió el micro hacia Mark—. He oído que usted y Claire Richards se conocen desde hace mucho tiempo. Amigos de la infancia y todo eso.

—Nos conocemos —fue todo lo que concedió.

—Estoy seguro de que ha oído hablar de aquel heroico rescate en el hielo. Aunque tal vez debería preguntárselo a ella —James inclinó el micro hacia Claire.

—Déjela al margen de esto.

—¿Por qué? Estoy seguro de que tiene historias sobre usted que contarnos —sonrió—. Sabe, estuve leyendo los periódicos que publicaron artículos sobre aquel rescate, y hay algo... —hizo una pausa—, hay algo que no me cuadra.

—Lo que pasó hace veinte años no tiene nada que ver con este concurso.

—Bueno, yo creo que sí. La gente tal vez no se sienta tan inclinada a cederle su puesto a un héroe si se dan cuenta de que no es oro todo lo que reluce.

Mark contó hasta diez mentalmente para no darle un puñetazo a aquel tipejo. Entonces Claire apareció a su lado.

—Conoce a Mark de toda la vida —James adelantó el micrófono—. ¿Le resulta por ello más difícil competir?

—No. Pero tengo ventaja porque sé cómo es —Claire esbozó una sonrisa dulce pero firme—. Por supuesto, Mark tiene la misma ventaja sobre mí —Claire señaló hacia Roger y Jessica antes de que pudiera continuar—. Sabe, esos recién casados no parecen demasiado felices. Debería preguntarles cómo les va su «luna de miel».

James le echó una última mirada a Mark antes de ir adonde estaba la pareja.

—Gracias —le dijo Mark—. Te debo una.

—No me debes nada —le sonrió—. Todo es parte del plan A.

Claire se dio la vuelta y se marchó. Antes de que Mark pudiera ir detrás de ella, Nancy se acercó a él. Adoptó una pose coqueta y lo saludó muy amigablemente.

—¿Qué tal llevas el concurso?

—Bien, todo va bien.

Estiró el cuello y vio a Claire charlando con Danny. Pero ella ni siquiera volvió la cabeza para mirarlo.

—Sé que tal vez sea un descaro por mi parte, pero... —Nancy le puso la mano en el brazo—. ¿Qué te parece si salimos a cenar tú y yo cuando termine todo esto?

Mark miró de nuevo a Claire. Cada vez que se acercaba a ella, lo rechazaba. Sólo tenía interés en él para ayudarla a ejecutar el plan. Y de algún modo eso le molestó más de lo que habría creído posible, a pesar de que había sido idea suya.

Volvió a mirar a Nancy. Lo miraba con la misma adoración que todas las demás mujeres que había conocido en su vida. Todas menos una.

Sabiendo que no debería hacerlo, que sólo estaba cayendo en los mismos fallos que lo habían llevado hasta allí, Mark ofreció a Nancy su mejor sonrisa. Sería mejor que se enfrentara a la realidad: no había cambiado nada.

–Claro, me encantaría ir a cenar.

Dio gracias al cielo con el pensamiento cuando James Kent salió de la caravana. Había seguido a todo el mundo durante un par de horas, metiendo la cámara en cada rincón de la casa rodante, intentando captar un «sabor a la vida en la caravana», como había dicho él. No sabía quién era peor, si el fastidioso reportero o la excesivamente alegre directora de actividades del centro comercial.

Nancy Lewis se había marchado también, sonriéndole demasiado a Mark antes de cerrar la puerta. Había oído por encima su conversación y le habían entrado ganas de vomitar. Mark no había cambiado nada. ¿Por qué había pensado que era diferente? ¿Por qué había empezado a creerlo cuando le había dicho que había madurado?

¿Y por qué se sentía tan decepcionada al darse cuenta de que había tenido razón?

Sabía por qué. Porque algunas personas, por ejemplo ella misma, no eran capaces de salir de su estupidez. Había caído en la misma trampa a los dieciocho años. Los ojos azules y las voces sensuales tenían la culpa.

–Se está haciendo tarde. Vamos a sacar cartas otra vez.

Dejó que cada uno sacara una carta de la baraja. Millie y Lester sacaron las dos más altas, de modo que se fueron corriendo a la cama de matrimonio. Roger y

Jessica sacaron las dos siguientes e inmediatamente reclamaron la cama sobre la cabina. Claire vio la emoción en sus miradas y se figuró que iba a ser una noche muy larga para todos.

Danny le dio su reina a Mark.

—Yo me quedo en la silla de delante. Es la mejor televisión.

Y dicho eso se acomodó.

Las luces del centro se apagaron, dejando la caravana bañada en su luz ambarina. Mark y Claire se quedaron más o menos a solas en el salón, el uno frente al otro.

—Bueno, supongo que me quedaré otra vez en la butaca —dijo, al ver que tenía la carta más baja de las dos.

—No, yo me acostaré en la butaca. Tú quédate con el sofá cama.

Pero ninguno de los dos se movió.

—Escucha —dijo Mark mientras colocaba la baraja—. Los dos somos adultos. Podemos compartir el sofá cama sin volvernos locos como si fuéramos adolescentes. Así los dos podremos dormir a gusto la noche entera.

Miró el sofá y supo que sería mejor que la butaca. El cuello le empezó a doler otra vez, como si quisiera recordarle que un colchón y una almohada le irían bien.

—No deberíamos, no sería...

—¿Adecuado? —Mark arqueó una ceja—. ¿Desde cuándo te ha preocupado eso?

—Nunca —sonrió.

La cama resultaba tentadora. Lo bastante amplia para dos personas. Lo bastante cómoda para proporcionarle el descanso que tanto anhelaba.

Pero entonces recordó la conversación de Mark y Nancy, haciendo planes para ir a cenar. Por encima de ella, oía los sonidos amorosos de Roger y Jessica que aparentemente ya habían iniciado su luna de miel. En su mente imaginó a los recién casados pero con las caras de Mark y Nancy. Un sentimiento, se negó a llamarlo celos, la invadió.

–La butaca está bien –dijo–. En realidad, la prefiero.

Mark le sonrió.

–Eres cabezota.

–No. Pero no quiero caer en las redes de tu seducción. Tal vez Nancy se deshiciera con tu sonrisa, pero a mí no vas a embaucarme con tanta facilidad –soltó–. Una noche platónica en la misma cama... Sí claro.

–¿Estás... –la miró con curiosidad– celosa?

–¿Estás loco? –sacudió la cabeza con énfasis–. Voy a prepararme para acostarme. Préstame uno de esos almohadones, si no te importa.

Y se marchó antes de que él pudiera decir nada más.

Cuando volvió unos minutos después Mark se había sentado en la butaca y se había tapado hasta arriba. Parecía muy incómodo, y al verlo se le ablandó un poco el corazón. El sofá cama estaba listo, incluso le había retirado la esquina de la manta.

–No tenías por qué hacer esto sólo porque soy una mujer –le dijo–. Podría haber dormido en la silla sin ningún problema.

Él contestó sin abrir los ojos.

–A veces soy un tipo más agradable de lo que tú crees. Ahora duérmete y déjame en paz.

Pero no lo dijo de mala manera; más bien le dio la impresión de que estaba algo dolido. Pero eso no era posible. Se metió en la cama y apagó la luz que había al lado. Pero, a pesar de lo cómoda que era la cama, no fue capaz de dormir.

Claire tenía razón. La butaca parecía de cemento. Podría estar allí, en la cama con Claire. Se había dado la vuelta dormida y se le había subido la camiseta larga que utilizaba de camisón, dejando al descubierto una pierna. Una pierna larga y sedosa.

Después de ver eso, ya sí que no podría dormir. Tal vez debería taparla. Después de todo, podría enfriarse.

Se puso de pie con cuidado y se acercó al sofá. Se quedó mirándola unos instantes mientras dormía. Así, dormida, tenía un aspecto casi angelical. Normalmente no utilizaría esa palabra para describirla, pero en ese momento le pareció vulnerable como un niño, allí de lado con la cabeza apoyada en la almohada. Tan dulce, tan perfecta.

Dios, era una mujer preciosa. Toda ella piernas y cabello largo y dorado. No sabía por qué ella siempre había pensado que ser tan alta era un engorro. A él le gustaba que la mujer estuviera a la misma altura, tanto física como intelectualmente. Se dio cuenta mientras la miraba de que se había cansado de mujeres como Nancy, que sólo se fijaban en su físico.

No lo conocían del modo en que lo conocía Claire. Con las demás mujeres no había habido nada importante. Sólo les había interesado el momento. Habían sido conquistas fáciles, que no habían implicado ningún riesgo. Ningún riesgo a fallar, ningún riesgo en absoluto.

¿Entonces por qué demonios había aceptado salir a cenar con Nancy? ¿Sería por miedo a sentar la cabeza?

El último error que había cometido le había hecho ver las cosas de otra manera. Desde entonces tenía un objetivo y había estado trabajando para alcanzarlo: conseguir el dinero suficiente para volver a abrir su empresa con Luke, entre el dinero que consiguiera por la venta de la caravana y lo que le dieran por esos manuales. Ello le hacía sentirse bien. Era estupendo tener una misión, un destino.

Mark dejó de pensar en esas cosas. Agarró la manta que estaba a los pies de la cama y fue a tapar a Claire.

Al hacerlo, ella se dio la vuelta.

–¿Qué estás haciendo? –le preguntó con voz adormilada y sexy.

–Bueno... me pareció que tendrías frío.

–Ah –se incorporó sobre los codos–. Gracias.

–No hay problema –se quedó agarrando la manta un momento más, y entonces se dio cuenta de lo estúpido que debía parecer allí de pie con una de las mantas de Millie en la mano; se inclinó hacia delante y le echó la manta por las piernas–. Ya está.

Ella le sonrió.

–Gracias.

–No hay de qué. Bueno, buenas noches entonces –volvió a la silla.

–¿Mark?

Su voz era dulce como un caramelo.

–¿Sí?

–No puedes estar cómodo en esa butaca. Si me prometes ser bueno –dijo Claire en tono provocativo– entonces puedes dormir aquí. Conmigo.

¿La silla de cemento o compartir una cama con Claire? Mark no vaciló. A los dos segundos estaba tumbado a su lado.

–Claire, eres un ángel.

Se inclinó hacia él y le señaló con un dedo. En la penumbra, sus ojos color esmeralda brillaban, amplios y luminosos, atrayéndolo.

–Nada de manos. Nada de besos. Ni siquiera me roces con un pie. ¿De acuerdo?

–Sí, señorita. Me comportaré mejor que nunca –le dijo en tono diligente–. Pero lo mismo te digo a ti.

–¿Crees que no puedo controlarme?

–Creo que estás loca por mí y tienes miedo de reconocerlo.

Claire se dio la vuelta.

–Tengo cuidado, Mark. No seas arrogante.

Pero no hubo malicia en su tono.

—No me dejas dormir —le susurró—. Ahora duérmete, e intenta no soñar conmigo.

Ella se echó a reír y se acurrucó hacia el otro lado. Mark se agarró a su lado del colchón para no darse la vuelta y abrazarla. Imaginó su pierna enroscándose a las suyas, su pecho aplastándose contra él, su boca sensual besándole en el cuello...

De pronto se oyeron unos gemidos que provenían de encima de la cabina. Mark escondió la cabeza debajo de la almohada. Los gemidos se intensificaron, seguidos por los chirridos de la cama que tenían encima. Gemidos, gruñidos y ruidos de placer. Mark cerró los ojos, pero eso sólo consiguió empeorar las cosas. Con los ojos cerrados sólo veía la imagen de Claire, pidiéndole más, rogándole que continuara...

Mark se agarró con más fuerza a la estructura de metal de la cama. Le estaba matando el deseo desesperado que sentía por la mujer que estaba a menos de veinte centímetros de él.

Apretó los dientes e intentó pensar en otra cosa que no fuera Claire y los ruidos que hacían los recién casados. ¿Cómo se le habría ocurrido invitar a Nancy a cenar? Por la mañana le diría que se olvidara de la cena. Y cuando terminara aquel concurso tal vez pudiera convencer a Claire de que no era la misma persona con la que había crecido.

Los chirridos comenzaron de nuevo. Roger era joven. Aquello podría durar horas.

Mark se tapó la cabeza con la almohada otra vez, pero permaneció atento a Claire, a cada movimiento de su respiración. Cinco minutos antes la cama le había parecido de lo más cómoda. En ese momento era una auténtica tortura.

CLAIRE, tumbada en la cama en la oscuridad, esperó el amanecer. Con Mark a su lado, su mente se negaba a desconectarse. Todos los ruidos la molestaban, tanto los suaves ronquidos de Lester, como la respiración de Danny mientras se quedaba dormido.

Roger y Jessica habían hecho una pausa en su luna de miel. Seguramente se habrían desmayado de agotamiento. Gracias a Dios.

—¿Mark? ¿Estás dormido? —le susurró, y se dio la vuelta para comprobarlo.

Mark estaba casi cayéndose de la cama, totalmente tenso.

—No.

Claire suspiró.

—No puedo dormir.

—Intenta contar ovejas.

—Ya lo he hecho.

—Pues cuéntate un cuento.

—No me sé ninguno.

Él se dio la vuelta y se colocó de espaldas.

—Vamos, todo el mundo se sabe algún cuento. ¿Qué te contaba tu madre cuando te acostabas?

—No me contaba nada. Cuando yo era pequeña estaba enferma. En cuanto me hice mayor, me iba sola a la cama.

—Y Abe no creo que se supiera ninguno.

—Bueno, contaba historias. Pero de las que uno oiría en un burdel.

Mark se echó a reír.

–No ha sido una figura de padre que digamos.

Ella resopló.

–Ni lo sueñes –dobló el almohadón para tener la cabeza más alta; en la oscuridad, sólo parecían existir ellos dos, de modo que se olvidó de Nancy, de su determinación de mantenerse alejada de él–. ¿Puedo preguntarte una cosa?

–Dime.

–¿Por qué estás aquí? Quiero decir, no creo que sea para irte a Disneylandia.

Él permaneció tanto rato en silencio que Claire se preguntó si se habría dormido. El tic tac del reloj de la cocina marcaba el paso de los segundos con rotundidad.

–Porque metí la pata hasta el fondo y necesito enmendar mi error.

–Vamos, Mark, tú nunca has metido la pata. Siempre has sido el niño bonito.

Él se colocó las manos detrás de la cabeza.

–No me conoces tan bien, Claire.

–Claro que sí. Has ganado siempre que te has presentado a algo. Becas, premios, trofeos. Desde que rescataste a ese chico has sido como el rey Midas.

Mark se pasó la mano por la cara y suspiró.

–Yo no... –tragó saliva–. Yo no rescaté a Kenny.

–¿A qué te refieres? Salió en todos los periódicos. El niño de once años estaba patinando en un estanque helado cuando se partió el hielo. Tú estabas ahí y lo sacaste, aunque eras un año más pequeño que él.

Mark cerró los ojos y volvió al pasado.

–Me encontré con Kenny Higgins cuando llegué al estanque detrás de la Granja Emery. Pocas personas lo conocían porque estaba muy lejos de la carretera. Yo lo descubrí en verano cuando estaba buscando una rana para metérsela a mi hermana en la cama.

—¿Le metiste una rana a tu hermana en la cama?

Mark se echó a reír.

—Esa es la misión de todo hermano; torturar a su hermana pequeña.

—Debió de ser estupendo —Claire suspiró largamente.

—¿Estupendo? ¿Tener una rana en la cama?

—No. Tener un hermano —le sonrió con amargura—. Ya sabes que soy hija única.

Mark no dijo nada, sabiendo que la condición de semiorfandad de Claire era un tema doloroso para ella.

—A Katie nunca le pareció tan estupendo, pero supongo que ha cambiado de opinión, porque se ha casado y tiene dos hijos.

—Me alegro por ella —hizo una pausa—. Lo siento. ¿Por dónde ibas?

—Bueno, cuando llegué al estanque helado y vi a Kenny allí, me enfadé mucho —como estaban a oscuras, le sería mucho más fácil confesarse con Claire—. Kenny y yo nunca nos habíamos llevado bien; de modo que él era la última persona que me apetecía ver —dijo—. Me quitó mi palo de jockey nuevo y se lo llevó antes de que me diera tiempo a ponerme los patines. Yo eché a correr tras de él y empezamos a pelearnos. Lo empujé con fuerza y me agarré al palo de jockey mientras él...

Al ver que no terminaba, Claire lo hizo por él.

—Mientras él se caía al agua helada.

—Sí —Mark suspiró—. En el centro del estanque el hielo no estaba del todo duro. Kenny estaba hundiéndose y yo deseé no haberlo empujado.

—¿Entonces lo sacaste?

Él sacudió la cabeza.

—Fui a hacerlo, pero Kenny no dejaba de insultarme por haberlo empujado. Me dijo que podía salir solo. El hielo empezó a rajarse bajo mis pies cuando él se aga-

rró al borde, así que... –la voz de Mark se fue apagando.

Aquellas palabras eran difíciles de pronunciar, pues
reconocería el error tan grande que había cometido.

–Así que eché a correr.

–¿Te marchaste? –preguntó Claire con sorpresa.

Él se volvió y la miró.

–Te lo dije, no soy ese semidios por el que me tiene
la gente. Sólo soy un tipo que tuvo suerte un par de veces en la vida.

–¿Y cómo salió Kenny del agua?

–Lo saqué yo. Eché a correr pero no llegué lejos.
Enseguida volví y vi que se había hundido, pero el pobre salió de nuevo y estaba llorando. Le saqué con mi
palo de jockey. Después juro que jamás he corrido tan
deprisa como aquel día. El hielo se iba rajando bajo
nuestros pies.

–¿Pero por qué no se enteró nadie de eso?

–Kenny y yo hicimos un trato. Él era mayor, ya sabes, y tenía fama de ser duro. Lo que menos deseaba
era que nadie supiera que había llorado como un bebé
cuando se había caído al agua. Yo tampoco quería que
nadie se enterara de que había echado a correr, de
modo que nos inventamos nuestra propia versión.

–¿Y desde entonces habéis mantenido el pacto?

Mark asintió.

–Para ser sinceros, ojalá no hubiéramos mentido.

–¿Por qué?

–La gente se ha pasado toda la vida llamándome
héroe. Mercy es una ciudad pequeña, y la gente nunca
olvida lo que has hecho, ya sea bueno o malo –sacudió
la cabeza–. Pero nunca fui un héroe. Nunca quise
serlo.

–Pero nunca corregiste a la gente. Nunca les dijiste
que dejaran de tratarte con deferencia.

Claire volvía a tener razón. Había dejado que la historia se exagerara, que sus admiradores fueran parte de su vida diaria. Siempre había tenido miedo, y lo seguía teniendo, de no poder hacer las cosas él solo.

—Es cierto —se pasó la mano por la cabeza mientras se enfrentaba a unas cuantas verdades sobre sí mismo—. No te voy a mentir, Claire. Cuando eres adolescente uno busca esa clase de atención. Cuando llegué al instituto la historia era tan conocida que podría haber robado el coche del director y haberlo empotrado contra la entrada, y la gente habría dicho que sólo estaba intentando rescatar a un gato. De ese modo, nunca tuve que esforzarme demasiado. Me daban sobresalientes porque los profesores pensaban que valía para ir a la universidad. Mi vida era fácil. No iba a protestar si la gente me daba la mano continuamente.

Luke había trabajado para conseguir todo lo que había logrado. Con el conocimiento que daban los años, Mark se daba cuenta de que envidiaba eso en su hermano.

—Pero fuiste tú el que rescataste a Kenny.

—De mala gana, Claire. Eso no me hace un salvador.

—Eras un niño. A los diez años se supone que uno no puede ser un ciudadano modelo.

—De un modo u otro, no debería haberme ido. Dicen que el carácter de un hombre se demuestra en los momentos difíciles, y yo... —bajó la voz—. Sé dónde está el mío.

Claire le puso la mano en el brazo, y él sintió que un calor le corría por las venas.

—Creo que te exiges más a ti mismo de lo que nadie ha hecho jamás.

Pensó en cómo había decepcionado a Luke.

—Nunca me he exigido lo suficiente —Mark se tapó el pecho con la manta—. Tal vez deberíamos intentar dormir.

—No me has contestado a mi pregunta.

Cerró los ojos.

—¿Cuál era?

—¿Por qué quieres llevarte la caravana?

Él se dio la vuelta.

—Porque el año pasado le fallé a una persona y esta es mi oportunidad de resolverlo.

—¿De qué estás hablando?

—Esta historia no tiene final feliz. Todavía no.

—No pasa nada —se acomodó la cabeza sobre el almohadón y lo observó en la oscuridad.

Claire esperaría pacientemente; no le presionaría ni le insistiría para que hablara. Si le decía que no quería hablar de ello, lo dejaría ahí. Sabía que era de esa clase de mujer. Y él respetaba eso; la respetaba a ella.

Hablarle de Kenny le había ayudado a sentir cierto alivio. Tal vez si le contaba el error que había cometido con Luke sentiría lo mismo. De modo que aspiró hondo y empezó.

—Hace cinco años Luke y yo nos marchamos a California para montar nuestro propio negocio. En realidad fue idea de Luke, y en ese momento yo sólo me uní al proyecto —se encogió de hombros—. Luke era el cerebro detrás de todo. Yo sólo lo ayudé a vender sus ideas.

—No sé —comentó Claire—. Tú eres un hombre inteligente.

—No lo suficiente. Al menos cuando fue más necesario —Mark ahuecó la almohada y acomodó la cabeza—. Nos fue muy bien durante cuatro años y medio. Luke trabajaba como un loco, y eso tenía fastidiada a Mary. Mi hermano se enfrascó en el negocio y llevaba parte de la administración aparte del diseño del software.

—¿Y qué hacías tú?

—Lo que mejor sabía hacer. Vender. Luke no es tan sociable...

—Lo contrario a ti —comentó Claire.

–Sí. Así que yo me dedicaba a las ventas, y como he dicho todo marchó bien durante cuatro años y medio. Entonces empezó a extenderse el negocio por Internet, y el nuestro comenzó a tambalearse. Acabábamos de firmar un contrato muy importante, así que pensamos que estábamos a salvo. Incluso contratamos a un par de personas más para ayudarnos con la creación del software. Luke necesitaba pedir ordenadores más rápidos y mejores, así que teníamos un préstamo bastante elevado en concepto de equipamiento, además del gasto extra de los programadores –Mark notó que Claire se le había acercado un poco mientras hablaba; una sensación cálida le envolvió el corazón–. El contrato nuevo significaba que Luke pasaría más horas trabajando, lo cual, comprensiblemente, no le gustó nada a Mary. Empezaron a pelearse como locos. Entonces el cliente empezó a variar la fecha de entrega. Cuando comenzaron a fallar en los pagos, sospechamos que tal vez pasara algo, pero continuamos trabajando porque se nos ocurrió que sería algo temporal.

–Pero no fue así.

Mark sacudió la cabeza.

–Entonces un conductor que iba borracho atropelló a Mary y la mató. Luke se quedó totalmente abatido. Me pasó todos los libros de contabilidad y todo lo que estaba haciendo en la empresa y me pidió que me hiciera cargo de todo. Luego celebramos el funeral, y creo que se sentía tremendamente culpable. De modo que se encerró en sí mismo y apenas iba a la oficina.

–¿Y tú tuviste que encargarte de su trabajo, aparte de las ventas?

–Sí. Pensé que podría hacerlo. Había estudiado empresariales en la facultad, pero... –Mark suspiró–. Al final el negocio se fue al garete. El contrato con el que habíamos estado contando, se deshizo. El cliente se declaró en bancarrota. Y nos quedamos con un montón de facturas que no podíamos pagar. Si hubiera vendido más o hubiera intentado hacer otra cosa... tal vez podría haber solucionado algo. Cualquier cosa. Luke contaba conmigo. Supongo que eligió al tipo equivocado –Mark soltó una risa amarga.

Claire se acercó y apoyó la cabeza junto a la suya. Le puso la mano en la mejilla y lo miró a los ojos.

–Tú no fallaste a la empresa, Mark; no fue culpa tuya.

Él se apartó y se sentó en el borde de la cama.

–Lo perdimos todo. El banco se quedó con los equipos. Tuvimos que pagar a los programadores y nos quedamos sin nada. Entonces, claro está, no pudimos quedarnos en California, puesto que nadie nos iba a dar trabajo. Así que regresamos a casa.

Claire lo abrazó por la espalda. Mark pestañeó varias veces para no echarse a llorar. Ella apoyó la cabeza en su hombro y lo besó suavemente en el cuello.

Una sensación de seguridad, de aceptación, le llenó el corazón. Claire. ¿Cómo había tenido la inmensa suerte de encontrarse con ella? Mientras lo abrazaba sintió que se quitaba de encima parte del peso de la culpabilidad.

¿No era aquello lo que había estado buscando? ¿Cómo podía no haberse fijado antes, cómo podía haberla ignorado todos aquellos años? Allí mismo, en Mercy, estaba la mujer que siempre había deseado tener.

Se quedó allí, tomando fuerzas de su abrazo. En su gesto había aceptación, amistad de verdad, algo que casi rayaba en... amor.

–Hiciste lo que pudiste –le dijo ella–. No puedes seguir culpándote.

–Sí que puedo –Mark se volvió hacia ella–. Llevo tiempo ahorrando el dinero que me pagan por escribir manuales, pero no es suficiente. Si gano la caravana, podré venderla y tendré bastante para volver a montar el negocio. Creo que tendré capital de sobra para cinco meses más, que espero sea suficiente para poder despegar.

Se tumbó de nuevo y Claire hizo lo mismo. Entonces él se tapó con la manta y ella se acurrucó junto a él.

Deseó tanto abrazarla. Pero no lo hizo porque aún no estaba seguro de lo que sentía ella. Tal vez lo rechazara y todos esos sentimientos acabaran perdiéndose.

–¿Y si no ganas la caravana?

–Me preocuparé de cruzar el puente cuando llegue –dijo Mark en voz baja–. Mientras tanto, estoy echando al agua unos cuantos barcos más.

Una playa. Estaba tumbada sobre la arena caliente y sedosa, y una brisa suave le mecía el cabello. Suspiró de satisfacción. Sólo que la arena caliente se elevaba y descendía con suavidad pero sin pausa.

Después de quedarse dormida debía de haberse abrazado a él sin darse cuenta. Pero el letargo se desvaneció en un instante y empezó a verlo todo con claridad. Las líneas definidas de un brazo musculoso que le rodeaba la espalda. La pierna, su pierna, enroscada con la de él.

Se incorporó como movida por un resorte. Al hacerlo rozó con la pierna el vientre de Mark. No hacía falta ser un genio para darse cuenta de que él había estado soñando con otra cosa que no era una playa.

¿Con ella?

Claire decidió no pensarlo. Se tapó con la manta y apoyó la cabeza en la almohada de nuevo. La manta no era lo bastante grande para los dos y al ir a taparse destapó un poco a Mark. Vaciló. Paseó la mirada por sus músculos abdominales, por la tira de vello que le bajaba hasta la cinturilla de los bóxer, por los muslos definidos y potentes...

—¿Ves algo que te guste?

Claire se quedó boquiabierta y se retiró inmediatamente.

—No, sólo es que... es que... —su cerebro se negó a cooperar.

—Reconócelo. Me estabas observando.

—¡De eso nada! —respondió en el mismo tono que un niño.

Mark se colocó de lado y apoyó la cabeza en la mano.

—Sí. Y yo voy y me lo creo.

Sonrió, y le pareció que él le estaba leyendo el pensamiento.

—Te iba a tapar. Pensé que tendrías frío.

Él se echó a reír.

—Yo te dije lo mismo antes. ¿Te lo creíste?

—No —Claire sonrió.

—Vamos. Somos dos adultos sanos. Estamos juntos en la misma cama. Es inevitable que nos echemos alguna mirada —sonrió de oreja a oreja—. O que nos toquemos.

—¡Yo no he hecho tal cosa!

—¿No era tu pierna la que estaba sobre mi cintura...? —señaló su cintura.

—No ha sido por ti —le dijo, alzando el mentón—. Fue porque estaba soñando con George Clooney.

Él resopló.

—Ya. ¿No estabas pensando en mí en absoluto?

Antes de darle tiempo a contestar, se acercó a ella, elevó el cuerpo y le plantó una mano a cada lado de la cabeza. Su boca estaba muy cerca de la de Claire. Con un esfuerzo mínimo podría echarse hacia delante y besarlo. Quería, vaya que si quería. Desde que habían hablado antes de quedarse dormidos sentía que algo había cambiado entre ellos. Se preguntó por sus motivos para invitar a Nancy a cenar... ¿Habría sido para darle celos? Estaba segura de que había visto interés en los ojos de Mark. Interés por ella, y por nadie más.

Un sentimiento de felicidad se apoderó de ella. Debería sentirse molesta o frustrada, cualquier cosa menos feliz de que Mark se interesara por ella.

–Sabes –empezó a decir Mark–. Hace una hora, cuando estábamos hablando, estaba pensando en que hay entre nosotros una amistad.

–Sí, yo también.

–No pensé en aprovecharme por estar en la misma cama que tú.

Ella tragó saliva.

–Me alegra saberlo.

–Pero todo eso ha cambiado cuando me he ido a dormir. En mis sueños, Claire, tú insistías mucho en que hubiera algo más que una amistad –esbozó una sonrisa provocativa–. Puedo controlar lo que pasa cuando estoy despierto, pero no lo que sueño. O lo que me haces en los sueños.

–Yo tampoco.

Estaba tan cerca. Hacía una hora, esa proximidad había significado seguridad, comodidad. En ese momento expresaba algo totalmente distinto. Algo que deseaba mucho más de lo que estaba dispuesta a reconocer.

Le acarició la mejilla con el índice, provocándole sucesivas oleadas de calor que se extendieron por su cuerpo en forma de un cosquilleo delicioso. En la oscuridad, sus ojos parecían brillar, y el calor entre ellos se hizo casi palpable.

–Has crecido, Claire.

–Los niños tienden a hacer eso.

–No todo el mundo lo hace con tanta gracia como tú –dijo en tono ronco y sensual.

–Tú... tampoco se te ha dado tan mal.

Los comentarios irónicos tan normales en ella parecían haberla abandonado.

–No quiero hablar de mí. En realidad, no quiero hablar. Creo que ya hemos hablado bastante –le acarició la mejilla muy despacio–. ¿No estás de acuerdo?

Ella sólo le susurró una palabra.

–Sí...

–Bien.

Entonces Mark se inclinó hacia delante y la besó. El gesto la pilló desprevenida, suscitando la explosión de sus sentidos. Desde que se habían montado en la caravana Claire se había preguntado qué sentiría si besara a Mark.

No había esperado aquello.

Su boca no tocó la suya; la conquistó. Con un solo movimiento consiguió borrar de su pensamiento todas las razones que la habían llevado a pensar que acercarse a él no era buena idea. Su lengua se enredó con la de ella, provocándola hasta que se arqueó de placer.

Claire le echó los brazos al cuello y tiró de él hasta que quedó tumbado encima de ella. La seda de sus bóxer le rozaba los muslos, provocando su deseo.

Su beso apasionado le azotó las emociones como una tormenta de invierno. Una caricia apasionada y fiera, y al mismo tiempo tierno y casi reverente. Sus labios se deslizaron sobre los suyos, calientes y mojados, y los mordisquearon con insistencia, pidiéndole todo lo que poseía.

Ella le dio lo que quería, lo que quería ella, con una ferocidad que la sorprendió. Era como si le hubieran encendido un interruptor en el cerebro, uno que había dado paso a una dinámica diferente entre ellos.

Había pensado que sería como los demás hombres que había conocido. En los últimos días, él le había demostrado que no era así. Le había expuesto su lado vulnerable, abriéndole la puerta al verdadero Mark, a un hombre que poseía más dimensiones de las que ella habría pensado.

Que besara así de bien era un extra. Una ventaja que desplazó sus emociones hasta una dimensión desconocida hasta entonces. Ella se agarró a él como si fuera su tabla de salvación en un océano plagado de errores y noches solitarias. Él gimió y se apretó contra ella, y sus caricias se hicieron eco de las suyas.

Mark le acarició los costados y le pasó las manos por las caderas. Ella se deleitó al oírlo gemir. Pegó sus piernas a las de él, pidiéndole más con su cuerpo. Le mordisqueó el labio inferior, y él la apretó entre sus brazos con ardor, dejándole claro lo mucho que la deseaba.

Claire dejó de pensar con coherencia. Aquel magnetismo tan potente entre ellos fue creciendo en intensidad, coronando y deslizándose como las aguas de un océano sobre la arena. Empezó a acariciarle los pechos a través del algodón fino de la camiseta. Cuando le rozó los pezones, Claire volvió a la realidad como si se hubiera topado contra un muro de ladrillo. Se apartó de él y se puso de pie en un segundo mientras se bajaba la camiseta.

—No podemos hacerlo.

Mark la miró sorprendido.

—¿Hacer el qué?

—Esto... —hizo un gesto hacia la cama, lo miró a él y luego a sí misma; el corazón le latía alocadamente—. No puedo liarme contigo. Así no.

—¿Y qué te hace pensar que esto iba a ir a más?

Ella soltó una risotada.

—¿No es así siempre?

Mark se puso de pie, se acercó a ella y le agarró la cara con las dos manos. En la oscuridad, le pareció como si sus ojos la taladraran.

—Te deseo. Más de lo que puedas imaginar. Pero eso no quiere decir que sólo quiera acostarme contigo. Con cualquier otra mujer... Bueno, tú no eres cualquier otra –tragó saliva–. No quiero apresurarme contigo. Me importas demasiado. Somos adultos, y creo que lo bastante inteligentes como para saber dónde estamos... lo que nos ha llevado a hacer esto.

Claire sintió que la emoción le atenazaba la garganta. Ningún hombre había pensado en algo que fuera más allá de lo que podía darle su cuerpo. Ninguno aparte de Mark.

–Jamás habría pensado que tú pudieras decirme algo así.

Él le acarició el cabello con delicadeza.

–Tal vez no me conozcas tan bien como piensas –se inclinó hacia delante y le rozó los labios con los suyos con un beso tan casto que la conmovió más que ninguna otra cosa–. No soy un hombre corriente, Claire. No tengo dieciocho años y ya no estoy partiéndole a nadie el corazón en el baile del colegio. He cambiado, he madurado. ¿Por qué no quieres confiar en mí?

Ella no contestó. Las razones estaban ahí, pero por alguna razón no pudo expresarlas.

–Fui un estúpido –Mark le trazó el contorno de los labios con el dedo–. Jamás debería haberle dicho a Nancy que cenaría con ella. Sólo intentaba ponerte...

–¿Celosa? –dijo ella.

–Sí –sacudió la cabeza–. Es como cuando éramos niños; siempre estabas diciéndome que me perdiera –sonrió–. Me volvías loco. Pero al mismo tiempo lo que más quería era besarte.

–¿Besarme? –repitió totalmente anonadada.

–Cada vez que me acerco a ti siento como si tuviera otra vez doce años. Nunca consigo decir o hacer lo correcto.

No pudo ahogar una sonrisa.

–¿Te pongo nervioso?

–No. Me animas a intentarlo con más empeño –le

agarró el mentón–. Creo que eso es bueno. ¿No te parece?

Antes de contestar, la cama sobre la cabina empezó a chirriar de nuevo. Se apartó de Mark; y el hechizo se rompió.

–Parece que no somos los únicos que nos estamos divirtiendo –le susurró.

–¿Tú llamas... a lo que estamos haciendo... divertirse?

–Oh, sí.

Le apartó un mechón de pelo de la cara y se lo colocó detrás de la oreja. La ternura de aquel gesto casi consiguió que se le saltaran las lágrimas.

En esos días, Claire había descubierto que Mark se había convertido en un hombre en quien podría depender, tal vez a quien podría amar.

¿Amar? ¿Por qué había pensado en eso? El amor no entraba dentro de sus planes. En absoluto. Pero al mirar a Mark empezó a preguntarse si... ¿Y si fuera así?

Repentinamente la habitación quedó inundada por una luz blanca cegadora. Mark y Claire se separaron y se cubrieron los ojos.

Allí estaba Millie, con las agujas de tejer en la mano, levantadas como la porra de un policía.

–Deberíais avergonzaros de vuestro comportamiento –gritó hacia la parte superior de la cabina, donde estaban Roger y Jessica.

Roger asomó la cabeza por detrás de la cortinilla que cerraba su habitación.

–Déjenos tranquilos. Estamos recién casados.

–Para eso están las habitaciones de los hoteles –le blandió las agujas de tejer–. Para que podáis hacer eso en privado. No hace falta despertar a todo el mundo con vuestras locuras.

–¿Qué demonios está pasando? –preguntó Danny con un bostezo.

–No puede decirnos lo que debemos o no hacer –dijo Roger–. Jessica es mi esposa. Si quiero hacer «locuras» con ella, las haré.

Millie colocó las manos en jarras.

–En cuanto Nancy Lewis se entere de esto, saldréis de la caravana en un abrir y cerrar de ojos.

Claire miró a Mark y se mordió el labio para no echarse a reír a carcajadas. Vio que Mark también estaba a punto de hacer lo mismo.

Millie se sentó en la butaca, se cruzó de brazos con una aguja en cada mano, como un faraón egipcio, y echó una mirada malhumorada hacia el altillo sobre la cabina.

–Me quedaré a echaros un ojo, chicos.

Roger soltó una retahíla de improperios de lo más vulgar que sólo consiguió avinagrar aún más la expresión de Millie.

–Vamos, Jessica. Larguémonos de aquí.

Oyó que se vestían, y al poco bajaron y pasaron delante de Millie. Jessica iba llorando, pidiéndole a Roger que se lo pensara. Pero su libido debía pesar más que su necesidad de ganar la casa rodante, porque continuó avanzando hasta llegar al dormitorio, de donde sacó las maletas, antes de salir de la caravana dando un portazo.

Millie los ignoró todo el tiempo. Sacó un ovillo de su bolsa y empezó a tejer otra manta. Clic, clac, clic, clac...

Claire y Mark se sentaron en la cama. El ambiente entre ellos se había enfriado, sobre todo bajo la mirada atenta de Millie.

Por primera vez desde que habían llegado a la casa rodante, agradeció la presencia de Millie. Ella y sus agujas le habían dado un respiro de las emociones confusas que la abrumaban.

¿Sería posible que un momento antes hubiera estado pensando en salir con Mark, un hombre conocido por sus conquistas y por su miedo a los compromisos? Él decía que había cambiado. Pero también había quedado para cenar con otra esa noche.

Bendita Millie. Si Claire creía lo que un hombre le susurraba en la cama, estaba abocada a cometer un grave error.

CAPÍTULO 9

L UKE,
No he dormido mucho últimamente y no, no te voy a decir por qué. Basta decir que el tener a Claire en la misma habitación me impide concentrarme en nada más. Esa abuela, Millie, se pasó toda la noche tejiendo, observándonos como un halcón. Llevo trabajando desde el amanecer, lo cual en este momento tal vez sea lo más inteligente. Dale un abrazo a Emily de mi parte.
Mark.

Mark envió el mensaje a su hermano y seguidamente abrió el archivo de su propuesta para el programa de formación. Lo releyó, y tuvo que reconocer que le había salido bien. Conocía a dos clientes antiguos de su hermano y suyos que habían mostrado un interés en aquel programa el año anterior, pero en ese momento no habían concretado nada, tan solo la idea.

Mark rezó en silencio mientras les escribía un correo electrónico y les enviaba la propuesta.

Se retiró un poco y se dio un masaje para aliviar el dolor de cuello antes de cerrar su portátil.

Al otro lado de la habitación, finalmente Millie se había dormido y estaba roncando. Esperaba que Claire no roncara así cuando fuera su esposa...

¿Su esposa? ¿Desde cuándo había empezado a pensar en Claire en esos términos? Mark la miró. Estaba vuelta hacia el otro lado de la cama, de espaldas a él.

Tenía el cabello esparcido sobre el almohadón como una nube dorada, y la manta se le había resbalado de nuevo hasta las caderas. Al mirarla, se dio cuenta de que esa idea le había rondado el pensamiento casi desde el principio del concurso.

En algún momento durante los últimos seis meses Mark había decidido dejar su vida de playboy y convertirse en un hombre de familia. Madurar significaba darse cuenta de lo que verdaderamente importaba, de lo que haría su vida más completa. Y sin duda eso sería establecerse en un lugar, junto a una mujer. De todas las mujeres con las que había salido, no se le ocurría ni una sola con la que hubiera querido quedarse más de unos cuantos días.

Salvo Claire. Sólo podía pensar en lo mucho que la deseaba ese día, al siguiente, al otro, y durante todos los años de su vida.

Mark Dole, soltero empedernido, se estaba enamorando.

Como si la hubiera llamado con el pensamiento, Claire se dio la vuelta.

—Eh —dijo con voz adormilada.

—Hola.

Se puso de pie y fue a la cocina. La camiseta de dormir era larga, pero para deleite de Mark le dejaba las piernas al descubierto. Incluso por la mañana, sin un ápice de maquillaje en la cara, Claire estaba guapa. La luminosidad natural de sus facciones parecía más resplandeciente a la suave luz del interior de la caravana.

—Hay café —Mark se levantó, fue al mostrador y retiró la jarra de la cafetera—. Siéntate y te sirvo una taza.

—Gracias —se sentó en el banco, se dio la vuelta y levantó dos dedos—. ¿Puedes ponerme dos cucharadas de azúcar y... ?

—Dos cucharadas de azúcar y una gota de leche

—terminó de decir—. Me fijo, Claire —añadió al verla sorprendida.

—Yo... me siento halagada. Nadie se ha fijado nunca en cómo tomo el café.

—Te lo he dicho, no soy como los demás hombres que has conocido.

—Tal vez no —concedió ella.

Al momento, Mark le pasó la taza de café y se sentó enfrente de ella.

—Sabes... —aspiró hondo antes de dar el paso—, es una pena que no estemos casados.

Claire empezó a toser como si se estuviera atragantando.

—¿Casados?

—Si estuviéramos casados, los dos podríamos ganar —sonrió, suavizando la seriedad de sus palabras—. Y después nos marcharíamos juntos hacia el atardecer.

Ella sacudió la cabeza.

—El matrimonio no forma parte de mis sueños.

Él dio un sorbo de café.

—¿Por qué no? —le preguntó, claramente decepcionado.

—Porque me volvería a atar a esta ciudad —agarró la taza con las dos manos—. Cometí ese error una vez. No pienso volver a cometerlo. Aún no he vivido mi vida. Sólo he vivido la vida en la que estaba atrapada por no saber elegir.

—¿Con un hombre?

Asintió antes de dar otro sorbo.

—Mi mayor error se llamaba Travis. Estábamos enamorados —dijo con sarcasmo—. O al menos yo lo estaba. Me dijo que estábamos prometidos, pero nunca se molestó en comprarme un anillo, de modo que todo acabó en una apariencia de felicidad.

—¿Pero por qué saliste con él?

Suspiró largamente.

—No sé explicarte lo horrible que era vivir con Abe. Él... yo no le importaba nada, y ni siquiera me hacía caso a no ser que fuera para decirme que fregara el suelo o que el frigorífico estaba vacío —sacudió la cabeza—. Cuando cumplí dieciocho años, lo que más deseaba era salir de eso. De modo que me enamoré del primero que vino, me tragué todo lo que me dijo y me fui a vivir con él —suspiró y dio otro sorbo de café—. Vivimos juntos durante tres años mientras él tiraba de mí, haciéndome una promesa tras otra. Trabajaba en la acerería, igual que su padre y sus hermanos y sus tíos... Imagínatelo.

—¿Y tú?

—Entré a trabajar en el salón de Flo lavando cabezas. Después estudié en la escuela de peluquería y esteticien. Supuse que sería una buena profesión si lo de la cocina no salía. Travis dijo que su situación era temporal, hasta que tuviéramos el dinero suficiente para comprar una furgoneta y marcharnos de la ciudad —se echó a reír—. Consiguió la furgoneta, pero se olvidó de llevarme a mí. Se marchó a Nashville, supongo que a ganar dinero. Al menos me dejó una nota.

—¿Y después de marcharse? ¿Por qué no te fuiste entonces de la ciudad?

—Debería haberme marchado, pero no lo hice. Abe salió herido en una pelea en un bar y acabé cuidando de él. Lo sé, fue una estupidez por mi parte, pero sentí que le debía algo. Mi madre lo había querido, y supongo que fue por eso. Cuando estaba sobrio era muy divertido, y un hombre que te hace sonreír es fácil de perdonar —cerró los ojos y se dio la vuelta—. Cuando Abe se recuperó me pareció más fácil quedarme en Mercy. Tenía un empleo, tenía una casa en alquiler. Me dije que era todo lo que necesitaba.

—¿Y ahora?

—Ahora por fin ha llegado mi oportunidad. No pienso echarme atrás esta vez. Dejé el empleo en la peluquería antes de montarme en la caravana. La gane o la pierda, tendré que empezar de nuevo.

—Eso requiere coraje.

Ella sacudió la cabeza, y Mark percibió el miedo en su mirada.

—Coraje no, Mark, desesperación —se puso de pie y fue a servirse otra taza de café.

—¿Qué hay en California que no haya aquí?

—Tengo familia —dijo en voz tan baja que Mark tuvo que hacer un esfuerzo para oírla—. Además, es hora de hacer mi vida. Llevo veintiocho años aquí, siempre por otras personas. Primero fue Travis, después Abe —añadió—. Ahora me toca a mí hacer lo que quiero y no pienso permitir que nadie me aparte de mi objetivo.

Mark se puso de pie y se acercó a ella. Entonces le tomó la mano.

—Puedes tener todo eso con un hombre a tu lado, también. Si él te ama, querrá que persigas tu sueño.

Ella se apartó.

—Sí, para que después me abandone cuando yo me haya enamorado de nuevo como una tonta, ¿verdad?

—El amor verdadero no quiere decir que seas tonta, Claire —le volvió la cara para que lo mirara; en sus ojos vio el brillo de las lágrimas—. Tal vez lo que sentías por Travis no era real.

Ella tragó saliva.

—¿Desde cuándo eres un experto? —dijo, pero sus palabras carecían del sarcasmo habitual.

Claire deseaba cosas sencillas de la vida; la oportunidad de comprobar si podía tener éxito o fracasar ella sola. Mark lo entendía. Él quería más o menos lo mismo para sí. Claire no había tenido la oportunidad de hacer lo que quería, y si le presionaba ahora para que se casara con él, acabaría metiéndola en el mismo sitio del que intentaba escapar. De modo que en lugar de decirle lo que sentía, mintió.

–No soy un experto, Claire. No sé mucho del amor.

Antes de que ella pudiera responder, él se retiró. Agarró su bloc de notas, se sentó en la parte delantera de la caravana y le quitó a Danny de las manos el mando. Intentó trabajar, pero no escribió ni una coma.

Sólo pudo quedarse mirando por la ventana mientras pensaba en el error que había cometido proponiendo a Claire matrimonio.

Cuando Mark salió de la cocina, Claire escapó al baño, intentando no pensar en lo que acababa de pasar. Pero aun así, la conversación no dejaba de repetirse en su pensamiento. Disimuladamente, Mark le había pedido que se casara con él. ¿O no?

Cerró los ojos y dejó que el agua caliente le cayera sobre los hombros y la cara. Casarse con Mark. Sin duda una locura. Pero mientras lo pensaba se imaginó con él en una casa, haciendo cosas juntos. Pensó en sonrisas felices y en besos a la puerta, en cenar en la cama y en abrazarse en el sofá.

Sacudió la cabeza. Mark no estaba hecho para el matrimonio. ¿O sí?

¿Podría... amarla?

Sintió ganas de llorar, y el corazón empezó a latirle con rapidez. ¿Cuándo se había preocupado ningún hombre por ella lo suficiente para prestarle la atención que le había prestado Mark?

¿Y cuándo se había sentido tan conmovida por un gesto tan sencillo?

Claire volvió a la realidad. Liarse con Mark en ese momento era una locura. Ella tenía planes. Sueños. Y él no formaba parte de ellos. Al final sería como todas las demás personas que habían pasado por su vida, como su madre, como Travis o como Abe, y la abandonaría.

Claire se dijo que no necesitaba a nadie. Quería cortar con todo, y eso incluía a Mark Dole.

Desgraciadamente, allí era imposible escapar de él. En cuanto salió lo vio sentado con los demás a la mesa de la cocina. Entró y notó que los cuatro desayunaban en silencio. Según iban pasando los días la conversación había decaído, incluso entre Millie y Lester.

Danny terminó su cuenco de cereales con rodajas de plátano, se puso de pie y se estiró.

—Bueno, yo me marcho.

—¿Te marchas? —dijo Lester.

—He terminado. Me voy.

Todos lo miraron sorprendidos.

—¿Así sin más? —le preguntó Millie.

—Sí. Se me han terminado las vacaciones.

—¿Estas han sido tus vacaciones? —le preguntó Claire.

—Aquí hay una tele estupenda, y la mía estaba rota —se encogió de hombros—. Quería ver el final de la temporada de rodeos y este me pareció un buen plan. Pero ahora tengo que volver al trabajo.

—¿Tienes un trabajo? —Millie se quedó boquiabierta.

—Sí. Más o menos. A veces trabajo en la gasolinera. Soy limpiador. Si alguien ensucia algo, yo lo recojo.

Y así sin más Danny se marchó. Los cuatro se miraron con sorpresa.

—¿Estas eran sus vacaciones? —dijo Millie.

Uno menos. Eso fue lo que Claire escribió en su diario después del desayuno.

Si pudiera encontrar el modo de librarme de Millie y de Lester... Aunque sigue estando Mark. Tiene una buena razón para querer la caravana, pero no tan im-

portante como la mía. Ojalá pudiera cerrar los ojos y despertarme en California.

Y Claire cerró los ojos. Las lágrimas que había estado a punto de derramar toda la mañana surgieron en ese momento. Necesitaba estar con su padre, que era su familia. Necesitaba sentir que alguien la amaba sólo por sí misma.

Llamaron a la puerta del dormitorio, y Claire se incorporó rápidamente y se limpió las lágrimas.

—¿Sí?

—¿Estás visible?

—Sí.

Mark entró, le echó una mirada y cerró la puerta. Fue a la cama y la abrazó. Y Claire empezó a llorar otra vez, con una mezcla de alivio y necesidad. Se agarró a Mark, consolándose con su presencia. Por primera vez en su vida, Claire Richards sintió que confiaba en otra persona. Y en el fondo se dio cuenta también de que no se sentía mal, o estúpida por hacerlo. Se sentía bien. Con Mark se sentía muy bien.

Cuando terminó de llorar se retiró y se limpió la cara con las manos.

—Lo siento, yo...

—Calla... —sacó un pañuelo de una caja que había sobre la mesilla de noche—. No tienes que explicarme nada.

—Sí. Teniendo en cuenta que te he empapado la camisa, al menos debo decirte por qué —esbozó una sonrisa débil y le puso la mano sobre la parte húmeda de la camisa—. Quiero ganar la caravana para poder ir a ver a mi padre.

—¿A Abe? Pensé que había muerto.

—Quería decir a mi verdadero padre. Lo encontré hará un par de semanas. O más bien, lo dejé sorprendido cuando le dije que yo era su hija. Durante todos estos años, él nunca supo que tenía una hija —suspiró.

–¿Cómo es eso posible?

–Cuando Abe murió tuve que vender la casa. En el ático encontré una caja con cosas de mi madre que no había visto nunca. En un diario encontré una copia de mi partida de nacimiento con su nombre escrito allí y también unas cartas. Cartas de amor. Contraté a un detective privado, le di la poca información que tenía y en unas semanas lo encontraron. Mi padre se quedó muy sorprendido cuando me puse en contacto con él el mes pasado. No tenía ni idea.

–Vaya. Es increíble –dijo Mark–. ¿Pero por qué tu madre no te habló de él?

Aspiró hondo y finalmente empezó a contar la historia que llevaba tantos años siendo un secreto.

–A los diecisiete años se fue a pasar el verano a la granja de su tío en Kentucky. Le encantaban los caballos. Allí conoció a mi padre. Él era el hijo de unos vecinos. Acababa de alistarse al ejército y se marchaba a finales de verano. Le sacaba varios años a mi madre. Cuando los padres de ella supieron del romance con mi padre, que aparentemente sólo quería un lío de verano, se pusieron furiosos. La presionaron para que terminara con él, de modo que ella le escribió una carta después de que él marchara, rompiendo la relación. Después se enteró de que estaba embarazada. Sus padres, preocupados por el escándalo, la enviaron de vuelta a la granja en su último año de estudios.

–Y fuiste un bebé tan precioso que tu madre no quiso deshacerse de ti.

Las palabras de Mark le hicieron sonreír.

–Cuando nací mis abuelos dejaron que mi madre volviera a casa bajo dos condiciones. Nunca más podría ponerse en contacto con mi padre, y tendría que terminar los estudios. Hizo eso, y luego se casó con Abe –Claire suspiró–. Toda la ciudad pensó que Abe era mi padre porque se casó con él al poco de tenerme a mí.

–Vaya. ¿Nunca volvió a hablar con tu padre?

–No. Él no sabía nada de mí ni de lo que ocurrió hasta que yo lo llamé. Le di un buen susto –se limpió las lágrimas otra vez–. Tengo veintiocho años y no he visto nunca a mi padre.

–Él tiene por lo menos cincuenta años y no conoce a su hija.

–Cierto –suspiró Claire–. Me pregunto cómo es; si es más alto que yo, si tenemos los mismos ojos. Todo eso.

–¿Entonces por qué no toma una avión y viene a verte? ¿O por qué no vas a verlo tú?

–No es tan sencillo –tragó saliva–. Está enfermo.

–¿Enfermo?

–Tiene cáncer –soltó las palabras como si le pesaran toneladas–. Cáncer de pulmón, para ser más exactos. Es curioso que vaya a morirse de lo mismo que mi madre, sólo que ella fue de ovarios. Supongo que por eso tengo tanto miedo de perderlo antes de tener la oportunidad de conocerlo.

Claire aspiró hondo, como si intentara por todos los medios no ponerse a llorar. Mark le tomó la mano y se la apretó.

Entonces se dio cuenta de la suerte que había tenido de poder tener padre y madre, ambos vivos y aún juntos. Sabía que Claire había tenido una vida dura, pero nunca había conocido los detalles. Claire era de esas personas reservadas que sonreía al mundo y fingía que todo iba bien.

–¿No pueden hacer nada por él?

–Lo están haciendo. Dentro de una semana empiezan con la quimioterapia, porque la cirugía y la radioterapia no han servido de mucho. Yo quería ganar la caravana para... –se calló–. Parece ridículo.

–Cuéntamelo.

–Quería ganarla para poder llevarme de viaje a mi

padre. Como nunca lo he visto y sólo he hablado unas cuantas veces por teléfono con él, se me ocurrió que sería buena idea pasar una semana viajando por California para poder conocernos. Sin interrupciones, sin otras personas alrededor. Lejos de los hospitales y de las enfermeras. Sólo mi padre y yo.

De pronto el concurso de «Sobrevive y Conduce» tomó un significado nuevo para él. Claire no quería ganar la caravana por alguna razón superficial como las demás personas; la quería para tener la oportunidad de sentirse en familia, para experimentar algo que nunca había podido sentir.

Sintió el anhelo de Claire, su dolor, su necesidad.

—No es ridículo en absoluto —dijo con delicadeza.

—Claro que lo es —soltó una risotada—. Aunque se está poniendo tan enfermo que para cuando llegue... —aspiró hondo— tal vez sea demasiado tarde —añadió con voz quebrada.

Mark abrazó a Claire, y sólo pudo pensar en la tristeza de sus palabras y en lo mucho que necesitaba apoyo y ayuda.

Hacía seis días no había nada más importante que ganar la casa rodante, llevarla a California y venderla para que Luke y él pudieran empezar de nuevo. Cuando se había montado en la caravana no había imaginado que surgiría algo más importante que eso.

Y después había llegado Claire. Su necesidad era de lo más sencilla. Básica. Encontrarse con la familia que nunca había conocido. En realidad, la familia que jamás había tenido, teniendo en cuenta lo pequeña que era cuando su madre había fallecido. No podía imaginar lo que sería estar solo, no tener hermanos, no tener padres ni ninguna historia de guerras de cojines el día de Navidad. Sin embargo había llevado tan bien esa carga, que cualquiera que la mirara jamás sospecharía que se había criado ella sola. No era de extrañar que nunca se hubiera acercado demasiado a la gente. Todas las personas a las que había querido la habían abandonado.

—Ganarás la caravana —le dijo, sabiendo que acababa de eliminar la solución a sus problemas, pero también que ya no le importaban; cerró los ojos y apoyó la barbilla sobre la cabeza de Claire—. Yo me encargaré de ello.

—Mark, no. Tú tienes tus razones para necesitarla...

—No importan, Claire. La tuya es mucho más importante.

—Pero aun así no puedes estar seguro de que vaya a ganarla.

—Por ti, estoy totalmente seguro —le agarró la cara con las dos manos—. Soy un héroe, ¿recuerdas? Puedo hacer cualquier cosa.

Media hora después Claire y Mark salieron de la habitación. Había hablado de su padre todo el tiempo, y se sentía como si acabara de salir de un pozo profundo. Sentía como si se hubiera quitado un peso enorme de encima, y aunque su padre seguía estando tan enfermo como esa mañana, de pronto la posibilidad de llegar hasta él le pareció de lo más real.

La promesa de Mark le había dado la esperanza que no sentía desde hacía mucho tiempo. Cuando le estaba dando las gracias, llamaron a la puerta. Antes de darles tiempo a levantarse, James Kent entró con su cámara en la habitación.

—¡Buenos días a todos! Venimos para captar algunas imágenes de la vida en la casa rodante —se volvió al cámara que tenía detrás—. Asegúrate de tomar planos de todos —le dijo—. Pero que sean naturales, reales.

—¡De eso nada! —Millie se levantó de la mesa de la cocina—. Aún no me he arreglado —pasó corriendo junto a Mark y Claire y se metió en el dormitorio.

Claire tampoco se había maquillado, pero como James estaba ya encima de ellos vio que no serviría de nada meterse en el baño.

En esa ocasión había tres cámaras. Una vez dentro empezaron a rodar.

–Bueno, continuad haciendo lo que fuerais a hacer –dijo James, animándolos–. Actuad con naturalidad.

Claire se puso a fregar los platos, y al momento Mark se acercó a ella y empezó a secarlos.

–Tengo una idea –le susurró.

–Si consigues que me quiten esas cámaras de la cara, me interesa.

–Sígueme la corriente. En un abrir y cerrar de ojos nos libraremos de Millie, de Lester y del equipo de televisión de Lawford.

Tiró el paño sobre el mostrador y fue hacia James Kent.

MARK tragó saliva y se acomodó en la butaca. Decían que la confesión era buena para el espíritu. Esperaba que así fuera.

Cuando había vuelto a Mercy con Luke se había dado cuenta de que no le gustaba el hombre que veía todas las mañanas en el espejo. Sentarse delante del reportero y escupir la verdad acerca de su pasado era el primer paso que debía dar para borrar esa imagen que no le gustaba; y esperaba que también fuera el primer paso para construir una nueva.

Miró a Claire, y eso fue suficiente para duplicar su empeño.

—Aquí James Kent en las noticias de las diez. Estoy aquí con Mark Dole, a quien el alcalde de Mercy entregó la llave de la ciudad hace veinte años por el emocionante rescate de un niño. Desde entonces el señor Dole ha sido el héroe de esta ciudad —James ladeó la cabeza—. Hoy, sin embargo, está aquí para contarnos una historia muy distinta —se volvió y le acercó el micrófono a Mark—. Cuéntenos lo que pasó ese día.

Mark se cruzó de brazos y empezó a contar la historia que le había relatado a Claire la noche anterior. No adornó la verdad, tan solo expuso los hechos y dejó que los demás juzgaran como quisieran.

—Es un secreto difícil de guardar —le dijo James cuando Mark terminó.

Le hizo una señal al cámara para que apagara el equipamiento.

–Parece como si se hubiera quitado un peso de encima contándonos esa historia.

–Y así es.

–Pero al final rescató a ese niño. Le debe la vida.

–Yo no diría eso. Podría haber salido mal fácilmente –Mark hizo una pausa–. Me alegro de que tuviera un final feliz.

Entonces James hizo algo que los sorprendió a todos. Le dio la mano a Mark. Este vaciló un momento antes de aceptar el gesto.

–Lo admiro por contar su versión, señor Dole. Me ha dado mucho más de la historia que pensaba que estaba buscando. Supongo que debería escuchar más antes de presumir la verdad –sonrió con timidez–. Gracias.

Después de hablar un momento con su equipo, dos cámaras se marcharon, quedando solamente el reportero y uno de los cámaras.

Mark se sentía libre. La verdad acerca del pasado se había hecho por fin pública. Hércules había sido reducido de nuevo a mortal. ¡Y qué alivio!

Le debía una explicación a otra persona; a Luke. Entonces Mark se sentiría del todo bien y podría tener éxito o fallar por sus propios méritos. Estaría listo para embarcarse en el futuro con el que soñaba. Un futuro junto a Claire.

Ella estaba sentada en la cocina, mirándolo con expresión confusa en los ojos.

En ese momento Mark se dio cuenta de que se había enamorado de ella hacía muchos años. Y por eso ya la amaba. Irrevocablemente. No podía pasar ni un día más de su vida sin ella.

Fue hacia donde estaba Claire y se sentó en un taburete a su lado.

–¿Por qué le has contado eso?

–Por dos razones. Una, hice un trato con tu amigo el señor Kent.

–¿Un trato?

–Le di lo que más quería: una historia jugosa que pudiera publicarse en todos los noticieros locales, a cambio de lo que él sabe hacer mejor: molestar a la gente.

–No me digas que va a estar aquí más de lo que ya lo está.

–Desde luego que sí. Se va a mudar aquí, prácticamente, pero no te molestará a ti. Su objetivo es...

–Millie –terminó de decir Claire en voz baja–. Es usted muy astuto, señor Dole.

–Lo que hemos estado haciendo tú y yo no ha conseguido mover a Millie. Supongo que si hubiéramos hecho el amor en la mesa de la cocina... –Mark volvió la cabeza y echó una mirada en dirección a Millie–. Pero esas agujas me aterrorizan.

Claire se echó a reír e intentó en vano no pensar en lo que Mark acababa de decirle. La atracción entre ellos se había destapado la noche anterior. Claire sintió el ardor en la mirada de Mark, en el roce cálido de sus manos.

–¿Y qué va a hacer el señor Kent?

–Volverla loca. Controlar cada uno de sus movimientos. Captarla sin maquillar. En general, hacerle la vida tan imposible que tenga que largarse.

–Ese hombre es una rata.

–Tal vez tenga un par de cualidades que lo rediman. Pero, a lo que vamos, es una rata que nos va a librar de Millie y de Lester. Y después, la caravana será tuya.

–Mark, de verdad, no tienes por qué...

–Deja que haga esto por ti –Mark soltó el aire y desvió la mirada–. No he hecho muchas cosas en mi vida de las que pueda enorgullecerme. No soy demasiado mayor para enmendarme y empezar de nuevo, para empezar a intentar ser la persona que debería haber sido aquel día en el hielo, y lo voy a conseguir.

–¿Pero y qué pasa con.. ? –Claire dejó de hablar cuando se cerró la puerta del dormitorio y salió Millie, recién maquillada y con un traje de chaqueta gris.

Fiel a sus palabras, James le indicó al cámara que la enfocara. Ella los ignoró y continuó con su labor.

Al principio Millie pareció disfrutar de la atención. Pero después de media hora, estaba claro que había dejado de pasarlo bien. Le echó varias miradas de fastidio a James, aunque consiguió mantener la compostura. Simplemente continuó tejiendo, aunque el clic clac de las agujas era cada vez más furioso.

Mark se puso de pie.

–Será mejor que me meta en la ducha mientras quede agua –hizo una pausa y miró a Claire–. Las galletas se han terminado...

Claire se echó a reír.

–El champú y la pastilla de jabón están en el mueble debajo de la pila. Que disfrutes.

–Desde luego lo haré.

La besó brevemente en los labios. Un beso demasiado breve, demasiado suave. Tal vez después... tal vez habría más.

James siguió cada movimiento de Millie. Cuando ella se levantó a beber agua, él y la cámara la siguieron. Cuando empezó a preparar el batido que Lester tomaba para desayunar, James estaba allí mismo, preguntándole cuáles eran los ingredientes que empleaba y los beneficios que reportaban.

En cuanto Mark salió del baño, Millie se metió a toda prisa. James se volvió hacia Lester y lo arrinconó en el sofá. Lester, sin embargo, se mostró más que contento de hablar de sus nietos y de su pasión por el trabajo en madera. Durante veinte minutos charló con el reportero, contándole las últimas hazañas de sus nietos.

Después del almuerzo, Millie empezó a ponerse nerviosa.

–¿Joven, no tiene más noticias que cubrir? –dijo Millie después de que el cámara llevara veinte minutos enfocándola mientras tejía.

–Ahora mismo no –dijo James.

En ese momento sonó el móvil de James. Contestó la llamada, dijo unas cuantas palabras y colgó.

–Qué casualidad. Era mi productor. El alcalde de Lawford va a dar una rueda de prensa anunciando su dimisión a las dos. Tengo que cubrirla. Lo siento.

Cinco minutos después el reportero se había marchado. Y seguían siendo cuatro en la caravana. Claire agachó la cabeza y suspiró.

–Bueno –empezó a decir Millie–. Me alegro de que se haya ido.

Lester salió del baño y entró en la cocina. Abrió la nevera y empezó a rebuscar.

–¿Lester, querido? –dijo Millie–. Es hora de tu batido.

Lester hizo una mueca y cerró la puerta.

–No.

–Son las doce y media, querido. Deja que... –fue a pasar junto a él pero Lester le echó el alto.

–He dicho que no. No pienso volver a tomar eso. Prefiero morirme diez años antes que tener que volver a tomar otra guarrería de esas –se puso derecho y Millie retrocedió un paso–. Y otra cosa, Millicent –meneó un dedo en dirección a su esposa.

–¿El qué?

–No quiero esta maldita caravana. Ni siquiera nos gusta Florida. Hace demasiado calor, y hay muchos insectos. No sé cómo me dejé convencer para participar en este concurso –sacudió la cabeza–. Estoy cansado de estar jubilado. Es muy aburrido. No puedo pasarme todo el día sentado viendo tus culebrones y jugando a la canasta. Necesito estar ocupado –se volvió hacia Mark–. Usted me ha enseñado algo, joven.

—¿Yo? —dijo Mark.

—Durante estos días he visto la pasión que muestra cuando se pone a trabajar con ese ordenador. Yo solía sentir lo mismo con mi negocio. Echo de menos esa sensación —Lester le puso a Mark una mano en el hombro—. Independientemente de lo que elija hacer con su vida, no se olvide de lo que le da fuerza para levantarse cada mañana. Y no son las siestas y los batidos de fibra —hizo una mueca.

—¿Pero... pero qué pasa con la caravana? —dijo Millie.

—Nos vamos de este barco de secano ahora mismo, Millicent. Primero nos iremos de viaje, tal vez un tour por Europa, y cuando volvamos voy a montar un negocio con esas piezas de madera que he estado haciendo —asintió con determinación.

—¡Qué estupendo! —Millie le dio un abrazo—. La verdad es que yo tampoco quiero la caravana. Pensé que la querías tú —lo abrazó otra vez—. Me alegro tanto de que vuelvas a ser el mismo de siempre, Lester.

—Entonces no perdamos más tiempo, querida. Ve a hacer la maleta.

Y dicho eso, diez minutos después Lester y Millie abandonaron la casa rodante.

—Felicidades —le dijo Mark—. Has ganado.

Ella sonrió despacio; tenía lágrimas en los ojos.

—Sí, ¿verdad?

—Bueno, no oficialmente. Aún tengo que marcharme.

Pero Mark no se movió. Paseó la mirada por el cuerpo de Claire. Lo que más deseaba en ese momento era abrazarla y besarla hasta que aceptara su proposición.

No podía imaginar la vida sin ella, o no volverla a

ver. Una vez que llegara a California y conociera a su padre, sin duda se olvidaría de él. Él pertenecía al pasado que ella estaba tan deseosa de enterrar.

–Claire.

Esa palabra bastó para que ella lo abrazara y empezaran a besarse. Pero mientras saboreaba sus labios, sintió su rechazo. Y momentos después se apartó de él.

–Bueno, menuda despedida –dijo con voz temblorosa–. ¿Entonces, qué vas a hacer? ¿Sin la caravana, cómo vas a conseguir el dinero para el negocio?

–No importa. Lo que importa es que vayas a ver a tu padre.

–Gracias –le dijo en voz baja–. No sabes lo mucho que esto significa para mí.

–Creo que lo sé –le tomó la mano–. Lo que he dicho antes de casarnos lo he dicho en serio, sabes.

–Lo sé –suspiró–. No puedo, Mark.

–¿Después de lo que hemos pasado, sigues sin confiar en mí? –le preguntó.

Ella sacudió la cabeza.

–Es en mí en quien no confío. No sé lo que es un matrimonio feliz –suspiró–. Necesito más tiempo.

El impulso de besarla de nuevo latió con fuerza en sus venas. Si al menos...

Pero sus deseos eran inútiles. Todo había terminado. El concurso había terminado. En interludio con Claire. La esperanza que había tenido en el último momento de que ella cambiara de opinión y le permitiera entrar en su corazón.

–Lo que tú quieras, Claire –dijo.

Entonces se dio la vuelta y fue al dormitorio a recoger sus cosas. Claire entró y se sentó en la cama mientas lo hacía.

Cuando terminó, Mark se echó la bolsa al hombro y se metió las manos en los bolsillos para no volver a tocarla. Estaba claro que Claire estaba esperando a que se marchara. No quería verlo más. Tal vez si se marchaba rápidamente no sufriría tanto.

—Bueno —empezó a decir–, me voy.

Salió del dormitorio y se apresuró hacia la puerta.

—Mark, espera.

Mark soltó el pomo de la puerta y se dio la vuelta.

—¿Qué?

—¿Por qué estás haciendo esto? –Claire se puso de pie y alzó las manos–. ¿Por qué me das la caravana?

Él se acercó a ella, estaba muy cerca. Esa vez le acarició la mejilla, memorizando el contorno de su rostro.

—Para ser una mujer tan lista, a veces eres bastante tonta –le dijo en voz baja–. Te quiero, Claire. Siempre te he querido. Sólo que no me he dado cuenta hasta ahora.

Ella abrió los ojos como platos.

—¿Tú... me... quieres?

—Más de lo que puedas saber.

—Mark... me marcho a California. No puedo... no puedo tener una relación contigo.

—Claire... –le retiró un mechón de cabello de la cara–. Cierra la puerta a tu pasado. Ábrela a un futuro nuevo. Está ahí mismo, esperándote.

—Mi padre. California. No puedo...

—Escúchame una cosa. Verte de nuevo me ha enseñado que no quiero ser el Mark que era hasta ahora –le rozó los labios con el dedo; deseaba besarla tanto, pero no quería que la despedida fuera más difícil–. Claire, gracias a ti deseo ser el mejor. Por ti, por mí. Por nosotros.

—Eres el mejor, Mark. Eres inteligente, gracioso, eres...

—Pero no lo bastante bueno para arriesgarte conmigo; para confiar en el amor; en mí.

Claire desvió la mirada. Se mordió el labio, y Mark vio el brillo de las lágrimas en sus ojos.

–¿Y si no funciona? ¿Y si acabo sola otra vez?

–¿Y si no es así? –Mark giró el pomo y abrió la puerta unos centímetros–. ¿Y si de pronto te das cuenta de que también me quieres? Y de que yo ya me he marchado.

Ella no le contestó. Con el corazón cargado de pesadumbre, Mark salió de la caravana, dejando atrás a la única mujer que había amado en su vida.

CLAIRE observó a Mark hasta que este desapareció de su vista entre el público del centro comercial. Y la tristeza se apoderó de ella.

Debería estar contenta. Había ganado. Se pondría en camino hacia California, para estar con su padre, para empezar una nueva vida. Y sin embargo, su corazón le decía que estaba renunciando a algo importante.

Llamaría a su padre. Eso le haría sentirse mejor. Claire abrió el móvil y marcó el número ya conocido. Su padre contestó a la segunda llamada. Parecía más animado.

—Ya voy de camino a verte, papá —le dijo—. Voy conduciendo, así que tal vez me lleve unos días.

—¿Estás segura de que quieres hacer esto, cariño? Seguramente tendrás muchos amigos en Mercy —tosió antes de continuar—. Sabes, a tu madre siempre le gustó esa ciudad. Decía que era su base.

—¿De verdad?

—Sí. Hablamos de casarnos, de establecernos allí después de terminar en el ejército. Pero... ya conoces la historia. Sea como sea, parece que es de esos sitios a los que uno toma cariño con el tiempo.

—Yo no dejo mucho atrás, papá.

Pero sintió como si estuviera mintiendo. En realidad estaba a punto de llorar.

—Te llamaré cuando esté en la carretera y ya te diré cuándo voy a llegar.

—Estoy deseando verte.

–Yo también.

Claire colgó y se guardó el teléfono en el bolsillo. La conversación no había aliviado el dolor que tenía en su corazón ni un ápice. ¿Acaso habría cometido un error monumental al rechazar a Mark?

Unos golpes contundentes a la puerta de la caravana asustaron a Claire. ¿Habría cambiado Mark de opinión? ¿Habría ido a verla una última vez?

Claire abrió la puerta y se encontró con la señorita Marchand. En una mano llevaba una bolsa de la tienda de animales del centro, en la otra una correa con un cachorro peludo que movía la cola con frenesí.

–Supongo que sigue pensando en marcharse, ¿no? –le preguntó la señorita Marchand.

–Sí.

–Bueno, pues se supone que tengo que darle esto –le pasó la bolsa y la correa.

Claire tomó lo que le daba con expresión sorprendida.

–¿Un perro?

–Es un regalo –y dicho eso la señorita Marchand se dio la vuelta–. ¿Si vuelves a la ciudad, querrás pasarte a peinarme como a mí me gusta?

Claire sonrió.

–Desde luego –sintió un dolor en el pecho y se inclinó para agarrar a la señorita Marchand de la mano–. Voy a echarla de menos, y también a la señorita Tanner.

–No. Te olvidarás de nosotras.

Claire sacudió la cabeza.

–No creo que sea posible.

–Has sido como una nieta para mí, ¿sabes? –dijo la señorita Marchand–. Ojalá te vaya bien con tu nueva vida.

Su padre tenía razón. Mercy y las personas que lo habitaban habían echado raíces en ella. Marcharse sería más difícil de lo que había pensado.

La señorita Marchand le dio a Claire un apretón.

—Voy a volver a la tienda de animales. He visto un suéter monísimo para mi perrita.

El cachorro soltó un ladrido suave. Claire lo miró y el perro la miró a ella.

—Bueno, vamos —le dijo, tirando de la correa.

El cachorro entró corriendo en la caravana y empezó a olisquearlo todo. Claire dejó la bolsa en una silla, se sentó en el suelo al lado del cachorro y le acarició las orejas. En el collar del perro había una nota escrita a mano.

Empieza por un cachorro, Claire. Y cuando estés lista para más, vuelve a mí. Ya me he quedado sin casa. Te quiero. Mark.

Las palabras de Mark, que habían sido sus propias palabras, golpearon con fuerza a Mark. ¿No le había dicho ella que se comprometiera primero a un perro antes de hacerlo con una mujer?

¿Por qué había estado tan ciega? Mark la había comprendido a la perfección y le había dado exactamente lo que necesitaba. Pero ella había estado tan llena de miedo que no había visto el amor que él le ofrecía.

Habían cultivado una verdadera amistad, una amistad que era una base sólida para la pasión. Una roca sobre la cual construir una vida.

Conocía a Mark desde hacía veinte años. Sabía cuál era su color favorito, su debilidad por la mousse de chocolate. Y él se había tomado tiempo para conocerla, para prestarle atención.

Porque la amaba de verdad. Y si se marchaba sin intentarlo con él, sabía que se arrepentiría el resto de sus días.

Claire salió de la caravana con el perrito en brazos y estuvo a punto de chocarse con Nancy Lewis y el equipo de televisión.

—¿Dónde va? —dijo Nancy—. Ha ganado la caravana. No puede marcharse ahora. Necesitamos tomar las fotos para la publicidad.

—Tengo que irme —dijo Claire, y se volvió buscando a Mark con la mirada.

No podía haber ido demasiado lejos si había estado en la tienda de animales hacía poco.

—Pero... es la ganadora —balbuceó Nancy—. Tiene que quedarse.

—Ganar no importa si pierdo lo más importante —dijo, y entonces echó a correr hacia la señorita Marchand, que se alejaba despacio.

La mujer sonrió al ver a Claire y señaló hacia un pasillo a la derecha. Claire siguió las indicaciones de su cliente. El cachorro empezó a ladrar y saltó al suelo en cuanto vio a Mark.

Estaba hablando con Luke, de espaldas a ella. Una oleada de alegría la invadió. No había llegado demasiado tarde.

—Felicidades. Me alegro por ti —le estaba diciendo Luke.

Claire aminoró el paso y levantó de nuevo en brazos al perro. ¿Felicidades? ¿Por qué?

—¿Estás seguro de que no quieres venir? —le preguntó Mark.

Luke sacudió la cabeza.

—Soy feliz aquí, Mark. Te parecerá una ironía, pero perder el negocio fue lo mejor que pudo pasar. Me enseñó que lo más importante en mi vida es mi hija, mi familia. Me hiciste un favor, así que deja de sentirte culpable. El negocio iba cuesta abajo, y yo te eché encima toda la responsabilidad. Déjalo estar, Mark. Sigue adelante con lo que tienes ahora. Como...

Levantó la vista y al ver a Claire detrás de Mark Luke sonrió. Entonces tocó a su hermano en el hombro.

Mark se dio la vuelta. Al verla, sonrió de oreja a

oreja. El perrito se lanzó de los brazos de Claire y corrió hacia Mark. Mark lo levantó en brazos y se lo apretó al pecho.

—Hola —dijo, pues no se le ocurría nada más.

—Hola —señaló hacia Luke, que se alejaba—. Mi hermano vino a decirme que mi programa de formación ha sido un éxito.

—¿De verdad?

Asintió.

—Luke me dijo que lo llamaron de las empresas a las que les envié el proyecto, y quieren que vuele a Los Ángeles la semana que viene para discutir sobre su implementación.

Claire vio la emoción y el orgullo reflejados en su mirada.

—Es estupendo —dijo Claire—. Ahora podrás volver a montar el negocio para ti y tu hermano.

Mark sacudió la cabeza.

—No, esta vez voy por mi cuenta. Luke quiere quedarse aquí con Emily —Mark acarició la cabeza al perro y el cachorro de pelaje dorado se acurrucó contra su pecho.

Ella también quería hacer lo mismo. Acercarse a Mark, acurrucarse junto a él y olvidarse de que estaban en medio de un centro comercial.

—Creo que a mi perro le gustas tú más.

—Dale tiempo. Una vez que te conozca, se enamorará de ti. Te lo garantizo.

En sus ojos vio el amor; lo sintió en el aire. El corazón se le aceleró. No era demasiado tarde.

—Sabes —empezó a decir mientras acortaba la distancia entre ellos—. No me vendría mal que alguien me echara una mano con ese cachorro. Quiero decir, yo estaré ocupada conduciendo. Podría comerse el sofá sin que yo me diera cuenta.

—Sí, sería mucho trabajo. No se me ocurrió cuando te lo compré. ¿Quieres que me lo quede hasta que vuelvas?

Claire sacudió la cabeza.

—Estoy preparada para quedarme con él —Claire sonrió—. Y también para quedarme contigo.

Él dejó de acariciar al perro.

—¿Estás segura?

Ella asintió.

—Cuando hablé hace un rato con mi padre me di cuenta de lo mucho que se perdió entre mi madre y él. Nunca tuvieron la oportunidad de estar juntos. Aún la ama. Se lo noto al hablar. Pero es demasiado tarde. Ella se ha marchado —dijo con voz quebrada—. No quiero que a nosotros nos pase lo mismo.

—¿Quieres decir que... ? —Mark hizo una pausa para respirar—. ¿Quieres que salgamos juntos otra vez?

—Te conozco desde hace veinte años, Mark. Creo que es suficiente cortejo. Me pediste antes que me casara contigo. ¿Sigue en pie la oferta?

—Sí, claro que sí —dejó al cachorro en el suelo y abrazó a Claire—. ¿Pero no dijiste que el matrimonio era un gran riesgo?

—Ya sabes cómo me gusta el café. Yo diría que es un buen comienzo.

Él la abrazó y su calor y su seguridad la envolvieron como una manta. Su sitio estaba allí, junto a él. No en Mercy o en California, sino con Mark.

—Te amo —le susurró Claire.

Él le agarró la cara con las dos manos y la miró con amor.

—Llevo tanto tiempo esperando a que digas eso, Claire —le sonrió—. Yo también te amo.

—¿Entonces, te casarás conmigo?

—No tan deprisa —Mark entrecerró los ojos, se apartó un poco y sonrió con gesto burlón—. Primero necesito preguntarte algo.

—¿El qué?

—¿Sabes hacer tarta de limón y merengue?

Ella sonrió.

–La mejor.

–De acuerdo. Entonces trato hecho. Me casaré contigo y te prepararé el café si tú me preparas mi tarta cuando yo te lo pida. Y si estás junto a mí el resto de mi vida.

–Hecho –sacó la mano–. ¿Lo sellamos con un apretón de manos?

–No. Tengo una idea mejor.

Mark se inclinó hacia delante y la besó, arrebatándole el alma y el corazón para intensificar su emoción. Un grupo de curiosos los rodearon. El perrito corría alrededor suyo, ciñéndolos con su correa. Y en la distancia Claire oyó los gritos frenéticos de Nancy Lewis, aún empeñada en conseguir sus fotos.

Mark terminó de besarla y apoyó la frente contra la suya.

–Creo que será mejor que nos pongamos en camino –dijo.

–¿No quieres ir a buscar más cosas para llevarte? –le preguntó Claire.

Él sacudió la cabeza.

–Todo lo que necesito lo tengo aquí conmigo.

–Y yo –dijo Claire en voz baja–. Y yo.

ESTÁS lista?
Se alisó el vestido y se ajustó el velo.
–Sí.

Sonrió a su padre, tan elegante con su esmoquin, a pesar de la silla de ruedas. Cinco meses después de su último tratamiento, el color había vuelto a sus mejillas. Aunque aún estaba demasiado débil para abandonar la silla de ruedas, cada día estaba mejor.

El médico había dicho que David Sawyer había vencido a la enfermedad. Desde luego no había garantía ninguna, pero a ella le parecía estupendo pensar que tendría más tiempo para estar con su padre. Habían pasado unos días juntos en la caravana mientras Mark atendía a su programa de formación en Los Ángeles. Esos días junto a su padre habían servido para unirlos, proporcionándole aquel vínculo que llevaba tanto tiempo buscando.

–¿Eh, cariño, por qué lloras? –su padre le tomó la mano.

–Me siento un poco sentimental –dijo–. Y también feliz.

–¿Y nerviosa?

Sacudió la cabeza.

–Yo no me pongo nerviosa.

Su padre se echó a reír.

–De acuerdo, tal vez un poco –reconoció Claire–. Casarse es un paso muy importante.

–El más importante. Por no mencionar apuntarse a la escuela de cocina.

Con Mark a su lado, esas decisiones no le habían parecido tan difíciles. Llegado el verano tendría su diploma y podría abrir el negocio de catering con el que llevaba toda su vida soñando.

–Con Mark, con mi diploma y contigo... –suspiró–. Tengo todo lo que siempre he deseado.

–Has perseguido tu sueño, niña. Te admiro por eso –su padre hizo una pausa y le dio la mano–. Me recuerdas tanto a tu madre. Ella tenía ese mismo fuego, esa misma pasión por la vida. Se sentiría tan orgullosa si te viera ahora.

–Ay, papá –Claire se limpió las lágrimas con cuidado–. Me vas a hacer llorar.

Él le dio su pañuelo.

–Tú no eres la única –dijo con voz cargada de emoción.

Llamaron a la puerta y el cura asomó la cabeza.

–Ya es la hora.

Claire asintió, se alisó la falda y se ajustó el velo una vez más.

–De acuerdo, estoy lista.

Salieron de la habitación a un pasillo que accedía a la entrada de la capilla.

Mark y ella habían querido una boda sencilla, con la familia y unos cuantos amigos, en una capilla cerca de la casa de su padre.

Aspiró hondo cuando llegaron a la puerta que daba a la capilla. Un hombre se adelantó para abrir la puerta maciza.

–Un momento –dijo su padre–. Aún no.

Le dio un apretón en la mano y se la soltó. Entonces apoyó las manos en los brazos de la silla y se levantó despacio.

–¡Papá! ¿Qué estás haciendo?

–Acompañando a mi hija hasta el altar –sonrió de oreja a oreja, pero tenía los ojos empañados–. Sólo voy a hacerlo una vez en la vida –le ofreció el brazo y ella lo agarró; entonces se echó a reír–. Ahora soy yo el que está nervioso.

–No te preocupes –dijo Claire mientras le apretaba el brazo–. Yo estoy aquí para agarrarte.

Entonces dio el primer paso por el pasillo, acompañada por el hombre alto y distinguido cuyo amor le había dado la vida. Una gran ternura le colmó el corazón cuando el organista empezó a tocar la marcha nupcial.

Al final del pasillo, Luke estaba a la derecha, y su mejor amiga, Jenny, a la izquierda. Grace y John Dole, los padres de Mark, estaban en los bancos acompañados por Matt, Katie y los mellizos. Emily estaba sentada detrás de ellos, acompañada de Jack y Sarah y sus hijos. Incluso Nate había conseguido tomarse un fin de semana libre y había volado para acompañarlos. En el lado de la novia estaban la señorita Marchand y la señorita Tanner.

Y también estaba Mark, muy apuesto con su esmoquin. Sonreía con suavidad, como si la sonrisa fuera sólo para ella.

–Te amo –le dijo moviendo los labios pero sin emitir las palabras, cuando ella llegó al final del pasillo.

Su padre la besó en la mejilla y se retiró. Entonces agarró a Mark del brazo. En cuanto lo tocó, dejó de sentir aquel revoloteo en el estómago. El amor que llenaba su corazón se multiplicó por mil, alimentado por la felicidad que la recorría de pies a cabeza.

Media hora después, el señor y la señora de Mark Dole salieron de la capilla envueltos en una nube de arroz. Después de despedirse de todos, se subieron a la caravana para iniciar su luna de miel. Mientras salían del aparcamiento, Claire vio a Nancy Lewis en la acera con un fotógrafo.

–¿Sólo una? –Claire le preguntó a Mark.

–De acuerdo. Sólo una.

Aparcó la caravana, y entonces Claire y él abrieron la puerta.

—Sonríe —le dijo a Claire cuando el fotógrafo alzó la cámara y los enfocó.

—No creo que haya dejado de hacerlo —le dijo ella.

Mark se inclinó hacia su esposa y le susurró al oído:

—Ahora sólo nos falta un bebé.

Cuando las fotos de «La Boda de la Caravana» aparecieron en el periódico de Mercy al día siguiente, la gente de la ciudad juró que Claire Richards Dole jamás había estado tan bella en toda su vida.

JAZMÍN.™

CARLA CASSIDY

EL MATRIMONIO
MÁS ADECUADO

TEN CUIDADO con lo que deseas… puede hacerse realidad. El viejo dicho resonaba en la mente de Melanie Jenkins mientras sacaba con manos temblorosas el test de embarazo de la bolsa de la farmacia.

Seis semanas antes había deseado y rezado para que estuviera embarazada. No había ningún romance en su vida ni ningún «señor perfecto» en el horizonte, pero había trazado un plan para conseguir lo que quería.

En tres minutos sabría si su deseo se había cumplido. El único problema era que ya no estaba segura de querer que se hiciera realidad. Si estaba embarazada perdería al hombre que amaba. Y si no lo estaba, seguiría viviendo con él pero su sueño no se cumpliría.

Sacó el test de la caja, deseando poder dar marcha atrás y cambiar las reglas. Pero no podía. Ella era quien había establecido las normas, y no era justo cambiarlas. Entonces, ¿qué era lo que quería? En realidad no importaba. Le daba igual cuál fuera el resultado del test, porque a la larga iba a perder algo.

—Bien —murmuró—. Veamos si se vuelve rosa…

CAPÍTULO 1

MELANIE Watters ni siquiera habría pensado en ello si no hubiera visto desnudo a Bailey Jenkins, su mejor amigo y confidente.

Durante las últimas semanas se habían encontrado cada día en el estanque de Bailey para nadar un rato por la tarde. Pero ese día era más pronto de lo normal, porque no había habido colegio, sino citas con los padres de los niños. A las dos Melanie había tenido una reunión con los padres de sus pequeños alumnos, y su trabajo había terminado pronto.

Se había puesto el bañador en los vestuarios del colegio y después había conducido hasta la casa de Bailey.

La camioneta granate de su amigo estaba aparcada frente a su atractivo rancho blanco, pero en vez de entrar en la casa se dirigió a su oficina, situada en el granero. Bailey era el único veterinario de la pequeña ciudad de Foxrun y casi siempre se le podía encontrar en el granero, haciendo papeleo con el ordenador o cuidando a algún animal.

Pero tampoco estaba allí, así que Melanie fue hacia el estanque que durante las últimas semanas les había proporcionado algo de alivio ante el calor inusual de la primavera. Al acercarse oyó chapoteos, pero los arbustos de zarzamoras le impedían ver el agua.

Rodeó los arbustos y se quedó helada al ver a Bailey. Estaba de pie en un pequeño embarcadero de madera, le daba la espalda y era evidente que se había estado bañando sin ropa.

El sol de la tarde jugaba con sus hombros amplios y bronceados y con su cintura delgada, mientras acentuaba la musculatura de su trasero y de sus piernas. Melanie ahogó un grito y se escondió tras los arbustos, sintiendo que el corazón le latía a toda velocidad. Siempre había sabido que Bailey tenía un buen físico, pero nunca se había dado cuenta de que era tan atractivo.

«Ya basta», se dijo. Era Bailey… Bailey, su mejor amigo, el que le había sostenido la frente cuando ella había vomitado a los dieciséis años por beber demasiado licor de endrina. Bailey, su confidente, el que había escuchado todos sus miedos cuando le habían diagnosticado cáncer a su madre un año atrás, una enfermedad que afortunadamente estaba remitiendo.

Muy bien, eso le había servido para recordar que Bailey no sólo era su mejor amigo, sino que también era un hombre. Respiró profundamente para recobrar la calma y gritó:

—¡Hola, Bailey!, ¿estás ahí?

—Mellie… espera un momento, no estoy presentable.

–Tú nunca lo estás –contestó ella esforzándose por conseguir el tono burlón que siempre había marcado su amistad.

–Muy bien. Ya puedes venir –Melanie rodeó los arbustos y lo vio de pie en el embarcadero, pero esa vez llevaba unos pantalones cortos vaqueros–. Has llegado antes –dijo mientras se sentaba en el borde, metiendo los pies en el agua.

Ella se acercó y se sentó a su lado.

–Hemos tenido reuniones con los padres todo el día y he terminado pronto. Tengo que volver esta tarde para ver a otros padres que trabajan por la mañana.

¿El pecho de Bailey siempre había sido tan ancho y siempre había tenido la cantidad perfecta de vello oscuro en el centro? ¿Por qué no se había dado cuenta antes?

–¿Has hablado con los padres de Johnny Anderson sobre sus problemas de comportamiento?

Melanie frunció el ceño.

–Según su madre no tiene problemas. Es atrevido y está lleno de vida.

Bailey se rió y se le formaron unas pequeñas arruguitas junto a sus ojos de color azul oscuro.

–¿Le dijiste a la señora Anderson que el pequeño Johnny tiene todas las papeletas para ser un delincuente de primera?

Melanie recogió las piernas contra el pecho y las rodeó con los brazos, evitando mirar a su amigo.

–Sólo tiene siete años, hay tiempo para salvarlo.

He decidido dedicarle más tiempo y esfuerzo, aunque no esté en mi clase el año que viene.

Con el rabillo del ojo vio que Bailey sacudía la cabeza.

–Tienes mucha más paciencia que yo, Mellie. Algún día serás una madre estupenda.

Sus palabras le produjeron una punzada de dolor. ¿Cuándo?, quería gritar. ¿Cuándo tendría la oportunidad de ser madre? Tenía veintinueve años y no salía con nadie.

–Vamos –Bailey se levantó ágilmente y le tendió una mano–. Nademos un poco para quitarnos la frustración de encima.

Ella dejó que la ayudara a levantarse, se quitó la camiseta y se metieron juntos al estanque.

Durante una hora estuvieron haciendo carreras en el agua y haciéndose ahogadillas. Normalmente Melanie se relajaba mucho, pero ese día era diferente, porque había visto a Bailey desnudo. Por primera vez se dio cuenta de que el sol le arrancaba destellos rojizos a su cabello de color marrón oscuro y de que al sonreír sus labios se curvaban de una forma muy sensual.

Había sido su mejor amigo desde el instituto, y nunca había pensado en Bailey como en un hombre… solamente había sido Bailey. Pero tenía que enfrentarse al hecho de que era un hombre increíblemente atractivo, y eso la hacía tener extraños pensamientos.

–Ha sido estupendo –dijo Bailey tumbándose de espaldas sobre el embarcadero.

–Sí –contestó Melanie mientras se volvía a poner la camiseta–. ¿Cómo te ha ido el día?

–Horrible –contestó sin dudar–. Mi vida se ha convertido en una pesadilla desde que hace dos noches anunciaron en la reunión local que soy el juez del concurso Miss Vaca Lechera.

Miss Vaca Lechera era un concurso de belleza anual que se celebraba el cuatro de julio.

–¿Una pesadilla? ¿Por qué?

Él se puso de lado y se apoyó en un codo.

–¿Tienes idea de cuántas jóvenes y madres hay en esta ciudad? Tengo la nevera llena de guisos sospechosos que me han enviado desde el día de la reunión.

Melanie se rió.

–Eso no es tan malo. Yo preferiría comer uno de esos guisos sospechosos antes que cualquier cosa que tú prepararas.

–Ja, ja, muy graciosa –contestó secamente mientras se sentaba–. Lo digo en serio, creo que la situación se va a descontrolar. Cindy Canfield trajo a su gato esta tarde. Pensaba que el pequeño Buffy estaba deprimido, y se pasó la siguiente media hora explicándome por qué debería ser Miss Vaca Lechera. Ayer Blanche Withers me hizo una interpretación dramática en medio de la tienda de comestibles.

–El concurso es muy atractivo, no sólo por la tiara y las apariciones en público que hay que hacer durante todo el año, sino porque la ganadora también se lleva un coche, ¿no?

–Sí, un descapotable rosa, y también hay un premio en metálico de mil dólares. Todas las aspirantes de la ciudad ya están dando signos de la locura de Miss Vaca Lechera.

–Y supongo que este año es peor, porque la anterior ganadora consiguió llegar a Hollywood –una amiga de una amiga había enviado una foto de Rachel Warner, la última Miss, a una agencia de modelos de California. La joven había aparecido recientemente en varios anuncios de televisión.

–No, eso tampoco ayuda.

–Y eso que aún queda más de un mes para el concurso.

–No me lo recuerdes –gruñó Bailey–. En este momento podría haber una aspirante en mi cama, deseando usar sus artimañas femeninas para ganar la corona. ¡Maldito Tanner Rothman!

Tanner Rothman, que vivía en una finca cercana a la casa de Bailey, era atractivo ranchero que en un principio había sido elegido el juez del concurso, pero había dimitido al casarse dos semanas antes.

–El otro día conocí a su esposa –dijo Melanie–. Colette. Es muy agradable, y va a abrir una tienda de ropa de bebé en el antiguo almacén de Main.

–Todavía no puedo creer que Tanner haya dejado la hermandad de los solteros –dijo Bailey sacudiendo la cabeza–. El año que viene sugeriré al comité del concurso que escojan a un hombre casado para que sea el juez.

La idea que había empezado a germinar cuando

Melanie vio a Bailey desnudo comenzó a tomar forma.

—Es una pena que no estés casado ahora. Además de ser uno de los hombres más codiciados de la ciudad, ahora también eres poderoso. Una combinación embriagadora.

—Tú misma lo estás diciendo —recogió el reloj de pulsera, que había dejado en el embarcadero, y lo echó un vistazo—. Tengo que volver. Debo examinar a un par de animales.

Ella asintió con la cabeza, se levantaron y comenzaron a andar hacia el rancho. Melanie no podía dejar de pensar en Bailey… tenía pensamientos muy peligrosos. Intentó desesperadamente concentrarse en el paisaje que la rodeaba, en cualquier cosa menos en lo que estaba pensando.

—Sé cómo resolver el problema de las mujeres que te asedian —dijo finalmente sin darse tiempo a cambiar de idea sobre lo que estaba a punto de sugerir.

—¿Cómo?

—Cásate conmigo.

Bailey dio un resoplido.

—Sí, claro, arruinar mi vida por un asqueroso concurso de belleza.

—Muchas gracias —contestó Melanie, incapaz de evitar la punzada de dolor que sintió al escucharlo.

Bailey debió de haber notado el dolor en su voz, porque se detuvo y le tomó las manos. Aunque la había tomado las manos mil veces antes, en esa ocasión a Melanie se le aceleró el pulso.

—Mellie, ya sabes que no lo he dicho a propósito. Sabes lo que pienso del matrimonio. Nunca más —la soltó y siguió caminando.

Melanie corrió para alcanzarlo.

—Pero esto sería diferente. Porque no sería para siempre.

Bailey volvió a detenerse y la miró confuso.

—¿De qué estás hablando?

—Sería un matrimonio temporal que nos beneficiaría a los dos —se preguntó si su amigo era consciente de lo atractivo que estaba con el cabello húmedo y peinado hacia atrás.

Él la observó como si se hubiera vuelto totalmente loca.

—No es que me lo esté pensando, pero dime, ¿qué tipo de beneficio nos aportaría ese matrimonio?

—A ti te quitaría de encima la avalancha de aspirantes. Ninguna mujer aparecerá en tu cama si eres un hombre casado.

—¿Y tú que sacarías de eso?

Ella dudó un momento.

—Estaríamos casados hasta después del concurso Miss Vaca Lechera y… hasta que me dieras un bebé.

—¡Por Dios! ¿Te has vuelto loca? —se dio la vuelta y echó a andar, y Melanie tuvo que correr otra vez para alcanzarlo.

—Sólo sería un matrimonio temporal —continuó ella—. Nos casaríamos como amigos y nos divorciaríamos como amigos. Tú te libras de las solteras ansiosas de conseguir la corona y yo me quedo embarazada.

–No quiero hablar de esto, es una locura –habían llegado al coche de Melanie, aparcado frente al granero, y él se apoyó en el guardabarros delantero–. Mellie, no soy el hombre apropiado para lo que estás pensando.

–Bailey, eres el único hombre en mi vida.

Él la miró con algo de lástima.

–Cariño, algún día encontrarás al hombre perfecto, te casarás y tendrás muchos niños. Date tiempo.

–¡Ya casi no queda tiempo! –exclamó–. Y ya conoces mi historial cuando se trata de encontrar al «señor perfecto». Apesta.

–Eso es porque eres muy exigente.

–Bailey, piénsalo. Quiero que mi madre conozca a mi hijo antes de que sea demasiado tarde.

Él la miró alarmado.

–¿Ha vuelto el cáncer?

–No, pero no le han garantizado que no vuelva a aparecer. Sabes cuánto deseo un bebé, Bailey. Por favor, piénsalo. Eres mi mejor amigo, ¿no puedes hacer esto por mí?

Bailey estaba atónito. Estudió el rostro de la que había sido su mejor amiga desde que tenía uso de razón, y le pareció ver a una desconocida.

–Mellie, sabes que después del desastre con Stephanie juré que no me volvería a casar.

Ella agitó las manos con desdén.

–Stephanie era una trepa con la cabeza vacía que no te merecía.

Él sonrió.

–En eso estoy de acuerdo contigo.

–Sólo sería un matrimonio temporal –repitió–. Y después no te pediría nada. Tú dame el bebé y después me marcharé feliz.

Bailey se acercó a ella y le puso una mano en el rostro.

–Mellie, sabes que haría cualquier cosa por ti. Cuando estábamos en quinto le di una paliza a Harley Raymond porque te insultó.

Melanie sonrió ligeramente.

–Por lo que yo recuerdo, Harley Raymond te hizo picadillo.

–Vale, puede que tengas razón, pero lo hice por ti. En el instituto toleré que me vistieras de etiqueta para llevarte al baile. Haría cualquier cosa por ti… excepto esto –dejó caer la mano.

Ella se encogió de hombros y le dedicó la sonrisa traviesa que a él le resultaba tan familiar.

–Sólo era una idea.

Bailey se relajó.

–¿Qué planes tienes para esta tarde?

–Tengo reuniones con los padres hasta las ocho. Y tengo que presentar las notas finales antes de que acabe la semana y la escuela cierre por vacaciones de verano. Seguramente empezaré a trabajar en ellas esta noche. ¿Y tú?

–Probablemente comeré un poco de uno de esos guisos sospechosos y me acostaré temprano. Tengo una cirugía de castración mañana a las siete.

–¿Te parece si vemos una película mañana por la noche? –sugirió Melanie. Las noches de los viernes solían pasarlas juntos, saliendo a cenar o yendo al viejo teatro de la ciudad.

–¿Qué tal si alquilamos una? Podemos verla aquí. Haré palomitas.

Ella asintió con la cabeza y se acercó a la puerta del coche.

–Suena bien. ¿Sobre las siete?

–Perfecto –dijo mientras la veía meterse en el coche. El sol hacía brillar su cabello rojizo y rizado.

La despidió con la mano y sonrió al ver que se alejaba. Después metió las manos en los bolsillos y frunció el ceño. ¿Qué le había pasado para proponerle una locura semejante?, se preguntó mientras se dirigía al granero para hacer una revisión a los animales que tenía a su cargo.

Ni Mellie ni él habían tenido suerte con los romances, pero tenían una relación de amistad absolutamente maravillosa, y Bailey nunca haría nada que la pusiera en peligro. Y nada podía arruinar las cosas más que un matrimonio.

Veinte minutos antes le habría dicho a cualquiera que Melanie Watters era la mujer más segura que conocía. Era brillante, lógica y tenía los pies en la tierra. Pero eso había sido antes de que le hablara de matrimonio y del embarazo. Bailey pensó que tal vez ese ataque de locura se debía a que al final de ese año cumplía los treinta.

Salió del granero y entró en la casa por la puerta trasera hasta la amplia cocina que casi nunca usaba. Como soltero que era, la mayoría de sus comidas eran de microondas o del restaurante local. Sólo disfrutaba de comidas de verdad cuando su madre o Melanie se apiadaban de él y le cocinaban algo. Pero en ese momento lo último que quería era cenar. Sólo deseaba darse una ducha y tomarse una cerveza fría.

No había bromeado al decirle a Melanie que había tenido un día horrible. No sólo había tenido que enfrentarse a varias madres de posibles aspirantes, sino que había tenido que sacrificar al viejo perro de unos amigos.

Se dirigió al dormitorio y se quitó los zapatos. Después entró en el baño y se quitó los pantalones cortos, que aún estaban húmedos. Los arrojó al cesto de la ropa sucia, sacó una toalla del armario, abrió la mampara de la ducha y gritó sorprendido.

En la ducha había una mujer morena, desnuda.

—Hola, Bailey, pensé que tal vez te gustaría que te frotara la espalda.

—¡Por Dios, SueEllen! ¿Qué estás haciendo aquí? —Bailey no sabía si taparse con la toalla que tenía en la mano o taparla a ella. Finalmente se la enrolló en la cintura y sacó otra del armario para Sue-Ellen Trexlor.

La chica la agarró, pero en vez de envolverse con ella la dejó caer.

–He pensado que podría enseñarte alguna de mis habilidades que no podré mostrarte durante el concurso.

Bailey gruñó y le dio la espalda rápidamente.

–¿Quieres salir de mi ducha y vestirte? ¿Qué diría tu madre?

–Mi madre quiere que sea Miss Vaca Lechera.

Bailey volvió a gruñir y salió del baño. Sacó unos vaqueros de un armario y se fue al salón, donde se los puso.

Un momento después SueEllen apareció en la puerta del dormitorio. Se había puesto el vestido con el que aparentemente había llegado, pero había dejado desabrochados varios botones superiores que casi dejaban al descubierto su abundante pecho.

–Siempre he sentido algo por ti, Bailey –dijo con voz seductora mientras se acercaba a él.

¿Acaso todas las mujeres de Foxrun se habían vuelto locas?, se preguntó él retrocediendo.

–Me siento halagado, SueEllen, pero tienes que irte a casa. Esto no está bien.

–¿Qué hay de malo? Los dos somos adultos, y los dos somos libres y estamos solteros.

–Yo no –contestó Bailey.

SueEllen se detuvo.

–¿Tú qué?

La conversación con Mellie todavía le resonaba en la cabeza, y se agarró a ella desesperadamente.

–Quiero decir que… me acabo de comprometer con Melanie Watters.

SueEllen frunció el ceño consternada y empezó a abrocharse los botones.

–¿Por qué no lo has dicho antes, Bailey? Sabes que yo no le robaría el novio a nadie. Tengo mis principios –echó la cabeza hacia atrás y se dirigió a la puerta. La abrió y se giró para mirarlo con una tímida sonrisa en los labios–. Espero que no tengas esto en cuenta en el concurso. Quiero decir, cuando he dicho que siempre te he encontrado muy atractivo. Y ahora sé de verdad lo atractivo que eres.

Bailey sintió que se ruborizaba pero, afortunadamente, la chica no esperaba una respuesta y desapareció. Se dejó caer en el sofá y esperó a que su corazón recuperara el ritmo normal. Había estado bromeando al decirle a Melanie que seguramente encontraría a alguna candidata en su cama, pero no se le había ocurrido que la atractiva SueEllen le estuviera esperando desnuda en la ducha.

Hablando de duchas… Se levantó del sofá, cerró con llave la entrada principal y la trasera y se dirigió al baño otra vez. Cuando estaba bajo el chorro del agua caliente se dio cuenta de lo que había hecho. SueEllen y su madre eran dos de las mayores cotillas de Foxrun, y le había dicho a la joven que estaba prometido con Mellie.

Cerró los grifos rápidamente y, aún mojado, se puso unos vaqueros y una camisa. Tenía que avisar a Mellie, decirle lo que había pasado antes de que se enterara por otras personas.

LA ESCUELA primaria de Foxrun era un encantador edificio de ladrillo de dos pisos a una manzana de Main Street. Durante nueve meses al año Melanie enseñaba a alumnos de segundo, y durante ese tiempo se sentía como en casa en el viejo edificio de ladrillo.

La clase la recibió con los dibujos de colores en el tablón de anuncios y con el aroma familiar a tiza y a niños. Mientras se sentaba a su mesa pensó que en menos de una semana el curso habría acabado, y los dibujos de los tablones se quitarían hasta el curso siguiente.

Los profesores se reunían con los padres de los alumnos dos veces al año. La primera reunión se celebraba antes de Navidad, para comentar las mejoras que debían realizarse y en qué áreas los niños tenían más fallos. La segunda, al final del año académico, se realizaba para hablar sobre los avances que se habían hecho y sobre lo que los padres podían hacer para ayudar a preparase a los niños para el siguiente curso.

Melanie miró el reloj y sacó la carpeta de Becky Altenburg. Sus padres llegarían enseguida y estarían contentos con los progresos de la niña. Era una pequeña deliciosa, brillante y alegre.

Se reclinó en la silla e intentó no pensar en Bailey. Desde que se fue de su casa se había estado reprochando lo que había hecho. No debía haberle hablado de ello. Lo último que quería era hacer algo que destrozara la preciosa amistad que compartían. Habían ido juntos a la universidad de Kansas City, y sólo se habían separado cuando él conoció a Stephanie y se casó con ella.

Después de la universidad él había vuelto a Foxrun con su mujer, pero Stephanie sólo había durado dos meses en la pequeña ciudad antes de largarse. El tiempo que Melanie había estado separada de Bailey había sido el peor de su vida.

No podía dejar de pensar en su idea. ¿Realmente era una locura? No estaba interesada en ningún hombre de Foxrun, y no había mentido al decirle a Bailey que quería tener hijos mientras su madre aún viviera. Cuanto más pensaba en ello más se convencía de que era la solución perfecta para los dos. Confiaba en Bailey más que en nadie, y estaba segura de que su amistad podría resistir un matrimonio de conveniencia.

Sonrió y dejó de pensar en Bailey y en bebés cuando Max y Betty Altenburg entraron en el aula. La reunión duró sólo cinco minutos y después los Altenburg se fueron sonriendo orgullosos tras escuchar las alabanzas de Melanie hacia Becky.

Melanie volvió a mirar el reloj y se dio cuenta de que aún tenía quince minutos antes de que llegaran los siguientes padres. Se levantó y se dirigió al gimnasio, donde estaban sirviendo café, ponche y galletas.

Una docena de personas pululaban alrededor de una larga mesa decorada que habían situado en el pequeño gimnasio. Olía a café recién hecho y a dulces horneados. Melanie se sirvió una taza de café, agarró una galleta y se marchó. Casi había salido del gimnasio cuando su buena amiga y compañera de trabajo, Kathy Milsap, se acercó a ella.

–¡Te he estado buscando por todas partes! –exclamó mientras agarraba a Melanie del brazo y la sacaba del gimnasio–. ¿Por qué no me lo dijiste? Creí que era una de tus mejores amigas.

–Y lo eres. ¿Qué es lo que no te dije? –preguntó Melanie con curiosidad, antes de darle un mordisco a la galleta.

–Que Bailey y tú estáis comprometidos y os vais a casar.

Melanie se atragantó y casi escupió el bocado de galleta. Tomó un sorbo de café y miró a Kathy sorprendida.

–¿Dónde has oído eso? –logró decir.

–Me lo contó Teri, a quien se lo contó Krista, que lo oyó de SueEllen en el salón de belleza –los ojos de Kathy brillaron–. Bueno, ¿cuándo es el gran día? Me gustaría hacerte una gran fiesta. ¡Será tan divertido! Tus padres tienen que estar emocionados.

Melanie se sintió mareada y levantó una mano para detener la charla de Kathy.

—Tengo una reunión dentro de dos minutos. Hablaremos más tarde.

Entró en la clase y se sentó detrás de su escritorio. Estaba atónita. ¿Por qué SueEllen le estaba diciendo a todo el mundo que Bailey y ella estaban prometidos? Seguramente SueEllen se había equivocado… habría escuchado parte de un cotilleo y lo habría convertido erróneamente en el compromiso.

No era la primera vez que se propagaba un falso rumor en Foxrun. A decir verdad, con sólo dos canales de televisión que se podían ver sin satélite y un viejo teatro que ponía películas antiguas, la gente encontraba mucha diversión en los cotilleos y las habladurías.

Tenía que hablar con Bailey. ¿Y si él escuchaba el rumor y pensaba que lo había comenzado ella por la conversación que habían tenido esa misma tarde? Pero Bailey la conocía lo suficientemente bien como para saber que si quería convencerlo para que llevara a cabo su plan hablaría con él directamente en vez de propagar rumores.

Melanie siempre había pensado que los teléfonos móviles eran objetos de lujo inútiles, pero en ese momento deseó desesperadamente tener uno. Tal vez tendría tiempo de colarse en la oficina y usar el teléfono, pensó. Pero en ese momento llegaron los siguientes padres.

Eran las ocho y media cuando terminó la última reunión. Dejó el edificio y corrió hacia el coche, ansiosa de llegar a casa de Bailey y contarle lo del último rumor. Abrió la puerta del coche y dejó escapar un grito de sorpresa al sentir una mano en la espalda. Se dio la vuelta y vio a Bailey.

–¡Me has dado un susto de muerte! –exclamó–. Estaba a punto de ir a verte.

–Tenemos que hablar –dijo él–. ¿Qué te parece si vamos al restaurante de Millie y tomamos un café?

El restaurante familiar de Millie era el local más popular de Foxrun. Melanie asintió con la cabeza y los dos echaron a andar en dirección al restaurante, situado en Main Street. Como siempre, Melanie tuvo que apresurarse para seguirle el ritmo y, como siempre, él llevaba unos vaqueros ajustados y una camiseta.

Melanie no pudo evitar fijarse en cómo los pantalones moldeaban las piernas largas y musculosas y se ajustaban a su cintura estilizada.

–¿Has oído el nuevo rumor que circula por la ciudad? –preguntó ella tímidamente.

–Si es el que creo que es, me temo que he sido yo quien lo ha iniciado.

–¿Qué? –Melanie se detuvo y lo miró.

–Vamos, te lo explicaré delante de una taza de café –la agarró del brazo y la condujo hacia la puerta del local.

Una pequeña campanilla repiqueteó cuando entraron en el restaurante. Ya era tarde y había pocos comensales. Bailey la condujo hacia la mesa del fondo, donde solían sentarse a cenar. Casi inmediatamente apareció Samantha, la hija adolescente del sheriff de Foxrun, para tomarles nota.

—Yo sólo quiero café –dijo Bailey.

—Yo también. Bueno, ¿vas a contarme lo que está pasando? –preguntó cuando Samantha se hubo ido.

Él se reclinó contra el asiento de plástico rojo y se pasó una mano por el cabello.

—¿Recuerdas cuando te dije esta tarde que tenía miedo de que alguna aspirante a Miss Vaca Lechera apareciera desnuda en mi cama?

Melanie lo miró sorprendida.

—No me digas que… ¿Quién?

—SueEllen Trexlor, pero no estaba en la cama, sino en la ducha.

—¿Desnuda?

—Como Dios la trajo al mundo.

Dejaron de hablar cuando regresó Samantha con dos tazas de café humeante. Cuando volvieron a quedarse solos Melanie intentó no reírse.

—Cuéntamelo todo.

—No tiene ninguna gracia. Fue bastante embarazoso.

Ella intentó borrar la sonrisa de sus labios.

—¿Y cómo empezó todo con SueEllen desnuda en tu ducha y terminó con el rumor de que estamos prometidos?

Bailey frunció el ceño y tomó su taza con ambas manos.

—Supongo que tu idea todavía me estaba rondando la cabeza cuando abrí la mampara de la ducha y la vi allí esperándome. Me entró pánico y le dije que estaba prometido. ¿A ti quién te lo dijo?

–Kathy Milsap. Según ella, SueEllen se lo contó a Teri, que se lo contó a Krista, que se lo contó a Kathy –se encogió de hombros–. Ya sabes cómo se propagan estas cosas.

–Sí –contestó abatido.

–Bailey, no es el fin del mundo. Creo que tenemos dos opciones. Puedes decirles a todos que eres un mentiroso o podemos casarnos y llevar a cabo el plan que te conté esta tarde.

Bailey miró fijamente su taza de café. Melanie esperó pacientemente, sabiendo que su amigo nunca hacía nada sin haber estudiado antes todas las posibilidades. Tomó un sorbo de café e intentó no fijarse en la longitud de sus pestañas oscuras y en sus atractivos rasgos.

Cuando estaban en el instituto las hormonas de Melanie se habían despertado y ella había deseado a Bailey de una manera que no tenía nada que ver con la amistad. Se había quedado noches despierta preguntándose qué sentiría si él la besara apasionadamente en los labios. De repente había sido consciente de su aroma, de sus manos fuertes y de su pecho. Había deseado que la acariciara, apretarse contra él y saborear la calidez de sus besos.

Pero entonces él había empezado a salir con Marlie Walker, una chica con los pechos más grandes que su coeficiente intelectual y con fama de ser fácil.

Melanie se había dado cuenta de que no era el tipo de chica que Bailey encontraba atractiva, y se había limitado a pensar en él sólo como amigo. Hasta ese momento, nada le había hecho cambiar de opinión. Lo único que quería de Bailey Jenkins era su amistad incondicional y un bebé, y deseaba desesperadamente que accediera a realizar su plan.

–Hay una tercera opción –dijo él haciendo que Melanie volviera a la realidad. Sus labios se curvaron en una sonrisa, evidentemente satisfecho con lo que se le había ocurrido–. Podemos estar prometidos hasta que termine el concurso, así no me molestarán las candidatas. Después, cuando todo haya terminado, podemos romper.

–De ninguna manera, Bailey Jenkins –dijo enfadada–. No vas a conseguir lo que quieres a menos que yo también consiga lo que quiero. Si voy a protegerte de las mujeres de esta ciudad, lo menos que puedes hacer es casarte conmigo temporalmente y dejarme embarazada.

Melanie tenía esa mirada que Bailey conocía tan bien. Una mirada llena de determinación que le decía que era inútil discutir con ella. Sus ojos verdes habían brillado con la misma mirada cuando le había dicho en el instituto que iba a enfrentarse a Roger Wayfield para ser delegada de curso. Bailey había intentado desanimarla, convencido de que no podía ganar a Roger, pero ella había iniciado una campaña con tenacidad y determinación y había vencido.

–Mellie, sé razonable –dijo dispuesto a conseguir que recuperara el sentido común–. Si fingimos estar prometidos durante las siguientes seis semanas, mi vida será mucho menos complicada, y al final nadie resultará herido.

—Lo mismo podría decirse si nos casáramos. Bailey, eres mi mejor amigo. Un divorcio no afectaría a nuestra amistad, especialmente cuando nos vamos a meter en ello sabiendo lo que hacemos.

—Pero sabes que no tengo intención de casarme otra vez —le recordó—. Y no quiero un niño.

Ella se sujetó un mechón de pelo cobrizo detrás de la oreja y suspiró con evidente frustración.

—Eso es lo que te hace tan perfecto. Ya sé que no quieres ser padre, y yo no espero que te hagas cargo del bebé. Soy perfectamente capaz de criar a un niño yo sola, y sigo diciéndote que no sería un matrimonio de verdad. Nada cambiará entre nosotros excepto… —bajó la mirada y se ruborizó ligeramente—. Bueno, tendremos que, ya sabes, tener relaciones íntimas para que me quede embarazada.

Bailey frunció el ceño, bajó la vista hacia su taza de café y luego volvió a mirar a su amiga.

—Sé que deseas fervientemente un bebé, Mellie, pero ésa no es la solución —dijo con suavidad.

—Piensa en lo feliz que sería tu madre —dijo ella.

—Eso es un golpe bajo —contestó Bailey. Melanie sabía que su madre siempre le estaba dando la lata para que se casara de nuevo y le diera un nieto.

—Muy bien, tú ganas. Olvídalo.

Él la miró con recelo.

—¿Qué quieres decir con «olvídalo»? —se había rendido demasiado pronto.

—Pues eso, que olvides todo el plan. Le diremos

a todo el mundo que SueEllen te entendió mal y que no estamos prometidos. Yo buscaré otra manera de conseguir lo que quiero.

–¿De qué estás hablando?

Melanie fijó la vista en la pared, justo encima de la cabeza de su amigo.

–Quiero un bebé, Bailey –sus ojos verdes volvieron a mirarlo–. Estoy cansada de ser la tía perfecta de todos mis sobrinos. Soy estable económicamente, y emocionalmente estoy preparada para ser madre. Estoy segura de que puedo encontrar a algún donante de esperma en Foxrun, por decirlo así.

–¿Como quién? No puedo creer que estemos teniendo esta conversación.

–No sé por qué te sorprendes tanto. Llevo meses diciendo que quiero tener un bebé.

–Sí, pero creí que era como cuando yo hablaba de tener un Jaguar. Estaría muy bien tener uno, pero en este momento es imposible.

–Pero no es imposible que yo me quede embarazada –protestó–. Sólo tengo que elegir al hombre de Foxrun con el que me voy a acostar.

–¿Como quién? Fred Ketchum está loco por ti. Acuéstate con él y tu bebé parecerá el hombre lobo.

Ella se rió.

–Fred no tiene la culpa de ser tan velludo. Pero tienes razón, no quisiera que mi hijo tuviera su ADN –tomó un sorbo de café y continuó–. También está Buck Walton. Estoy segura de que a Buck no le importaría darse un par de revolcones conmigo.

–Sí, claro, quieres su ADN –dijo Bailey secamente–. Si el niño se parece a su padre estará bebiendo cerveza sin parar y tendrá un vocabulario de cuatro palabras que asombrarán al mundo entero.

–¿Por qué eres tan negativo? –preguntó con impaciencia.

–¿Por qué estás tan decidida a hacer eso? –respondió. La conversación estaba empezando a irritarlo.

Ella empezó a retorcer un mechón de pelo entre dos dedos, con un gesto familiar que le dijo a Bailey que se estaba concentrando.

–Bailey, los dos sabemos qué ocurre cuando te crían unos padres de edad avanzada. Hemos hablado de eso montones de veces.

Él asintió con la cabeza. Era cierto, había sido una de las quejas que los dos habían tenido. Tanto los padres de Mellie como los suyos propios ya eran mayores cuando ellos nacieron, y habían hablado muy a menudo de que sus padres eran mucho mayores que los padres de sus amigos.

–Si espero a que me llegue el amor, a casarme y a quedarme embarazada, ya estaré jubilada cuando mi hijo termine el instituto.

–¿Tu hermana está embarazada otra vez?

Melanie se sonrojó ligeramente y Bailey supo cuál era la respuesta. Linda, la hermana de Mellie, era como una fábrica de bebés. Había tenido uno al año durante los últimos cuatro años.

–Sí, pero eso no tiene nada que ver con mi decisión de quedarme embarazada –contestó lacónicamente.

Pero Bailey sabía que cuando nacía un bebé en la familia Watters los deseos de Mellie de tener un hijo aumentaban. Antes de que pudiera responder vio que MaryAnn Bartel entraba en el restaurante. Estaba muy sexy con unos vaqueros negros ajustados y un top minúsculo de color rosa oscuro. Abrió los ojos de par en par al ver a Bailey, que se preparó para otro enfrentamiento con una candidata.

–Bailey –dijo. Pero su sonrisa se desvaneció al ver a Melanie–. Ah, hola, Melanie. Entonces, ¿es verdad? ¿Estáis prometidos?

Bailey sabía que esa era su oportunidad para dejar las cosas claras, para decirle a MaryAnn que ese rumor era falso. Pero vio la mirada fanática en sus ojos, una mirada brillante como la tiara del concurso. Tuvo una visión fugaz de su vida en las siguientes seis semanas, una vida llena de estrés gracias a ese estúpido concurso de Miss Vaca Lechera. También pensó en su madre, que casi estaba insoportable con eso de que quería un nieto.

Un matrimonio temporal con Mellie resolvería muchos problemas. Con ella no tendría sorpresas, porque la conocía tan bien como a él mismo, y estaba seguro de que nada podría arruinar su amistad, ni siquiera un matrimonio, un embarazo y un divorcio.

–Es cierto –dijo, y vio la sorpresa en los ojos de Mellie. Sonrió deseando que ninguno de los dos tuviera que arrepentirse de haber tomado esa decisión.

CAPÍTULO 3

S ÓLO era un viernes más, se dijo Mellie mientras salía de la escuela. Bailey pasaría a recogerla, irían al videoclub a alquilar un par de películas, volverían a casa de él, comerían palomitas y verían las películas.

Habían pasado muchas noches de viernes de esa manera, y ella nunca había sentido ese hormigueo en el estómago. Pero también era verdad que nunca antes se habían detenido, de camino al videoclub, en el ayuntamiento para conseguir una licencia de matrimonio.

No había ninguna razón para estar nerviosa, se dijo. Eso era lo que ella quería, y era un plan perfecto para los dos. Pero no consiguió tranquilizarse. Pensó que era normal. Al fin y al cabo, no proponía matrimonio temporal a un hombre todos los días. Se acercó al bordillo de la acera al ver que se aproximaba la camioneta granate de Bailey.

Él se detuvo junto a la acera y se inclinó para abrirle la puerta desde dentro. Lo primero que ella notó al meterse en el vehículo fue que Bailey no llevaba vaqueros, sino unos pantalones de vestir de color azul marino y una camisa de rayas de manga corta.

Curioso. Ella normalmente llevaba pantalones a la escuela, pero ese día se había puesto un vestido. Era como si inconscientemente los dos hubieran pensado que ese día merecía un vestuario algo mejor de lo habitual.

—¿Todavía no has cambiado de opinión? —preguntó él en cuanto ella entró en la camioneta.

—No, ¿y tú?

—Por lo menos cien veces desde anoche —admitió—. Pero cada vez que decidía no hacerlo la voz estridente de mi madre me resonaba en la cabeza.

Melanie sonrió.

—¿Y qué te decía?

—Lo de siempre. Que cuándo me voy a casar otra vez, que si me hubiera casado con una chica de Foxrun desde el principio no me habría divorciado, que se morirá antes de que yo siente la cabeza y le dé nietos... —se separó del bordillo—. Melanie, debes estar agradecida por tener una hermana. Ser hijo único puede ser un infierno.

—¿Qué va a decir cuando nos divorciemos? —preguntó ella.

—Supongo que terminará aceptando que me quede soltero.

—Y tendrá un nieto —le recordó Melanie.

Bailey aparcó frente al ayuntamiento y se giró para mirarla.

—Mellie, antes de que entremos creo que tenemos que hablar de algunas cosas.

—¿De qué?

—Si ahora conseguimos el permiso, supongo que podemos ir el sábado a ver a Jeb Walker para que nos case —Jeb Walker era el juez de paz de la ciudad—. Y doy por sentado que te vas a mudar a mi casa. No pienso ir a ese apartamento tan pequeño que tienes.

Melanie ni siquiera había pensado en eso. Por supuesto que tendrían que vivir juntos, y tenía sentido que lo hicieran en el rancho de Bailey. La idea de mudarse a su casa hizo que todo pareciera más real, y volvió a sentir un hormigueo en el estómago.

—En cualquier caso, debería seguir pagando el alquiler del apartamento durante un mes o dos más —dijo pensativa—. Ah, y antes de que se me olvide, mamá me ha llamado para preguntar si podría comprarle algo en la farmacia y llevárselo de camino a tu casa.

—No hay problema —contestó. Seguía mirándola a los ojos, y ella nunca los había visto tan azules—. Última oportunidad para cambiar de opinión, Mellie.

—No voy a cambiar de opinión, Bailey. Sé lo que estoy haciendo. Tú me das un bebé y yo te concedo el divorcio. Puedes participar en la vida del bebé mucho o poco, lo que quieras, pero en cualquier caso después todo volverá a ser igual entre nosotros.

—Es como un plan perfecto —abrió su puerta y ella hizo lo mismo.

Obtuvieron la licencia de matrimonio en sólo unos minutos, y después fueron a la farmacia y al videoclub.

De camino a casa de los padres de Mellie los nervios que ella había sentido ya habían desaparecido. En el videoclub habían discutido sobre qué películas iban a alquilar, igual que hacían siempre, y Mellie se tranquilizó al ver que nada había cambiado entre ellos.

Durante el camino hablaron de lo que habían hecho durante el día. A Mellie le encantaba oírle hablar de su trabajo con los animales, y él escuchaba pacientemente mientras ella le hablaba del mal comportamiento de algún alumno o alababa las virtudes de otro.

—Casi no puedo creer que sólo quede una semana para que termine el colegio —dijo ella.

—Eso será estupendo para mí. No tendrás que trabajar y podrás cocinar y limpiar la casa —la miró burlonamente—. Eso es lo que hacen las esposas.

—Te has equivocado de siglo, Bailey. Y sobre todo te has equivocado de mujer. Si crees que me voy a pasar el tiempo recogiendo tus calcetines sucios y renovándote el tubo de dentífrico, vas listo.

—Sabía que era demasiado bueno para ser verdad —dijo mientras tomaba el camino que llevaba a la casa de los Watters.

Melanie sintió una oleada de calidez al ver la granja de sus padres. En esa casa de tres habitaciones donde Melanie había crecido estaban todos sus recuerdos.

—Parece que tenemos compañía —dijo Bailey señalando a unos cuantos coches aparcados en el camino.

—Debe de ser la noche del bridge —contestó ella—. Seguramente por eso mi madre me pidió que fuera a la farmacia. Estará ocupada limpiando y cocinando para los que vengan a jugar.

Bailey detuvo el vehículo.

—Te esperaré aquí.

Melanie asintió con la cabeza y bajó de la camioneta. Antes de llegar a la casa su hermana Linda salió a recibirla.

—Linda, ¿qué estás haciendo aquí?

—Ben trabaja hasta tarde, así que pensé en venir a hacer una visita —miró la camioneta de Bailey y le hizo señas con la mano para que se uniera a ellas.

—¿Cómo estás?

Linda se tocó el vientre, aún liso, e hizo una mueca.

—Bien, pero ya he empezado con las náuseas por las mañanas. Con los otros tres embarazos no me habían aparecido tan pronto.

Melanie sintió una punzada de envidia. Linda lo tenía todo: un marido que la amaba, un montón de niños y la piel sin una sola peca. Era rubia y tenía la piel blanca, como su madre. Sin embargo, Melanie había salido a su padre. Walter Watters, más conocido en Foxrun como Red, en su juventud había sido pelirrojo y con la piel llena de pecas. La edad le había vuelto el cabello blanco y las pecas se habían desvanecido, al contrario que las de Melanie.

Bailey se unió a las hermanas.

–Bailey Jenkins, sabes que si no entras a saludar papá y mamá se molestarán –dijo Linda.

–Yo sólo iba a dejar esto –Melanie levantó el bote de pastillas que habían comprado.

–Bueno, entrad –contestó Linda–. Vamos, Bailey, los chicos querrán verte.

Los tres atravesaron la puerta principal y entraron en el salón, donde había un montón de gente esperando.

–¡Sorpresa! –gritaron todos a la vez.

De repente Melanie empezó a ser abrazada y besada por numerosos amigos, vecinos y compañeros de trabajo. Atónita, se dio cuenta de que los globos y demás adornos no eran para la partida de bridge, sino para Bailey y ella.

Le echó una mirada a Bailey y pudo ver el pánico en sus ojos. Habían decidido que todo se desarrollara en la intimidad, sin armar ningún escándalo, sabiendo que iba a ser temporal. Pero deberían haber sabido que no se podía hacer nada discretamente en Foxrun.

–Querida –Luella, la madre de Bailey, la abrazó con fuerza–. Siempre nos hemos preguntado cuándo os daríais cuenta de que estáis hechos el uno para el otro.

–Lu… deja que la chica respire –dijo Henry, el padre de Bailey.

–Cállate, Henry. Tengo derecho a darle un abrazo

a mi futura nuera –soltó a Melanie y dio un paso atrás–. No puedes imaginarte lo felices que estamos. ¿Cuándo es el gran día?

Todos se habían quedado callados, y Melanie miró a Bailey en busca de ayuda. Él se puso a su lado.

–Queremos celebrar una pequeña ceremonia el sábado que viene.

–¡El sábado que viene! –Marybeth miró a su hija horrorizada–. Eso es imposible, no podemos organizar una boda en una semana.

–Mamá, ni Bailey ni yo queremos nada complicado, sólo una ceremonia sencilla.

–Ya veremos –contestó Marybeth, y abrazó a Melanie–. Mientras tanto, tenemos un pastel y otras cosas ricas esperándonos.

Bailey estaba en estado de shock. Aunque racionalmente sabía que no podrían acudir al juez de paz para que los casara sin más, se había agarrado desesperadamente a esa posibilidad. Pero las futuras suegras ya estaban hablando sobre las flores, los colores y todas esas cosas que convertirían una ceremonia sencilla en un circo.

Se sirvió un vaso de ponche y miró a Mellie, que estaba en medio de un círculo de mujeres. Parecía que las pecas se le iban a salir de la piel, y supo que estaba luchando contra el mismo sentimiento que él. En las breves charlas que habían mantenido no habían tenido en cuenta que la situación les obligaría a mentir a amigos y familiares.

A Bailey no le gustaba mentir, pero si les contaba a todos la verdad el desastre iba a ser aún mayor. Foxrun tenía la moral de los años cincuenta, y si la ciudad se enteraba de que la profesora de sus hijos se iba a casar sólo para quedarse embarazada, eran capaces de echarla de la ciudad.

–Bailey, hijo mío –Red Watters le dio una palmada en la espalda y sonrió–. No se me ocurre ningún hombre mejor para amar y honrar a nuestra Melanie.

–La quiero –contestó Bailey. Y era cierto. Siempre había querido y adorado a Mellie, pero no de una manera romántica.

–Hijo, todos sabíamos que os queríais. Nos preguntábamos cuánto tiempo tardaríais en daros cuenta –dijo Red.

Red habló con él unos minutos más y después se acercó a la mesa a por un trozo de pastel. Bailey aprovechó la oportunidad para salir al exterior y tomar un poco de aire fresco.

Ya había anochecido y la brisa era fresca. Se acercó al columpio del porche y se sorprendió al ver a Mellie sentada en él.

–Ah, otra fugada –dijo mientras se sentaba a su lado.

–Se lo están pasando tan bien que pensé que nadie me echaría de menos –contestó ella.

–Sí, yo pensé lo mismo.

Durante unos segundos se columpiaron lentamente en silencio, escuchando únicamente las risas y las voces de la gente y los zumbidos de los insectos.

Bailey notó un ligero aroma floral y miró alrededor, intentando ver de dónde procedía. Ya no era época de las lilas y era demasiado pronto para las rosas.

—Qué desastre —dijo finalmente.

Ella asintió con la cabeza.

—Me siento culpable —se incorporó un poco y de nuevo Bailey notó ese aroma floral.

De repente se dio cuenta de que la fragancia procedía de ella. Frunció el ceño pensativo. ¿Siempre había olido tan bien? Nunca había prestado atención, y por alguna razón eso le hizo sentirse inquieto.

Se levantó y se acercó a la barandilla del porche.

—Creo que tu madre y la mía han desarrollado un caso de «fiebre de las bodas» —dijo él.

Oyó que ella se levantaba del columpio y un momento después estaba a su lado, apoyada en la barandilla y mirando al horizonte.

—Mi madre pensaba que yo era un caso imposible. Creía que me iba a quedar soltera toda la vida.

—Eso es ridículo. Ni siquiera tienes treinta años. Hay muchas mujeres que se casan después de los treinta.

Ella le sonrió.

—En esta ciudad no. En Foxrun a las niñas se las educa para que consigan dos cosas: la corona de Miss Vaca Lechera y un anillo de bodas.

Bailey sabía que tenía razón. La pequeña ciudad se regía con unos valores pasados de moda en lo que se refería a las mujeres.

–¿Cómo es que nunca te has presentado a Miss Vaca Lechera? –preguntó con curiosidad.

Los ojos verdes de Melanie brillaron con la luz que se colaba de la ventana.

–No me tomes el pelo, Bailey. Conozco mis limitaciones desde que era pequeña. Una chica con la cara llena de pecas y el pelo rojo no es precisamente el prototipo de belleza.

La puerta principal se abrió antes de que él pudiera responder.

–Aquí están –dijo la madre de Bailey–. Vamos, venid aquí, volved a vuestra fiesta. Tengo un regalito para vosotros.

Bailey y Melanie se miraron con recelo mientras entraban en la casa.

–Atención… prestad atención todos –Luella golpeó la mesa con la mano.

–¡Por Dios, Lu, estás zarandeando toda la mesa! –exclamó Henry.

Bailey hizo una mueca, deseando que sus padres dejaran de criticarse por una vez en sus vidas. Estaba harto de sus discusiones y se había preguntado a menudo por qué seguían juntos.

La relación de sus padres era una de las razones por las que él no había querido casarse. Pero había superado todas sus dudas al conocer a la encantadora Stephanie, aunque ella se había encargado de destruir todas sus esperanzas de amor y felicidad.

Había aprendido todo lo que necesitaba saber del matrimonio gracias a sus padres y a su matrimonio con Stephanie. Según él, un certificado de matrimonio sólo era un contrato que permitía que dos personas se pelearan y discutieran durante el resto de sus vidas.

—Henry, acércame el bolso —dijo Luella interrumpiendo los pensamientos de Bailey.

Henry le dio un bolso negro del tamaño de una maleta pequeña. Mellie se quedó al lado de Bailey y lo miró con curiosidad, pero él se encogió de hombros, indicándole que no tenía ni idea de lo que estaba haciendo su madre.

Luella sacó una cajita del bolso.

—Bailey y Melanie, éste es el anillo que Henry me regaló hace años cuando pidió mi mano —abrió la caja y apareció un delicado anillo de oro con forma de corazón y un rubí en el centro. Se acercó a Bailey y Melanie y lo sacó de la caja—. Ya sé que no es un diamante. Henry no pudo permitirse el lujo de comprar uno hasta que llevamos diez años de casados.

—Tuve que trabajar todos esos años para comprar un diamante enorme con el que cerrarle la boca —bromeó Henry haciendo reír a la multitud.

—Bueno —continuó Luella desconcertada—. Para mí este anillo tiene un gran valor sentimental. No se lo di a Bailey para esa mujer que trajo de la universidad, pero nada me satisfaría más que verlo en el dedo de Melanie.

Puso el anillo en la mano de Bailey y él lo miró

a regañadientes, consciente de que todos lo estaban observando.

–Gracias, mamá –se inclinó y besó la mejilla de Luella.

–No te quedes ahí parado, ¡pónselo a Melanie! –exclamó Luella–. Me he dado cuenta de que aunque os habéis prometido, no lleva ningún anillo.

Bailey se volvió a Mellie, que tenía los ojos como platos. Sabía exactamente lo que su amiga estaba pensando.

Le agarró la mano izquierda, dándose cuenta por primera vez de lo pequeña que era y de que se había pintado las uñas de rosa pálido. Tenía la mano fría como el hielo y algo temblorosa. Le deslizó el anillo en el dedo y dejó caer la mano.

–¡Que la bese! –gritó alguien entre la multitud, y enseguida los demás lo corearon.

–¡Que la bese!

–¡Que la bese!

Bailey sintió que una oleada de calor le subía al rostro, y al mirar a Mellie vio que ella también estaba ruborizada. Se inclinó hacia ella y la besó como había hecho miles de veces, con un ligero beso en los labios.

La multitud comenzó a abuchearlos.

–¡Yo beso a mi abuela mejor! –gritó una voz masculina.

–¡Vamos, Bailey, bésala de verdad! –exclamó otra voz.

Mellie se sonrojó aún más, y Bailey decidió que lo mejor era tomarse las cosas con sentido del humor. Subiendo y bajando las cejas como hacía Groucho Marx, abrazó a Mellie y la inclinó hacia atrás. Mientras la gente lo animaba, la besó en la boca.

Se sorprendió al notar que los labios de su amiga estaban ligeramente separados, como si estuviera esperando el beso de un amante. «Está actuando», pensó mientras ella le pasaba los brazos alrededor del cuello. Pero la sorpresa de encontrar sus labios separados no fue nada comparada con la sacudida eléctrica de puro placer que le atravesó el cuerpo al saborear la dulce calidez de Mellie.

Terminó el beso rápidamente y se separó de ella mientras la gente lo vitoreaba. Evitando mirarla, hizo unas reverencias de manera teatral y suspiró aliviado cuando la gente volvió al pastel y comenzó a charlar de nuevo en pequeños grupos.

Durante el resto de la fiesta Bailey no hizo más que decirse que besar a Mellie no había sido tan placentero como había pensado al principio. Solamente había sido la adrenalina del momento, porque sabía que todos estaban mirando.

Bailey se sintió feliz cuando la fiesta empezó a disolverse. Se quedó con Mellie en el porche, despidiendo a la gente y dándoles las gracias por haber ido. Cuando el último de los invitados se hubo marchado, dejando a Mellie y a Bailey solos con sus respectivos padres, volvieron al interior y empezaron a recoger.

Bailey comenzó a recoger los vasos vacíos y los platos de plástico, intentando ignorar a sus padres, que estaban discutiendo sobre qué era mejor, si la ensalada de patata con mostaza o con mayonesa. Miró a Mellie, que estaba limpiando la mesita de café, que se había manchado de ponche.

—Te juro que me parece que siempre están buscando cosas sobre las que pelearse.

Ella sonrió y volvió a poner el centro floral en la mesita de café.

—Siempre se han comportado así, Bailey.

—Ya lo sé, pero a veces me molesta mucho –metió un plato en la bolsa de la basura y miró alrededor para ver si se había olvidado alguno–. Creo que no habría podido salir peor. ¿Te llevo a casa?

—Vete tú. Mamá dijo que me llevaría a casa después.

Bailey asintió con la cabeza.

—Iré a la cocina para despedirme –al salir se dio cuenta de que desde el beso Mellie y él se habían sentido incómodos, y eso lo preocupaba.

Ella había estado muy callada y había evitado mirarlo. Lo último que él quería era que todo se estropeara entre ellos. Mellie siempre había sido una constante en su vida, la única persona con la que había podido hablar, de la que había podido depender y con la que había podido divertirse sin ningún problema.

Melanie lo acompañó a la camioneta, y Bailey volvió a sentir ese aroma floral que emanaba de ella. ¿Por qué no lo había notado antes? Tal vez su amiga había cambiado últimamente de perfume, se dijo.

Volvió a sentir esa incomodidad entre ellos, y se preguntó qué era lo que la causaba. No podía haber sido el beso. No había significado nada, sólo habían estado fingiendo.

—Me aseguraré que tu madre recupere el anillo cuando todo se haya acabado —dijo ella cuando llegaron al vehículo—. Y si nos hacen algún regalo de boda los dejaremos en las cajas y los devolveremos después del divorcio.

Bailey se pasó nerviosamente una mano por el cabello, empezando a arrepentirse.

—Habría sido más fácil si le hubiera dicho a Sue-Ellen que soy gay.

Mellie se rió.

—Eso sí que habría dado de qué hablar. Sé que estás deseando dar marcha atrás, pero no lo hagas, por favor —le puso una mano en el brazo y lo miró con sus ojos grandes y luminosos—. He tenido citas con prácticamente todos los hombres solteros de la ciudad, y no he conectado con ninguno de ellos. Bailey, dame un bebé y no te pediré otra cosa mientras vivamos.

Él quería romper el trato, pero no podía olvidar la ayuda que Mellie siempre le había prestado. Tras su divorcio ella nunca le había hecho preguntas, no se había entrometido, pero siempre había estado allí para recoger los pedazos y ayudarlo a ser fuerte de nuevo.

Nunca había sido capaz de decirle a Mellie que no, y esa vez no era diferente.

–Recogerás mis calcetines sucios mientras dure nuestro matrimonio.

Ella sonrió.

–Trato hecho –levantó dos dedos cruzados–. Amigos.

Él también levantó dos dedos cruzados.

–Compañeros.

Juntaron los puños.

–Colegas –dijeron a la vez.

Era un ritual que habían inventado en cuarto curso, cuando habían tenido su primera y única pelea, y al hacerlo Bailey se sentía reconfortado.

Se inclinó y la besó en la mejilla. Después abrió la puerta de la camioneta.

–¿Me llamas mañana?

–En cuanto me despierte.

Se subió al vehículo sintiéndose aliviado. La tensión había desaparecido y volvían a ser los de antes. Ella tenía razón: podían llevar a cabo el plan y nada cambiaría entre ellos.

CAPÍTULO 4

MELANIE había sabido desde octavo que Bailey tenía fama de besar muy bien. Una vez, en una fiesta para chicas, habían hecho una votación, y Bailey se había ganado el honor de ser el chico que mejor besaba.

Melanie no había podido votar aquella noche porque nunca había besado a Bailey… al menos no de la manera de la que hablaban las chicas. Pero ya sí podía hacerlo, y definitivamente votaba por Bailey como el hombre que mejor la había besado en toda su vida. Había sentido sus labios suaves y firmes, y de ellos había emanado una calidez que le había recorrido el cuerpo de la cabeza a los pies.

Había empezado a pensar en el beso desde que se despertó aquella mañana y no dejó de pensar en él mientras conducía a casa de Bailey con un cargamento de objetos personales.

Era otro magnífico día soleado de primavera, que prometía la llegada inminente del verano. Condujo con la ventanilla bajada, disfrutando del aroma de los campos y de los prados. Pensó en la semana que tenía por delante y el corazón le dio un vuelco. El viernes era el último día de colegio y el sábado se casaría con Bailey.

Se casaría con Bailey. Pero el pulso no se le aceleró al pensar en Bailey, sino en lo que vendría después de la ceremonia. Bailey y ella tendrían sexo. Y como el único fin del matrimonio, según ella lo veía, era quedarse embarazada, era posible que tuvieran que hacer el amor más de una vez. Si el beso había sido una señal, tener sexo con Bailey sería magnífico… como debe ser la primera vez.

Cuando el rancho de Bailey apareció frente a ella apartó conscientemente de su mente los pensamientos sobre besos y sexo. Siempre le había encantado la casa de Bailey. El rancho blanco estaba rodeado de robles antiguos que contribuían a refrescar el porche en verano. El porche pedía a gritos un columpio, pero Bailey siempre había rechazado la idea, diciendo que los columpios eran para parejas que llevaban mucho tiempo casadas, no para un soltero.

Melanie detuvo su vehículo frente a la casa mientras Bailey salía del granero para recibirla. Apagó el motor y salió del coche, dándose cuenta que, aunque ni siquiera era mediodía, Bailey parecía exhausto.

–Hola –dijo él.

–Hola, –contestó ella–. Tienes un aspecto horrible.

Él se pasó una mano por el cabello y suspiró profundamente.

–El sheriff me ha llamado muy temprano esta mañana. Agarró a un traficante de cachorros y va a traer unos veinte perros desnutridos, deshidratados y llenos de pulgas y lombrices. He pasado la mayor parte de la mañana revisando mi suministro médico y la comida para asegurarme que puedo hacerme cargo de ellos. Ahora tengo que preparar las jaulas.

–¿Necesitas ayuda? –señaló el coche–. Puedo descargar todo eso después.

Él le ofreció la primera sonrisa de la mañana.

–Eso sería estupendo.

–¿Quién tenía los cachorros? –preguntó ella mientras se dirigían al granero.

–No lo conozco. Vive en la antigua casa de Ellsbury –llegaron a la puerta y él la abrió para permitir que Melanie pasara.

«Granero» era una palabra demasiado simple para describir el novedoso hospital para animales que Bailey había creado dentro. Caldeada en el invierno y con aire acondicionado en el verano, la clínica contaba con una sala de reconocimientos, un quirófano último modelo y una sala empleada únicamente para bañar a todo tipo de animales.

La condujo hasta el fondo del granero, donde las jaulas estaban alineadas contra los muros y también había un gran corral vallado para que los animales pudieran correr y jugar.

–Tengo que poner algo de paja fresca en el corral –dijo él, y después señaló las jaulas–. Hay que limpiarlas todas con jabón bactericida y agua. Ahí hay un cubo. No sabes cuánto te agradezco tu ayuda.

Ella sonrió.

–No hay problema. Para eso están los amigos.

Se puso en el suelo frente a las jaulas y acercó el cubo. En unos minutos el granero olía a paja fresca y al aroma penetrante del jabón bactericida.

–¿Qué tipo de cachorros son? –preguntó ella mientras limpiaba la primera jaula.

–La mayoría son schnauzer miniaturas y hay una camada o dos de cocker spaniels. El sheriff dijo que estaban en condiciones deplorables.

–Pobrecitos –dijo ella mientras comenzaba con la segunda jaula.

Durante unos minutos trabajaron en silencio, y el único sonido era el de Bailey tarareando. Siempre tarareaba cuando estaba inmerso en sus pensamientos. Era una costumbre que le había dado problemas con los profesores en el instituto, pero a Melanie le resultaba tan familiar como su propio latido. Muchas veces había empezado a tararear con él sin darse cuenta.

Se preguntó si tal vez a Stephanie le habría irritado esa costumbre y en parte por eso lo había dejado. Bailey nunca había sido muy específico sobre lo que había ido mal en su matrimonio, sólo mencionaba que la vida en la pequeña ciudad no iba con el carácter de su hermosa mujer.

Terminó de extender la paja y se unió a ella con las jaulas, trabajando mientras tarareaba una canción de los Beatles.

–¿Dijo el sheriff Bodock cuándo iba a traer a los cachorros? –preguntó ella, sintiendo el aroma de su amigo.

–Lo espero en cualquier momento. Tenía que buscar una forma de transportar a los perros y cuando llamó todavía tenía que preparar un montón de cosas.

–Bailey, ¿cómo vas a atender a veinte cachorros?

Él se puso en cuclillas y frunció el ceño.

–Tengo espacio y tengo los medios, pero probablemente tendré que contratar a alguien a media jornada.

–¿Como quién? –preguntó ella con curiosidad.

–Puede que llame a Susie Sinclair para ver si puede ayudarme unas horas por las mañanas y un poco por las tardes. Me ayudó el verano pasado y sé que ahora sólo trabaja a tiempo parcial en el almacén familiar.

–Ella también es una aspirante a Miss Vaca Lechera –contestó Melanie sonriendo–. Seguramente pensará que será maravilloso trabajar para el juez.

Bailey gruñó.

–Eso es horrible.

–Sí, la verdad es que sí.

Escucharon el sonido de un camión, y por encima del ruido del motor se oyeron los gemidos de los perros.

–Parece que han llegado nuestros invitados –dijo Bailey levantándose.

Le tendió una mano para ayudarla a levantarse del suelo y, al tocarla, Melanie sintió una corriente de electricidad que le recorrió el cuerpo desde la punta de los dedos hasta el estómago. La sensación la tomó por sorpresa, pero afortunadamente él no pareció notar nada extraño.

Salieron del granero y Melanie no tuvo tiempo de pensar qué era lo que le había causado esa reacción, porque fuera del granero reinaba el caos. No sólo había un enorme camión de ganado frente a la casa, sino que también estaba el coche del sheriff y había varios bomberos voluntarios.

–Bailey… Melanie –el sheriff Bodock los saludó con una sonrisa cansada. Miró a Melanie–. Ya es hora de que hagas de él un hombre honesto. Enhorabuena.

–Puedo hacer de él un hombre casado, pero no estoy segura de poder convertirlo en un hombre honesto –dijo mientras le daba un ligero golpe a Bailey en las costillas.

–Descarguemos los perritos –dijo el sheriff–. He traído algunos voluntarios para hacer esto lo más rápidamente posible. George Clairborn necesita que le devolvamos el camión dentro de una hora.

–De momento los pondremos en el corral que hay al fondo del granero –dijo Bailey.

Durante la siguiente hora todos trabajaron juntos sacando a los cachorros y a sus madres del camión y metiéndolos en el corral que había preparado Bailey. El sheriff les dijo que no habían podido encontrar a los machos adultos y que sospechaba que el propietario del lugar donde estaban los había llevado a otro sitio.

Cuando los voluntarios volvieron a sus coches

Melanie y Bailey los acompañaron. Justo antes de que el conductor del camión se sentara en su asiento, Melanie creyó oír un débil gimoteo en la parte trasera del camión.

–Espera un momento –le dijo al conductor, y después se subió a la parte trasera y escuchó con atención.

–¿Qué ocurre? –Bailey se asomó al camión.

–Creo que nos hemos olvidado uno –volvió a escuchar el gemido, y Melanie lo siguió hasta el rincón más lejano, donde estaba acurrucado un schnauzer de color negro azabache con unos preciosos y tristes ojos marrones.

–Eh, pequeño –dijo ella mientras lo tomaba en brazos. El cachorro se apretó contra Melanie, como si no sólo buscara el calor de su pecho, sino también el sonido reconfortante de sus latidos. En ese momento Melanie se enamoró perdidamente de él.

Bailey la ayudó a bajar del camión y sonrió.

–Conozco esa mirada. Los cachorros siempre consiguen que las mujeres tengan esa mirada boba y atontada.

–Estás celoso, porque nadie te mira con esa mirada boba y atontada –contestó ella mientras sostenía al perrito contra su cuerpo.

Bailey puso los ojos en blanco y despidió con la mano al sheriff y a los voluntarios, que empezaron a alejarse del granero.

–Hay mucho que hacer. Estos perros necesitan reconocimientos, medicamentos, comida y agua inmediatamente.

–Entonces será mejor que empecemos –dijo ella.

Él la miró sorprendido.

–¿Te quedas?

–Claro. Soy tu futura mujer, ¿no es mi deber ayudar a mi futuro marido? –lo dijo en broma, pero se le aceleró el corazón.

–Eso es. Como mi futura mujer, se supone que tienes que ayudarme en mi trabajo, hacerme la comida y recoger mis calcetines sucios.

Ella se rió, aliviada al ver que Bailey se había tomado su comentario a la ligera.

–Ya te lo dije, lo de recoger calcetines no entra en el trato –respondió mientras volvían al granero.

Durante las siguientes tres horas bañaron a unos perritos sucios y asustados. Después, mientras Bailey los examinaba uno a uno, Melanie introdujo en el ordenador información sobre su descripción física y su estado. Después les puso nombre y metió a cada uno en una jaula, etiquetada con sus nuevos nombres.

No pudo evitar admirar la suavidad con que Bailey los trataba. Los hablaba con voz suave y tranquilizadora mientras los acariciaba y les examinaba las bocas y las orejas. Melanie se preguntó si usaría el mismo tono de voz con ella durante los preliminares al acto sexual, y la idea le provocó un estremecimiento. Después si preguntó si tendrían preliminares. Al fin y al cabo, no eran necesarios para hacer un bebé.

Por fin empezaron a trabajar con el último perro, el pequeño schnauzer negro que estaba escondido al fondo del camión.

—Es el único negro —comentó Bailey mientras lo examinaba—. Y ninguna de las hembras adultas quería tener nada que ver con él.

—Pobre pequeño —murmuró Melanie acariciándolo. Después del baño, su pelaje era suave y sedoso—. Yo seré su mamá —miró a Bailey con curiosidad—. ¿Cómo es que tú no tienes un perro? Te gustan tanto que podrías tener una docena.

Él se encogió de hombros y terminó de examinar al cachorro. Después se lo dio a ella.

—Una vez tuve uno… ¿Te acuerdas de Champ?

—Ah, sí, lo había olvidado. Pero de eso hace muchos años —Champ era un perro labrador que los padres de Bailey habían tenido durante años. Lo había atropellado un coche cuando Bailey tenía doce años.

Melanie recordaba ese día muy bien. Bailey había ido a su casa para decirle que Champ había muerto. Se habían sentado juntos en el porche de la casa de los padres de ella durante una hora. Bailey no había llorado ni había hablado del profundo dolor que se reflejaba en sus ojos.

Durante todos los años que había durado su amistad, Melanie había aprendido que Bailey compartía su felicidad con todo el mundo, sus sueños con ella, pero no compartía su dolor con nadie.

Ya había atardecido cuando por fin dejaron el granero y se dirigieron a la casa. Los dos estaban mugrientos y hambrientos, pero Bailey le había prometido una ducha y una cena caliente antes de que se marchara.

–¿Sabes?, he estado pensando –dijo ella.

–Guau, levantad las banderas, lanzad fuegos artificiales, esto hay que celebrarlo –bromeó y se rió cuando ella intentó golpearlo en el brazo.

–Hablo en serio. He estado pensando en lo de contratar a alguien para que te ayude –se detuvieron junto al coche de Melanie, y ella abrió el maletero, dejando ver varias cajas con ropa y otros objetos.

–¿Y qué has pensado? –agarró una de las cajas más grandes y ella tomó otra algo más pequeña.

–Sólo me queda esta semana de clase, y después puedo estar aquí todo el día. Durante esta semana podría venir una hora o así por las mañanas y volver después del colegio. Creo que no es necesario que contrates a alguien.

–Eso puede funcionar –contestó mientras abría la puerta de la casa con el codo–. ¿Estás segura de que no te importa hacerlo?

–Tengo que cuidar a mi bebé –dijo mientras dejaba la caja en el salón, que apenas estaba decorado.

–Gracias, me gusta que cuiden de mí –dejó la caja en el suelo y miró a Melanie mientras se le formaba un hoyuelo junto a la boca.

–No estaba hablando de ti, sino del pequeño Squirt.

Él suspiró.

–Supongo que querrás que ese chucho se quede en la casa.

Se acercó dando saltos hacia donde él estaba.

—¿De verdad, Bailey? ¿No te importaría?

—El sheriff me dijo que intentara encontrarles un buen hogar, y sé que tú siempre has querido un perro.

—Sí, es verdad… y creo que me quiere un poquito —emocionada, le puso los brazos alrededor del cuello y le plantó un sonoro beso en la mejilla —Bailey puso una mano automáticamente en su espalda, y el contacto volvió a enviar una oleada de calor al cuerpo de Melanie. Se separó de él rápidamente, desconcertada por esa reacción tan inesperada—. Me pido la ducha primero —dijo abriendo la caja más pequeña y sacando un par de pantalones cortos limpios y una camiseta.

—Vale, mientras te duchas me ocuparé de la cena.

Momentos después, bajo el chorro del agua caliente, Melanie intentó quitarle importancia a la reacción que acababa de tener. Supuso que era normal, ya que lo veía de otra manera. Al fin y al cabo, siete días después estarían casados. También era normal que comenzara a darse cuenta de cosas que antes no había visto, como que sus manos tenían una bonita forma y dedos fuertes, o como que su mejilla había estado cálida y ligeramente áspera cuando lo había besado.

Terminó de ducharse, se secó y se vistió rápidamente. Después regresó al salón, donde encontró a Bailey sentado en el sofá y bebiendo una cerveza fría.

–Creí que te ibas a encargar de la cena.

–Ya lo he hecho. He pedido pizza, y como postre tenemos el famoso pastel de cereza de la señora Caldwell.

–¿Por qué te hizo un pastel?

Bailey le pasó su cerveza, ella tomó dos sorbos y se la devolvió. Melanie nunca se bebía una cerveza entera, y mucho tiempo atrás habían adoptado la costumbre de que ella bebiera de la de Bailey.

–Me gustaría creer que lo ha hecho porque soy un buen tipo, pero cuando lo dejó mencionó que su nieta, Katy Lynn, es una de las aspirantes –se levantó y se terminó la cerveza–. El dinero para la pizza está en la mesa, por si vienen mientras estoy en la ducha.

Ella lo observó mientras se alejaba, paseando la mirada por su espalda amplia y por su cintura y cadera delgadas. Volvió a sentir una oleada de calor, apartó la mirada y se fue a la cocina para poner la mesa.

Le encantaba la casa de Bailey por fuera, pero por dentro era la vivienda típica de un soltero. Aunque la ventana de la cocina tenía cortinas de color amarillo brillante, no había mantel en la mesa ni ningún centro o adorno que aportara algo de color. En la encimera blanca sólo había un microondas de color negro y una lata de café que Bailey había olvidado guardar por la mañana.

Al empaquetar algunas de sus cosas ese mismo día, consciente de la falta de calidez en la casa de su amigo, había añadido algunos objetos para adornar la casa. Si iba a vivir en ella durante un mes o dos, quería sentirse cómoda. Decidió no sacar los manteles individuales que había en el fondo de una de las cajas. Cuando la boda hubiera pasado podría sacarlo todo e introducirlo en la esterilidad de la decoración de Bailey.

Mientras ponía la mesa intentó no pensar en las extrañas sensaciones que Bailey le había provocado desde que accedió a casarse con ella. La hacían sentirse incómoda.

Cuando hubieran hecho el amor, toda esa incomodidad desaparecería, pensó. No era Bailey quien la ponía tan tensa, ni pensar en hacer el amor con él. Lo que la ponía nerviosa era pensar en hacer el amor con cualquier persona.

Durante todos los años que Bailey había sido su amigo, Melanie sólo le había ocultado un pequeño secreto… que aún era virgen. Sabía que él creía que había hecho el amor con un chico con el que estuvo saliendo en la universidad y, aunque nunca le había mentido directamente, tampoco había hecho nada para que él pensara otra cosa.

Pero parecía adecuado que al final le fuera a ofrecer su virginidad al hombre en quien más había confiado.

El timbre de la puerta sonó, devolviéndola a la realidad. Agarró el dinero de la mesa y se apresuró a abrir al chico, que le dio la pizza. Acababa de dejarla en la mesa cuando apareció Bailey, con unos vaqueros limpios y una camiseta blanca.

—Muy oportuno —dijo ella.

–Bien. Me muero de hambre –se sentó frente a ella en la mesa y cada uno tomó un trozo de la pizza caliente y especiada.

Cada uno comió dos porciones sin hablar, y cuando Bailey alargó la mano para agarrar una tercera ella apartó su plato y se reclinó en la silla.

–Supongo que debo avisarte que cuando salí de casa esta mañana mi madre estaba hablando por teléfono con la tuya, y no creo que estuvieran intercambiando recetas de cocina.

Bailey sonrió levemente.

–Sí, mi madre me llamó casi antes de que amaneciera para preguntarme si sabía qué flores querrías para la ceremonia.

–¿Y qué le dijiste?

–Primero le recordé que queríamos una ceremonia sencilla, y después le dije que margaritas. ¿Pensabas que no sabía cuál es tu flor favorita? –dijo sonriendo.

Ella le devolvió la sonrisa, sintiendo la camaradería que siempre había existido entre ellos.

–No estaba segura de que lo recordaras –se inclinó hacia delante y agarró un trozo de salchichón de una de las porciones–. Sé que tengo la manía de irme por las ramas, y nunca sé si me sigues o no.

–Perdona, ¿qué estabas diciendo? –Bailey se rió mientras ella amenazaba con arrojarle el salchichón–. Al menos tenemos una excusa para no tener una luna de miel tradicional.

–Los cachorros.

Él asintió con la cabeza.

—¿Estás segura de que no te importa trabajar conmigo para cuidarlos?

—En absoluto. ¿Has terminado o te vas a dar un atracón?

Él agitó una mano para rechazar el último trozo de pizza.

—Ya no quiero más.

Ella se levantó y puso la porción que había sobrado en la encimera, donde la cubrió con plástico transparente y después la metió en la nevera. Cuando se giró para mirarlo de nuevo, la expresión de Bailey era sombría y pensativa.

—¿Qué? —preguntó, sabiendo que estaba pensando algo.

—No le gustaban los animales.

—¿A quién? ¿A Stephanie? —Melanie volvió a sentarse frente a él, sorprendida de que hubiera sacado el tema. Casi nunca hablaba de ella.

—Pensaba que los perros eran sucios y que los gatos tenían demasiado pelo. Y mejor no hablar de cualquier animal que se pareciera a un roedor.

—¿Por qué una mujer que odia a los animales se casaría con un veterinario?

Bailey se reclinó en su silla y se rascó la barbilla. Sus intensos ojos azules eran inescrutables.

—Pensó que podría convencerme para que me convirtiera en un médico de personas y que nos mudaríamos a la ciudad, donde viviríamos como reyes.

—¿No se dio cuenta de que vives como un rey

aquí en Foxrun? Quiero decir, eres respetado y además tienes tu propio estanque.

Bailey se rió y alargó un brazo para tomarle la mano.

—A veces me pregunto qué haría sin ti, Mellie —durante un momento sus palabras la estremecieron—. Eres la mejor amiga que un hombre podría tener.

Ella le apretó la mano y después la soltó y se levantó.

—Claro que lo soy —dijo con brío—. Y ahora esta amiga se va a ir a casa —él se levantó y la acompañó a la puerta—. Estaré aquí mañana temprano. Traeré algunas cajas más y te ayudaré con los perros.

—Tendré el café preparado —se inclinó y la besó en la frente—. Buenas noches, Mellie.

—Buenas noches, Bailey.

Mientras conducía hacia su casa pensó en lo que Bailey había dicho. Se preguntaba qué haría sin ella en su vida. Durante un momento Melanie deseó que hubiera estado hablando de ella como mujer, no como amiga.

Sacudió la cabeza, preguntándose si la locura de Miss Vaca Lechera no la hubiese afectado también a ella.

ESTABA delicioso, Colette –dijo Bailey apartando el plato. Sonrió a Tanner Rothman, que estaba sentado frente a él–. Tanner, eres un tipo con suerte. Además de ser guapa, sabe cocinar.

–Y dentro de poco volverá a ser una próspera mujer de negocios –contestó Tanner mirando a la que se había convertido en su esposa tres semanas atrás.

–Eso está bien –Bailey miró a Colette–. ¿Cuándo vas a abrir la tienda?

–Dentro de una semana –respondió ella–. Estoy esperando a que me lleguen algunos artículos más antes de abrir oficialmente.

–Todo ha sido muy rápido –dijo Bailey.

–El antiguo almacén estaba muy bien conservado y contraté a una cuadrilla para que trabajaran más rápido. No tardamos mucho en transformarlo en la tienda de Colette –explicó Tanner.

–Es una tienda de artículos de bebé, ¿no?

Colette asintió con la cabeza.

–Vendo todo lo que un bebé necesita durante los primeros cuatro años de su vida.

–¿Melanie está…? –preguntó Tanner con deli-cadeza.

–No, no. No está embarazada, aunque quiere te-ner hijos cuanto antes.

–Entonces espero que estéis entre mis mejores clientes –dijo Colette.

–¿Sigue llevando Gina la tienda de Kansas City? –Gina era la hermana pequeña de Tanner.

–Sí, y lo está haciendo estupendamente, a pesar de la preocupación de su hermano –Colette acari-ció la mano de Tanner con un gesto amoroso y se levantó–. Y ahora os dejo que habléis –sonriendo a su marido, dejó el comedor y se metió en la cocina.

–Así que mañana es el gran día –dijo Tanner.

–Sí –Bailey tomó su taza de café con ambas ma-nos.

–Si lo hubieras dicho con algo más de tiempo, habría preparado una despedida de soltero.

–No quería una –ya era bastante malo que los amigos y los familiares de Mellie le hubieran dado una fiesta esa misma tarde. Tomó un sorbo de café, luchando contra el impulso de sincerarse con Tan-ner y decirle que su matrimonio no iba a ser de verdad.

–Mellie y yo queríamos una ceremonia sencilla, pero nuestras familias tenían otras ideas –la boda iba a celebrarse en la Iglesia Baptista, y después habría una gran recepción en el centro social.

–Te diré una cosa, Bailey. No hay nada como el matrimonio, nada como explorar los secretos de la mujer que amas.

–Mellie no tiene ningún secreto para mí. A veces pienso que la conozco mejor que a mí mismo.

Tanner se rió.

–Tienes mucho que aprender, Bailey. Las mujeres están llenas de secretos, y descubrirlos intensifica la intimidad del matrimonio. Escucha, nunca he sido tan feliz como ahora con Colette.

Bailey podía ver la felicidad en el rostro de Tanner. Le hacía sonreír, le daba brillo a los ojos y por un instante Bailey sintió una punzada de envidia.

Apartó ese sentimiento incómodo mientras se levantaba.

–Odio comer y salir corriendo, pero mañana voy a tener un día muy movido –dijo mientras pensaba en la boda.

Tanner también se levantó.

–Te acompañaré a la puerta.

–Dale las gracias a Colette por esa comida tan maravillosa –dijo al salir al porche.

–No hay problema. Por cierto, he oído que te han nombrado juez de Miss Vaca Lechera.

–Sí. ¿Por qué te retiraste?

Tanner se encogió de hombros.

–La razón principal es que le prometí a Colette que en cuanto nos mudáramos aquí empezaríamos a trabajar en la tienda. No estaba seguro de cuánto tiempo necesitaría. Entonces, ¿ya has visto a Sue-Ellen desnuda?

Bailey lo miró sorprendido y Tanner se rió.

–¿Cómo lo sabes?

–Justo antes de retirarme SueEllen apareció una noche llevando sólo un impermeable.

–El otro día la encontré en mi ducha, dispuesta a frotarme la espalda.

–Pobre SueEllen –Tanner sacudió la cabeza lentamente–. Quiere la corona y no se da cuenta de que haciendo eso no la conseguirá. Pero tiene una bonita figura, ¿verdad? –preguntó sonriendo.

Bailey le devolvió la sonrisa.

–No me fijé.

–Ya –contestó Tanner mientras Bailey se metía en la camioneta–. Te veré mañana por la tarde en la recepción.

Mañana por la tarde en la recepción. Las palabras de Tanner resonaron en su cabeza de camino al rancho. Más de una vez había tenido que obligarse a no llamar a Mellie y cancelarlo todo.

Había reaccionado de forma exagerada a todo el asunto del concurso, se había sentido vulnerable al ver a SueEllen desnuda y se había visto atrapado en el plan de Mellie. Aunque seguía queriendo llamarla y echarse atrás, no lo iba a hacer. No era cuestión de fallarle a su amiga.

Las cosas se les habían ido de las manos. En las últimas semanas su madre y la de Mellie se habían convertido en unos tornados que hacían desaparecer cualquier obstáculo que entorpeciera el día de la boda. Habían encargado flores, encontrado una empresa para servir la comida, reservado el centro social y contratado una orquesta. Él llevaría un esmoquin negro con un fajín y una corbata amarillos, y durante los últimos tres días no habían parado de llegar regalos a la casa. Tenía la sensación de que nada podría detener las cosas a menos que se muriera de repente.

Lo que sí tenía claro era que Tanner se había equivocado al decir que parte del matrimonio consistía en descubrir los secretos del otro. Mellie, con sus brillantes ojos verdes y su cara llena de pecas, era como un libro abierto para él. Sabía lo que le gustaba comer y cómo se le enrojecía la nariz cuando lloraba. Sabía que en cuestión de política tenía tendencias de derechas, que uno de sus dientes era una corona y que en la infancia la llamaban Melanie la delgaducha.

Él tampoco tenía ningún secreto con Mellie y no había mentido al decirle a Tanner que la conocía mejor que a sí mismo. No, no habría ninguna sorpresa con Mellie. Con un poco de suerte se quedaría embarazada pronto, podrían separarse tranquilamente y tener un divorcio sin complicaciones.

Pero, ¿y el bebé?, susurró una vocecita en su cabeza. Era la primera vez que pensaba en las consecuencias de su trato con Mellie. La principal consecuencia sería una pequeña vida humana… el bebé de Bailey.

Bailey nunca había considerado seriamente la posibilidad de tener hijos. En cuanto se casó con Stephanie ella había dejado claro que no estaba particularmente interesada en tener una familia. Bailey había sospechado que veía igual a los niños y a los animales… eran desordenados, sucios y requerían demasiada atención.

Aparcó el vehículo frente a la casa y se dirigió al granero para ver a los cachorros. No era de extrañar que le encantaran los perros, no eran nada complicados. Si se les daba de comer, de beber y se les rascaba detrás de las orejas, ofrecían su amor incondicional.

Lo único que esperaba era que su breve matrimonio con Mellie fuera tan sencillo como parecía que iba a ser cuando decidieron llevar a cabo el plan.

Melanie estaba frente al espejo de la sala de la iglesia reservada a las mujeres, observando el reflejo de una novia. Llevaba toda la semana diciéndole a su madre que no quería un vestido de novia, que su traje de color beige sería suficiente, pero Marybeth Watters no estaba dispuesta a que su hija se casara con un traje viejo.

El vestido que finalmente habían elegido era blanco, sencillo, pero tradicional. Era de seda, tenía pequeños botones en la parte frontal y le quedaba como si fuera una segunda piel, realzándole el pecho y la cintura fina.

Llevaba el pelo trenzado, recogido alrededor de la cabeza y adornado con margaritas.

—Estás guapísima —dijo su madre, y se dio la vuelta para mirarla de frente.

Melanie arrugó la nariz haciendo una mueca.

–Todo lo guapa que puede estar una mujer con la cara llena de pecas y el pelo rojo.

–Tonterías –dijo Marybeth–. Estás preciosa –abrazó a Melanie. Tenía lágrimas en los ojos–. Me siento tan feliz, querida. Sé que Bailey y tú vais a ser muy felices juntos –Melanie se sintió culpable al devolverle el abrazo a su madre. Juró que cuando toda la farsa hubiera acabado, no volvería a hacer nunca nada parecido. Su madre la perdonaría por haber roto su matrimonio si le daba un nuevo nieto–. Voy a ver si todo está listo. Ahora vuelvo, querida –su madre salió de la habitación y Melanie se giró para mirarse en el espejo.

No había nada que Marybeth Watters quisiera más que a sus nietos. El cáncer le había hecho a Melanie darse cuenta de lo corta que podía ser la vida y había aumentado sus deseos de tener un hijo.

Y por fin iba a ocurrir. Sus mejillas se sonrosaron al pensar en la noche que la esperaba. Se apartó del espejo y se acercó a la ventana, desde donde vio que la luz del día se estaba desvaneciendo.

En unos minutos Bailey y ella estarían casados y por la noche, después de la recepción, irían a su casa y ella se metería en su cama. Tendrían sexo y con un poco de suerte harían un bebé.

Melanie sintió un escalofrío y justo en ese momento su madre abrió la puerta. Tenía los ojos brillantes por las lágrimas que Melanie sabía que derramaría durante la breve ceremonia, y dijo simplemente:

–Es la hora.

Melanie recogió el ramo de flores y respiró profundamente. De repente se sintió muy nerviosa y no supo por qué. Era Bailey, su amigo de toda la vida, con quien se había subido por primera vez en una montaña rusa. Se trataba de su mejor amigo. Melanie empezó a relajarse. Era el viejo Bailey, y todo iba a salir bien.

Melanie salió de la sala, entró en el vestíbulo e inmediatamente oyó que el órgano empezaba a tocar la marcha nupcial. El grupo que se había reunido en el santuario era pequeño, porque tanto Bailey como ella habían insistido en que sólo entraran a la iglesia los familiares más directos. Pero Melanie sospechaba que en la recepción aparecería casi toda la ciudad.

Su padre la esperaba, y le puso un brazo sobre el suyo con una sonrisa.

–Estás maravillosa, hija –dijo suavemente.

–Gracias, papá –le apretó el brazo ligeramente y los dos comenzaron a andar hacia el centro de la iglesia.

El pulso se le aceleró y empezó a sentir una sensación sofocante. Entonces vio a Bailey. Estaba junto al predicador, y se le veía muy atractivo con un esmoquin negro. La corbata amarilla estaba ligeramente torcida y tenía una mirada de pánico. Pero en ese momento la vio y abrió ligeramente los ojos, como si se hubiera sorprendido. Melanie luchó contra el impulso de echarse a reír. No podía creer que estuvieran haciendo eso, y sabía que él estaba sintiendo exactamente lo mismo.

Cuando su padre le dio la mano de Melanie a Bailey, ella le hizo un guiño. Bailey sonrió ligeramente y le devolvió el guiño. En cinco minutos serían oficialmente marido y mujer.

El beso que selló su unión era el tipo de beso que Melanie estaba acostumbrada a recibir de Bailey, un ligero y dulce roce de los labios.

—No puedo creer que lo hayamos hecho —dijo él unos minutos después, cuando se dirigían al centro social en su camioneta. Se aflojó un poco la corbata, como si sintiera que lo estaba estrangulando—. Por cierto, no estás mal con un vestido de novia.

—Gracias. Tú tampoco estás horroroso con el esmoquin.

Él sonrió mientras aparcaba frente al centro, que ya estaba lleno de coches. Apagó el motor y se giró hacia ella.

—Bueno, lo hicimos.

—Sólo hemos hecho la mitad —contestó Melanie y, para su sorpresa, sintió que se ruborizaba—. Te he salvado de las garras de las mujeres solteras de Foxrun. Ahora todo lo que tienes que hacer es cumplir tu parte del trato.

—¿Quieres que lo haga aquí? ¿Ahora? Lo intentaré, pero tengo la sensación de que la palanca de cambios se interpondrá entre nosotros.

Aunque estaba bromeando, Melanie pudo ver

que estaba un poco tenso. ¿O acaso eran sus propios nervios al pensar en la noche que les esperaba?

—Antes de que te precipites, creo que deberíamos entrar y disfrutar de la recepción que han preparado nuestras madres.

—Tienes razón –se guardó las llaves en el bolsillo y abrió la puerta–. Es hora de aparentar que somos una feliz pareja.

Todo era como un juego, se recordó Melanie mientras entraba con Bailey al centro social. Él la tomó de la mano, rodeándola con sus dedos fuertes y cálidos.

Había una multitud justo en la puerta, que recibió a los recién casados con ovaciones y una lluvia de alpiste. Riendo, corrieron hacia la puerta y entraron en la sala, que sus madres habían transformado en un paraíso de lazos y papel crepé. En el medio había una mesa cubierta de encaje y, sobre ella, una tarta nupcial de tres pisos y una fuente de la que brotaba champán.

La orquesta estaba afinando los instrumentos en una esquina, y todas las mesas estaban ocupadas por amigos, vecinos y conocidos.

Melanie perdió a Bailey cuando la gente comenzó a abrazarla. Pasó de unos a otros como si fuera un balón, recibiendo besos y felicitaciones, hasta que las caras empezaron a perecerle borrosas. Vio a Bailey de refilón, que estaba recibiendo palmaditas en la espalda y besos en la mejilla. Tenía la misma mirada perdida que ella.

La madre de Melanie los rescató agarrándolos del brazo y los llevó a una mesa adornada con un bonito centro.

—Vosotros os sentáis aquí. La orquesta empezará a tocar enseguida y tendréis que abrir el baile.

—Me siento como si me acabara de atacar una manada de perros rabiosos –dijo Bailey alisándose la corbata.

Melanie se rió.

—Tienes razón –frunció el ceño al ver que se aproximaba una figura conocida con una copa de champán en cada mano–. Oh, oh, aquí viene el tío Jack –avisó a Bailey.

Jack Watters era uno de los familiares preferidos de Melanie, aunque era un poco excéntrico.

—Bebed –dijo dejando las copas en la mesa–. Lleváis varias copas de retraso con respecto a los demás.

—Gracias, Jack –dijo Bailey, y tomó un sorbo del líquido burbujeante.

Jack le dio a Bailey una palmada en la espalda.

—Si esto hubiera sido hace cien años, no estaríamos sentados en esta recepción, estaríamos de juerga aporreando ollas y sartenes frente a tu ventana mientras vosotros dos consumabais el matrimonio. Pero como estamos en el siglo en el que estamos, supongo que lo habéis estado haciendo durante años.

—¡Tío Jack! –exclamó Melanie, y Bailey se rió.

—Vamos, Melanie, suéltate –contestó su tío antes de alejarse de su mesa.

Eso fue exactamente lo que Melanie intentó hacer durante toda la fiesta. Abrió el baile con Bailey, cortó la tarta con él y brindó. Pero cada vez se sentía más tensa.

Bailey, sin embargo, cada vez estaba más cómodo. Melanie había perdido la cuenta de las copas de champán que había bebido su marido, pero el brillo de sus ojos y el rubor de sus mejillas le decían que se estaba acercando peligrosamente a su límite.

También ella había bebido más de lo normal, pero cada copa parecía despejarla más. Al pensar en meterse en la cama con Bailey se despertaban todas las terminaciones nerviosas de su cuerpo con una extraña energía, y esa sensación empeoraba a cada minuto.

Miró a la pista de baile, donde Bailey estaba bailando con su tía Nancy. Se había quitado la chaqueta del esmoquin hacía tiempo, y tenía parte de la camisa desabrochada, dejando ver algo de su pecho cubierto de vello oscuro.

A Bailey le encantaba bailar y lo hacía bien; se movía con un ritmo natural que Melanie siempre había envidiado. Su amigo había bailado con prácticamente todas las mujeres de la fiesta, y en la última hora la multitud había empezado a disiparse.

Melanie pensaba que el protocolo era que los novios abandonaran la recepción antes que el grueso de los invitados. Se levantó con la intención de agarrar a su marido y llevárselo a casa.

Su marido. Melanie sentía el anillo que le había

regalado la madre de Bailey como algo frío y extraño. Había sido así desde el momento en el que él se lo puso. Era su marido temporal, pero también su amigo de toda la vida, pensó, y al hacerlo parte de la tensión se desvaneció. Se quedó al borde de la pista de baile hasta que la orquesta dejó de tocar y se acercó a Bailey.

—Creo que es hora de que nos vayamos. Lo tradicional es que los novios se vayan antes que los invitados.

—¿De verdad? —él le dedicó una sonrisa—. Queremos ser tradicionales, ¿no?

Le pasó un brazo por encima del hombro y empezaron a retirarse despidiéndose de todos y dándoles las gracias por haber acudido. Melanie notó que Bailey caminaba con paso más que vacilante.

—Creo que será mejor que conduzcas tú —dijo Bailey cuando se acercaron a la camioneta. Sacó las llaves del bolsillo—. Cuando lleguemos a mi casa estaré bien, sólo me siento un poco atontado.

—Me encantará conducir.

Se dirigieron a la casa de Bailey, y durante el camino él se mostró muy hablador, como solía ser cuando bebía demasiado.

—¿Te lo has pasado bien? —preguntó Bailey—. Yo me lo he pasado estupendamente —contestó sin esperar respuesta—. Nunca pensé que casarse pudiera ser tan divertido. Stephanie y yo no tuvimos una recepción ni nada parecido. Pero si la hubiéramos tenido, ella se habría enfadado conmigo, por bailar con todo el mundo. Pero tú no estás enfadada, ¿no?

—No, no estoy enfadada —contestó ella con la vista fija en la carretera—. Sé que te encanta bailar.

—Eso es algo muy bueno entre tú y yo, Mellie. Nos entendemos —se inclinó y le dio unas palmaditas en el hombro—. Eres una campeona, Mellie.

Pero no se sentía como una campeona. Al aparcar frente a la casa de Bailey lo único que podía sentir era una masa de nervios. Durante años había soñado con perder su virginidad la noche de bodas, y en sus sueños siempre se entregaba a un hombre que la amaba con una intensidad abrumadora. Pero en lugar de eso había convencido a Bailey para que se casara con ella para poder tener un bebé.

Salieron de la camioneta y Bailey se tambaleó al subir los escalones del porche.

—No querrás que te tome en brazos para atravesar el umbral, ¿no?

—Lo esperaría y lo exigiría si fuera un matrimonio de verdad —dijo ella, aunque pensó que habría sido bonito en otras circunstancias.

—Puede que quieras echar un vistazo a la cocina antes de ir al dormitorio —dijo Bailey cuando hubieron entrado.

—¿Qué has hecho? ¿Me has dejado una pila de platos sucios como regalo de bodas?

Bailey sonrió, aunque sus ojos no terminaban de enfocarla, y se fue tambaleándose hacia el dormitorio.

Melanie entró en la cocina y se sorprendió al encontrar un parquecito infantil en la entrada. Dentro, con un lazo plateado alrededor del cuello, estaba Squirt, que empezó a mover la cola al verla.

–Oh, Bailey –susurró mientras se inclinaba por encima del parquecito y agarraba al cachorro. Sabía que la pérdida de Champ había afectado mucho a Bailey y por eso no había querido volver a tener perros en la casa. También sabía que había permitido que Squirt se quedara porque ella siempre había deseado tener un perro.

Apretó al cachorro contra su pecho durante un momento. De repente ya no se sintió preocupada por hacer el amor con Bailey. Toda la tensión se había ido al sentir la calidez del cuerpo de Squirt y al pensar en la amabilidad de Bailey. No había ninguna razón para pensar que el sexo arruinaría su amistad. Besó a Squirt, lo volvió a dejar en el parquecito y se dirigió al dormitorio.

Se detuvo en la puerta y todas sus esperanzas se desvanecieron. Bailey estaba tirado en la cama, atravesándola en diagonal, y evidentemente estaba profundamente dormido. Tenía la camisa medio desabrochada, como si se hubiera caído en la cama antes de terminar de desnudarse.

Melanie sabía que había bebido más de lo normal, y que estaba ligeramente mareado, pero había subestimado la influencia del alcohol. ¿Y por qué había bebido tanto? Le gustaba tomarse una cerveza por las tardes, pero no solía excederse. Melanie sacó su ropa de dormir de un armario. Durante la última semana había llevado a casa de Bailey la mayoría de sus objetos personales para preparar el matrimonio, que esperaba que, aunque breve, fuera fructífero.

Con la ropa de dormir contra el pecho, salió del dormitorio principal y entró en una de las habitaciones de invitados. Se quitó el vestido de novia y se puso un pijama compuesto de camisola de satén y pantalones cortos. No podía negar que estaba decepcionada. No había ninguna esperanza de tener un bebé si ella dormía allí y Bailey estaba borracho en la habitación de al lado. Pero lo que más la sorprendió fue un miedo inquietante que empezó a sentir al meterse en la cama. Se preguntó si tal vez Bailey habría bebido tanto porque no podía enfrentarse al hecho de hacer el amor con ella.

ANTES de abrir los ojos Bailey supo que tenía una horrible resaca. La cabeza le dolía con una intensidad nauseabunda y tenía la boca seca y con un sabor asqueroso. No podía recordar la última vez que se había emborrachado tanto.

Se quedó en la cama durante un buen rato con los ojos cerrados y pensó en la noche anterior. Había hecho exactamente lo que temía que iba a hacer: había defraudado a Mellie.

La ansiedad se había apoderado de él al verla acercarse por el pasillo de la iglesia. Nunca la había visto tan… increíble. Su pelo cobrizo había brillado con un resplandor impresionante, y el vestido había revelado curvas que él ni siquiera se había dado cuenta de que existieran. Y por la noche ella esperaba no sólo que le hiciera el amor, sino que la dejara embarazada.

¿Y si no podía? Aunque nunca antes había pensado en eso, ¿qué pasaría si no podía dejarla embarazada? ¿Y si a Mellie no le gustaba cómo hacía el amor? ¿Debería besarla y acariciarla o eso la ofendería?

Una preocupación había seguido a la otra y había empezado a beber para no pensar en ello. Ni siquiera recordaba cómo habían llegado a la casa.

Abrió los ojos y se sentó, agarrándose la cabeza con las manos. Tenía una jaqueca impresionante.

¿Y dónde estaba Mellie? Le debía una disculpa. Se levantó con cuidado y se acercó a la puerta del dormitorio, desde donde podía ver la habitación de invitados al otro lado del pasillo. El vestido de boda de Mellie estaba colgado en el armario abierto, y la cama no estaba hecha. Así que allí era donde había pasado su noche de bodas. Definitivamente le debía una disculpa. Pero antes… una ducha.

Momentos después, de pie bajo el chorro de agua bien caliente, Bailey empezó a sentirse de nuevo como un ser humano. La cabeza dejó de latirle con fuerza y se sintió ansioso por arreglar las cosas con Mellie.

Se secó, se puso unos vaqueros y una camiseta y se dirigió a la cocina, donde flotaba un agradable aroma de café recién hecho. «El primer beneficio de estar casado», pensó.

Mellie estaba sentada a la mesa, con Squirt danzando a sus pies. Bailey se acercó y le dedicó una sonrisa. Ella se la devolvió e inmediatamente se sintió aliviado. Gracias a Dios, Mellie no era una mujer rencorosa. Se sirvió una taza de café y se sentó a la mesa, donde habían aparecido unos manteles individuales amarillos como por arte de magia.

–Pasas una noche en mi casa y ya la estás llenando de trastos.

–Y eso que acabo de empezar. Desde que compraste esta casa he estado deseando decorarla –tomó un sorbo de café y miró a Bailey por encima del borde de la taza–. ¿Cómo está tu cabeza esta mañana?

–Si me lo hubieras preguntado hace quince minutos, te habría pedido que me la arrancaras. Pero después de la ducha no me siento tan mal –tomó un sorbo de café, pensando en la mejor manera de disculparse. Luego dejó la taza en la mesa–. Mellie… sobre lo de anoche… Lo siento, no sé qué fue lo que me entró.

Ella sonrió.

–Yo sí que lo sé… Lo que te entró fue un par de botellas de champán.

Sonrió avergonzado, pero se puso serio al ver una punzada de dolor en los ojos de Mellie.

–Sé que esperabas que cumpliera con mi parte del trato anoche, y me siento fatal por haber bebido demasiado y quedarme dormido.

–Está bien –contestó ella. Bajó la vista–. Bailey, sé que no soy el tipo de mujer con el que sueles salir. Quiero decir, no soy rubia ni despampanante –lo miró otra vez con las mejillas sonrosadas–. Entiendo que, ya sabes, que no me desees. Tal vez si lo hiciéramos en la oscuridad podrías imaginar que soy otra persona.

Bailey la miró, sorprendido por sus palabras.

–Sí, o podríamos ponerte una bolsa de papel en la cabeza.

–Si crees que eso ayudaría…

–¡Por Dios, Mellie, estaba bromeando! ¡No soy tan superficial!

Ella se encogió de hombros y evitó mirarlo a los ojos.

–Yo sólo sé que las mujeres que te atraen son las del tipo de Miss Vaca Lechera, y los dos sabemos que yo no soy de ésas.

Bailey no podía creer lo que estaba escuchando. Nunca se había dado cuenta de esa falta de seguridad que Mellie tenía en su atractivo. Era verdad que nadie diría que era increíblemente guapa o una mujer despampanante, pero era más que bonita. Sus ojos eran del color de la hierba, rodeados de pestañas rojizas. Su cabello rizado y cobrizo brillaba con destellos dorados, y su boca era delicada, como el arco de Cupido.

Al mirarle los labios pensó en el beso que habían compartido en su fiesta de compromiso. Se había sorprendido al ver que su boca era tan cálida, tan dulce y complaciente. De repente sintió unas ganas horribles de besarla de nuevo.

–Seguramente piensas que anoche bebí tanto para poder enfrentarme al hecho de hacer el amor contigo.

–La idea se me pasó por la cabeza –admitió ella en voz baja.

Bailey sintió una oleada de emociones contradictorias. Esa mujer había estado a su lado en todos los momentos importantes de su vida. Cada vez que él se había caído, ella lo había ayudado a levantarse de nuevo, y cuando había celebrado algo, ella había sido la más juerguista.

Pero Mellie tenía miedo de ser tan poco atractiva que él tuviera que emborracharse para poder hacer el amor con ella. Se levantó de la mesa y le tendió una mano.

—Mellie.

Ella frunció el ceño y lo miró con curiosidad.

—¿Qué?

—Ven aquí —le tomó la mano, la levantó y, sin darle tiempo a reaccionar, la besó en los labios.

Durante unos instantes ella se quedó quieta, tensa, pero cuando la lengua de Bailey tocó la suya, introduciéndose en la dulzura de su boca, la tensión empezó a desaparecer.

Melanie olía a las flores de verano, y a través del fino tejido de su vestido Bailey podía sentir sus senos contra su pecho.

Hacía mucho tiempo que Bailey no estaba con una mujer. Un año atrás había tenido una relación con una mujer llamada Kathryn, pero sólo había durado dos semanas. Pero en ese momento no podía pensar en ninguna otra mujer. Lo único que quería era demostrarle a Mellie que era una mujer atractiva y deseable.

Se separó de ella y volvió a tomarla de la mano, sorprendiéndose al sentir que sus dedos estaban fríos como el hielo.

—Ven conmigo —dijo él.

—¿Dónde? —preguntó con la respiración entrecortada.

—Creo que ha llegado la hora de que cumpla mi parte del trato —contestó sonriendo.

Melanie tenía los ojos como platos.

—Pero Bailey, es de día.

Él enarcó una ceja, divertido.

—¿Es que hay normas para estas cosas?

—Bueno… no, pero así te resultará más difícil fingir.

—Mellie, no necesito fingir —antes de que ella pudiera contestar, la sacó de la cocina y la llevó a su dormitorio—. ¿Quieres echarte atrás? —le preguntó cuando llegaron junto a la cama.

—No. ¿Y tú?

Como única respuesta volvió a besarla, sorprendiéndose de nuevo por la dulce calidez de Mellie. No sabía que besara tan bien, y se sorprendió de su propia reacción física.

Ella le puso los brazos alrededor del cuello y, aunque Bailey la había abrazado antes millones de veces, en ese momento, con sus cuerpos tan juntos, descubrió cosas de las que antes no se había dado cuenta. El calor irradiaba de su cuerpo y, aunque era esbelta, ya no era Melanie la delgaducha. Tenía curvas donde las mujeres debían tenerlas.

Le acarició la espalda y finalmente sus manos se detuvieron en la cremallera del vestido. Empezó a besarle el cuello y la garganta y ella gimió. Bailey sintió que su deseo aumentaba al ver que a ella le gustaban sus caricias y sus besos.

Le bajó la cremallera del vestido y se sorprendió al notar que ella comenzaba a acariciarle la espalda. Así que no iba a ser una compañera pasiva, sino que iba a participar. De repente Bailey olvidó todas las razones por las que pensaba que el plan no era una buena idea. Olvidó que Mellie era su mejor amiga. Lo único que sabía era que la deseaba en ese mismo momento y en ese mismo lugar. Y, a menos que ella pusiera objeciones, la iba a poseer.

Cualquier duda que Melanie hubiera podido tener sobre ese momento se desvaneció al sentir la pasión de los besos de Bailey. Su aroma la envolvía, familiar y reconfortante, y se sorprendió al no sentir nada de vergüenza. Se sentía bien con él.

Bailey comenzó a quitarle el vestido por los hombros y ella dejó que cayera al suelo, como si fuera un charco de algodón de color coral. Se quedó de pie ante él con sólo un sujetador de seda blanca y unas braguitas del mismo color.

Bailey se apartó un poco de ella y se quitó la camiseta por encima de la cabeza. Después, sin dejar de mirarla a los ojos, se desabrochó el botón de los vaqueros. Sus ojos brillaron mientras se bajaba la cremallera y se quitaba los pantalones, dejando a la vista el slip de algodón.

–¿Todo bien? –preguntó él suavemente.

El hecho de que hubiera preguntado hacía que todo estuviera aún mejor. Ella asintió con la cabeza y Bailey la abrazó, dejándola caer despacio en la cama. Melanie se había preguntado si tendrían preliminares, y en ese momento supo la respuesta. Bailey no parecía tener prisa en terminar.

Reclamó sus labios con otro beso apasionado y le acarició la piel desnuda de la espalda, como si tuviera todo el tiempo del mundo para explorar el cuerpo de Melanie. Cuando le desabrochó el sujetador ella estaba lista para dar el siguiente paso. Todos los miedos de la primera vez se habían desvanecido. Supo que Bailey sería dulce y delicado y que nunca haría nada que la lastimara, tanto física como emocionalmente.

Melanie se acordó que aquello no tenía nada que ver con el placer, sino que tenía un fin. Un bebé. Eso era lo que quería de Bailey y por eso estaban haciendo el amor. Él estaba cumpliendo su parte del trato. Pero era difícil concentrarse en ese aspecto cuando el placer la invadía con cada caricia. Él le quitó el sujetador y le cubrió los pechos con las manos, haciendo que los pezones se le endurecieran.

Cuando él capturó uno de los pezones con la boca, Melanie dio un grito de sorpresa al sentir que una corriente eléctrica le recorría todo el cuerpo. Nunca antes la habían acariciado tan íntimamente, y una vez más se sintió agradecida porque fuera Bailey quien la introdujera en el mundo del placer sensual.

Ella le pasó las manos por la espalda desnuda, admirando los músculos de Bailey bajo sus dedos y haciéndole gemir de placer. Las sensaciones la abrumaban y despertaban un ansia que estaba dormida en su interior. Cuando finalmente él la acarició a través del delicado tejido de las braguitas, Melanie no se resistió al impulso de arquearse para encontrarse con él.

Al principio la acarició suavemente, con un ritmo lento que era casi desesperante. Melanie sólo podía pensar en las caricias de Bailey, en la calidez de su cuerpo, en el fuego que le había estallado en la boca del estómago. Cuando él aumentó el ritmo de las caricias la tensión creció en el interior de Melanie, una tensión que nunca antes había experimentado. Sentía que iba a gritar, a romperse en mil pedazos y a derretirse. Alcanzó una intensidad de placer que la hizo llorar, y la invadió un dulce alivio que la dejó con la respiración entrecortada.

Antes de que pudiera recuperarse, Bailey le había quitado las braguitas y él mismo se había desecho de su slip. Se situó entre sus muslos e intentó entrar en ella, pero se puso tenso al encontrar resistencia.

—¿Mellie? —empezó a retirarse, pero ella le puso las manos en las caderas acercándolo de nuevo.

—No pares, Bailey —susurró—. Todo está bien. Esto es precisamente lo que quiero.

Él la miró durante un momento, después cerró los ojos y la penetró. Melanie había esperado dolor, y era algo doloroso, pero era perfectamente soportable.

Durante unos segundos él no se movió, como si temiera hacerle daño, pero el dolor inicial había desaparecido y el cuerpo de Melanie reaccionó con los instintos naturales. Movió las caderas y él gimió con un sonido profundo que resonó en el interior de Melanie. Comenzó a empujar suavemente y volvió a gemir, como si la sensación fuera demasiado intensa como para poder soportarla. Mientras él se movía dulce y abrumadoramente en su interior, Melanie volvió a sentir que la tensión la invadía.

–Bailey… –quiso saborear su nombre al entregarse al placer. La luz que se filtraba por la ventana le daba a la piel de Bailey un toque bronceado, y Melanie recordó el día que lo había visto desnudo en el estanque.

Él la miró con los ojos brillantes de un intenso color azul, después sus labios encontraron los de Melanie y compartieron un beso profundo y abrumador que dejó a Melanie sin respiración.

De repente todo se volvió frenético. Bailey se movió más rápido y ella acogió con gusto el nuevo ritmo. Melanie nunca había pensado que el sexo podía ser tan hermoso, tan formidable, y se preguntó si siempre era así o era con Bailey cuando resultaba tan bueno. No tuvo tiempo de pensar en la pregunta, porque rápidamente se dejó llevar por la oleada de placer que la hizo estremecerse. Al mismo tiempo Bailey se tensó contra ella y gritó su nombre.

Durante un momento se quedaron quietos, recuperando el ritmo normal de la respiración en silencio. De repente, con una brusquedad que la sorprendió, él se separó de ella y se puso de pie. Ella agarró la sábana para cubrir su desnudez.

—Deberías habérmelo dicho —dijo con un tono cortante mientras recogía el slip y se lo ponía.

—¿Qué diferencia hay?

Él se puso los vaqueros.

—Créeme, sí que hay diferencia.

Sin esperar respuesta, recogió la camiseta del suelo y salió de la habitación. Un momento después Melanie oyó que la puerta principal se cerraba.

Comenzó a sentir un frío interno al darse cuenta de lo enfadado que estaba Bailey. Se levantó a regañadientes y se puso de pie. Tenía que hablar con él, aclarar las cosas. Nunca había podido soportar que Bailey se enfadara con ella, y esa vez no era diferente. Se vistió rápidamente y se dirigió al granero, donde sabía que él estaría.

BAILEY puso una medida de comida en la jaula donde estaba el cachorro que Mellie había llamado Biscuit y luchó contra la rabia que aún sentía.

¡Maldita sea!, debería haberle dicho que era virgen. De haberlo sabido, nunca habría accedido a hacer nada. La primera vez de una mujer tenía que ser con un amante, no con un amigo. Había dado por sentado que ella y Randy Sinclair, el chico con el que había salido en la universidad, habían tenido relaciones íntimas completas. Lo había mentido y lo había puesto en la incómoda posición de ser su primer amante.

Se suponía que no iba a haber ninguna sorpresa con Mellie, pero había recibido la más grande de todas. Eso, unido al hecho de que hacer el amor con ella le había resultado mucho más placentero de lo que había imaginado, lo hacía sentirse muy irritado.

Se puso a trabajar con la siguiente jaula, dándose cuenta que el pequeño schnauzer parecía bastante apático. Esperaba no perder a ningún cachorro más. En la última semana habían enfermado tres y no había podido salvarlos.

–¿Bailey? –él no se giró, sino que continuó repartiendo la comida–. Muy bien, así que tienes uno de tus mohines –dijo ella acercándose, de manera que Bailey pudo oler su aroma.

–Yo no tengo mohines –dijo sin mirarla. Ella se rió y él se puso tenso. Nunca antes se había dado cuenta de que su risa tenía un toque provocativo–. Deberías habérmelo dicho –se volvió hacia Melanie, que estaba descalza, con el vestido desabrochado y despeinada–. Me debías la verdad. Nunca habría aceptado este plan si me hubieras dicho la verdad.

–En realidad no te mentí –contestó poniéndose las manos en las caderas.

–Me dijiste que Randy y tú tuvisteis relaciones íntimas.

Ella negó con la cabeza.

–No lo hice. Tú lo diste por sentado porque Randy y yo estuvimos saliendo una temporada. Además, ¿qué diferencia hay?

–Ahora ya no hay ninguna, porque ya está hecho –hizo una mueca.

–Eso ya lo has dicho antes pero, ¿por qué? –se acercó a él y le puso una mano en el brazo. Sus dedos eran cálidos, y de repente Bailey recordó su tacto mientras le acariciaban la espalda desnuda. Se apartó de ella y se pasó una mano por el cabello.

–Mellie… se supone que la primera vez de una mujer tiene que ser con alguien especial. Dicen que las mujeres siempre recuerdan a su primer amante.

–¿Estás diciendo que no eres especial y que debería olvidarte?

Bailey suspiró frustrado, sabiendo que Melanie estaba tomándole el pelo para que no se enfadara con ella. No sabía por qué, pero sentía que ella lo había traicionado al no decirle la verdad.

En realidad Mellie y él no habían hablado de sexo casi nada. Habían compartido todos los pensamientos íntimos que habían tenido, excepto los relacionados con el sexo.

–Bailey –volvió a ponerle una mano en el brazo–. Tú eres el único hombre especial en mi vida, y sabía que contigo todo iba a salir bien. Además –dijo mientras dejaba caer la mano–, el que aún era virgen no era algo que se pudiera decir a la ligera en nuestras conversaciones. «Venga, Bailey, toma otro trozo de pizza. Y por cierto, soy virgen».

Él no pudo evitar sonreír, pero la sonrisa se desvaneció rápidamente. Volvió a pasarse una mano por el pelo.

–Sólo espero que las cosas no se compliquen entre nosotros –dijo finalmente.

Ella se rió.

–¿De qué tienes miedo, Bailey? ¿De que me enamore perdidamente de ti y te pida que sigamos casados? –recogió del suelo un trozo de comida seca para perros y se lo arrojó–. Vamos, te conozco lo suficiente como para saber que nunca podrías ser el tipo de marido que quiero.

Antes de que él tuviera tiempo de contestar escucharon pisadas en la gravilla del camino, y supieron que había llegado alguien. Mellie corrió donde estaba Bailey.

—¡Abróchame la cremallera! —exclamó dándole la espalda.

Él observó su piel y durante un instante estuvo tentado de atraerla hacia él y acariciarla. Ese impulso lo irritó aún más y le subió la cremallera rápidamente, mientras ella intentaba alisarse un poco el cabello, que era un caos de rizos despeinados. Antes de que se hubieran podido separar del todo la madre de Bailey entró en el granero.

—Aquí están, Henry. ¿Cómo están nuestros recién casados esta mañana? —se acercó a Mellie y le dio unos ligeros golpecitos en la mejilla—. Tienes el resplandor de los recién casados en la cara. ¡Henry! He dicho que están aquí. Hemos traído el camión, cargado con todos vuestros regalos de boda —dijo mirándolos. Después sacó varias hojas de papel del bolso y se las dio a Mellie—. Hemos hecho una lista con todo lo que habéis recibido y de parte de quién, para que podáis agradecérselo con unas notas. Bailey, tendrás que descargarlo todo. No quiero que tu padre levante cosas pesadas y se haga daño en la espalda. Ya sabes que es un paciente horrible.

—Tal vez sea porque tú no eres precisamente la enfermera perfecta —respondió Henry.

—Empezaré a descargar las cosas —dijo Bailey, sintiéndose incapaz de escuchar otra discusión de sus padres.

—Y yo iré dentro y prepararé café —sugirió Mellie.

–Eso sería estupendo –dijo Luella, y siguió a Melanie hacia la casa.

–¿Todo esto es para nosotros? –preguntó Bailey sorprendido.

Henry asintió con la cabeza.

–Todos se han acordado mucho de vosotros. Estoy orgulloso, hijo. De ti… y de lo que has conseguido ser.

Bailey sintió que una calidez lo invadía al escuchar a su padre, que no solía hacer cumplidos. Le dio a Henry unas palmaditas en la espalda.

–Venga, vamos a descargar todo esto. Y por favor, papá, no levante nada pesado, o mamá me cortará la cabeza.

–Tienes razón –dijo sonriendo.

Tardaron una media hora en descargarlo todo y llevarlo a la habitación de invitados. Después se unieron a Mellie y Luella para tomar una taza de café en la cocina.

Como siempre, Bailey sintió una oleada de irritación al escuchar a sus padres discutir por cualquier cosa. Los había oído durante toda la vida y se había horrorizado al descubrir que Stephanie y él hacían lo mismo. Habían discutido sobre las horas de las comidas, sobre la hora de irse a la cama… cualquier cosa se había convertido en asunto de discusión. Cuando ella se fue, Bailey casi se sintió aliviado. Y por eso había jurado que nunca se volvería a casar. No quería tener una vida como la de sus padres.

Henry y Luella se quedaron durante una hora. Después, Bailey y Melanie comieron unos sándwiches de jamón y él se dirigió al granero, dejando que Mellie se encargara de organizar los regalos de boda.

Bailey trabajó en el granero hasta la hora de la cena, después se aseguró que los cachorros estaban bien y volvió a la casa. Por la tarde, mientras trabajaba, había repetido en su mente una y otra vez la conversación que había tenido con Mellie. Él quería... no, necesitaba dejarle claro que aunque había sido su primer amante no tenía intención de ser el último. Pero no había podido evitar enfadarse al oír a Mellie decir que él nunca sería el marido que ella quería.

Todavía estaba pensando en ello cuando entró en la casa y olió el delicioso aroma de la salsa italiana.

–Hmm, huele estupendamente –dijo al cerrar la puerta principal.

Bailey entró en la cocina y Squirt corrió hacia él meneando rápidamente la cola. Se agachó y rascó al cachorro detrás de las orejas.

–Llegas justo a tiempo. Mientras te lavas un poco pondré la mesa.

–Genial, me muero de hambre.

Unos minutos después estaban sentados el uno frente al otro, sirviéndose los espaguetis, las albóndigas de carne y la ensalada que ella había preparado.

–¿Están bien los cachorros? –preguntó ella.

–Sí, parece que se están recuperando. Dentro de una semana o dos tendré que empezar a pegar carteles para que encuentren un buen hogar.

–¿Qué plan tienes para mañana?

–Tengo un par de citas por la mañana –dijo Bailey–. Y por la tarde tengo que ir a casa de Jess Manning. Uno de sus terneros no está muy bien y quiere que le eche un vistazo. ¿Por qué? ¿Tienes algo en mente?

–Pensé que podría ayudarte por la mañana y después ir a la ciudad. Tengo que comprar algunas notas de agradecimiento, y después quisiera organizar algunas de las cajas que traje de mi apartamento –hizo una pausa para limpiarse la boca de salsa–. Bailey, no creerías algunas de las cosas estupendas que la gente nos ha comprado. Es una pena que no podamos usarlas durante nuestro matrimonio, porque pronto se acabará y tendremos que devolverlas.

–Y todo el mundo pensará que somos un fracaso –Squirt ladró desde debajo de la mesa, donde había estado dando vueltas esperando un trozo de comida.

Mellie lo miró sorprendida.

–No es verdad. Pensarán que es estupendo que nos hayamos divorciado y que sigamos siendo los mejores amigos del mundo. Además, algún día me casaré con el hombre de mis sueños, me amará incondicionalmente y seremos felices para siempre.

Bailey resopló.

—Creí que durante todos estos años de amistad habría podido hacerte ver la verdad: que no hay felicidad eterna en lo que se refiere a los matrimonios. Pero tú sigues viviendo una fantasía.

Ella se rió.

—Espera y verás, Bailey. Algún día encontraré a un hombre que me ame, al que yo ame y tendremos un montón de niños y un columpio en el porche.

Él se rió y agarró otro pedazo de pan de ajo.

—Cuando veas un columpio en mi porche, llama a los del manicomio para que me encierren.

—Por eso, mi querido Bailey, es por lo que eres mi mejor amigo, no el hombre de mis sueños —respondió Mellie.

Bailey asintió con la cabeza, aliviado al ver que, aunque habían hecho el amor, ella no había cambiado. Su plan seguía intacto, y cuando Mellie se quedara embarazada se separarían tranquilamente y seguirían siendo los mejores amigos.

Acababan de terminar de lavar los platos cuando sonó el timbre de la puerta.

—Yo iré —dijo Melanie.

SueEllen Trexlor estaba en el porche, con una atractiva sonrisa en los labios y una enorme caja en los brazos.

—Hola, Melanie. Siento no haber podido asistir a vuestra recepción anoche, pero pensé que podía venir y traeros el regalo que os he comprado.

–No tenías que hacerlo.

–Claro que sí –la sonrisa de SueEllen dejaba ver sus dientes blancos y perfectos–. Bailey y tú sois dos de mis personas favoritas en todo el mundo.

Y eso lo decía una mujer que nunca le había dado a Melanie ni la hora. SueEllen quería la corona de Miss Vaca Lechera tanto como para intentar llevarse bien con la mujer del juez.

Melanie se apartó para dejarla entrar al salón. SueEllen se acercó a una mesita de café y dejó la caja. Mellie pudo ver que llevaba una falda vaquera minúscula y un top que dejaba al descubierto su estómago firme y bronceado.

–Bailey –dijo Melanie, preguntándose dónde habría ido–. Tenemos compañía –él apareció desde la zona de los dormitorios, y Melanie sospechó que estaba intentando esconderse de la morena. Pero Melanie no pensaba entretener a su invitada ella sola–. Mira quién está aquí.

–Hola, SueEllen –Bailey sonrió tímidamente y se acercó a Melanie, como si inconscientemente buscara su protección.

–Hola, Bailey. ¿Cómo te trata la vida de casado?

–Bien, bien –pasó un brazo por el hombro de Mellie–. Nunca he sido tan feliz.

–¡Me alegro tanto por los dos! Me encanta cuando la gente especial de mi vida encuentra la felicidad –¿La gente especial de su vida? Melanie tuvo que luchar contra el impulso de reírse. La única persona especial en la vida de SueEllen era

SueEllen–. Tenía que encontrar el regalo perfecto para vosotros. Gasté casi todas mis propinas en él, pero vosotros os lo merecéis.

–De verdad, SueEllen, no deberías haberlo hecho. Esto no es necesario –protestó Bailey mientras ella abría la caja.

–Tonterías –se inclinó para sacar el contenido de la caja, y su falda se subió lo suficiente como para mostrar el borde de sus braguitas, de un color rosa fuerte.

Melanie echó una mirada a Bailey para comprobar si estaba mirando, pero sus ojos se dirigían hacia la puerta principal, como si se estuviera concentrando mentalmente para que SueEllen se marchara.

Ella sacó lo que parecía ser un enorme y brillante bol con forma de perro. Apartó la caja con el codo y puso la figura en el centro de la mesa.

–Cuando lo vi en la tienda, pensé inmediatamente en vosotros. Melanie, ¿podrías traer una jarra de agua?

–¿Una jarra de agua?

–Enseguida verás para qué la necesito.

–Muy bien –dijo mientras salía. Llenó una jarra de agua y volvió al salón, donde era evidente para qué SueEllen necesitaba el agua.

Era una fuente, la cosa más ridícula que Melanie había visto en su vida. En el centro del bol había una montaña de galletas para perro de cerámica de varios colores y, encima, un ovejero alemán sonriente. En cada uno de los cuatro lados de la fuente había una boca de incendios.

SueEllen vertió el agua en el bol y enchufó la fuente. El agua comenzó a brotar de las bocas de incendio, cayendo sobre el perro ovejero, que comenzó a cabecear. SueEllen gritó y empezó a aplaudir.

—¿No es una monada?

—Me he quedado sin palabras —dijo Melanie.

—No deberías haberlo hecho, SueEllen —contestó Bailey.

—Claro que sí. Y ahora os dejo solos. Estoy segura de que tenéis mejores cosas que hacer que entretenerme —se dirigió a la puerta principal, pero antes de llegar se dio la vuelta—. Llámame, Melanie, tal vez podríamos comer un día —con esas palabras se fue.

—Esa mujer nunca me ha dicho más de dos palabras seguidas y ahora quiere comer conmigo.

—Ésa es una de las ventajas de estar casada con el juez del concurso Miss Vaca Lechera.

—¿Y cuáles son las otras? —Melanie arqueó una ceja.

Bailey señaló la fuente.

—Tener objetos de arte en el salón.

Melanie se rió.

—Es horrible, ¿verdad? ¿Tenemos que dejarlo aquí, en el centro de la mesa?

—No, me lo llevaré a la oficina en el granero —se metió las manos en los bolsillos—. ¿Quieres ver una película antes de acostarte?

—Claro —se sintió aliviada con la sugerencia, porque había empezado a estar tensa al pensar en la noche que se acercaba, la primera noche que dormiría en la cama de Bailey.

Entró en la cocina, tomó a Squirt en brazos y regresó al salón. Bailey ya había encendido la televisión y estaba sentado en su butaca, con el mando en la mano. Ella se sentó en el sofá, con Squirt en su regazo.

El cachorro se movió inquieto durante un minuto o dos y después se tranquilizó, adormecido por las caricias de Melanie. Ella intentó concentrarse en la película, pero no lo consiguió. No podía dejar de pensar en la noche que la esperaba. ¿Querría Bailey tener sexo otra vez? Aunque estaba deseando quedarse embarazada, no estaba segura de estar preparada para hacer el amor. En realidad, sentía algunas molestias desde esa mañana.

Nunca había dormido con un hombre en la misma cama. Se preguntó si Bailey roncaba y si la abrazaría mientras dormía. Cuando terminó la película, Melanie estaba más nerviosa que antes. Se dijo que era ridículo estar tan nerviosa por compartir la cama con Bailey. Ya habían hecho el amor, así que no había más secretos entre ellos.

Bailey parecía muy relajado, riéndose en los momentos graciosos de la comedia que había elegido. Al escuchar su risa, la tensión de Melanie comenzó a disminuir. Siempre le había gustado su risa, sonora y fuerte, lo primero que había notado en él cuando tenían siete años.

—¿Estás lista para retirarte a dormir? —preguntó cuando terminó la película.

–Claro –contestó levantándose. Se llevó a Squirt al porche cubierto al que se accedía por la cocina y lo dejó en la hierba para que hiciera sus necesidades.

Cuando hubo dejado a Squirt en la cocina y regresado al salón, Bailey ya había apagado la televisión y se había ido al dormitorio. Volvió a sentir un nudo en el estómago.

Entró en la habitación y vio que Bailey ya estaba en la cama.

–No comes galletitas en la cama ni hablas en sueños ni haces nada raro, ¿no? –preguntó.

Ella se rió.

–Me estaba preguntando exactamente lo mismo de ti.

–No tengo ninguna costumbre extraña –apagó su lamparita, dejando encendida la de la parte de Melanie.

Ella recordó que su pijama estaba en el cuarto de invitados, así que atravesó el pasillo, lo recogió y volvió al dormitorio principal.

–Bailey –dijo desde la puerta del baño–. ¿Vamos a…?

–Esta noche no –respondió rápidamente–. Sé que quieres quedarte embarazada, pero no creo que te sientas cómoda esta noche –dijo evitando su mirada.

–Tienes razón. Estaré lista en unos minutos –desapareció en la intimidad del baño.

Se duchó rápidamente y se puso la camisola y los pantalones cortos de seda. Se sujetó el cabello con una trenza, agarró un frasco de su loción favorita y volvió al dormitorio.

Bailey parecía estar dormido, tumbado boca abajo y mirando hacia su propio lado de la cama. Ella se metió en la cama y colocó la almohada de manera que le permitiera quedarse medio sentada, después abrió el frasco y empezó a echarse la loción en los brazos.

El aroma a flores silvestres llenó la habitación, y ella acababa de empezar a frotarse las piernas cuando Bailey se dio la vuelta y la miró.

—¿Qué estás haciendo?

—Antes de irme a la cama siempre me pongo loción para que la piel esté suave.

—Tu piel ya está lo suficientemente suave —dijo él, y Melanie pensó que estaba enfadado.

—¿Te estoy molestando? —cerró el frasco y lo dejó en la mesilla de noche—. Lo siento.

—No me molestas, sólo me preguntaba qué estabas haciendo —sus ojos parecían más oscuros de lo normal—. ¿Siempre te pones esa ropa para dormir?

Melanie lo miró durante unos segundos. La estaba observando como si fuera un extraterrestre.

—¿Qué tiene de malo?

—Nada —dijo bruscamente, y se sonrojó—. Pensé que eras de esas mujeres que duermen con una camiseta.

—Pues estabas equivocado —apagó la luz y la habitación se sumió en la oscuridad—. Ése es uno de mis secretos ocultos, Bailey —dijo suavemente.

—¿Cuál?

–Que me gusta más la seda y el satén de lo que la gente cree. ¿Y tú? ¿Tienes algún secreto oculto?

–Sí, que no me gusta la cháchara cuando estoy intentando dormir.

–Vale, perdona –contestó ella, intentando ignorar la punzada de dolor que le habían provocado sus palabras–. Supongo que otro de tus secretos es que eres un estúpido justo antes de dormirte –se tapó con la ropa de cama y le dio la espalda.

No tenía ni idea de lo que lo había molestado, pero si era así como se comportaba a la hora de irse a dormir, se sintió más que agradecida porque su matrimonio sólo fuera temporal.

BAILEY se despertó e inmediatamente sintió el aroma de flores. Abrió los ojos. Estaba amaneciendo y la habitación aún estaba en sombras. Mellie le daba la espalda y él la estaba abrazando, y unos mechones de su cabello, que se habían escapado de la trenza mientras dormía, le hacían cosquillas en la nariz. No recordaba haberla abrazado, pero evidentemente tenía que haberlo hecho en algún momento de la noche.

Pensó en moverse, pero ella estaba durmiendo y no quería despertarla. Cerró los ojos y recordó la noche anterior, justo antes de que ella apagara la luz. Al oler el aroma de la loción, girarse para ver qué estaba haciendo y verla con el pijama sexy de seda color beige, se había sorprendido.

Mellie siempre llevaba camisetas y vaqueros, y cuando se ponía vestidos solían ser muy sueltos, sin ajustarse a su cuerpo. Pero le gustaba la seda y el satén, y eso añadía una nueva dimensión a la mujer que había sido su mejor amiga durante toda su vida. Por eso se había puesto de mal humor la noche anterior. Se había sentido como si una extraña se hubiera metido en su cama, y no le gustaba.

Con la calidez de Mellie contra él y el aroma que ella despedía, el cuerpo de Bailey comenzó a responder, y entonces fue cuando decidió salir de la cama. Levantó el brazo que la cubría lo más suavemente posible y se levantó, metiéndose en el baño. Ella no se movió.

Momentos después, bajo el chorro del agua caliente, volvió a pensar en Mellie vestida con esas prendas de seda. Había sentido un deseo intenso y eso lo había irritado. Se suponía que no tenía que desearla, eso no era parte del trato. Tenía que hacer el amor con ella para dejarla embarazada, pero el deseo no entraba en el plan.

Al salir de la ducha había conseguido calmarse, diciéndose que lo que había sentido no iba a volver a producirse, excepto, claro estaba, cuando buscaran la procreación.

Melanie seguía dormida. Bailey salió del dormitorio despacio y entró en la cocina. Mientras esperaba a que se preparara el café miró por la ventana que daba a la parte trasera de su propiedad. Ése era su momento favorito del día, cuando el alba triunfaba sobre las sombras de la noche y teñía la hierba, los cerezos y los manzanos de un tono dorado.

Se había hipotecado hasta las cejas para comprar esa casa y las más de cuarenta hectáreas que la rodeaban. Había sido el mayor riesgo de su vida, pero la deuda ya se había saldado. Era el único veterinario de Foxrun y los negocios iban viento en popa.

Estaba sentado a la mesa tomando su segunda

taza de café cuando entró Mellie. Se había recogido el pelo en una nueva trenza y llevaba vaqueros y una camiseta verde que hacía juego con el color de sus ojos.

—Buenos días, señor Cascarrabias —dijo mientras cruzaba la cocina.

—Anoche estuve un poco borde, ¿no? Lo siento. Supongo que fue culpa del cansancio y de los restos de la resaca.

—Acepto tus disculpas —se sentó a la mesa con una taza de café—. Después de ayudarte con los cachorros voy a ir a la ciudad. Tengo que comprar esas notas de agradecimiento, empezar a mandarlas y también voy a comprar algo de comida. Esos guisos que te han traído parecen interesantes, pero han estado en la nevera demasiado tiempo.

—Yo compraré la comida. Es lo que hace un marido —dijo sonriendo—. Si vas a Quigley puedes anotarlo en mi cuenta —ella asintió con la cabeza y bebió un sorbo de café—. ¿Has dormido bien? —Bailey se preguntó si Mellie se habría dado cuenta de que se habían abrazado durante la noche.

—Como un tronco. Creo que no me moví en toda la noche.

Sí que lo había hecho… se había abrazado a él, apretándose contra su cuerpo. Pero si no lo recordaba, él no iba a decírselo. Terminó el café y se levantó.

—Voy a ir al granero para empezar a trabajar —enjuagó su taza y la metió en el lavavajillas. Después se inclinó y rascó a Squirt detrás de las orejas.

–Yo haré la cama, limpiaré los excrementos de Squirt del porche trasero e iré a ayudarte.

–Tómate tu tiempo –respondió mientras salía.

El sol comenzaba a calentar, y cuando entró en el granero sus habitantes lo saludaron con una oleada de ladridos y maullidos. Encendió el ordenador y abrió su agenda y los informes de todos los animales que estaba tratando. Tenía dos citas esa mañana, un reconocimiento anual, una visita a un malamut llamado Blue y otra a un perrito llamado Gizmo, que se había roto una pata hacía cuatro semanas. Por la tarde tenía que ir a ver a un ternero, y mientras tanto había cachorros de perros y gatos que examinar y alimentar.

Había examinado a cuatro cachorros cuando Mellie se unió a él. La puso a darles de comer y él volvió a los reconocimientos. Mientras trabajaban comenzaron a hablar de política. A Bailey siempre le había parecido que las opiniones de Melanie eran estimulantes, y siempre discutían afablemente y sin ningún rencor.

Acababan de terminar los reconocimientos y de alimentar a los perros cuando oyeron un crujido de grava en el exterior, señal de que un coche había llegado.

–Debe de ser Max con Blue –dijo él. Se lavó las manos en el fregadero y se dirigió a la puerta, con Mellie a su lado.

Bailey frunció el ceño al ver en el camino un coche que no conocía. Un niño salió del asiento del copiloto, con una caja de zapatos en la mano.

–Es Jimmy Sinclair –dijo Mellie–. Estaba en mi clase el año pasado.

–Nunca he tratado a ninguno de sus animales. ¿Qué puede estar haciendo aquí?

Salieron juntos del granero y caminaron al encuentro del niño.

–Hola, Jimmy –saludó Mellie.

–Hola, señorita Watters… quiero decir, señora Jenkins. Mi mamá me ha traído aquí porque Whiskers ha muerto y ella dice que el doctor Jenkins sabe qué hay que hacer.

Bailey sonrió a Jimmy y se arrodilló frente a él.

–¿Whiskers está en la caja? –preguntó suavemente. Jimmy asintió con la cabeza. Tenía los ojos brillantes, y apretó la caja contra su pecho–. ¿Puedo echar un vistazo?

Jimmy dudó un momento y después le dio la caja a Bailey, que la abrió y miró dentro. Había un hámster muerto sobre un lecho de papel.

Bailey sabía lo dolorosa que podía ser la pérdida de una mascota, y no importaba si era un perro, un gato, un hámster o un pez. Había creado un lugar para enterrar a las mascotas y ayudar a la gente a superar su tristeza. Cerró la caja y se la dio a Jimmy.

–Tengo un lugar especial para Whiskers. Mientras voy a por una pala, podrías decirle a tu mamá que vamos a dar un paseo y que volveremos en seguida.

El niño corrió a decírselo a su madre y Bailey entró en el granero en busca de una pala. Momentos después Jimmy, Bailey y Mellie echaron a andar por el camino. Bailey puso una mano en el hombro de Jimmy.

–¿Durante cuánto tiempo has tenido a Whiskers?

–Desde que tenía seis años. Ahora casi tengo ocho. Anoche cuando me fui a la cama estaba bien. Estaba corriendo en su rueda, lo hacía a veces por las noches. Cuando me desperté esta mañana fui a la jaula para darle los buenos días y estaba muerto.

Bailey le apretó ligeramente el hombro con compasión. Era un niño muy guapo, con cabello pajizo y unos enormes y expresivos ojos marrones.

–Jimmy, ya sabes que los hámsters no viven mucho tiempo. Creo que Whiskers murió de viejo.

–¿De verdad? –Jimmy miró a Bailey confiado–. Pensé que a lo mejor había hecho algo mal, pero no se me ocurría qué podía haber sido.

–No –contestó Bailey–. Entiendo de estas cosas, y Whiskers tiene toda la pinta de haber muerto de viejo.

Jimmy suspiró aliviado, y Mellie sonrió a Bailey por encima de la cabeza del niño. Bailey intentó no fijarse en cómo los rayos del sol arrancaban reflejos brillantes a su cabello.

Pasaron junto a los arbustos de zarzamora y junto al estanque y atravesaron un prado, donde había dos vacas que los ignoraron. Al fondo del prado había un pequeño bosquecillo y un terreno rodeado por una valla de madera. Bailey abrió la valla para que Jimmy y Mellie entraran.

–En este lugar decimos adiós a las mascotas que han muerto –dijo Bailey–. ¿Quieres que ponga a Whiskers en algún sitio en especial?

Jimmy observó la zona, donde había varias marcas de madera con los nombres de las mascotas.

–¿Qué tal allí? –señaló un lugar bajo un árbol.

–Ése es un sitio estupendo para un hámster. ¿Whiskers era un buen hámster? –preguntó Bailey mientras empezaba a cavar.

Jimmy se encogió de hombros.

–Sí que lo era –dudó un momento y después añadió–: pero a veces me mordía. Y una vez lo saqué de la jaula y dejé que se sentara en mi cama, pero se escapó. Estuve todo el día sin poder encontrarlo y mi madre se enfadó mucho.

Bailey sonrió y dejó la pala a un lado.

–A los hámsters a veces les gusta explorar. Y eso hace que las mamás se enfaden mucho –Bailey agarró la caja y vio que Mellie ponía una mano en el hombro de Jimmy, como dándole ánimos–. Lo envolveremos en el papel y tiraremos la caja, ¿de acuerdo? –Jimmy asintió con la cabeza y observó a Bailey mientras metía al animalito en el hueco que había excavado–. ¿Sabes, Jimmy? Ésta no es la última vez que verás a Whiskers. Cuando vayas al cielo Whiskers estará allí esperándote.

–¿Y me morderá el dedo?

Bailey sonrió y sacudió la cabeza.

–Oh, no. En el cielo las mascotas no muerden.

Ahora, ¿quieres decirle unas palabras a Whiskers para despedirte de él?

Jimmy asintió con la cabeza y se acercó a la pequeña tumba.

—Adiós, Whiskers. Fuiste un buen hámster y te veré en el cielo.

Por un momento Bailey pensó que Jimmy iba a llorar, pero aunque sus ojos estaban muy brillantes, miró a Bailey y asintió con la cabeza. Solemnemente, Bailey comenzó a llenar el agujero de tierra.

Al regresar a la casa Bailey prometió que haría un cartel para Whiskers y le dijo a Jimmy que podía ir a visitarlo siempre que quisiera. Mellie estuvo unos minutos hablando con el chico sobre el siguiente curso escolar, después saludaron a su madre y poco después Jimmy y la mujer se marcharon.

Bailey echó a andar hacia el granero, pero sintió que Mellie lo miraba.

—¿Qué? —preguntó.

Ella se encogió de hombros y suspiró.

—Estaba pensando que es una pena que no quieras tener hijos, porque serías un papá formidable —sin esperar su respuesta, se dio la vuelta y se dirigió a la casa.

Melanie llevaba casada una semana y media. Abrió el grifo para añadir algo más de agua caliente y se metió lentamente en el baño perfumado.

Bailey estaba terminando las tareas del día y cuando se aseara irían a la ciudad a cenar. Sería su primera comida fuera desde que se casaron. Pero Mellie no estaba preocupada por la salida. Ese mismo día había recibido el contrato de la escuela. Todo lo que tenía que hacer era firmar y en otoño sería otra vez profesora de segundo curso.

El problema era que no estaba segura de si quería firmarlo o no. Si se quedaba embarazada en seguida daría a luz en marzo y le quedarían dos meses de colegio. No quería tener el bebé y volver inmediatamente al trabajo. Por otra parte, si no lo firmaba y no se quedaba embarazada pronto se quedaría sin trabajo y para mantenerse tendría que gastar el dinero que había ahorrado para cuando tuviera un bebé.

Y por si el contrato no fuera suficiente, estaba preocupada por algo más que no se le iba de la cabeza. Agarró la esponja y la deslizó por su garganta. Pensaba que podía ser una ninfómana.

La palabra le resonó en el cerebro mientras terminaba de bañarse. Había empezado a pensar que podía serlo una semana atrás. Bailey y ella habían hecho el amor casi cada noche, y le gustaba. Le gustaba mucho, y eso la preocupaba.

Salió de la bañera y agarró una toalla, sin dejar de pensar en hacer el amor con Bailey. Se suponía que no le tenía que gustar, que solamente lo hacía para conseguir lo que quería. Pero le encantaba sentir su cuerpo cálido, le encantaba el sabor de sus labios. Y sobre todo le encantaba cómo la hacía sentir cuando los unía la pasión.

Le preocupaba que, en cuanto terminaban de

hacer el amor, se ponía a pensar en la siguiente vez. No podía ser por Bailey, no sentía nada por él. Y tampoco podría sentirlo, porque eso desbarataría la amistad que compartían. Entonces, la única explicación era que le encantaba el sexo. Tenía que ser una ninfómana.

Intentó no pensar en ello mientras se ponía unos pantalones de color beige y una blusa beige y de color esmeralda que no se había puesto antes. Sería agradable salir a cenar. A Bailey y a ella siempre les había gustado comer en el café y ella estaba deseando salir.

Acababa de peinarse cuando entró Bailey. Al verla, sus ojos brillaron.

—Estás muy… guapa —dijo con un ligero tono de sorpresa.

—Mi marido no me lleva a cenar todos los días. Pero si lo prefieres me pongo unos vaqueros viejos y sucios y una camiseta rota para que no estés tan sorprendido.

—Oye, Mellie, sólo te he echado un piropo, no es para tanto —se quitó la camiseta, dejando al descubierto su torso musculoso.

Inmediatamente ella deseó acariciarle el pecho con los dedos y apretarse contra su cuerpo. Ese pensamiento la irritó y volvió a pensar en lo que la preocupaba.

—Bailey —se sentó en el borde de la cama—. ¿Puedo preguntarte algo?

—Claro, lo que quieras —contestó, y se sentó a su lado para quitarse los zapatos.

Ella se mordió el labio inferior antes de continuar. Era su mejor amigo, podía hablar de cualquier cosa con él... incluso de la posibilidad de que fuera sexualmente insaciable.

–¿Conoces alguna ninfómana?

Él dio un grito ahogado y casi se cayó de la cama.

–¿Cómo dices?

Melanie sintió que se ruborizaba.

–Ya me has oído.

–Te he oído, pero no puedo creer lo que he oído.

–Quería saber si conoces a alguna y si son normales en cualquier otro aspecto de la vida diaria, excepto en eso.

–Mellie, ¿en qué demonio estás pensando? –preguntó mientras la miraba con sus intensos ojos azules.

Ella apartó la mirada, avergonzada de haber sacado el tema.

–No importa.

Él se rió.

–Ah, no. No puedes empezar a hablar de un tema como ése y decir «no importa». ¿Qué está pasando? –ella lo miró y comenzó a llorar. Bailey le tomó las manos–. Mellie, cariño, ¿qué ocurre?

Ella intentó reírse, pero le salió un sollozo entrecortado.

–¡Creo que soy una ninfómana! –Bailey la miró atónito y después echó la cabeza hacia atrás y comenzó a reírse–. No tiene gracia –contestó ella llorando y riendo a la vez–. Creo... creo que lo soy.

Él le soltó las manos para limpiarse las lágrimas que se le habían saltado de la risa.

—¿Por qué piensas eso?

Ella intentó recuperar la calma, sin saber si reír o llorar.

—Bailey, me encanta hacer el amor. Me gusta mucho.

—A mí también me gusta —respondió con los ojos brillantes—. Mucho. ¿Eso me convierte en un obseso sexual?

—No, por lo que yo sé, te convierte en un hombre —dijo secamente levantándose—. Olvídalo.

—No quiero olvidarlo —la agarró del brazo, haciendo que se sentara de nuevo a su lado—. Creo que debemos hablar de esto.

Ella se cruzó de brazos.

—Ve a darte una ducha. Te estás riendo de mí.

Bailey se levantó con una ligera sonrisa curvándole los labios.

—Sólo estoy bromeando, Mellie. Créeme, es normal y saludable que te guste hacer el amor, especialmente cuando el hombre con quien lo haces es un experto —le hizo un guiño y se agachó cuando ella le arrojó la camiseta sucia. La risa de Bailey aún resonaba en la habitación después de meterse en el baño.

FALTABA una semana para el cuatro de julio, para el concurso de Miss Vaca Lechera y todas las demás actividades que se desarrollarían ese día, y la ciudad ya empezaba a volverse loca.

Bailey conducía por Main Street, y había vacas por todas partes, vacas de papel maché en las ventanas de las tiendas, estatuas de tamaño natural en los caminos y banderas con las figuras de los animales.

Había quedado con Tanner para tomar un café. No había visto a su vecino desde antes de la boda y tenía ganas de charlar con él. Para ser sincero, había quedado con Tanner porque necesitaba alejarse de la casa… y de Mellie. Un mes de matrimonio había transformado su casa de soltero en un lugar totalmente desconocido. Había tapetes de encaje adornando los tableros de las mesas, y casi todas las tardes las velas perfumadas llenaban la casa con un aroma de brisa de verano, flores silvestres, fresas y manzanas.

En la cocina habían aparecido toalleros de colores que hacían juego con los paños que colgaban de ellos. Pero lo peor estaba en el dormitorio y en el baño principal. El aroma de Melanie flotaba por todas partes, provocando a Bailey cada vez que entraba en alguna de las habitaciones.

¿Quién habría pensado que el cabello de Mellie sería tan suave? ¿Quién habría creído que su piel tendría el tacto de la seda? ¿Y quién habría imaginado que sería una amante tan receptiva y ardiente?

Apartó esos pensamientos inquietantes de su mente mientras buscaba un hueco para aparcar frente a la tienda de Colette, la mujer de Tanner. Por lo menos La Boutique del Bebé no tenía vacas en las ventanas, sino una cuna con dosel amarillo y un osito de peluche sonriente.

Bailey bajó del coche y Tanner salió de la tienda.

–Estaré listo en unos minutos, tengo que descargar unas cajas –señaló la tienda–. Entra y dile hola a la jefa.

Bailey dudó, sin saber si quería entrar en un lugar dedicado a bebés. Cada vez que pensaba en Mellie y en su hijo tenía pensamientos inquietantes que le daban dolor de cabeza. Pero siguió a Tanner al interior, sintiendo al instante el aroma de polvos de talco para bebé. Colette estaba detrás de una caja registradora, con una cliente que Bailey no reconoció. Ella sonrió y lo saludó con la mano.

–Estaré en la parte trasera durante un par de minutos –dijo Tanner –Echa un vistazo.

Bailey se metió las manos en los bolsillos y recorrió un pasillo en el que había ropita de bebé.

¿Los bebés eran tan pequeños? Tocó el encaje de un vestidito e intentó imaginarse a su hija vestida con él.

Su hija.

¿Tendría el cabello rizado y rojizo como su madre, u oscuro como él? ¿Sus ojos serían azules, verdes, o de una extraña mezcla entre los dos? Al ver un pequeño uniforme de béisbol pensó lo mismo. ¿Cómo sería su hijo? ¿Echaría de menos la presencia de un padre en su vida? ¿Y si fuera una niña?

—Es sorprendente, ¿verdad?

Se giró y vio a Colette.

—¿Qué?

—Lo que hacen ahora para los bebés. Mira esto —abrió un cajón y sacó un par de zapatillas de tenis de marca que no eran más grandes que los dedos de Bailey.

—Increíble. La tienda es estupenda. ¿Van bien los negocios?

—Mejor de lo que esperaba. Parece que los bebés son un gran negocio en Foxrun. De hecho, me he estado preguntando por qué Melanie y tú no habíais venido todavía.

—Hemos estado muy ocupados.

—Ah, sí, me he enterado de lo de los cachorros. ¿Están bien?

Bailey sonrió.

—Están sanos y crecen bien, y he logrado que adopten a cuatro en las últimas dos semanas. ¿No os gustaría tener uno?

–No lo sé… Podría estar bien. Tenemos a Bugsy, pero es una perra de campo. Estaría bien tener a un perrito dentro de casa. Hablaré con Tanner. ¿Sabes? Ayer nos enteramos de que vamos a tener otro miembro en la familia –dijo sonriendo.

En ese momento apareció Tanner y le pasó un brazo por el hombro.

–Por su sonrisa, deduzco que te acaba de dar la buena noticia.

–Sí. Felicidades a los dos –por un instante Bailey envidió la felicidad que se reflejaba en los ojos de su amigo–. ¿Quién habría pensado que el soltero número uno de Foxrun se casaría y tendría una familia?

Tanner se rió.

–¿Y quién habría pensado que el soltero número dos de Foxrun se casaría y pensaría en tener una familia?

Bailey quiso protestar, decirle a Tanner que su situación era diferente. Tanner se había casado para toda la vida, pero él lo había hecho por conveniencia, y cuando terminara el concurso de Miss Vaca Lechera y Mellie se quedara embarazada tenía intención de volver a su vida de soltero.

–Supongo que siempre llega un momento en la vida de un hombre en el que se sabe qué es lo importante… como el amor y la familia –Tanner besó a Colette en la frente–. Y ahora voy a salir a tomar un café con Bailey, y probablemente hablaremos de coches rápidos y de bebés aún más rápidos.

Los dos hombres se rieron y Colette golpeó ligeramente a Tanner en las costillas.

—Vamos, salid de aquí los dos.

Fue agradable tomar café con Tanner. Hablaron de los ranchos y de los negocios. El rancho de Tanner, Dos Corazones, no sólo era conocido por criar excelentes vacas Charolais y Hereford, sino también por criar caballos.

Hablaron de las granjas que estaban prosperando y de las que fracasaban y por qué. Se rieron al recordar los viejos tiempos y a los viejos amigos. Bailey habría disfrutado mucho más si hubiera podido quitarse de la cabeza la imagen de su futuro bebé.

Había pensado que dejaría a Mellie embarazada y que asumiría el papel del tío del niño.

—Estoy deseando que termine el concurso —dijo mientras volvían al lugar donde Bailey había aparcado la camioneta.

—La ciudad se pone como loca, ¿verdad?

—No es la ciudad, es la gente. Hace dos días Madge Walker trajo a su nieta, que sólo tiene diez o doce años. Quería que viera su talento, para decidir si cuando sea mayor puede participar en el concurso.

—¿Y? —Tanner enarcó una ceja y lo miró divertido.

—Y yo acepté a regañadientes. Antes de que me diera cuenta, la chica había sacado dos bastones, les había prendido fuego y los había lanzado por el aire. Las alarmas de incendio empezaron a sonar, los perros se volvieron locos y pensé que a Madge Walker le iba a dar un ataque al corazón en mitad del granero.

Tanner se rió.

—Piensa que el año que viene por estas fechas sólo será un recuerdo.

—Sí, pero tengo la sensación de que la semana que viene voy a tener muchas pesadillas.

Unos minutos después, mientras conducía hacia su casa, volvió a pensar en Mellie y en el bebé. Por primera vez desde que Mellie y él aceptaron llevar a cabo el plan, se dio cuenta de que quería más. No era el tipo de hombre que podía alejarse de su hijo y verlo sólo de vez en cuando. Tenía que hablar con Mellie. Necesitaba decirle que no iba a conformarse con ver desde lejos cómo crecía su hijo.

—Mellie —dijo al entrar por la puerta principal. Nadie contestó. Atravesó el pasillo y miró en todas las habitaciones, pero no estaba.

Al entrar en la cocina la vio a través de la ventana. Estaba jugando con Squirt en el patio trasero. Llevaba un vestido amplio de tirantes, y el cachorro ladraba y danzaba a sus pies.

A pesar de la amplitud del vestido, Bailey pudo «ver» mentalmente las formas de su cuerpo, la esbeltez de su espalda, las curvas de sus pechos y sus piernas largas. Estaba muy bonita con el sol haciéndole brillar el cabello y con una sonrisa en los labios.

De repente un deseo intenso y caliente se apoderó de él. La deseó en ese mismo momento, sobre la hierba bajo el sol. Quiso hundir las manos en su cabello rizado y presionar su cuerpo contra el de Melanie. Como siempre, el deseo lo hizo sentirse irritado. ¿Cómo podía desear a una mujer a quien no quería de una manera romántica?

Tenía la sensación de que lo que estaba a punto de decirle la pondría furiosa. Ella lo había escogido para que fuera el padre de su hijo, sabiendo que él nunca había querido tener niños. Melanie esperaba que él adoptara el papel de amigo de la familia.

«Será mejor terminar con esto», pensó mientras se dirigía al patio.

—Melanie, tenemos que hablar —dijo sin preámbulos.

Ella tomó a Squirt en brazos.

—Hmm, tiene que ser grave. No recuerdo cuándo fue la última vez que me llamaste Melanie. ¿Quieres que entremos?

—No, podemos hablar aquí.

—Deja que meta a Squirt dentro, y después tendrás toda mi atención.

Bailey se sentó en la hierba y la esperó, pensando en esos momentos en la tienda de Colette, cuando la confusa nebulosa de un bebé de repente se había convertido en la realidad de su bebé.

Ella regresó en seguida y se sentó frente a él.

—¿Qué ocurre? Para ser un estupendo día de verano, estás demasiado serio.

Bailey dudó un momento, pensando en la mejor forma de abordar el tema.

–Sabes que siempre te he dicho que no quiero niños.

Ella entrecerró los ojos.

–No me digas que vas a renunciar al trato.

–No, no voy a renunciar, pero quiero modificarlo.

–¿Cómo? –preguntó frunciendo el ceño.

Bailey apartó la mirada.

–Todavía sigo intentando dejarte embarazada, y nos divorciaremos como hemos planeado, pero no puedo desentenderme de mi hijo. Quiero la custodia compartida.

Volvió a mirarla, esperando ver el enfado en sus ojos verdes, pero en lugar de eso ella le dedicó una sonrisa que hizo que el corazón le diera un vuelco.

–No me sorprende. Esperaba que llegaras a esa conclusión –se levantó sin dejar de sonreír–. Sé qué tipo de hombre eres, Bailey. Es una de las razones por las que quise que fueras el padre de mi bebé... porque sé que cuando es necesario no das la espalda y te marchas. Y ahora voy a preparar algo de comer. ¿Vienes?

–Iré en seguida –dijo, y se quedó sentado en la hierba. Necesitaba pensar y comprender cómo era posible que Melanie Watters lo conociera mejor que él mismo.

–Recuerda que hemos quedado con mis padres en el puesto de las barbacoas para comer –dijo Melanie mientras conducían hacia la feria.

Por fin había llegado el día. El cuatro de julio había amanecido con el cielo despejado y prometía ser un día caluroso. Bailey estaba eufórico, sabiendo que unas horas más tarde terminaría su labor de juez del concurso.

Melanie también estaba emocionada. La feria era un carnaval lleno de atracciones, puestos de comida deliciosa y juegos de habilidad y azar. La fiesta terminaría con un grandioso espectáculo de fuegos artificiales.

–El concurso no es hasta las cinco de la tarde, así que tenemos casi todo el día para divertirnos –dijo Bailey.

Melanie asintió con la cabeza y miró por la ventanilla de la camioneta, intentando no pensar en lo atractivo que estaba Bailey. Llevaba unos vaqueros ajustados, una camisa de vestir de manga corta y una corbata azul y amarilla que acentuaba el color de sus ojos.

Melanie había intentado vestirse de manera algo diferente. Había visto un vestido de tirantes en el escaparate de una tienda en la ciudad y, después de probárselo, lo había comprado. El vestido era más ajustado de lo que estaba acostumbrada a llevar, pero le gustaban mucho el color y el estilo. El color caqui acentuaba la tonalidad de su cabello y casi hacía juego con sus pecas. El corpiño se ajustaba a su cuerpo, y el cuello del vestido se abría con un poco de escote. La falda corta y coqueta la hacía sentirse femenina y atractiva.

Deseó haber podido conservar para siempre la

mirada de Bailey cuando había salido del baño con el vestido puesto. Había emitido un aullido de lobo y después sus ojos habían brillado, haciendo que a Melanie le temblaran las rodillas.

Ella lo miró, dándose cuenta que estaba tarareando una antigua canción de los años cincuenta.

—¿En qué estás pensando?

Él le dedicó una rápida sonrisa.

—Estoy deseando que empiece la fiesta. Cada año me encanta ver cómo te das un atracón de algodón de azúcar, perritos calientes y pasteles y después te quejas de que te duele la barriga durante todo el espectáculo de los fuegos artificiales.

—Yo no me quejo —protestó riéndose.

La sonrisa de Bailey se desvaneció.

—Tienes razón, no eres una quejica —dejó de hablar unos instantes—. Mi madre puede ser una quejica, y Stephanie... Ella era la reina de todas las quejicas —Melanie no dijo nada, no sabía qué responder. Siempre había tenido la sensación de que Stephanie era un tema tabú—. Se despertaba por las mañanas quejándose de que la cama estaba demasiado blanda y de que hacía demasiado calor en la habitación. Luego decía que la tostada estaba demasiado hecha, que el café era flojo y que las cosas serían diferentes si nos mudáramos a la ciudad y yo me convirtiera en un médico de verdad.

Ella le puso una mano en el brazo.

—Lo siento, Bailey.

—¿Por qué?

—Porque eres mi amigo, la amabas y las cosas

no funcionaron –le pareció sentir una punzada de celos, pero intentó apartar la sensación cuando Bailey siguió hablando.

–Ya sabes lo que dicen, «antes de que te cases, mira lo que haces». No creo que estuviera realmente enamorado de ella.

–Bueno, por si te sirve de consuelo, no creo que la cama sea demasiado blanda –dijo ella intentando aligerar un poco el tono de la conversación.

Bailey se rió y la miró con afecto.

–Todo el mundo debería tener una buena amiga como tú, Mellie.

Melanie sabía que sus palabras eran un cumplido, pero por alguna extraña razón le hicieron sentirse vacía.

Cuando las atracciones aparecieron ante ellos Melanie no pudo sino admirar la magia de Foxrun al celebrar la fiesta nacional. Bailey y ella se habían divertido juntos en la feria desde que tenían trece años y sus padres los habían empezado a dejar salir solos.

Hicieron cola en el carrusel, porque siempre montaban primero en los caballitos de colores, y de ahí se fueron a otras atracciones, haciendo una pausa únicamente para comer unos pastelitos. Fue un día de diversión, compartido con los amigos, la familia y los vecinos. No pararon de reír, y más de una vez la risa profunda de Bailey le provocó a Melanie una oleada de placer.

Se reunieron con Marybeth y con Red Watters para comer, y almorzaron costillas especiadas y unas grasientas patatas fritas. En seguida los padres de Bailey se unieron a ellos.

A las cinco de la tarde los asientos que había frente al escenario se llenaron de gente para ver la belleza y el talento de las jóvenes mujeres de Foxrun. Melanie se sentó en la primera fila y sonrió a Bailey, a quien le habían reservado un asiento de honor en el escenario. Tenía un aspecto horrible.

Mientras contemplaba el concurso se puso a pensar en su matrimonio, que ya había durado unas cuantas semanas. Tenían una nueva intimidad que era a la vez excitante y un poco alarmante. Se acariciaban con frecuencia, como los matrimonios de verdad. Bailey se había acostumbrado a abrazarse a ella en el sofá por las noches, mientras veían una película. Melanie a veces apoyaba la cabeza en su regazo y él jugueteaba con un mechón de su cabello o le acariciaba el hombro distraídamente, y ella sentía una satisfacción que nunca antes había experimentado.

Su pasión al hacer el amor tampoco había disminuido. Sus uniones físicas a Melanie le parecían increíblemente hermosas, y después solían quedarse abrazados, hablando en voz baja en la oscuridad de la habitación. Melanie apartó esos pensamientos de su mente cuando SueEllen Trexlor subió al escenario. Divertida, la vio bailar claqué, y con cada movimiento sus pechos amenazaban con salírsele de la ropa.

SueEllen la había llamado varias veces durante la última semana, intentando quedar con ella para comer. Sólo cuando Melanie le dijo que a pesar de estar casada con el juez no tenía influencia sobre él, SueEllen dejó de llamarla.

La sorpresa del concurso fue una guapa joven llamada Susan Sanforth. Melanie sabía que Susan era una joven tímida que trabajaba en una de las tiendas de alimentación. Pero cuando subió al escenario interpretó una canción con la voz de un ángel, y durante la entrevista demostró una inteligencia y un ingenio tales que ganó el título de Miss Vaca Lechera.

Ya había oscurecido cuando Bailey y Melanie sacaron una manta de la camioneta y se alejaron un poco de las atracciones. Se dirigieron a una zona apartada y llena de árboles desde donde siempre veían los fuegos artificiales.

—Recuérdame que no coma nada del guiso de SueEllen si nos trae uno alguna vez. Seguramente estará envenenado con arsénico —dijo Bailey mientras caminaban.

—Por la mirada que te echó cuando dijiste el veredicto, no creo que te hable ni que vuelva a cocinar para ti nunca más —contestó riéndose.

—Mejor. Era una de las protagonistas de mis pesadillas.

Ella se rió y se agarró a su brazo, disfrutando del aroma de su colonia. Cuando llegaron al lugar, un bosquecillo en una pequeña colina un poco alejado de las atracciones, extendieron la manta y se sentaron uno frente al otro. Durante un rato ninguno de los dos habló. La noche empezaba a caer, alargando las sombras de los árboles mientras el sol se ocultaba.

—Deberías ponerte vestidos como ése más a menudo —dijo él.

Ella frunció el ceño.

—¿Vestidos como qué?

—Bueno, ya sabes, que dejen ver la bonita figura que tienes.

—¿Crees que tengo una bonita figura? —preguntó ella sintiendo una cálida oleada de satisfacción.

—Deja de buscar cumplidos. Si no te pusieras esos vestidos tan anchos, la gente te halagaría más, y seguramente tendría que quitarte a los hombres de encima.

—Supongo que las viejas costumbres tardan en desaparecer. Cuando era pequeña y todo el mundo en la escuela me llamaba Melanie la delgaducha, siempre me ponía ropa amplia porque pensaba que me haría parecer algo más rellenita.

—Créeme, Mellie, ya nadie te confundiría con Melanie la delgaducha.

La mirada en los ojos de Bailey le aseguró por primera vez en su vida que había superado a la pelirroja delgaducha y con la cara llena de pecas de la que la gente se reía.

—La comida fue divertida —dijo ella cambiando de tema.

—Hasta que mis padres empezaron a discutir. ¿Cómo pueden dos adultos armar tal revuelo discutiendo sobre si las costillas deberían hervirse o no?

Melanie sonrió.

—Bailey, te lo tomas demasiado en serio. Es evidente que se adoran y que esas discusiones son sólo una forma de demostrarse su cariño.

—Si tú lo dices... —respondió secamente—. Yo creo que todas esas discusiones son el resultado de su infelicidad. Pero no quiero hablar de eso ahora —se inclinó y agarró un mechón del cabello de Melanie—. Lo que quiero es relajarme y disfrutar de lo que queda de un día casi perfecto.

—¿Casi perfecto? ¿Qué podría hacerlo más perfecto aún? —preguntó enarcando una ceja.

—Tenemos una media hora antes de que empiecen los fuegos artificiales —le recorrió la mejilla y los labios con un dedo, mientras la miraba con ojos ardientes.

Melanie sintió que se le secaba la boca y se le aceleraba el pulso.

—¿En qué está pensando, señor Jenkins?

—Sólo en un pequeño revolcón en la hierba con la señora Jenkins.

Cuando la boca de Bailey atrapó la suya Melanie se dio cuenta de dos cosas: estaba enamorada de Bailey Jenkins y su período llevaba algo más de una semana de retraso.

DURANTE el resto de su vida Melanie recordaría hacer el amor con Bailey mientras los fuegos artificiales estallaban en el cielo y el amor que sentía por él iluminaba hasta el último rincón de su corazón.

Ten cuidado con lo que deseas… puede hacerse realidad. El viejo dicho resonaba en su mente mientras sacaba con manos temblorosas el test de embarazo de la bolsa de la farmacia.

Bailey estaba en el granero. Ella sabía que tenía varias citas y probablemente no regresaría a la casa hasta una hora más tarde. Era el momento perfecto para hacerse el test, ya lo había atrasado demasiado tiempo.

Había pasado una semana desde la fiesta del cuatro de julio, y ya tenía más de dos semanas de retraso. No podía esperar más.

Sacó el test de la caja, deseando poder dar marcha atrás y cambiar las reglas. Deseó que no hubieran acordado divorciarse cuando ella se quedara embarazada. Pero nada de lo que Bailey había hecho o dicho en las casi ocho semanas de su matrimonio indicaba que quería cambiar esa parte del trato. Quería la custodia compartida del bebé, pero también quería el divorcio.

Hizo el test, se apoyó en el lavabo y esperó el resultado. En tres minutos lo sabría. Mientras esperaba se puso a pensar en la última semana. En esos siete días había pasado cada momento amando a Bailey y memorizando todo lo que siempre había dado por supuesto en él. No podía dejar de pensar en su sonrisa, que hacía aparecer ese hoyuelo, y en cómo la miraba cuando hacían el amor.

¿Cómo se había estropeado todo? Se suponía que no tenía que enamorarse de él. Había pensado que estaba a salvo de enamorarse de Bailey gracias a la fuerte amistad que compartían. Pero esa amistad había sido la base de algo mucho más profundo, de algo terrible.

Era hora de comprobar el test. Si estaba embarazada se volvería rosa y, si no lo estaba, azul. Respiró profundamente y lo miró, encontrándose con un cuadrado de color rosa brillante que parecía observarla.

Se llevó las manos al estómago mientras la invadía la alegría. Estaba embarazada.

Pero al darse cuenta de que el trato había concluido su alegría se desvaneció. El concurso había terminado y ella estaba embarazada. Tenía que dejar la casa de Bailey y romper el matrimonio. Tal vez podría hacerse otro test una semana más tarde. Había oído que a veces esas pruebas daban resultados erróneos. Pero supo que no esperaría otra semana y que no se haría otro test. Si lo hacía, solamente estaría atrasando lo inevitable, y de todas formas sería doloroso.

«No es el fin del mundo», pensó mientras empezaba a meter sus cosas en las cajas. Seguiría viendo a Bailey, y seguramente volverían a tener esa relación especial que habían tenido hasta antes de casarse.

Tenía casi todo empaquetado y junto a la puerta cuando Bailey entró en la casa por la tarde. Miró las cajas y las maletas y luego a Melanie.

—¿Qué es todo esto?

—Son mis cosas. El trato ya está hecho, y si me ayudas a llevar todo esto a mi coche, me iré y podrás volver a tu vida de soltero —dijo esforzándose porque su tono de voz fuera ligero.

—¡Eh, despacio! —se pasó una mano por el cabello y se dejó caer en el sofá sin dejar de mirarla—. Dices que el trato está hecho… ¿Significa que… estás…?

—Embarazada. Estoy embarazada —al decir las palabras en voz alta por primera vez se sintió eufórica—. Me hice un test de embarazo esta mañana y ha dado positivo.

—Mellie —dijo suavemente. Se levantó de un salto y la abrazó—. Dios mío, no puedo creerlo. Estamos embarazados.

Se le agolparon las lágrimas en los ojos, y durante un instante hundió la cara en la camisa de Bailey, absorbiendo su aroma tan familiar. Estaba encantado con el bebé, y eso le hizo sentir un poco de esperanza. Tal vez le diría que deshiciera las maletas, que no se iba a ir porque la amaba más que a nada y porque quería ser su marido el resto de su vida.

Él la soltó, mirándola afectuosamente.

—Mellie, no tienes que irte hoy. Podemos esperar dos días para que te acomodes de nuevo en tu apartamento.

Ella retrocedió un paso. Necesitaba apartarse de él al darse cuenta de que su esperanza moría y le dejaba un gran vacío en el corazón. Habría sido el momento perfecto para que él anulara las condiciones de su trato, para que le pidiera que siguiera siendo su mujer.

Volvió a sentir deseos de llorar, pero respiró profundamente e intentó mantener el control. No debía estar triste, porque había conseguido lo que quería.

—La verdad es que estoy deseando volver a mi antigua vida —dijo ella—. Me gustaría llevarme todo esto y poder dormir en mi cama esta noche.

—Ah, bueno… si eso es lo que quieres… —dijo con una expresión inescrutable—. Cargaremos todo esto en tu coche, yo te seguiré en la camioneta y te ayudaré a descargarlo allí.

—No es necesario —respondió rápidamente. De repente sintió la necesidad desesperada de escapar de él, antes de que perdiera el control.

—Claro que sí. No quiero que levantes pesos durante los siguientes nueve meses. ¿Tienes ya una cita con el médico?

–Por Dios, Bailey, me he hecho la prueba hace sólo un par de horas. Pediré una cita esta semana.

–Dime cuándo es y yo iré contigo.

Ella asintió con la cabeza.

–¿Cuidarás bien a Squirt? –los ojos se le llenaron de lágrimas al pensar en el cachorro que le había robado el corazón desde el momento en que lo vio en un rincón del camión.

Squirt ladró desde la cocina al escuchar su nombre.

–Desde luego –dijo sabiendo lo difícil que era para ella dejar al perrito–. Pero vas a seguir viéndolo. Tú y yo nos veremos prácticamente todos los días, y además tenemos las películas de los viernes por la noche.

Melanie asintió con la cabeza.

–Empezaré a buscar otro sitio donde vivir, un lugar donde se puedan tener mascotas –levantó la caja más ligera.

Tardaron casi una hora en cargar en el coche todas las cosas de Melanie y en llegar a su apartamento.

–Aquí hace calor –dijo Bailey mientras dejaba la primera caja–. ¿Por qué no abres las ventanas y yo traeré el resto de las cosas?

Melanie encendió el aire acondicionado y abrió las ventanas para que se dispersara el aire sofocante. Le sorprendió que el lugar que había sido su hogar durante siete años le pareciera tan poco hogareño. No se sentía aliviada ni contenta de volver, lo único que sentía era un enorme peso en el corazón.

Bailey terminó de meter en la casa las cajas y Melanie se sintió agradecida, porque sabía que él se marcharía en seguida, y no se veía capaz de aguantar las lágrimas más tiempo.

—Bueno, creo que ya está todo —dijo él desde la puerta, con las manos en los bolsillos.

—Bien está lo que bien acaba. Los dos tenemos lo que queríamos —respondió ella—. Yo estoy embarazada...

Bailey sonrió.

—Y yo me salvé de las artimañas de las candidatas —su sonrisa se desvaneció y sacó las manos de los bolsillos.

Levantó una mano, y por un momento ella creyó que iba a tomar uno de sus rizos, o a acariciarla suavemente en la mejilla. Se puso tensa. No quería que la tocara, podría echarse a llorar sin remedio.

Pero él dejó caer el brazo.

—¿Me llamarás mañana?

—Por supuesto —contestó Melanie. Después de todo, era importante que volvieran a ser lo que eran, los mejores amigos del mundo.

—Bien, entonces hablaremos mañana —dudó un momento en la puerta, como si no quisiera dejarla sola.

Pero ella necesitaba desesperadamente estar sola. Sus emociones la abrumaban, sentía una alegría enorme de estar embarazada pero también una desesperación terrible por estar enamorada de Bailey.

—Hablaremos mañana —repitió ella, y con una sonrisa forzada cerró la puerta.

Logró contener las lágrimas manteniéndose ocupada durante un par de horas, devolviendo a sus lugares originales las cosas que había llevado a la casa de Bailey.

Deseó que nadie los hubiera visto, porque no estaba preparada para las preguntas de la familia y de los amigos. Al menos, ese día no. Al día siguiente hablaría con Bailey y decidirían qué iban a decirles a todos.

Terminó de organizarlo todo cuando ya estaba anocheciendo, después se hizo una sopa y se sentó a la mesa de la cocina. El silencio del apartamento la abrumaba. En casa de Bailey siempre se habían reído y discutido mientras comían, y Squirt los acompañaba con sus ladridos. Una sopa de tomate en silencio no podía competir con eso.

Solamente se había tomado la mitad cuando empezó a llorar. Tenía lo que quería, pero en los dos meses que había pasado con Bailey sus deseos habían cambiado. No sólo quería el bebé de Bailey… quería a Bailey. Quería que fuera él lo primero que viera por las mañanas, y quedarse dormida en sus fuertes brazos. Quería hacer el amor con él, que criaran a sus hijos juntos y envejecer a su lado. Quería…

Apartó el plato de sopa y las lágrimas que llevaba horas conteniendo acudieron a sus ojos en torrentes. Se levantó de la mesa y corrió al dormitorio, dejándose caer en la cama y hundiendo la cara en la almohada.

–Ya basta –se dijo entre sollozos intentando recuperar la calma. Iba a seguir viendo a Bailey que, como padre de su hijo, sería siempre parte de su vida. Y su amigo.

Ese pensamiento sólo consiguió que sollozara con más fuerza, porque en el fondo sabía la verdad. Quería a Bailey, pero había cometido el terrible error de enamorarse de él. Y sabía que nunca podría volver a quererlo como amigo. No sólo había perdido al hombre que amaba, también había perdido a su mejor amigo.

A la mañana siguiente Bailey se despertó abrazado a la almohada de Mellie y con su aroma llenándole los sentidos. Arrojó lejos la almohada y se sentó. Tenía que cambiar las sábanas. Mellie se había convertido en una costumbre en su vida, y seguramente por eso le resultaba tan difícil despertarse sin poder abrazarla. Casi no había tenido tiempo de pensar en todo lo que había pasado en las últimas veinticuatro horas.

Se había quedado atónito al saber que Mellie estaba embarazada y que volvía a su apartamento, y después todo había ido demasiado deprisa. Después de ayudarla a llevar sus cosas, había regresado a su casa y había recibido una llamada de Tanner Rothman. Una yegua estaba teniendo dificultades con el parto.

No había vuelto a su casa hasta después de la medianoche, y se había sentido algo decepcionado al ver que Mellie no estaba. Quería compartir con ella la excitación y la alegría que le había provocado el nacimiento del nuevo potrillo.

«Todavía puedes hacerlo», pensó. Mellie llamaría y él se lo contaría. Y tal vez le preguntaría si quería salir con él por la tarde y tomar una hamburguesa.

Pensando en eso salió de la cama, se puso unos vaqueros y entró en la cocina para hacer café. Aunque Squirt parecía tan entusiasmado como siempre, la cocina no le ofrecía ninguna calidez. Sin los salvamanteles amarillos de Mellie y sus paños de colores, la cocina parecía estéril e impersonal.

—Justo como me gusta —dijo con firmeza. La casa volvía a ser suya de nuevo, sin artículos femeninos que lo distrajeran.

Mientras desayunaba encendió la radio para llenar el silencio que nunca había percibido en la casa cuando Mellie estaba con él

—Sólo estamos tú y yo, Squirt —dijo con una sonrisa forzada mientras el cachorro meneaba la cola con evidente placer—. Un hombre y su perro, así es como yo tenía intención de vivir.

Una costumbre. Durante toda la tarde Bailey se repitió que Mellie se había convertido en una costumbre en su vida, y que a veces se necesitaba un poco de tiempo cuando se había abandonado una costumbre.

Trabajó con los animales y atendió las citas hasta que anocheció, después entró en la casa para cenar y comprobó el contestador automático. No había ningún mensaje de ella.

Se estaba comiendo un sándwich cuando Sam Johnson, un vecino y amigo, apareció con su perro cazador. Al perro lo había golpeado un coche y necesitaba ser operado inmediatamente para seguir con vida.

Cuando finalmente volvió a la casa estaba exhausto. El perro, Neptune, había aguantado bien la operación y se recuperaría. Pero era el tipo de cansancio que a Bailey le gustaba, el que sentía tras salvar la vida de un animal. Era lo que Stephanie nunca había comprendido, y lo que Mellie siempre había entendido.

Mientras se duchaba pensó en lo diferentes que habían sido las experiencias matrimoniales que había tenido. Con Stephanie siempre había sentido que le faltaba algo, y que no era el tipo de hombre que ella esperaba que fuera. Con Mellie siempre se había sentido en paz consigo mismo, sabiendo que ella lo respetaba.

Tras la ducha volvió a comprobar el contestador, y se sorprendió al ver que Mellie aún no lo había llamado. Se sentó en el sofá con Squirt en su regazo y descolgó el teléfono para llamarla. Esperó tres tonos y después saltó el contestador.

—Mellie... soy yo. Supongo que estás fuera. Llámame cuando llegues, ¿de acuerdo? —colgó sintiéndose un poco inquieto porque ella no había llamado durante todo el día.

Al día siguiente, al salir de su oficina, vio que tenía un mensaje de Mellie.

—Bailey, sólo quería decirte que creo que es mejor si no decimos nada de mi embarazo todavía. Podemos decirles a todos que ser buenos amigos no es suficiente para llevar a cabo un buen matrimonio, y por eso nos hemos separado –hubo una larga pausa, después ella murmuró una despedida y colgó.

Bailey intentó llamarla, pero saltó el contestador. En los dos días siguientes quiso ponerse en contacto con ella, pero siempre saltaba el contestador.

El viernes comenzó a preocuparse. Nunca estaban tanto tiempo sin hablar, sin salir a comer o a tomar un café. Empezó a dar vueltas por el salón. Había ido a la casa para comer y había esperado, como cada día durante toda la semana, escuchar un mensaje suyo para quedar y ver una película por la noche.

¿Qué le pasaba? ¿Estaba enferma? ¿Tenía problemas con el embarazo? Se dijo que probablemente estaría ocupada estableciéndose de nuevo en el apartamento. Pero seguramente podría haber tenido un momento para llamarlo.

El matrimonio que habían compartido no había podido cambiar las cosas entre ellos. Se negaba a considerar esa posibilidad. Habían hecho un trato, habían estado de acuerdo en que Mellie se quedaría embarazada y luego volverían a tener esa maravillosa amistad que los dos valoraban tanto.

Agarró las llaves de la camioneta y se dirigió a la puerta. Ya era hora de que fuera a casa de Mellie y descubriera qué estaba pasando.

CAPÍTULO 11

E N CUANTO oyó que llamaban a la puerta supo que era Bailey.

—¿Mellie?

Ella se quedó en el sofá, donde había estado la mayor parte de la semana. Tal vez si no contestaba él se iría. Durante toda la semana había tenido esperanzas de ser lo suficientemente fuerte como para hablar con él por teléfono o para verlo en persona, pero no lo había conseguido.

Hasta la primera noche en su apartamento, cuando se había quedado dormida llorando, no se había dado cuenta de lo mucho que Bailey se había colado en su vida, de la depresión que se apoderaría de ella al vivir sin él.

Volvió a llamar a la puerta, esa vez más fuerte. El coche de Mellie estaba aparcado en la calle, así que él sabía que estaba allí. Se levantó, sabiendo que no podía aplazarlo por más tiempo. Tarde o temprano tendría que enfrentarse a él.

Mientras iba hacia la puerta intentó arreglarse un poco el cabello. Abrió la puerta y vio que Bailey tenía un puño en alto, dispuesto a llamar de nuevo.

—Aquí estás. Me preguntaba si me estabas evitando.

–He estado muy ocupada durante toda la semana –dijo mientras él entraba en el salón.

Bailey atravesó la habitación y se dejó caer en el sofá, como había hecho un millón de veces. Pero esa vez Melanie no lo vio como su mejor amigo y confidente, sino como el hombre que amaba y que nunca tendría, el hombre que le había roto el corazón. Lo único que quería era sentarse a su lado y apoyar la cabeza en su pecho, oliendo su aroma mientras él la abrazaba.

Se sentó en una silla enfrente del sofá. Necesitaba mantener la distancia física entre ellos, y se preguntó durante cuánto tiempo podría seguir fingiendo que no pasaba nada, que podía volver a la relación que habían tenido antes de casarse.

–Has dicho que has estado muy ocupada. ¿Qué has estado haciendo?

No podía decirle que había pasado la mayor parte de la semana deambulando por el apartamento y recordando cada momento que había pasado con él.

–Esto y aquello –dijo encogiéndose de hombros–. Tardé un par de días en ordenarlo todo e hice una limpieza general. El apartamento llevaba dos meses cerrado.

–¿Por qué no me llamaste? Podría haberte ayudado.

Por primera vez en toda la semana Melanie sonrió ligeramente.

–Bailey, no te ofendas, pero tu idea de limpiar no coincide exactamente con la mía.

–Por lo menos podría haberte hecho compañía –la miró intensamente–. ¿Vas a venir esta noche para ver una película y comer palomitas?

–Creo que no –apartó la mirada–. Estoy cansada, creo que me acostaré pronto. Tal vez la próxima semana. Añadió rápidamente.

Él se inclinó hacia adelante mientras sus ojos se oscurecían.

–Pero el viernes que viene hay muchas posibilidades de que también estés cansada. Y probablemente estarás demasiado ocupada para llamar o para verme durante la semana. ¿Qué está pasando, Mellie?

Se sintió incapaz de mirarlo a los ojos, pero supo que no podía seguir ocultándole la verdad.

–No puedo, Bailey, no puedo hacer esto –dijo con voz temblorosa.

–¿El qué?

Supo que estaba confuso, y sintió ganas de darle una bofetada por ser tan tonto. ¿No se había dado cuenta de que todo había cambiado? ¿No podía sentir su amor?

Se sintió irritada y dolida a la vez. Se levantó, incapaz de permanecer sentada mientras le descubría el secreto más desgarrador de su vida.

–Bailey, ya no puedo ver más películas contigo los viernes por la noche. No puedo tomar café, pasear, nadar contigo o ir a tu casa –fijó la mirada en un cuadro colgado encima del sofá, sobre la cabeza de Bailey–. Te quiero, Bailey –esas palabras, que deberían haberle provocado alegría, le produjeron una enorme tristeza. Se suponía que el amor era el principio de las cosas, pero en ese caso era el final.

–Yo también te quiero –dijo instantáneamente, sin pensarlo.

Aunque había estado llorando durante toda la semana y pensaba que ya no le quedaban más lágrimas, sus ojos volvieron a humedecerse.

–No lo entiendes. Estoy enamorada de ti, Bailey –los ojos de Bailey se oscurecieron y abrió la boca para hablar, pero ella continuó rápidamente–. Creí que podría hacerlo. Pensé que podríamos tener un matrimonio de mentira para que me quedara embarazada y después podríamos seguir con nuestra amistad. Pero estaba equivocada –las lágrimas se deslizaron por sus mejillas–. No puedo volver a ser sólo amiga tuya.

Él se levantó. Estaba tenso y el enfado se reflejaba en sus ojos.

–¿De qué estás hablando? Se suponía que esto no tenía que pasar –dio un paso hacia ella–. Maldita sea, Mellie, no me dijiste nada de esto.

Ella lo miró, sorprendida por su reacción.

–No sabía que iba a pasar. No lo planeé.

–Pero me prometiste que nada cambiaría. Sabías que no quería volver a casarme. ¡Me prometiste que las cosas volverían a ser como antes… eso era importante para mí!

–No me grites –dijo sintiendo que la rabia empezaba a invadirla–. Te estás comportando como si lo hubiera hecho a propósito, y no es así. Créeme, lo último que esperaba era enamorarme de ti.

–¿Y no puedes superarlo?

Durante un instante ella se quedó sin palabras. Nunca lo había visto comportarse de una manera tan irracional.

–Esto no es un resfriado o el sarampión, Bailey. No sé si puedo «superarlo» o no.

–No puedo creer que me estés haciendo esto...

–Ya te he dicho que no quería que pasara. Eso es lo que siento, así que deja de comportarte como un estúpido.

–Pues deja de estar enamorada de mí y vuelve a ser mi amiga.

Melanie quería darle un puñetazo. Siempre había sido un cabezota en las cuestiones del corazón. También quería abrazarse a él hasta que el dolor desapareciera. Pero en lugar de ello respiró profundamente y suspiró, mientras sentía que las lágrimas se le agolpaban de nuevo en los ojos.

–Bailey, tal vez todo se arregle con el tiempo, no lo sé. Pero ocurra lo que ocurra, estoy de acuerdo en tener la custodia compartida del bebé.

Él todavía estaba enfadado. Melanie lo sabía porque sus hombros estaban tensos y por las fuertes pisadas que dio al dirigirse a la puerta.

–Entonces supongo que no tengo nada más que decirte hasta que hable con un abogado sobre el divorcio –abrió la puerta e hizo ademán de marcharse, pero se dio la vuelta, con los ojos brillantes–. Si hubiera sabido que habríamos tenido que pagar un precio tan alto, nunca habría aceptado tu plan –sin esperar respuesta, se marchó dando un portazo.

Melanie se quedó mirando la puerta cerrada durante un rato, sintiendo cómo las lágrimas se le agolpaban en los ojos. Hasta ese momento no se dio cuenta de que había seguido conservando un poco de esperanza. Había creído que si confesaba a Bailey que estaba enamorada de él, su amigo reconocería que también estaba enamorado de ella. Pero en lugar de eso él se había enfadado con ella por estropearlo todo y por destruir su amistad.

Por primera vez iba a tener que vivir sin Bailey en su vida, y ni siquiera sabía por dónde empezar.

Bailey no podía describir todas las emociones que lo abrumaban mientras se alejaba del apartamento de Melanie. Estaba furioso con ella porque lo amaba, y también con él mismo, por haber aceptado casarse.

Empezó a sentir un profundo arrepentimiento y algo de vergüenza por cómo acababa de comportarse. Los hermosos ojos verdes de Melanie habían estado inundados de lágrimas, y sus labios habían temblado con la intensidad de su confusión emocional.

Pero había algo más aparte del enfado, del arrepentimiento y de la vergüenza. La idea de que había perdido a Mellie y de que ya no sería una parte esencial de su vida lo llenaba de tristeza... y miedo. La vería en la ciudad, tendría contacto con ella gracias a su hijo, pero la dulce intimidad de su amistad, la confianza y la franqueza que siempre habían compartido, eso ya no volvería.

¿Cómo iba a sobrevivir sin esas cosas? Nadie lo conocía ni lo comprendía como ella. ¿Qué iba a hacer si ella no estaba en su vida? Condujo durante un buen rato, intentando despejarse y diciéndose que todo iba a salir bien. Solamente habían sido amigos, nada más.

Eran algo más de las cinco cuando entró en el camino que llevaba a la casa de sus padres. Pensó que debía darles la noticia de la separación. Había hablado con ellos durante la semana, pero no había mencionado que Mellie había vuelto a su apartamento. También tendría que devolver los regalos de boda que habían dejado en la habitación de invitados. Mellie le había dejado una lista detallada con todo lo que tenía que devolver y a quién.

Apagó el motor y se frotó la frente, sintiendo que estaba comenzando a tener una jaqueca. Mellie aún no quería decirle a nadie que estaba embarazada, así que él no podría darle a su madre la buena noticia. Suspiró, salió de la camioneta y se dirigió a la casa. Entró por la puerta principal y se sorprendió al encontrarlo todo en silencio. La mayoría de las tardes sus padres se quedaban en el salón viendo las noticias.

—¿Mamá… papá? —los llamó, y después entró en la cocina. Era evidente que habían cenado hacía muy poco tiempo. El aroma de la carne asada de su madre flotaba en el aire, y había varios platos secándose en el escurridor.

La puerta trasera estaba abierta, y al acercarse oyó el murmullo de las voces de sus padres y el chirrido del columpio del porche. Estaba a punto de salir cuando oyó a su madre reírse con una risa ingenua que nunca antes había oído. Después hubo un largo silencio y un suspiro.

Se estaban besuqueando. Sus padres, las personas que él pensaba que eran infelices viviendo juntos, estaban besándose acaramelados frente a la puesta de sol. Bailey retrocedió, volvió a atravesar el salón, salió por la puerta principal y se dirigió a su casa.

Durante años Bailey había pensado que sus padres eran dos pobres miserables atrapados por los votos del matrimonio. Una y otra vez Mellie había intentado explicarle que todas sus discusiones sólo eran una forma de expresión de afecto. Pero Bailey nunca la había escuchado. Se sentía como si todo el mundo se hubiera derrumbado, primero por lo de Mellie, y después por el descubrimiento de que en el matrimonio de sus padres no sólo había muchas diferencias, sino también un amor que había perdurado a lo largo de los años.

Cuando llegó a su casa el dolor de cabeza era mucho más intenso. Necesitaba entrar, necesitaba la calma y la tranquilidad de su casa. Necesitaba… necesitaba… demonios, no tenía ni idea de lo que necesitaba.

Durante la última semana Melanie había descubierto que odiaba la puesta de sol, ese momento entre el día y la noche, demasiado temprano para irse a la cama y en el que resultaba demasiado fácil dejarse llevar por la melancolía. Y no había melancolía más profunda y más oscura que la de una persona sin amigos, pensó mientras se sentaba a la mesa de la cocina con un bloc de notas y un bolígrafo.

Decididamente, al día siguiente tenía que ir a comprar. Durante la semana se había comido todos los alimentos enlatados que tenía en la despensa, porque no quería encontrarse con nadie en la ciudad. Pero Bailey y ella se habían separado, y tenía que estar preparada para contárselo a quien le preguntara. Era muy difícil hablar de eso en ese momento, pero sería aún peor cuando pasaran unos meses y empezara a notársele el embarazo.

El embarazo. Se puso las manos en el abdomen, pensando en el bebé que crecía en su interior. A pesar de la angustia que sentía por todo lo que había ocurrido, no lo sentía por el bebé. Al contrario, estaba emocionada. Siempre tendría una pequeña parte de Bailey en su vida, una niña o un niño a quien amar.

Se levantó y se fue al dormitorio, decidiendo que no estaba del todo mal ponerse el pijama antes de las siete. Acababa de entrar a su cuarto cuando oyó que llamaban a la puerta. ¿Quién podría ser? Pensaba que nadie sabía que estaba allí. Tal vez algún amigo o vecino había visto luz y quería asegurarse de que todo estaba bien.

Había llegado el momento de responder preguntas impertinentes. Salió de la habitación a regañadientes y se dirigió a la puerta de entrada, ahogando un grito de sorpresa al ver a Bailey.

–Ya sé que dijiste que no querías verme más –dijo él sin preámbulos.

–No dije exactamente eso –contestó con voz débil.

–Necesito que vengas conmigo, Mellie.

–¿Dónde? –agarró la puerta con fuerza, como si ese gesto lo mantuviera fuera de su casa y de su corazón.

–A mi casa. Es Squirt.

A Melanie le dio un vuelco el corazón.

–¿Squirt? ¿Qué pasa? ¿Está herido? –agarró la mano de Bailey fuertemente y las lágrimas acudieron a sus ojos.

–No… no. No es nada grave, es que… no quiere comer. Creo que te echa de menos. Pensé que podrías venir, quedarte un rato y conseguir que comiera.

El último lugar donde quería ir era la casa de Bailey, donde los recuerdos la torturarían, pero no podía ignorar las necesidades de Squirt.

–Muy bien, iré. Deja que busque el bolso.

Unos momentos después estaba sentada junto a Bailey en la camioneta. Su aroma masculino y familiar llenaba el vehículo, causándole aún más dolor. Después de haber hecho el amor con Bailey durante un par de semanas había pensado que era una ninfómana porque creía que le encantaba el sexo. Pero en realidad lo que le gustaba era hacer el amor con Bailey, y la idea de hacerlo con cualquier otro hombre le resultaba repugnante.

Miró de reojo a Bailey, que estaba tarareando

algo… Y eso significaba que estaba pensando en algo. Él sintió la mirada de Melanie.

–Siento haberme comportado antes como un estúpido.

Melanie quería enfadarse con él, pero no podía. Nunca había sido capaz de enfadarse con Bailey.

–Está bien –dijo con suavidad–. Los dos nos exaltamos bastante.

Se hizo el silencio entre ellos, un silencio incómodo, difícil de aguantar. Pero Melanie no tenía nada más que decir. Ya lo había dicho todo, y aparentemente él también. Miró por la ventanilla, sintiendo un intenso dolor en el corazón al aparecer entre ellos el camino que llevaba a la casa.

El sol ya se había puesto y las sombras lo envolvían todo, pero la luz del porche brillaba con claridad, iluminando el columpio que nunca antes había estado allí.

Bailey detuvo el vehículo y ella se giró para mirarlo, recordando que le había dicho que cuando comprara un columpio para el porche sería la señal de que se habría vuelto loco.

–¿Has perdido la cabeza?

Él apagó el motor, se desabrochó el cinturón de seguridad y la miró.

–Sí.

–¿Por eso me has traído aquí? –no entendía lo que significaba el columpio, por qué lo había comprado. ¿Pretendía hacer las paces con ella?

–Salgamos y sentémonos en el columpio. Tengo algo que decirte.

¿Cómo podía ser tan cruel? ¿No se daba cuenta de que una parte de su fantasía era que los dos estuvieran sentados en el columpio, viendo cómo sus hijos jugaban? Aun sabiendo que sería una tortura, Melanie salió de la camioneta y lo siguió hasta el porche. Bailey esperó a que ella se sentara en el columpio y después se sentó a su lado.

—Mellie, desde que me fui de tu casa esta tarde he estado pensando mucho. Conduje durante horas, furioso al ver que las cosas habían salido de esa manera —respiró profundamente y empezó a balancear el columpio—. Al final paré en casa de mis padres, pensé que debía decirles que nos habíamos separado.

—¿Qué te dijeron? —sabía que había tenido que ser muy difícil para él, y que ella se enfrentaría a lo mismo cuando hablara con sus padres.

—No pude hablar con ellos —la miró—. Cuando llegué estaban en el porche de atrás, sentados en el columpio y besuqueándose como una pareja de adolescentes.

Melanie no pudo evitar reírse.

—¿Henry y Luella se estaban besuqueando?

Bailey sonrió.

—Sólo pensar en ello puede dejarme marcado para toda la vida —su sonrisa se desvaneció y se pasó una mano por el cabello—. Me fui antes de que se dieran cuenta de que estaba allí. Me quedé atónito al ver que se querían… que es el amor lo que los ha mantenido juntos.

—He intentado decírtelo durante años.

–Sí, pero hasta hoy no lo he comprendido. Mis padres pueden ser los mejores amigos o los peores enemigos, pero al final del día comparten la ternura y la pasión. Son amigos y amantes.

Melanie se puso tensa, preguntándose si lo que quería decirle era que aún quería el divorcio, pero que no deseaba sólo los privilegios de la amistad, sino que también quería sexo.

–Bailey, si crees…

–Shh, déjame terminar. Ya sabes lo que siempre he pensado de ser hijo único. Ningún niño debería ser hijo único, y de lo que estoy seguro es de que no quiero que mi hijo lo sea.

–Bailey, te estás yendo por las ramas. Por el amor de Dios, dime qué estoy haciendo aquí.

Él la miró intensamente.

–Cuando viste el columpio te dije que había perdido la cabeza. En realidad la perdí al pensar que tenía que vivir sin ti –le tomó una mano y sus dedos cálidos se cerraron alrededor de ella–. He estado pensando en todos los años durante los que hemos sido amigos, en que cuando me sentía solo, triste, feliz o asustado, siempre quería que estuvieras conmigo –ella lo miró y el corazón empezó a latirle con rapidez. Por primera vez en su vida tuvo miedo de adivinar dónde quería llegar–. Cuando me licencié en la universidad te busqué a ti, y no a Stephanie, entre la multitud. Se suponía que Stephanie era la mujer que amaba, pero era tu rostro el que quería ver –le soltó la mano y comenzó a acariciarle una mejilla–. Mellie, hoy me he dado cuenta de que he estado enamorado de ti desde segundo, no quiero el divorcio y no quiero pasar ni un minuto sin ti.

Ella lo miró, temerosa de que sus sentidos le estuvieran jugando una mala pasada.

–Si esto es una de tus bromas pesadas, Bailey, no te voy a perdonar nunca.

–¿Cuándo te he gastado yo una broma pesada? –preguntó indignado.

–En sexto, cuando metiste lombrices en mi sándwich y te apostaste con Mike Moore que yo me lo terminaría antes que él el suyo. Afortunadamente vi las lombrices antes de morderlo.

Los ojos de Bailey brillaron alegremente.

–Vale, te gasté una broma pesada… pero éramos unos niños. Ya no lo somos, Mellie. Quiero ser tu mejor amigo, pero también quiero ser tu marido, el hombre con quien construyas tus sueños y con quien te sientes en el columpio del porche… Quiero ser el hombre con quien hagas el amor cada noche durante el resto de tu vida.

–Oh, Bailey, si no me besas en este momento te juro que me voy a morir –él la abrazó y la besó con una ternura infinita, pero al terminar el beso ella lo miró con gravedad–. Bailey, esto no es por el bebé, ¿no? Quiero decir, no vas a seguir casado conmigo para que tengamos otro bebé y éste no sea hijo único, ¿verdad?

–Mi dulce Mellie, sólo hay una cosa que puede hacer que siga casado contigo, y es el amor. Creo que ya estaba enamorado de ti cuando le di una paliza a Harley Raymond en quinto curso por ti.

Ella se rió y sacudió la cabeza.

—Fue Harley quien te dio una paliza, pero la intención es lo que cuenta.

Él le tomó el rostro entre las manos, mirándola afectuosamente.

—No, Mellie, es el amor lo que cuenta. Y quiero pasar el resto de mi vida amándote —volvió a besarla, pero esa vez el beso llevaba toda la confianza de la amistad, el deseo apasionado de un amante y el compromiso de un alma gemela—. Te quiero, Mellie —le susurró suavemente al oído.

—Yo también te quiero, Bailey —él se levantó de repente, y Melanie gritó cuando la tomó en brazos—. ¿Qué estás haciendo?

—Lo que debería haber hecho hace dos meses —contestó—. Las cosas tienen que hacerse bien, y si atravieso el umbral contigo en brazos nuestro matrimonio será de verdad y durará para siempre.

Para siempre. Las palabras resonaron en el interior de Mellie, llenándole el corazón de alegría.

—Cuando me miras como lo estás haciendo ahora me siento como la reina del concurso de Miss Vaca Lechera.

Él se rió y sus ojos brillaron de amor y deseo.

—Una cosa es segura… Tú eres la reina de mi corazón —con esas palabras abrió la puerta principal y atravesó el umbral con su mujer en brazos.

JAZMÍN™

JUDITH McWILLIAMS
UNA VIDA
NUEVA

HARLEQUIN™

pensar en las muchas otras cosas en las que me habrías mentido, así que fui a ver al abogado que se
encarga de administrar las pertenencias de papá.

—¡No tenías ningún derecho a hacer eso!

Los ojos azules de Gina se nublaron durante unos
segundos. Estaba furiosa.

—Tengo todo el derecho ya que soy una de las he-
rederas. He averiguado que papá no sólo no te dejó
arruinada como tú dices sino que te dejó bastante dinero con el que mantenerte. Y también me dejó a mí
el suficiente dinero como para terminar mis estudios.

Cerró la maleta y se dirigió a la puerta.

—¡Pero no puedes abandonarme! ¡Te quiero!

Gina se detuvo y miró a su madre.

—¿Quieres decir que me has estado mintiendo durante todo este tiempo porque me querías?

La madre de Gina no quiso contestar.

—¿Adónde vas? ¿Qué vas a hacer?

—Voy a irme lo más lejos posible de aquí y pre-
tendo empezar a vivir de verdad, porque hasta ahora
tan sólo he estado viviendo para ti.

CAPÍTULO 1

GINA frenó con suavidad, giró por una carretera de la región de Massachussets y vio las luces de una pequeña ciudad a lo lejos.

Se intentó estirar un poco, su cuerpo estaba entumecido de tanto tiempo delante del volante y tenía hambre.

Cuando llegó a la ciudad buscó un lugar para comer algo y aparcó.

Sacó el monedero del bolso, salió del coche y lo cerró. Una fresca brisa de otoño acarició sus brazos desnudos y agitó su pelo castaño rojizo. Apartó el pelo de su cara mientras pensaba en volver a abrir el coche y sacar algo de abrigo de la maleta, pero al final decidió no hacerlo ya que no tardaría en regresar al coche.

Se dirigió al restaurante, pero de camino vio un cartel que anunciaba el bar de Bill. Miró hacia el edificio lleno de carteles con luces de neón que anunciaban diferentes tipos de cervezas de las que Gina nunca había oído hablar.

Después volvió a mirar hacia el restaurante. Parecía un lugar para gente de clase media, un lugar respetable y aburrido. Sin embargo el bar de Bill parecía más misterioso, más intrigante y como Gina había decidido cambiar de vida decidió a ir allí.

Abrió la puerta del local y estudió detenidamente

aquel lugar lleno de gente y muy ruidoso. De repente se sintió incómoda y se apresuró a sentarse. Miró detenidamente la carta llena de distintos tipos de cerveza y bastante escasa en cosas para comer.

Unos minutos después una camarera de mediana edad se acercó a su mesa.

—¿Qué va a tomar? —le preguntó a Gina.

—Un plato de chili, tarta de manzana y un café.

—Enseguida se lo traigo —la camarera se acercó a la puerta de la cocina y le gritó el pedido a una mujer llamada Margie.

Gina se apoyó en el respaldo de la silla y se fijó en la gente del bar. Había un grupo grande al fondo que parecían estar divirtiéndose mucho. Se reían de forma contagiosa y Gina sonrió.

—Aquí tiene, señorita —le dijo la camarera mientras colocaba un plato lleno de chili delante de ella y el café humeante—. Enseguida le traigo la tarta.

Gina estaba sirviéndose un poco de leche en el café cuando de repente alguien entró en el bar.

—¡Eh, Nick! ¿Qué tal va ese brazo? —gritó un hombre del fondo al recién llegado.

Gina sintió curiosidad y se giró para ver quién era Nick. Cuando lo vio sus ojos se abrieron de par en par. Se trataba de un hombre de un metro setenta aproximadamente, un poco más alto que ella, ancho de espaldas y muy musculoso.

Ella se mojó los labios inconscientemente mientras se fijaba en sus fuertes piernas.

Después miró fijamente el plato de chili, intentaba controlar la inexplicable fascinación que aquel cuerpo le había despertado. Tomó aire y deseó que el calor que sentía no fuera evidente.

¿Qué le pasaba? Estaba claro que aquel hombre era muy atractivo, parecía sacado de una fantasía sexual.

No pudo evitar volverlo a mirar mientras éste se acercaba a la barra y se sentaba delante de una jarra de cerveza que el camarero le había servido sin que él la pidiera.

Gina estudió su cara detenidamente, sus facciones eran bruscas, no poseía una belleza habitual, pero era cautivador y parecía tener mucho carácter.

Le observó levantar la jarra de cerveza con la mano izquierda y se fijó en el brazo derecho, que estaba escayolado.

No parecía estar de muy buen humor, quizá le dolía el brazo, o quizá alguien le estuviera molestando, o estuviera viviendo un desengaño amoroso...

Gina se fijó en los sensuales labios masculinos y pensó que era más probable que fuera él el que rompiera corazones y no al revés.

Ella comenzó a comer sin dejar de mirar al tal Nick, la atraía de una forma que ella nunca había sentido antes.

Estaba claro que se trataba de una atracción puramente sexual.

—Aquí tiene la tarta de manzana, señorita —le dijo la camarera, asustándola.

Gina la miró y se sorprendió al descubrir que se había terminado el plato de chili sin darse cuenta.

—Muchas gracias —dijo ella mientras deseaba que aquella mujer no hubiese notado la forma en que se había quedado mirando a aquel hombre.

Sin embargo la mujer se acercó a ella.

—Ese es Nick Balfour, vive a las afueras. Lo conozco desde niño, y a sus padres también. Y no tiene a ninguna mujer escondida como otros de por aquí. Si te gusta lo que ves, ve por él. La vida es breve como para dejar las cosas pasar. Piénsatelo jovencita, dicen que las oportunidades así sólo aparecen una vez en la vida.

–Gracias... –logró decir Gina.

La camarera parecía satisfecha, levantó los pulgares en señal de aprobación y se alejó.

Gina tomó aire en un intento por tranquilizarse y volvió a mirar a Nick. Él estaba observando la jarra de cerveza como si allí dentro fuera a encontrar la respuesta a sus problemas.

Estaba claro que aquel hombre la había fascinado, por lo menos físicamente y estaba deseando comprobar si su personalidad era igual de atractiva...

Sentía ganas de averiguarlo, pero no sabía cómo una mujer debía acercarse a un hombre, y mucho menos en un bar. Intentó buscar una respuesta, pero no encontró ninguna.

Pensó un rato. Las mujeres coqueteaban con los hombres desde hacía siglos, si las demás podían hacerlo, ella también podría.

¿Y qué podía decirle? Quizá podría hacer algún comentario que exigiera una respuesta, algo cómo que hacía un hombre tan atractivo como él en un lugar como aquél... Pero no sería capaz de decir algo como eso.

También estaba el tradicional recurso del tiempo, o aquello de haberse visto antes... Pero aunque estuviera dispuesta a comenzar una conversación con algo tan típico, lo primero era acercarse lo suficiente a él cómo para poder hablarle.

Lo pensó detenidamente, si se acercaba e intentaba entablar una conversación y él la ignoraba o la rechazaba se moriría de vergüenza.

Pero, ¿acaso importaba tanto pasar un poco de vergüenza? No conocía a nadie allí, en realidad no le importaba lo que pensaran de ella aunque sí le importaba lo que Nick pensara de ella. Quizá no tuviera sentido, ya que no conocía a aquel hombre de nada, pero lo cierto era que le importaba su opinión.

Gina lo volvió a mirar. Nick seguía mirando su cerveza fijamente. Estaba claro que no la estaba mirando a ella, probablemente ni siquiera la hubiera visto... Los hombres no solían fijarse en ella. Era demasiado alta, demasiado delgada y demasiado... Demasiado sosa como para llamar la atención.

Tenía que asumirlo, no tenía nada especial que despertara el interés de los hombres, aunque le hubiera gustado poder hacer que por lo menos uno se interesara por ella.

Gina frunció el ceño. La lista de cosas que quería hacer en su nueva vida era muy larga, y las lamentaciones no le iban a llevar a ningún sitio. Tenía que empezar a actuar de verdad. No importaba lo incómoda o la vergüenza que pudiera pasar, estaba decidida a cambiar radicalmente. Tenía que madurar. Se había dado hasta el comienzo de curso en invierno para ampliar sus horizontes y viajar, y vivir una relación con un hombre era parte de aquella aventura.

Miró a Nick, aquel hombre parecía prometer mucho y ella tan sólo tenía que llamar su atención para descubrirlo. Gina apretó los labios. Estaba decidida.

Abrió el monedero y sacó dinero para pagar la

cena y una generosa propina para la camarera y la dejó sobre la mesa. Se había decidido, iba a acercarse a la barra y pedir una cerveza para llevar y mientras el camarero se la diera le preguntaría a Nick si conocía algún hotel para pasar la noche por la zona. Era algo bastante normal para empezar una conversación.

Gina se levantó de la mesa. Estaba nerviosa. Sin embargo, antes de dar un paso hacia la barra alguien la agarró del brazo.

Se giró y vio a un hombre un poco obeso y de mediana edad que le sonreía y la miraba con lascivia.

–¡Perdone! –le dijo Gina mientras le lanzaba una mirada intimidante–. Creo que no nos conocemos.

–Eso es fácil de arreglar, yo soy Jim, ¿y tú cómo te llamas, encanto?

Gina lo miró estupefacta. No sabía qué hacer. Se suponía que él tenía que apartarse de ella al notar su rechazo, pero aquel hombre se había acercado aún más a ella.

–No me interesa –le dijo decidida. No quería que aquel hombre se acercara a ella, pero tampoco quería salir de allí y perder la oportunidad de hablar con Nick.

–¿Y cómo puedes estar tan segura? Por qué no me dejas invitarte a una cerveza y así intimamos un poco –insistió aquel hombre, la timidez de ella parecía atraerlo más que hacerle cambiar de opinión.

Nick se giró de repente. La voz de Jim le ponía nervioso. Se quedó mirando fijamente a la mujer que Jim estaba intentando conquistar. El gusto de aquel hombre había mejorado considerablemente. Aquella mujer era alta, y además... La miró de arriba abajo. Tenía un cuerpo esbelto y seductor

Nick intentó controlar la reacción instintiva de su cuerpo. La mujer tenía una cara igual de atractiva que el resto de su cuerpo. Una nariz pequeña un tanto respingona, pecas en la cara, el pelo largo y de color castaño rojizo y unos labios carnoso muy sensuales...

Nick vio cómo ella palidecía ante los comentarios de Jim, ¿acaso estaba asustada?

Aquello le pareció extraño, una mujer tan atractiva como aquella debía estar acostumbrada a librarse de hombres molestos como Jim, aunque parecía incapaz de librarse de él.

Nick se preguntó a qué se debía, después intentó librarse de la curiosidad que sentía, no era asunto suyo y no debía preocuparlo. Las mujeres, sobre todo las atractivas, exigían a los hombres más de lo que él podía darles. La vida le había enseñado aquella lección.

Nick suspiró al ver lo atemorizada que parecía la mujer cuando Jim se acercó más a ella. No debía estar sola si no sabía librarse de los hombres como Jim.

Pero Nick no pudo evitar notar el creciente miedo que ella parecía sentir y se dijo a sí mismo que intentaría ayudarla. Espantaría a Jim, la acompañaría hasta su coche y asunto zanjado.

–Ya has oído a la señorita, Jim –Gina se giró y vio a Nick Balfour. Tenía unos preciosos ojos grises y sintió como si se estuviera derritiendo. Tomó aire para intentar tranquilizarse y pudo oler su embriagadora colonia–. Déjalo ya, Jim –dijo con dureza al ver que Jim no se apartaba.

–No hace falta que te pongas así, Nick. No me di

cuenta de que estaba molestando. Pero si cambias de opinión, encanto, pregunta por mí. Todo el mundo me conoce por aquí.

Gina suspiró aliviada cuando Jim se alejó.

—Soy Nick Balfour, te acompañaré hasta el coche.

—Gina Tesserek, y muchas gracias —dijo ella mientras pensaba en algo que decir, algo que hiciera que él quisiera conocerla más—. ¿Vienes mucho por aquí? —dijo finalmente, y segundos después se arrepintió de haber dicho algo tan estúpido.

—No, ¿dónde tienes el coche? —le preguntó él mientras salían del bar.

—Al otro lado de la calle —contestó ella. La falta de interés de él la había desilusionado, pero intentó que no se notara.

Él la agarró de repente del brazo mientras ella bajaba de la acera, y la empujó hacía él evitando que un coche que pasaba en aquellos momentos la atropellara.

Gina se quedó apoyada en el pecho de él y la sensación que aquel pecho fuerte le provocó la dejó paralizada durante unos segundos.

—¿Estás bien? —le preguntó él al ver que ella no se movía.

Gina se dijo a sí misma que no estaba bien, estaba muy cerca de perder por competo la compostura y no sabía qué hacer para evitarlo.

—¿Sigues afectada por lo de Jim? —le preguntó preocupado.

—No, yo... —Gina sentía que se estaba comportando como una tonta al estar cerca de un hombre tan atractivo.

—¿Podrás conducir?

Gina tomó aire y reunió fuerzas para separase de él.

–Estoy bien –le dijo y después se reprochó haber dejado escapar la oportunidad de alegar que estaba asustada para que él le ofreciera invitarla a un café y poder estar más tiempo con él.

–¿Ese Ford azul es tuyo?

–No –dijo ella negando con la cabeza–. El mío es un Toyota marrón –dijo mientras se daba cuenta de que su coche no estaba donde ella lo había dejado.

Frunció el ceño y miró a su alrededor algo inquieta. Estaba segura de que había aparcado delante del restaurante, pero no estaba allí.

–No lo entiendo –dijo Gina–. Dejé el coche allí.

Nick miró el lugar que ella señalaba y no pudo evitar fijarse en aquellos dedos largos de uñas cortas. Odiaba las uñas largas y pintadas.

–Estoy segura de que lo dejé allí –volvió a hablar ella.

–Pues o bien te equivocas o bien alguien se lo ha llevado.

–¡Qué astuto! –replicó ella algo molesta.

–¡Todo el mundo odia al portador de malas noticias!

–Perdona, no pretendía contestarte así, pero todas mis pertenencias están dentro de ese coche. No me pueden haber robado, quiero decir... ¡Esto es una ciudad pequeña!¡Aquí no deberían pasar estas cosas!

–¿Crees que sólo hay delincuencia en las grandes ciudades? –le preguntó él aunque lo que realmente quería saber era por qué aquella mujer viajaba por el país con todas sus pertenencias en un coche ¿Acaso no tenía un hogar?

–Sé que hay delincuencia en todas partes, pero no

esperaba que me ocurriera a mí y más teniendo en cuenta que no he tardado mucho en volver y que lo dejé cerrado –parecía un poco desesperada.

Nick se dio cuenta de que aquella mujer estaba a punto de ponerse histérica y se apresuró a hacer algo para remediarlo.

–Será mejor que pongas una denuncia –le dijo él, en aquellos casos era bueno pensar en algo práctico.

–¿Dónde? –dijo Gina mientras miraba a su alrededor como si un policía fuera a aparecer de repente.

–Amos Mygold es lo más parecido a un policía y lo único que tenemos aquí, a estas horas probablemente estará en casa.

Gina se estremeció de repente al recordar que sus cheques de viaje estaban en la guantera del coche. Nick la estrechó entre sus brazos instintivamente.

Al sentir el calor del pecho de él ella logró mantener la calma. Al estar tan cerca de él la idea de estar perdida y sin dinero en una pequeña ciudad alejada de todo y llena de extraños parecía no importar demasiado.

–No es tan malo –intentó tranquilizarla él.

–Eso crees tú, todos mis cheques de viaje estaban dentro del coche.

–¿Todos?

–Sí –Gina se obligó a alejarse de él. Podría afrontar aquello sola–. No quería arriesgarme a perderlos si alguien me robaba el bolso.

–Y en efecto ha sido así –dijo él y Gina se rió un poco.

A Nick le agradó la forma en que ella se reía. Era una mujer extraña, llena de cualidades que parecían muy dispares. Su aspecto daba la sensación de ser una mujer muy sofisticada y autónoma, pero su reacción ante lo ocurrido indicaba todo lo contrario, la hacía parecer bastante vulnerable y desvalida. A Nick le gustaba aquella mezcla.

—Puedes anular los cheques y pedir unos nuevos, ¿tienes los números de los cheques, no?

Ella se había quedado pálida.

—Por supuesto que los tengo, pero los metí en la maleta por si me robaban el monedero.

—¿Por qué siempre te preocupas de que te roben el monedero? ¿Dónde vives para que te obsesione tanto esa idea?

—Por ahora vivo en mi coche —dijo cada vez más desesperada.

—Lo que quiere decir que te acabas de quedar sin hogar —dijo él y tras haberlo dicho se arrepintió de ser tan brusco.

—En efecto —dijo Gina intentando parecer más calmada de lo que realmente estaba. Ella quería valerse por sí misma y había llegado el momento de hacerlo, aquella oportunidad debía emocionarla... Pero no era así.

—¿El coche está asegurado?

—Por supuesto, llamé al seguro a primera hora de la mañana —intentó no pensar en dónde podría pasar la noche y cómo podría llegar hasta allí ¿Habría un lugar para alquilar coches en aquella ciudad? Por lo menos tenía la tarjeta de crédito así que aún disponía de dinero. Y también tenía lo que había heredado de su padre. Llamaría al administrador a primera hora de la mañana y le pediría que le hiciera un giro.

—¿Quieres llamar a alguien? —le preguntó Nick.

—No —contestó ella. No tenía ninguna intención

de darle explicaciones. La historia de su vida hasta el momento la haría parecer una estúpida. Aunque quizá la verdad fuera que era una estúpida. Su madre siempre la había manipulado y ahora un ladrón le había robado el coche con todo lo que tenía... No sonaba demasiado bien.

Nick se preguntó de qué estaría huyendo aquella mujer, la respuesta parecía cargada de dolor...

–Te va a llevar un tiempo arreglar las cosas –de repente se le ocurrió algo–. Mientras lo hagas creo que podemos llegar a un acuerdo y ayudarnos mutuamente. Tú necesitarás un lugar donde quedarte y a mí me vendría bien una ama de casa temporal –ella no parecía entenderle–. Como tengo el brazo derecho escayolado no puedo hacer muchas cosas y lo poco que puedo hacer con la mano izquierda lo hago despacio y muy mal y además ya estoy harto del chili del bar de Bill. Si aceptas, podrás quedarte en mi casa hasta que arregles tus asuntos y yo tendré una casa limpia y podré cambiar un poco de dieta.

No había contratado a nadie hasta aquel momento porque la idea de que alguien invadiera su intimidad no le agradaba, pero no le importaba si se trataba de Gina, incluso le gustaba la idea.

Gina intentó ocultar lo mucho que le agradaba la idea.

–¿Te has ocupado alguna vez de una casa?

–No como trabajo remunerado, pero sé limpiar y cocinar –dijo un tanto distraída, estaba pensando en la oferta que aquel hombre acababa de hacerle. Sabía perfectamente que podía rechazar aquella oferta, quizá era lo más prudente. Tal vez se sintiera muy atraída por él, pero no lo conocía como para saber si era buena idea aceptar su oferta.

Sin embargo la gente del bar sí parecía conocerlo y tenían una buena opinión de él. Además su proposición era razonable, ambos se beneficiarían y le atraía la idea de relacionarse con un hombre tan sensual.

En realidad le hubiera gustado que no necesitara realmente una ama de casa, le habría gustado que él hubiera utilizado aquello como excusa porque se sentía atraído por ella y quería mantenerla cerca de él. Pero el hecho de que en aquel momento no se sintiera atraído no quería decir que no pudiera estarlo más adelante.

La idea le agradó tanto que se sonrojó, un hombre cómo aquél podía hacer que una mujer se volviera loca...

—¿En qué trabajas? —le preguntó ella para intentar saber algo más de él.

Nick frunció el ceño. No quería mentirla, pero tampoco quería contarle toda la verdad. Cuando le decía a cualquier mujer que era cirujano, o pensaban en lo adinerado que sería o empezaban a hablarle de su múltiples dolencias.

No quería que Gina reaccionara igual que tantas otras, quería que ella lo viera tan sólo como un hombre, y no como un profesional de algo.

Gina lo observó detenidamente y se preguntó por qué se habría puesto serio, ¿acaso lo había avergonzado de alguna forma?

—Soy técnico —dijo Nick al recordar que uno de sus profesores había llamado así a los cirujanos—. Y necesito la mano derecha para trabajar así que por el momento estoy esperando a que se me cure. Hablando del tema, ¿estás de vacaciones?

–No, trabajaba en una empresa registrando datos en Chicago, pero me cansé y decidí que quería un cambio. Siempre quise recorrer Nueva Inglaterra en otoño así que aquí estoy.

Nick se dio cuenta de que algo más que la necesidad de cambio la había llevado a dejar su trabajo, las marcadas ojeras lo dejaban claro. Algo o alguien le debían haber echo mucho daño como para que ella decidiera irse tan lejos.

–Piensa en mi oferta como una forma de tener tiempo para conocer esta zona en otoño –Nick mantuvo un tono cordial a propósito. No quería hacerle demasiadas preguntas ya que tenía miedo de asustarla. Por alguna extraña razón, cada vez era más importante para él que ella se quedara.

–Pero no te conozco de nada, podrías ser un asesino en serie –dijo ella de repente.

–El sheriff te convencerá de que no lo soy, puedes pedirle referencias de mí cuando vayamos a hacer la denuncia.

Gina se quedó mirándolo fijamente y sin saber qué hacer, siempre había hecho aquello que se esperaba de ella, lo convencional. Quizá había llegado el momento de hacer lo que ella quisiera, de dejarse llevar por su intuición y no pensar en las consecuencias.

Tomó aire.

–Muy bien, aceptaré el trabajo hasta que todo se arregle.

CAPÍTULO 2

MUY BIEN, eso es todo, señorita Tessereck. Le daré la descripción del coche a la policía de tráfico –le dijo el hombre bajito que Nick le había presentado como el agente Mygold.

–¿Cree que encontrarán el coche? –le preguntó Gina.

–Eso depende –dijo tras una pequeña pausa.

–¿De qué depende?

–De quién se lo haya llevado. Si han sido unos gamberros que querían darse una vuelta no tardarán en abandonarlo y probablemente lo recupere dentro de un día o dos. Pero teniendo en cuenta que es viernes por la noche esta posibilidad no es muy probable.

Nick miró a Gina y después al agente.

–Bien, si ella no lo pregunta lo haré yo, ¿qué tiene que ver que sea viernes por la noche?

–El equipo de fútbol del instituto juega fuera de casa –contestó el sheriff.

–¿Y todos los chicos que podrían haber hecho algo así están en el partido?

–Así es.

–Y entonces, ¿qué otra posibilidad queda? –preguntó Nick.

–Alguien que lo robó para sacar dinero. El que todas sus cosas estuvieran en el asiento de atrás probablemente resultó muy tentador. No debería dejar nada a la vista.

–Lo lamento –dijo ella mientras intentaba controlar su enfado, no le gustaba que le echaran la culpa. Pero lo primero era recuperar el coche, después le diría un par de cosas...

–Debería haber dejado sus cosas en casa –volvió a insistir el agente.

–Sí, pero da la casualidad de que estoy huyendo de casa –dijo Gina.

Nick la miró sorprendido y se preguntó si lo habría dicho en serio. Y si era así, ¿de qué hogar estaba huyendo? ¿O quizá era una persona? ¿de un amante o de un marido?

Nick miró la mano izquierda de Gina, no llevaba ningún anillo ni parecía haberlo llevado. Aunque eso no era asunto suyo, no tenía ninguna intención de tener una relación sentimental con ella. No se atrevía. Una relación así exigía de él cosas que él nunca podría dar.

Sólo quería beneficiarse de la situación para limpiar un poco su casa y cambiar de menú. Y tener compañía, estaría bien tener a alguien con quien hablar por las tardes.

–Entonces, señorita Tessereck, ¿dónde la localizo si averiguo algo? –le preguntó el sheriff.

–Se quedará en mi casa, va a ser mi ama de casa temporalmente.

–Sheriff... –dijo Gina un tanto indecisa–. Como no conozco esta ciudad y aunque le agradezco a Nick su ofrecimiento... Quiero decir...

–¿Quiere que le garantice que el hombre que la aloja no es un asesino en serie? –dijo el sheriff–. No se preocupe, lo conozco desde que es niño y no es el tipo de hombre que se aprovecha de las mujeres. Lo normal es que tenga que apartarlas de su vida, más que al revés. Su padre era igual, recuerdo una vez...

–No tortures a esta mujer con historias de mi familia –se apresuró a decir Nick antes de que el sheriff dijera algo sobre su profesión o empezara a hablar de su famoso tatarabuelo.

Las palabras del sheriff tranquilizaron a Gina. Estaba segura de que Nick era una persona de fiar, como aparentaba, pero era mejor estar segura de ello. Además no tenía ningún interés en escuchar las proezas de aquel hombre con las mujeres, no le interesaba su pasado, sólo le interesaba su futuro...

–Si averiguo algo la llamaré a casa de Nick, señorita Tessereck –dijo Mygold.

Gina asintió.

–Me pondré en contacto con usted mañana por la mañana –le dijo Gina al sheriff, quería que aquel hombre entendiera que ella no se conformaba con vagas promesas.

–Mañana es sábado –le contestó Mygold con cierto reproche.

–¿Qué importa que sea sábado? –le preguntó Gina a Nick mientras bajaban las escaleras del porche de la casa del sheriff–. ¿Acaso sólo persigue a criminales los días de diario?

–Él no persigue a ningún criminal nunca –le dijo él–. Si encuentran tu coche, lo encontrará la policía de tráfico, él no.

Gina frunció el ceño.

–Si no persigue a los criminales, ¿por qué es el sheriff?

–Porque es el dueño de la funeraria –Nick abrió la puerta del copiloto con llave–. ¿Has notado que yo cierro siempre con llave?

–Yo también lo hice, pero no me sirvió de nada. Además, ¿quién querría robar un coche como éste? Tendrían miedo de que se averiara antes de poder escapar.

–No hables mal del coche que te va a llevar, he tenido al viejo Octavius desde que tenía dieciséis años.

Gina se preguntó por qué no había podido permitirse cambiar de coche, si era tan pobre no entendía cómo podía permitirse contratar a una ama de casa.

Quizá le hubiera dado pena, aquella idea no le gustó nada. No quería pensar en ello, quizá ella no fuera muy atractiva, pero tampoco había notado que sintiera pena por ella. Como mucho la ignoraba, nada más.

Probablemente lo hacía por conveniencia, como él había dicho. Había visto la oportunidad de solucionar sus problemas de comidas y limpiezas y lo había aprovechado.

Lo miró fijamente y se preguntó qué tipo de trabajo tendría aquel hombre. Un técnico podía ser cualquier cosa.

Se fijó en su mano izquierda, estaba muy limpia y parecía muy cuidada, incluso delicada. No parecía ganarse la vida trabajando con las manos aunque éstas parecían fuertes.

Gina se tocó la frente. La tensión de lo sucedido le había provocado un dolor de cabeza.

–¿Estás bien? –le preguntó él.

–No entiendo muy bien, ¿por qué el hecho de ser

el dueño de la funeraria hace que sea el sheriff también?

—Es una ciudad pequeña y no muere mucha gente así que tiene bastante tiempo libre y el dinero extra le venía bien.

—Entiendo —dijo Gina—. ¿Pero no puede haber conflicto de intereses?

—Tan sólo lo habría si Mygold fuera un hombre perverso y con dobles intenciones, pero su cabeza no da para tanto. Él sólo piensa en comer y en jugar a los bolos ¿No conoces muchas ciudades pequeñas, verdad?

—No.

Nick esperó a que ella siguiera hablando, pero Gina no parecía querer decir nada más ¿Era porque no quería hablar de su pasado o porque era una mujer reservada? El que él no hubiese conocido a ninguna mujer reservada no quería decir que no existiesen.

Normalmente, Nick no conseguía que las mujeres se callasen, pero cuando encontraba a una que le parecía interesante no era capaz de conseguir que hablara.

—¿Dónde vives? —le preguntó Gina mientras se alejaban de la ciudad.

—A un par de kilómetros de la ciudad, es una casa de campo que construyó mi tatarabuelo y mis padres me la regalaron.

—¿Ah, sí? —dijo Gina intrigada, Nick Balfour parecía un hombre educado y culto. Ella se sonrojó al recordar la manera en que le había salvado del hombre del bar, estaba claro que no había tenido ganas de hacerlo, que se había sentido obligado a intervenir.

También parecía una persona que no aguantaba bien a los pesados y aquello era difícil de llevar en una oficina o en una fábrica, ella había tenido experiencia en el tema, donde uno siempre se encontraba a alguien así. Quizá se había peleado con alguien.

Pero Nick no dio más detalles y Gina intentó controlar la curiosidad que sentía. No tenía ningún derecho a preguntarle sobre algo de lo que estaba claro no quería hablar.

Gina se movió incómoda, de repente se había dado cuenta de algo.

—¿Qué pasa? —Le preguntó Nick preocupado.

—No tengo ropa —dijo ella.

Nick agarró el volante con fuerza, acababa de imaginarse a Gina desnuda sobre su cama, era una imagen tentadora. Tomó aire mientras apartaba aquella idea de la cabeza.

—¿Qué quieres decir?

—Lo que he dicho, no sé por qué no me he acordado hasta ahora, pero toda mi ropa estaba en el coche. Lo único que tengo es lo que llevo puesto, no tengo camisón.

Nick pensó en dar la vuelta e ira a una tienda a comprar uno, pero era muy tarde y nada estaba abierto ya. Él mismo se lo hubiera comprado. Un camisón de seda de color rosa, cortito y de tirantes... Para poder ver sus piernas y sus hombros desnudos.

—¿Hay algún sitio donde pueda comprar algo de ropa? —preguntó Gina mientras miraba el bosque que atravesaban en aquellos momentos con desesperación.

—Lo más cercano es Vinton, y está a treinta y dos kilómetros de aquí. Las tiendas aquí cierran a las cinco, te llevaré a Vinton mañana por la mañana y te compraré algo de ropa.

—Llévame si quieres, pero yo pagaré la ropa —dijo ella con firmeza—. Sigo teniendo mi tarjeta de crédito.

—Será como un adelanto salarial —dijo Nick.

Gina pensó que con aquel comentario él dejaba claro que podía pagarla perfectamente.

—Quería hablarte sobre el trabajo...

—Ahora no puedes echarte atrás —le dijo él. De repente la idea de que ella cambiara de opinión lo asustaba.

—¡No voy a echarme atrás! Sólo quería decirte que preferiría que en lugar de pagarme un sueldo llegáramos a un acuerdo.

—¿Un acuerdo? —preguntó él intrigado.

—Yo me encargaré de las labores de la casa y a cambio tú me darás comida y alojamiento.

Nick apretó los dientes. Estaba claro que ella ya estaba pensando en marcharse lo antes posible ¿Adónde querría llegar con tanta prisa? ¿O con quién?

Aquel pensamiento le provocó una emoción que no quiso analizar.

—Cuando hablé de un trabajo temporal me refería a una par de semanas no a días —dijo él—. A no ser que alguien te esté esperando en algún sitio.

—No es eso, es sólo que... No quiero estar atada a ningún lugar —Gina puso esa excusa por si él no se interesaba por ella.

—Creo que el hecho de que no tengas dinero o medio de transporte te ata más a un lugar que un trabajo. Si no te gustaba tu trabajo en Chicago, ¿qué es lo que te gustaría hacer? –Nick pensó que la pregunta no era demasiado personal.

–Me gustaría ser profesora. Estudié tres años de Magisterio, pero tuve que dejarlo para ayudar en casa cuando a mi padre le diagnosticaron cáncer de pulmón. Murió trece meses después, hace dos años y medio –su voz sonaba entrecortada. Parecía algo afectada.

Nick le acarició suavemente una mejilla y ella sintió ganas de llorar. Después Gina tomó aire y siguió hablando.

–Me dejó el dinero suficiente como para terminar mis estudios, me he apuntado a la Universidad de Illinois para el próximo curso. Mientras tanto quiero viajar un poco.

Nick se preguntó por qué no habría continuado sus estudios tras la muerte de su padre en lugar de trabajar en algo que no le gustaba, había algo de lo que ella no parecía querer hablar. Y él tenía que respetar aquel silencio... Por el momento.

–¿Qué tal si pruebas el trabajo durante dos semanas? –le ofreció él.

Gina se lo pensó un rato.

–De acuerdo, dos semanas.

–Después podemos hablar de una posible renovación.

–Yo sólo estaba de paso, en serio –dijo Gina como si se estuviera advirtiendo a sí misma además de a él.

–Pues pasa caminando tranquilamente, así podrás ver más cosas a los lados del camino.

–Por lo que he visto hasta el momento este lugar merece ser recorrido con tranquilidad.

Nick estaba tan contento de haberla convencido de que se quedara dos semanas que no le importó que ella cambiara de tema.

Un rato después Nick abandonó la carretera principal para tomar un camino asfaltado que llevaba hasta una casa enorme de madera que se pudo ver durante unos instantes antes de que Nick apagara el motor y se quedaran completamente a oscuras.

Gina estaba estupefacta.

–¿Si esto es una casita de campo a qué llamas tú una casa? –Gina también pensó en cómo se las iba a arreglar para limpiar una casa tan grande.

Mi tatarabuelo construyó esta casa como residencia de verano y la gente de aquí siempre llama a ese tipo de residencias casitas de campo, independientemente de su tamaño –le explicó Nick.

Gina miró a su alrededor y observó lo aislada que estaba la casa.

–Ten cuidado, no te tropieces –le dijo Nick ante la irregularidad del camino y como excusa para poder satisfacer su creciente deseo de tocarla.

Gina tomó aire al sentir la mano de él sobre su brazo desnudo. Sentirle cerca le hacia sentirse tanto emocionada como segura, era una sensación contradictoria, o por lo menos extraña ¿Cómo podía un extraño transmitirle aquel sentimiento de seguridad?

Gina observó a Nick mientras éste abría la puerta. Quizá la atracción que sentía hacía él desaparecería al día siguiente. Quizá al día siguiente lo miraría y se preguntaría qué diablos había visto en él, aparte de que era muy guapo y tenía un cuerpo impresionante. Impresionante...

–Bienvenida a mi humilde morada –dijo él tras

abrir la puerta e invitarla a entrar mientras encendía la luz.

Gina lo siguió al interior de la casa, pasada la entrada giraron a la derecha y entraron en lo que parecía que era el salón. No pudo evitar mirar a su alrededor con curiosidad.

La casa estaba amueblada con muebles antiguos y buenos, pero un tanto descuidados. En un extremo del salón había una mesa con una televisión, vídeo y un equipo de música.

Gina volvió a mirar a Nick de arriba abajo, había algo en la casa que no concordaba con la primera impresión que había tenido de él, pero no sabía de qué se trataba y decidió que no era el momento de averiguarlo.

—¿Ahora entiendes por qué necesito un ama de casa? —dijo Nick rompiendo el silencio.

Gina se dijo a sí misma que sí, que era más que evidente.

—En el piso de arriba hay ocho dormitorios y un baño. Yo duermo en uno de ellos y uso el otro como estudio. También hay un dormitorio con baño en el piso de abajo, si quieres instálate allí.

Gina se quedó estupefacta ¿Ocho dormitorios y tan sólo un baño? Aquello debía haber sido motivo de muchos conflictos.

—Ven conmigo, te mostraré tu habitación.

Gina lo siguió. Atravesaron un arco que estaba a un lado del salón y entraron en la cocina.

—La cocina es un poco... —dijo Nick cuando entraron.

Gina frunció el ceño. Estaba claro a qué se refería. Aquella cocina parecía la foto del «antes» de un artículo sobre renovación de casas antiguas que había visto en el periódico el domingo anterior.

–Mi madre amenazó con tirarla abajo y remodelarla completamente, pero mi padre se negó en rotundo –le contó Nick–. Él solía decir que si a su padre le había valido, también le tendría que valer a él.

–Entiendo perfectamente a tu madre –dijo Gina.

–Bueno, ella obtuvo su revancha. Cuando se jubilaron y se mudaron a Florida me regaló la casa y a mí no me importa. Quiero decir que mi padre tenía algo de razón, mi tatarabuela solía cocinar aquí sin problemas.

–Tu tatarabuela tampoco conocía la penicilina, pero eso no quiere decir que le fuera mejor.

–Entonces, ¿no te gusta? –Nick miró a su alrededor algo preocupado y a Gina le dio pena. Probablemente no podía permitirse cambiar una cocina que parecía datar de la Segunda Guerra Mundial.

–Para el poco tiempo que voy a estar aquí me servirá perfectamente –dijo ella mientras miraba con dudas la antigua cocina de gas–. ¿Dónde está mi habitación? Ah, y también, ¿me podrías prestar un pijama?

La idea de imaginársela llevando su ropa hizo que todo su cuerpo temblara de emoción y Nick se dijo a sí mismo que debía controlarse si no quería que aquella mujer saliera corriendo en aquel mismo instante.

–Lo siento, yo no utilizo pijama, ¿te conformas con una camiseta de manga corta?

Gina tomó aire al imaginarse a aquel hombre dormido desnudo.

–Perfecto. Creo que me acostaré ya, sé que aún

no es tarde, pero llevo desde las seis de la mañana conduciendo y estoy cansada.

—Entonces, iré por la camiseta —después señaló el pasillo que estaba detrás de ella—. En el armario del baño puedes encontrar sábanas.

—Deja la camiseta sobre la mesa de la cocina —se apresuró a decir Gina, necesitaba estar sola para recuperar su tranquilidad mental. Lanzarse a vivir de verdad era mucho más cansado de lo que ella se había imaginado.

CAPÍTULO 3

GINA abrió los ojos y vio una pared de color mostaza. Frunció el ceño y se preguntó en qué tipo de hotel pintarían una pared de aquel color.

De repente se dio cuenta de dónde estaba ¿Estaba en la casa de Nick Balfour! Suspiró al ver que la silla que había puesto contra la puerta no se había movido ni un centímetro. Después de los comentarios de la camarera y del sheriff, estaba casi segura de que podía fiarse de Nick, pero le agradaba comprobar que no se había equivocado. Sobre todo después de averiguar que había ciertas personas a las que había juzgado muy a la ligera.

Había dejado su reloj sobre la mesita y se lo puso.

Eran las ocho y cuarto ¿Sería temprano o tarde? Frunció el ceño, no sabía qué tipo de horario solía tener una ama de casa, aunque sospechaba que Nick Balfour tampoco lo sabía.

Al recordar la imagen de aquel hombre tan atractivo, Gina se sonrojó, era un hombre peligroso...

Aunque ella no necesitaba ningún hombre, una relación era una complicación innecesaria. No tenía ni tiempo ni fuerzas como para afrontar algo así. Tenía que estar de vuelta en Illinois el diecisiete de enero. Pero hasta aquel momento estaba libre, libre para aprender aquellas cosas que sus amigas parecían saber de forma innata.

Además ya era hora de que ella experimentara un poco, pensó mientras recogía su ropa interior del radiador dónde la había dejado para que se secara tras lavarla en el lavabo la noche anterior.

No había tenido demasiadas citas durante los últimos cuatro años, la verdad era que nunca había tenido demasiada vida social.

Una sensación agradable le recorrió el cuerpo al pensar en poder experimentar con Nick.

Gina hizo una mueca mientras se ponía la ropa interior, estaba fría y algo húmeda aún. Lo primero que tenía que hacer era comprar algo de ropa.

Terminó de vestirse y salió de la habitación. Una vez fuera se paró para escuchar. Había un gran silencio. O Nick era una persona muy silenciosa o aún no se había levantado.

Gina se dio cuenta de que ya estaba levantado al entrar en la cocina y verlo de pie junto a la cocina, mirando por la ventana hacia el jardín.

No pudo evitar fijarse en lo anchas que eran sus espaldas, en sus fuertes brazos cubiertos de vello oscuro, en aquellas estrechas caderas y las musculosas piernas... Era tan alto, tan imponente, un escalofrío recorrió su espalda al imaginarse la sensación que le provocaría tocarlo, bailar entre sus brazos...

–Buenos días –dijo ella.

Él se giró sorprendido como si no se esperara que hubiera nadie en la casa.

A Gina le costó disimular la decepción que sintió al notar que en lugar de estar esperando que ella se levantara, él parecía haberse olvidado de su presencia. Y pensar que había colocado una silla en la puerta por si intentaba entrar... Por una vez quería que un hombre la mirara y sintiera un irresistible y primitivo deseo por ella... Sólo por una vez. Pero en su lugar tenía a un hombre que perecía estar tratando de recordar quién era ella.

Nick la miró fijamente, el repentino deseo que había sentido al verla aparecer había resultado inesperado. Se quedó mirando la suavidad del pelo castaño de Gina y sintió ganas de acariciarlo, de oler aquella dulce fragancia que recordaba de la noche anterior.

También sintió ganas de acariciar el resto de su cuerpo... Nick bajó la mirada y se fijó en sus pechos, parecían rogarle que los tocara, su cuerpo parecía pedirle que lo estrechara entre sus brazos.

Pero Nick se dijo a sí mismo que era imposible, él ya tenía una amante muy exigente, su profesión, la medicina. No tenía tiempo para dedicarle a ninguna mujer.

Frunció el ceño al recordar la única vez que había intentado mantener una relación mientras se entregaba a su trabajo. Las discusiones, las recriminaciones se habían repetido una y otra vez, no quería que algo así se repitiera nunca más. Había sido una lección dura de aprender, pero finalmente la había aprendido.

Nick se dijo que estaba viviendo algo poco habitual, tenía más tiempo libre del que nunca había tenido y Gina podía ayudarlo a llenar aquellos espacios vacíos, aunque no llegaran a tener una relación sentimental, siempre podían ser amigos y hacerse compañía el uno al otro durante el tiempo que ella permaneciera allí.

De repente se imaginó a Gina tumbada en su cama y mirándolo con coquetería. Apartó aquella idea inmediatamente de su cabeza.

—Buenos días —logró decir finalmente—. ¿Quieres café? Está allí —le dijo señalándole la cafetera.

—Gracias —dijo ella mientras se dirigía hacia la cafetera. De repente pudo oler la colonia de él y sintió ganas de besar sus labios, su calor. Gina se apresuró a apartar aquella idea de su cabeza mientras se servía una taza de café.

La verdad era que la atracción que sentía aquella mañana parecía aún más fuerte que la que había sentido la noche anterior. Pero la pregunta era qué podía hacer al respecto. Estaba bien que ella hubiera decidido que quería vivir una aventura con él, pero él también tendría que colaborar.

Gina decidió no preocuparse por lo que podía pasar y ocuparse sólo de lo que tenía que hacer por el momento.

—¿Ha llamado el sheriff? —le preguntó ella.

—No. Aunque no es de extrañar, no creo que se levante antes de las diez los fines de semana.

—La tranquilidad de vivir en una pequeña ciudad.

—Los seres humanos son iguales aquí y en las ciudades grandes sólo que aquí todo es más evidente.

—Me gustaría saber adónde se puede ir para huir del crimen ya que por lo visto las ciudades pequeñas tampoco son seguras. Todo este asunto le ha quitado totalmente el encanto a mi gran aventura.

—Dijiste que huías de tu hogar, ¿por qué? —Nick aprovechó el momento para satisfacer su curiosidad.

—¿Por qué qué?

—¿Por qué huyes de tu hogar?

—Porque prefiero vivir en otro lugar, ¿nunca has tenido ganas de dejarlo todo y buscar una nueva vida?

Nick frunció el ceño un poco.

—No, a veces he sentido ganas de que algunas personas desaparecieran de mi vida, pero yo nunca he querido salir en busca de otra.

A Gina aquello le resultó extraño. Nick le había perecido una persona fuera de lugar, una persona que no parecía congeniar con la idea de pasarse día tras día en aquella casa sin hacer nada. A Gina le parecía una vida terriblemente aburrida, ¿acaso él no anhelaba un cambio?

—¿Te gusta vivir aquí? —le preguntó ella.

—¡Estás de broma! ¡Esto me vuelve loco! Pero no puedo volver al trabajo hasta que no se me cure el brazo e incluso entonces tendré que hacer rehabilitación para recuperar la movilidad de los dedos. No podré volver a trabajar hasta dentro de un par de meses, quizá más...

Siempre que pudiera regresar a trabajar... A Nick lo asustaba la idea de que algún nervio hubiera resultado dañado y no pudiera volver a operar.

Se colocó el pelo con la mano sana y Gina no pudo evitar fijarse en lo suave que parecía su pelo negro y sintió ganas de tocarlo.

—¿Qué te rompiste exactamente? —le preguntó ella observando la escayola que le tapaba desde la muñeca hasta el codo.

—El radio —dijo él. No tenía ninguna intención de contarle que una bala le había roto el hueso en ocho trozos. Si le contaba aquello le tendría que contar muchas más cosas que no quería revelar.

—Ya veo —dijo Gina mientras se preguntaba qué habría hecho para romperse el brazo ¿Habría estado patinando? ¿Montando en moto? ¿Esquiando? Y a pesar de la enorme curiosidad que sentía no hizo ninguna pregunta más, la expresión en la cara de Nick dejaba claro que no serían bien recibidas. Así que a pesar de su intriga decidió cambiar de tema, no quería que él pensara que era una entrometida.

—Sobre este trabajo que ten generosamente me has ofrecido... —habló ella de nuevo.

—¡Generoso! Es un trabajo del que yo busco beneficiarme, si tuviera que pasar un día más mirando las paredes y preparando mi propia comida me volvería loco. Supuse que estarías dispuesta a quedarte en un lugar como éste porque necesitabas un techo.

—Podría haber recurrido a un motel —no pudo evitar corregirle.

—Por aquí no hay moteles, están llenos durante todo el otoño.

Gina hizo una mueca.

—Como te dije ayer prefiero pensar en esto como un trato que como un trabajo ¿Qué te parece si mantengo la parte de la casa en la que vives limpia y preparo dos comidas al día? Puedes elegir qué dos comidas quieres que te prepare. A cambio me darás cama y comida y me llevarás a hacer algunas compras esta mañana. También puedes dejarme el coche y así no tienes que llevarme tú.

—El acuerdo está bien, pero en lo que se refiere a dejarte a Octavius...

—Es sólo una camioneta.

Nick se encogió de hombros y la miró como si acabara de cometer la más terrible herejía.

–Octavius es un clásico, hace falta conocerlo bien. Yo te llevaré, la verdad es que no tengo nada más que hacer. Y prefiero comida y cena, yo me encargaré de mis desayunos.

–¿Tienes un horario?

–¿Un horario?

–Sí, ¿tienes que tomarte alguna medicina o algo parecido?

–No tengo ninguna infección y la fractura sólo necesita reposo.

Gina se quedó mirándolo estupefacta de nuevo, era increíblemente atractivo... Un instante después se obligó a abandonar las fantasías y poner los pies en la tierra.

–¿Te dijo el médico que hicieras ejercicio? –le peguntó ella para reanudar la conversación.

–¿Para curar un brazo roto?

–Necesitas hacer ejercicio.

–Hay una ley que prohíbe a la gente que no es médico practicar la medicina –odiaba perder el tiempo haciendo ejercicio cuando podía repasar sus últimos casos o leer revistas especializadas.

–El mal humor es una señal de aburrimiento.

–¡No estoy de mal humor! –Gina sintió ganas de borrar la seriedad de sus labios con un beso, pero se controló–. Tú mismo te has traicionado. Y para que lo sepas, Nick Balfour, el ejercicio lo cura todo hoy en día, ¿acaso no lees?

–¿Y tú te crees todo lo que lees? –le replicó él. Nick era incapaz de seguir enfadado ante aquella expresión llena de felicidad. Y más teniendo en cuanta que ella tenía razón. Estaba de malo humor porque se aburría terriblemente, la inactividad le frustraba, deseaba volver al hospital a operar.

Pero si no podía trabajar, prefería hacer cosas con Gina. Nick tomó aire al pensar en el tipo de cosas que le gustaría hacer con ella...

Se dirigió a la cocina y se sirvió otra taza de café para ocultar cómo su cuerpo estaba reaccionando ante ella. Si no tenía cuidado, terminaría asustándola y volvería a estar solo en aquella enorme casa.

Gina era la persona más interesante con la que se había cruzado desde hacía tres semanas, el tiempo que llevaba allí. No podía permitir que se fuera.

—¿No estarás insinuando que alguien es capaz de publicar algo que no es verdad? —los ojos azules de ella brillaban con intensidad y su boca sonreía de una forma que a él le hacía feliz. Sintió ganas de acercarla y estrecharla entre sus brazos, de besar aquellos labios y absorber su felicidad, su alegría, tan sólo estar cerca de ella parecía iluminar el día.

—¿No serás una de esas fanáticas del ejercicio, no?

—Yo hago las preguntas aquí, tú eres el enfermo.

—Yo no diría que romperse un brazo es lo mismo que estar enfermo, además, ¿nunca te han dicho que has de ser amable con la gente lesionada?

—Perdona, pero soy de las que creen en mantenerse firmes y seguir adelante —contestó ella mientras pensaba lo sumamente amable y cariñosa que le gustaría ser con él. Lo metería en la cama y le...

Estaba a punto de decirse a sí misma que debía dejar de soñar despierta cuando se dio cuenta de que no había razones para dejar de hacerlo. Si quería tener fantasías con Nick Balfour, podía tenerlas, de hecho si quería hacer algo más que fantasear con él también podía. Siempre que estuviera en Illinois para el comienzo de curso, podía hacer lo que quisiera. El problema era que estando cerca de él le resultaba difícil recordar cuáles eran sus planes de futuro. La fuerte personalidad de aquel hombre lo abarcaba todo.

—Deberías hacer una tabla de ejercicios suaves —insistió ella.

—Odio el ejercicio.

—La gente que hace ejercicio goza de mejor salud que los que no lo hacen.

—Ahora me hablas como a un niño.

—He intentado razonar como un adulto, pero tú no me escuchas.

—¿Y si haces ejercicio conmigo? —Nick se quedó mirándola a la expectativa. En cualquiera de los dos casos él saldría ganando, o abandonaba el tema o accedía a hacer ejercicio con él.

—¿Qué tipo de ejercicio? —le preguntó ella.

—Y yo que sé, tú eres la que insistes tanto.

Gina pensó en la incomodidad de hacer ejercicio y lo comparó con lo agradable que sería hacerlo acompañada de Nick y se decidió.

—¿Quizá podamos caminar un poco? Caminar es un ejercicio agradable.

—No para mí, pero supongo que podré aguantarlo.

—¿Duermes la siesta? —le preguntó para decidir cuál era la mejor hora para caminar.

—¿Una siesta? ¿Cuántos años crees que tengo?

—Dos años, más o menos, por lo menos actúas como un niño de dos años... Pero te referías al aspecto, ¿no es así? –le dijo Gina con una sonrisa que hizo que el mal humor de Nick desapareciera por completo.

Gina observó el brillo de los ojos de él y se alegró de que el imponente Nick Balfour fuera capaz de reírse de sí mismo.

–Creo que me lo estaba buscando –dijo él.

–Así es, ¿y qué hay del desayuno?

–Te he dicho que no hace falta que me prepares nada.

–Y no voy a hacerlo, voy a prepararme algo para mí.

–En realidad, no he estado desayunando nada, así que no creo que haya nada para comer.

Gina se mordió el labio y decidió no decirle lo que pensaba acerca de saltarse el desayuno, ya había sido suficiente por un día, lo dejaría para otro momento.

–Muy bien, si no tenemos nada para desayunar, ¿por qué no vamos a que yo me compre algo de ropa y a la vuelta pasamos por el supermercado?

–Muy bien.

Gina vio cómo vaciaba el contenido de la taza en el fregadero, la fregaba y la dejaba a secar. Estaba claro de que era un hombre ordenado, ¿se lo habría enseñado una mujer? Si era así no debía haber sido su mujer ya que la camarera del bar le había dicho que no estaba casado. Quizá tenía novia. Aquella idea no le gustó, pero tuvo que reconocer que el hecho de que la posible mujer que saliera con él no estuviera en aquella casa no quería decir que no existiera. Tal vez ella trabajaba. O tenía hijos que no podían dejar de ir al colegio.

Gina se preguntó cómo podría averiguar aquello sin preguntarle directamente, ella era libre de hacer lo que quisiera, pero no quería estropear la relación de otra persona, de repente tuvo una idea.

—¿Para cuántas personas he de cocinar este fin de semana? —intentó que la pregunta pareciera estrictamente profesional.

—Sólo para ti y para mí. Se supone que tengo que descansar completamente así que no le he dicho a nadie dónde pueden localizarme. Las visitas inesperadas suelen resultar agotadoras.

—Y las planeadas también —dijo Gina. Se esforzó por no mostrar la alegría que había sentido al saber que Nick no estaba comprometido con nadie. Las posibilidades se abrían ante ella.

Y de repente la vida parecía llena de promesas.

CAPÍTULO 4

NICK esperó a que Gina se abrochara el cinturón y después arrancó.

–¿Qué tienes que comprar?

Gina pensó en que todo lo que poseía en aquellos momentos era lo que llevaba puesto.

–De todo, ¿hay unos grandes almacenes cerca? ¿Y un supermercado quizá?

–Creo que podrás conseguir de todo en Vinton.

–Muy bien. A ver si terminamos con las compras por la mañana y así podemos salir a caminar un poco por la tarde.

Nick se quedó mirándola fijamente.

–¿No serás una de esas personas insistentes que no se rinden nunca?

–Espero no tener que serlo, y no lo seré si eres lo bastante listo como para darte cuenta de que es una idea bastante razonable.

–¿Desde cuándo piensas que yo soy una persona razonable? –le preguntó él–. Y sigo pensando que deberías dejar que yo te comprara la ropa.

–Y yo creo que no –Gina se negó en rotundo. No sabía si él podía permitírselo y además estaba decidida a relacionarse de igual a igual y si él le compraba la ropa ella le debería algo–. ¿Qué te parece si damos un paseo cuando yo termine de hacer unas llamadas?

–¿Qué llamadas tienes que hacer? –le preguntó Nick que sentía curiosidad por saber a quién quería llamar. Ella no había hablado de ningún hombre pero aquello no quería decir que no hubiera alguno con el que ella quisiera seguir manteniendo el contacto. Una mujer tan atractiva como Gina debía tener a algún hombre detrás de ella seguro. A Nick no le agradó la idea.

–Al sheriff, a la compañía de seguros y al banco –afirmó ella con un suspiro. Odiaba el papeleo y tenía la impresión de que para solucionar todo aquello tendría que rellenar muchos formularios–. Aunque puede que tenga suerte y que el sheriff me diga que ya han encontrado mi coche.

–Lo dudo –dijo Nick con sinceridad.

–Eres bastante directo. Bueno, ¿qué quieres comer?

–Comida.

–¿Puedes ceder un poco? Por lo menos di un tipo de comida.

–Odio el pollo y el tofu, me cuesta comer pescado y me gustan los postres, ¿es eso lo que querías oír?

–Sí, con eso sé que eres la pesadilla de cualquier experto en nutrición.

–¿Por qué dices eso?

–Porque el pollo, el pescado y el tofu son muy buenos para la salud y a ti no te gusta nada que sea bueno.

–Eso es una calumnia, tan sólo tengo claro lo que me gusta y lo que no y hasta ahora no he recibido quejas por parte del Ministerio de Sanidad.

Gina frunció el ceño y se quedó pensando en la palabra que Nick acababa de usar para negarlo todo. «Calumnia» no era una palabra de uso frecuente. Gina no recordaba habérsela oído a nadie, ni siquiera en la oficina donde había trabajado y donde había mucha gente bastante intelectual ¿Qué significaba aquello? Gina pensó que probablemente no significaba nada y que Nick seguramente sería un devorador de libros. El hecho de que ella no hubiera visto ninguno en la planta baja no quería decir que no pudiera haber toda una biblioteca en la planta superior.

Lo único que demostraba el uso que hacía del vocabulario era que había algo más detrás de Nick Balfour que lo que se veía a simple vista. Gina le miró detenidamente y se fijó en la forma en que los pantalones se ceñían alrededor de sus piernas. Estaba claro que Nick Balfour estaba lleno de encantos, algunos de ellos muy visibles...

La verdad era que el cuerpo de aquel hombre la fascinaba.

—Aquí podrás encontrar todo lo que necesitas —Nick hizo que Gina dejara de lado sus deseos y regresara a la realidad. Había aparcado en un aparcamiento al lado de un edificio rojo.

Apagó el motor, salió de la camioneta y le abrió la puerta a Gina.

Ella le sonrió. Aquella galantería pasada de moda le encantó. No estaba acostumbrada a que los hombres le abrieran la puerta del coche y no sabía cómo reaccionar. Así que se limitó a darle las gracias.

—Hace un día espléndido —dijo ella mientras ambos atravesaban el aparcamiento.

—Así es. En Chicago los días no parecen igual de maravillosos.

—¿Siempre has vivido allí? —le preguntó Nick.

—Sí, siempre he vivido a las afueras de Chicago, en la zona sur —Gina se detuvo y miró el plano de los grandes almacenes. La parte deportiva estaba a la izquierda.

—¿Adónde vas en primer lugar? —le preguntó Nick mientras la seguía.

—Voy a comprar un poco de ropa. No tardaré.

Y así fue, Gina eligió rápidamente dos pares de vaqueros, tres camisetas de manga corta y un paquete de calcetines blancos.

—¿Acaso no te lo vas a probar? —le preguntó Nick mientras la veía dirigirse a la caja.

—No, ya conozco estas marcas, sé que me quedarán bien.

Gina le dio la ropa a la dependienta y pagó con la tarjeta de crédito.

—¿Y ahora qué? ¿Un vestido? —le preguntó Nick. Tenía ganas de verla con un vestido sedoso, de color rojo tal vez... Un vestido corto e insinuante.

—No, sólo quiero ropa cómoda hasta que encuentren mi coche o la compañía de seguros me pague por lo robado.

Nick frunció el ceño, le hubiera gustado mucho verla con un vestido, pero sabía que si le ofrecía regalárselo ella se negaría. Por alguna razón Gina parecía no querer aceptar nada de dinero de él.

Nick la miró y la descubrió mirándolo. Ella se sonrojó aunque él no entendía por qué.

—¿Tienes que comprar algo tú? —dijo ella finalmente.

—No.

—Bien, ¿te importa entretenerte solo un rato?

–Me entretengo bastante contigo.

Gina se quedó perpleja. Aquel comentario parecía propio de alguien al que no le interesaba conocerla en el ámbito personal. O por lo menos aquello era lo que pensaba Gina. El interés por alguien y el entretenimiento estaban reñidos para ella. Pero como tenía poca práctica en el terreno sexual no podía estar segura. Aún así no iba a permitir que aquello la afectara, tendría tiempo de demostrarle a Nick que ella era una mujer muy sensual. Nunca había conocido a ningún hombre que le atrajera tanto como Nick.

–¿Qué va a ser lo siguiente?

–Voy a comprar ropa interior. Yo sola.

Nick tomó aire. La imagen de Gina probándose ropa interior era tentadora.

–¿Qué te parece si nos vemos en la puerta principal dentro de veinte minutos?

–Muy bien –contestó Gina.

A los veinte minutos ya había terminado de comprarlo todo y se dirigió a la puerta principal. Se detuvo en el escaparate de la perfumería y desde allí pudo verlo esperando en la puerta. Aprovechó el momento para mirarlo tranquilamente y con detenimiento. Era un hombre imponente y lo tenía todo para ella... Bueno, por lo menos durante un tiempo.

De repente una mujer rubia con unas piernas interminables se acercó a Nick. Gina estaba demasiado lejos como para oír lo que le decía, pero estaba claro que estaba coqueteando con él. A Gina le desagradó mucho ver aquello y fingió estar comprobando el mapa del centro comercial.

Intentó controlar la furia que sentía y se dijo a sí

misma que era ridículo. Que otras mujeres se acercaran a Nick era normal y además él no tenía que responder ante nadie, y menos ante ella. A pesar de aquellas palabras, no se sintió mejor, seguía furiosa y suspiró aliviada cuando Nick se apartó de la rubia.

Gina deseó que su enfado no se notara y se apresuró a acercarse a él antes de que cambiara de opinión respecto a la rubia.

–¿Ya has terminado?

–Sí –dijo Gina mientras miraba a la mujer rubia que fingía interesarse por el plano del centro comercial. A Gina le sorprendió notar que aquella mujer la miraba con envidia. Era la primera vez que alguien la envidiaba por su acompañante.

–¿Quieres uno? –le dijo Nick de repente mientras le ofrecía una bolsa de papel llena de bombones de chocolate.

Gina los miró y se dio cuenta de que los bombones eran de una marca muy cara. Tomó uno mientras se preguntaba por qué si tenía ganas de chocolate no se había comprado una chocolatina en lugar de aquel chocolate tan caro. Decidió no formular la pregunta. No era asunto suyo en qué se gastaba el dinero Nick.

–Muchas gracias, está muy bueno.

–No hay de que, he comprado más para más tarde.

–Pero si ahí tienes suficiente para esta semana y parte de la siguiente.

–El chocolate es muy bueno, produce las mismas endorfinas que se producen cuando estas enamorado.

–¿Ah, sí? –respondió Gina un tanto confundida.

Ella siempre había pensado que las endorfinas estaban relacionadas con el deporte y aquel comentario la sorprendió. También la sorprendió que Nick supiera algo así, y más teniendo en cuenta que no practicaba deportes. Sin embargo no se le ocurrió ninguna forma de averiguar cómo sabía aquello sin dejar ver que ella había pensado que era un ignorante. Aun así se propuso a sí misma explorar el resto de las habitaciones de la casa en cuanto pudiera y ver si tenía una biblioteca escondida en algún lugar.

—Ahora iremos al supermercado —dijo Nick.

Gina miró la hora y vio que eran las once y media. Si tenían suerte estarían de regreso en la casa a la una y tendrían el resto del día libre para hacer otras cosas. Un escalofrío le recorrió la espalda al pensar en las atractivas facciones de Nick; expresaban deseo, un deseo que tan sólo ella podía satisfacer.

—Deberías ponerte uno de los jerséis que compraste —dijo él al notar sus temblores—. Es mejor que no te resfríes.

De repente Nick se quedó mirándola y sintió un intenso deseo de estrecharla entre sus brazos, de sentir todo su cuerpo cerca de él.

—No creo en los resfriados, creo que solo son cuentos de hadas, o más bien de madres pesadas, como lo de: no andes descalzas que vas a enfermar.

—¿Eso es lo que te decía tu madre? —le preguntó Nick.

—No —se limitó a contestar Gina y se puso de mal humor. Su madre nunca se había preocupado por su salud, había estado demasiado ocupada representando el papel de inválida desvalida que no podía pensar en nadie más.

Nick frunció el ceño, y se preguntó qué habría dicho él como para hacerla cambiar de humor tan repentinamente. Nick tenía la sensación de que había algo negativo en su vida, pero no la conocía lo suficiente como para sacar el tema, tenía que darle tiempo, hacer que confiara en él, y entonces quizá podría averiguar de qué estaba huyendo y ayudarla.

Esperó a que Gina se pusiera el jersey y se sentara en el coche para arrancar el motor. Cinco minutos después llegaron al supermercado.

–Yo suelo comprar la comida aquí y el pan y la leche en la tienda al lado de casa –le dijo mientras aparcaba al lado de la puerta.

Gina pensó en lo que Nick acababa de decir, pensó en la palabra «casa» ¿Cómo sería tener un hogar y a alguien a quien amar? Alguien como Nick. Lo miró un momento mientras se acercaban a la tienda. Su imaginación era desbordante.

–¿Quieres algo en especial? –le preguntó Gina mientras empujaba el carrito.

–No me gusta el pollo.

–Eso ya lo sé, ¿y qué hay de las especies?

–Me gusta la canela, el jengibre, el clavo y la nuez moscada.

Él se acercó al carrito y colocó las manos junto a las de ella.

–Yo llevaré el carrito, tú encárgate de llenarlo.

El roce de sus manos hizo que Gina temblara ligeramente.

–¿Qué sueles cenar? –le preguntó ella intentando olvidar el incidente.

Gina volvió a intentarlo, quizá tenían razón aquellos que decían que la mejor forma de conquistar a un hombre era a través de su estómago. Aunque ella no pretendía conquistar a Nick, los planes de vida que tenía hacían que aquello fuera imposible. Sin embargo le agradaba la idea de que se fijara en ella durante un tiempo.

Nick pensó en su costumbre de cenar en el hospital antes de regresar a casa. No podía recordar lo que comía porque todo le sabía igual. Blando, muy hecho y sin sabor.

–Después del trabajo suelo cenar algo en la cafetería.

Gina se quedó pensativa. Si el lugar donde trabajaba tenía cafetería debía ser un lugar bastante grande. Quizá era una fábrica, había dicho que era técnico, pero no había dicho qué tipo de técnico. Ella estaba decidida a averiguarlo, iba a averiguar todo lo que pudiera acerca de aquel fascinante hombre antes de marcharse. Sin embargo no quería hacerle ninguna pregunta personal por el momento. El acuerdo que tenían era demasiado valioso como para arriesgarse a romperlo preguntándole algo de lo que estaba claro que no quería hablar.

–Tengo una idea –dijo ella–. ¿Qué te parece si diseño yo un menú y tú luego me dices si estás de acuerdo o no?

–Pero no prepares nada con pollo.

–Está bien –le dijo Gina mientras intentaba recordar platos que podrían gustarle a un hombre. Le había preparado la cena todos los días a su madre porque ella siempre decía que estaba demasiado débil para cocinar. Pero a su madre le gustaban las comidas ligeras, algo que no complacería al hombre que tenía delante.

Gina comenzó a meter cosas en el carrito, estaba deseando regresar a casa. Una vez que hubiera hecho la llamada que tenía que hacer, tendría el resto del día libre para hacer otras cosas.

De repente se sintió insegura, ¿quizá él no quisiera hacer nada con ella y era demasiado educado como para admitirlo?

Gina apartó aquella idea de su cabeza, no sabía si a Nick le gustaba o no, ambas posibilidades eran igual de probables. Actuaría como si fuera una persona interesante e igual él se lo creía, incluso ella podía llegar a creérselo.

Como había llegado a creerse los constantes comentarios de su madre acerca de su delgadez y su altura, ella siempre bromeaba diciendo que tenía una hija que parecía una jirafa. Sin embargo ella no era demasiado alta para Nick, era perfecta ya que él era sólo un poco más alto que ella.

Gina se olvidó de todo al acercarse a la caja registradora.

Llagaron a casa un poco antes de la una y después de una comida a base de sopa y bocadillos, Nick subió al piso de arriba y Gina se dispuso a limpiar la cocina.

Cuando él se fue ella le observó marcharse y tuvo la extraña sensación de que estaba escapando, pero enseguida se dijo a sí misma que aquello era absurdo y se propuso no buscar una segunda intención en cada cosa que él hiciera.

Cuando terminó de fregar la cocina, se dirigió al salón. Decidió llamar primero, después limpiaría un poco más. Y cuando Nick bajara le propondría dar un paseo, y si terminaba y él no había bajado lo iría a buscar. La idea de dar un paseo con él la llenó de alegría.

Pero aquella alegría desapareció en cuanto llamó a la compañía de seguros, cuando habló con el banco que había emitido sus cheques de viaje se enfadó aún más y cuando colgó definitivamente tras hablar con el sheriff, la tercera llamada, estaba realmente furiosa.

Nick se detuvo en la puerta del salón y frunció el ceño al ver la expresión enfurecida de Gina. Parecía que fuera a explotar en mil pedazos en cualquier momento.

–¿Algún problema? –le preguntó él.

–No, un problema no, muchos problemas.

–¿Qué ha pasado?

–¡Más bien debería preguntar lo que no ha pasado!

–Cuéntamelo y quizá pueda ayudarte.

Gina lo miró sorprendida, no le había contado sus problemas a nadie desde... Frunció el ceño mientras intentaba recordar. Desde que a su padre le habían diagnosticado cáncer. Comparado con los problemas de él, los de Gina se habían vuelto insignificantes y no había querido preocuparlo con ellos y su madre nunca se había interesado por sus cosas. Ni siquiera cuando Gina había sido una niña. Para su madre, ella era la única con derecho a tener problemas y desde luego la gente de su alrededor no tenía ni el más mínimo derecho a tenerlos.

–Soy un buen confidente –le dijo Nick de nuevo.

Gina estaba segura de que era bueno en muchas otras cosas, sin embargo confiarle sus problemas...

De repente se dio cuenta de que no tenía por qué ocultarlo, después de todo no eran problemas personales, quizá podría darle alguna solución.

—De acuerdo —dijo ella—. Tú lo has querido. En primer lugar la compañía de seguros dice que no me darán nada hasta que no pasen treinta días desde la denuncia o hasta que aparezca el coche destrozado.

—¿Te dijeron por qué?

—Me contaron algo sobre la cantidad de coches que después de ser robados aparecen al cabo de un par de días en perfecto estado.

—Entiendo que eso les haga esperar unos días, pero treinta días me parece excesivo.

—Eso es lo que le dije a la chica.

—¿Y qué te dijo ella?

—Que la compañía tenía ese acuerdo y que había otras compañías que esperaban incluso cuarenta y cinco días y que ella no decidía esas cosas.

—Y supongo que eso te hizo sentirte además de enfadada culpable por haberte enfadado con alguien que no tiene la culpa.

Gina asintió.

—Pero no sólo eso, en la cláusula de mi seguro dice que se cubrirán los gastos de un coche alquilado siempre que se presente una copia de la denuncia como mucho tres días después del robo. Así que cuando llamé al sheriff y le pedí que me mandara una copia de la denuncia me dijo que no estaba lista porque... ¡Porque su mujer estaba visitando a su madre!

Nick frunció el ceño.

—Supongo que Thelma ejerce de secretaria y escribe los informes a máquina.

—No lo sé, estaba demasiado enfadada como para

preguntar. Tenía miedo de que si gritaba, podría llegar a decir más de lo que debía y él tardaría más en hacerlo en represalia.

–¿Y qué hay del asunto de los cheques de viaje? –le preguntó Nick.

–Lo harán, pero para hacerlo necesitan la firma del director y el director no está los fines de semana.

–Ya te he dicho que estoy dispuesto a pagarte un salario.

–Y yo te dije que no quiero que me pagues nada, sólo quiero hacer un intercambio –dijo ella. Estaba decidida a mantenerse al mismo nivel que él. Si él la contrataba, ella no podría verle como un hombre atractivo y deseable, y quería hacerlo, aunque todavía no sabía cómo... No tenía la experiencia suficiente como para decirle directamente que le gustaba, además, si le hacía una proposición y él la rechazaba ella se sentiría avergonzada y además no podría permanecer en aquella casa.

–Pero lo peor de toco ha sido que no he podido localizar al abogado que administra los bienes de mi padre. Me dieron el teléfono de su casa, pero su mujer me dijo que acababa de salir, todo ha sido un desastre.

Nick se quedó mirándola fijamente.

–Necesitas relajarte un poco, el estrés no es bueno.

–Díselo a los que me lo han provocado.

–No puedes controlar la situación, pero sí tu reacción.

Gina cerró los ojos y los volvió a abrir.

–Eso intento decirme a mí misma, pero no me hago caso, sigo muy enfadada.

–Aprendí una técnica de relajación muy buena para momentos como éste, ¿quieres que te la enseñe?

–De acuerdo, estoy dispuesta a probar cualquier cosa.

Nick se acercó a ella.

–Primero inspira con la nariz y espira por la boca. No, así no –le dijo él cuando ella inspiró un poco–. Tienes que inspirar profundamente, tienes que llenar tus pulmones. Deja que te enseñe –Nick metió la mano por debajo de la camiseta de ella y la colocó por debajo de su caja torácica–. Vuelve a intentarlo. Esta vez tienes que inspirar de forma que hagas que mi mano se mueva.

Gina intentó prestar atención a lo que él le estaba contando, pero le resultó imposible, tan sólo podía pensar en aquella mano que le estaba tocando, que estaba haciendo que todo su cuerpo se encendiera de deseo.

Miró atentamente a un botón de la camisa de él para evitar pensar en nada más. Estaba claro que aquel gesto estaba provocando en ella una reacción que él no sentía, Gina incluso tenía miedo de hablar por si notaba algo ya que él hablaba con el mismo tono de siempre.

–Sigues sin inspirar lo suficiente.

–Perdón –dijo Gina concentrándose en la inspiración. Aquella vez logró que la mano de él se moviera un poco aunque sentir su mano la estaba volviendo loca. Gina se dijo a sí misma que si sentía aquello con tan sólo una mano, ¿qué podría llegar a sentir si hacían el amor?

–Eso está mejor, sólo necesitas un poco de práctica.

–De practica, sí –dijo Gina. En realidad ella estaba dispuesta a practicar cualquier cosa siempre que él la tocara de aquella manera.

–Tú practica la respiración un rato y yo preparé un poco de café.

Nick abandonó la habitación y deseó que aquella huida no fuera demasiado evidente. Cuando llegó a la cocina se apoyó en la encimera e intentó pensar en lo que acaba de pasar.

Él había querido calmar su enfado, había querido ayudarla a recuperar aquel buen humor que la había estado acompañando toda la mañana y por ello había decidido enseñarle la técnica de relajación.

Pero desde el momento en que la había tocado todo se había descontrolado y Nick no había podido evitar sentir un fuerte deseo de estrecharla entre sus brazos y besarla, quería hacer que se relajara, sí, pero de la forma más tradicional, haciéndole el amor. Lo único que había evitado que hiciera lo que más deseaba hacer había sido la posibilidad de que lo rechazara y saliera corriendo, ella podía pensar que aquello era parte del acuerdo y huir asustada.

Nick se dispuso a preparar el café e intentó analizar lo que había sentido al tocar a Gina. Jamás había sentido nada igual al tocar a una mujer, y tocaba a muchas en su trabajo. Cuando tocaba a alguna mujer en el hospital siempre lo hacía de una forma profesional, el deseo nunca aparecía ¿Por qué con Gina no sentía lo mismo?

Lo primero que pensó fue que Gina no era su paciente, aunque tampoco había sentido nada igual con otras mujeres que tampoco eran sus pacientes ¿Qué tenía Gina de especial?

Quizá sólo se trataba de un caso de hormonas, él era una hombre y Gina una mujer muy atractiva, muy, muy atractiva... Y estaba viviendo con ella, no era extraño que la deseara, no había nada de malo en ello... Siempre que recordara que no debía dejarse llevar por aquel deseo.

En un mes estaría de regreso en Boston para empezar la rehabilitación y después tendría mucho trabajo.

Siempre que su brazo se curara bien, que lograra recuperar la movilidad y no hubiera ningún nervio dañado. El miedo le invadió de repente, tenía que recuperarse porque si no...

Nick sintió un gran vacío al imaginarse la posibilidad de no poder volver a operar.

—Nick, te llaman por teléfono—dijo Gina de repente.

Nick se olvidó de aquella horrible posibilidad y después de encender la cafetera se dirigió al salón.

NECESITO hacer una llamada y después, ¿qué te parece si vamos a dar un paseo? –le dijo Gina a Nick cuando éste terminó de hablar.

De repente Nick se imaginó a Gina tumbada en su cama. No había duda, el ejercicio que él prefería era mucho mejor que el que proponía Gina.

Nick se puso tensó al ver cómo la delgada mano de Gina agarraba la taza de café, tenía unas manos preciosas... Sintió ganas de besar cada uno de sus dedos y de colocar la mano de ella sobre su pecho, pero no debía hacerlo. A pesar de que ambos eran personas adultas y libres para dejarse llevar por sus deseos, él sabía que hacer el amor con ella era una mala idea. Una muy mala idea.

Sin embargo sólo besarla no estaría mal, siempre que ella accediera, pero no había visto en ella ningún signo de que se hubiera fijado en él. Algo que a él no le sorprendía ya que ella había estado muy conmocionada por lo que le había pasado, tenía que darle tiempo para que se tranquilizara un poco y después podría intentar ver si ella estaba de acuerdo en que ambos se conocieran de una forma más íntima.

Tomó aire al ver como ella se acercaba la taza a

los labios y bebía un poco. Todo su cuerpo se acaloró al imaginarse aquellos labios cerca de su piel.

Nick se obligó a calmarse un poco.

—¿A quién tienes que llamar? —dijo él intentando olvidarse de las locuras que se le pasaban por la cabeza.

—Quiero volver a llamar al abogado que administra las posesiones de mi padre, quiero darle esta dirección para que me pueda mandar un cheque, así no tendré que preocuparme mientras la compañía de seguros cumple sus plazos. Aunque por lo menos la compañía tiene plazos, algo que el sheriff no parece ni saber que existe.

—Enfadarte más no va a solucionar nada.

—Quizá si le diera un buen empujón...

Nick la miró de arriba abajo.

—Probablemente ni lo notaría, teniendo en cuenta lo esbelta que eres y lo grande que es el sheriff.

A Gina le gustó cómo la había llamado, desde luego aquella palabra era mucho mejor que la que solía utilizar su madre. La palabra que había usado Nick le hacía pensar que era una mujer que podía resultar deseable.

Miró a Nick disimuladamente, su expresión era difícil de interpretar, no se podía saber lo que estaba pensando, no era un hombre que permitía que sus sentimientos se notaran. Era mejor así, pensó Gina, ya que le había obligado a ir de compras por la mañana y en aquellos momentos estaba a punto de arrastrarlo a dar un paseo.

Aunque el paseo le haría bien, y Gina tuvo que reconocer que a ella también le haría bien, le daría la oportunidad de intentar usar sus encantos para intimar con un hombre tan atractivo como Nick.

Gina sintió ganas de que aquel momento llegara y se apresuró a dejar la taza y a hacer la llamada.

–No creo que tarde mucho con la llamada –le dijo a Nick intentando que su tono de voz pareciera normal.

No quería que él se diera cuenta de lo mucho que le gustaba estar a su lado, si lo hacía, podría llegar a espantarlo y podría arrepentirse de haberla invitado a quedarse... Gina se estremeció. Aun así ella sabía afrontar la indiferencia masculina, tenía bastante experiencia en el tema, aunque lo que no podía aguantar era que un hombre la compadeciera.

Gina llamó al señor Mowbry y logró hablar con él. El abogado le comunicó que no podría enviarle el dinero porque su madre había interpuesto un recurso en contra de lo establecido en el testamento.

Gina hizo un esfuerzo por no enfadarse de inmediato y por no contarle al abogado lo que pensaba de su madre. No quería que sus asuntos de familia se hicieran públicos.

–¿Puede interponer un recurso?

–Puede hacer lo que quiera, supongo que lo que realmente quieres saber es si puede ganar –le dijo el abogado.

–¿Puede ganar?

–Lo dudo –dijo él–. Tu padre ya le dejó bastante a ella, es una pena que tú no llegaras a terminar tus estudios cuando él aún vivía –dijo con un tono de desaprobación–. Sé que le hubiera gustado mucho verte licenciada.

Gina se mordió los labios para no decirle que

probablemente tenerla en casa para que lo pudiera llevar al médico, leerle cuando él se quedó ciego había significado mucho más para él. Aquellas habían sido cosas que su madre había afirmado que no podía hacer porque la enfermedad de su padre la había dejado destrozada.

Al notar el tono de desaprobación del señor Mowbry, Gina se dio cuenta de que probablemente su madre habría hablado con él y se habría inventado una versión de los hechos donde ella seguramente representaría el papel de hija despreocupada y desagradecida.

Gina sintió una gran impotencia mezclada con furia, ¿por qué no tenía una madre normal? Una madre que aceptara a su hija como era en lugar de verla como alguien que tenía que estar sometida a su voluntad, y si no era así, ¿por qué otra gente no se daba cuenta de cómo era realmente su madre? ¿Por qué todo el mundo pensaba que era una pobre mujer que sufría a causa de una hija egoísta?

–Aunque yo no soy quien para juzgarla –dijo el señor Mowbry tras un largo silencio.

–Tiene razón –dijo Gina dejándose llevar por su enfado. Intentó tranquilizarse un poco antes de volver a hablar–. Su única función es asegurarse de que se cumpla la última voluntad de mi padre y parte de ella es darme el dinero que me corresponde.

–Tienes que entender que cumplir un testamento al que han interpuesto un recurso lleva su tiempo –dijo el abogado con suavidad. Gina estaba segura de que aquel hombre pensaba que su madre se había quedado corta al decir que ella era una persona poco razonable. Pero a Gina no le importaba, ella sabía

que tenía razón y estaba decidida a actuar en consecuencia. Su madre y el abogado iban a tener que
afrontarlo lo mejor que pudieran, los días de some-
terse a su madre habían terminado.

Quizá tenían razón los que decían que la verdad
hacía libre, en cuanto el médico de su madre le había asegurado de que estaba muy sana, Gina había
sentido como si le hubieran quitado un enorme peso
de encima. Nunca volvería a sentirse culpable por
su madre.

—No sólo necesito parte de ese dinero ahora, sino
que necesitaré más en enero para pagar mis estudios
—le advirtió Gina.

—Intentaré que el juicio tenga lugar lo antes posible pero...

—Puede contarle al juez para qué necesito el dinero y también puede contarle que mi madre quiere
evitar que termine mis estudios.

—¡Pero eso no es verdad! —afirmó el señor Mowbry.

—Entonces, ¿qué cree que está haciendo?

—Tu madre está preocupada de que vuelvas a ro-
dearte de mala gente y...

—¡Que vuelva!... Señor Mowbry, me temo que le
están engañando.

En lugar de enfadarse, el abogado se limitó a sus-
pirar.

—Tu madre me dijo que estabas muy enfadada y
que la culpabas por no haberse dado cuenta antes de
que tu padre estaba enfermo, pero si te paras a pensarlo te darás cuenta de que ella no tuvo la culpa.

Gina suspiró y se dio cuenta de que la batalla estaba perdida. Nunca sería capaz de desenmascarar
las mentiras de su madre, era absurdo intentarlo.

–Señor Mowbry, le daré hasta finales de septiembre para que consiga una fecha para el juicio y si para entonces aún no la ha conseguido, buscaré otro abogado. Uno que sepa defender mis intereses, no los de mi madre.

–Creo que...

–Eso es todo, volveré a llamarlo dentro de un par de días.

Gina colgó el teléfono y sintió ganas de ponerse a gritar.

–Deja que lo adivine –dijo Nick–. ¿El abogado se estaba comportando como lo que es, un abogado, no es así?

–Como un abogado estúpido –replicó ella. Durante unos segundos Gina sintió ganas de hablarle a Nick sobre su madre, sobre sus mentiras... Pero enseguida cambió de opinión. Probablemente no la creería, nadie la creía.

–¿Puedo ayudarte en algo? –le preguntó él deseoso de hacer algo que calmara un poco su enfado.

–No –le dijo ella con una sonrisa–. Nada excepto un milagro puede hacer que los juicios se celebren rápidamente, y como las cosas son así me niego a enfadarme por ello.

Nick sonrió.

–Es una buena idea, ¿podrás conseguirlo?

–Sí –dijo Gina mientras asentía convencida, estaba decidida a no ponerse de mal humor de nuevo. Tal vez las mentiras de su madre le hubieran arruinado su vida pasada, pero no iba a permitir que también empañaran su futuro–. El ejercicio me ayudará a olvidarme de todo.

–¿Hasta dónde vamos a caminar? –le preguntó Nick mientras se dirigían a la puerta trasera.

–No demasiado lejos –contestó Gina mientras olía la fresca fragancia del campo. Aquel olor siempre la tranquilizaba–. Quiero volver a tiempo para limpiar un poco y hacer la cena.

–¿Y cuánto es eso?

Gina se quedó pensativa.

–Una vez leí en una revista que todos deberíamos ser capaces de caminar casi cinco kilómetros en cuarenta minutos.

–Necesitamos un aparato de ésos que miden la distancia.

–Lo que necesitamos es un poco de perseverancia, no importa la distancia que recorramos, lo importante es que hagamos ejercicio ¿Qué tal si caminamos veinte minutos y luego volvemos?

–De acuerdo, ¿y si hacemos unos estiramientos antes?

–¿Estiramientos? –Gina lo miró perpleja. Se quedó mirándolo y no pudo evitar imaginarse aquel musculoso cuerpo con el torso desnudo y haciendo estiramientos... Era una imagen muy perturbadora.

–La gente estira para no sufrir calambres en los músculos –Nick parecía no haber notado su perplejidad.

–Yo no tengo músculos así que tampoco tengo calambres.

–Todo el mundo tiene músculos.

–Sí pero hay una pequeña diferencia entre los músculos que tienen algunos con los de otros... Bien, ¿conoces algún ejercicio para estirar?

–Unos cuantos, también podríamos calentar caminando despacio y después cada vez más deprisa.

–Muy bien, empezaremos despacio e iremos cada vez más deprisa.

Gina pensó que lo que realmente deberían hacer era comenzar con un beso y después ir avanzando... Se quedó mirando los abdominales de Nick y un escalofrío le recorrió la espalda. Después se dijo que no debía hacerlo, que no debía mirarlo de aquella manera.

–Yo controlaré el tiempo –dijo Nick mientras miraba su reloj–. Pondré la alarma para que nos avise cuando tengamos que regresar.

Gina se fijó en el reloj de oro y con correa de cuero. Parecía antiguo y muy caro.

–Ese reloj no parece tuyo –le dijo ella mientras aceleraba el paso para alcanzarlo.

–¿Por qué no?

–Dijiste que eras técnico, y a los técnicos les gusta estar a la última en tecnología así que esperaba que tuvieras un reloj digital, el último modelo.

Nick frunció el ceño, no quería contarle la verdad. Y la verdad era que un reloj de agujas era mejor para tomarle el pulso a alguien.

–Me gusta éste, tiene todo lo que necesito.

–¿Qué tipo de técnico eres?

–Arreglo maquinas que funcionan mal –le dijo repitiendo las palabras de un profesor de la facultad que había dicho que el cuerpo humano era una de las máquinas más maravillosas.

–¿Te gusta tu trabajo?

–Me encanta, me hace feliz.

–Tienes suerte de haber encontrado algo que realmente te gusta, a mí me encantaría trabajar con niños con problemas de lectura.

–¿Quieres enseñar a los niños que no saben leer?

–Hoy en día hay pocos niños que no sepan leer, pero hay muchos niños disléxicos. A este tipo de niños les cuesta mucho leer. Yo quiero trabajar con esos niños.

Nick la miró fijamente y vio el brillo de sus ojos, el entusiasmo con que hablaba del tema. Enseguida se dio cuenta de que sería una profesora maravillosa. Una mujer paciente y cariñosa, una mujer dedicada y muy motivada en su trabajo.

–Serás una profesora estupenda.

–Gracias –dijo Gina un tanto sorprendida por aquel comentario. Todo el mundo con quien había hablado del tema le había dicho que iba a ser un trabajo muy frustrante y que enseguida se cansaría. Nick era la primera persona que había respetado su decisión y la había animado a ello.

Aquello la llenó de placer.

–¿Con qué edades piensas trabajar?

–Con los más pequeños, en la etapa infantil. Cuanto antes se trabaje el problema, mayor será la posibilidad de solucionarlo. Cuando están en el colegio es muy difícil cambiar sus procesos de lectura.

Gina estaba tan absorta en lo que le estaba contando que no miró por dónde pisaba y se tropezó con una piedra, antes de caerse buscó algo para apoyarse y encontró el brazo de Nick. Lo agarró con fuerza y notó que a pesar de que no hacía ejercicio estaba en muy buena forma.

Nick usó su brazo malo para ayudarla a recuperar el equilibrio.

—¿Estás bien? —le preguntó después.

Gina miró hacia arriba y pudo ver una pequeña mata de vello negro que asomaba de su pecho ya que llevaba el último botón de la camisa desabrochada. Se estremeció al pensar en el placer que le provocaría dejar que sus dedos juguetearan con aquellos rizos.

—¿Gina? —repitió él.

—Sí, estoy bien —dijo ella mientras se apresuraba apartar la mirada—. Sólo me he tropezado y he perdido el equilibrio. Estuvo a punto de decir que casi pierde el poco sentido común que le quedaba pero se calló.

—Quizá la próxima vez deberíamos caminar por la carretera —sugirió Nick. Gina lo miró fijamente. Los ojos de Nick brillaban como si fueran dos velas en la oscuridad—. Aunque por la carretera pasan coches y son mucho más peligrosos que las piedras en el camino.

Gina dejó de mirarlo a los ojos para mirar su boca, el movimiento de sus labios la dejó fascinada y no podía apartar la mirada de aquellos labios perfectos y tentadores ¿A qué sabrían? ¿Qué sentiría si los besara?

Gina se quedó sin respiración a medida que la boca de él se acercaba hacia ella. Podía sentir su aliento, sintió el calor de los labios de él acariciar los suyos y la sensación hizo que se sobresaltara.

—¿Mejor? —le preguntó Nick.

En realidad lo que Gina sentía era una gran frustración, no deseaba un beso superficial, quería que él la besara de verdad, que la estrechara entre sus brazos con fuerza.

Sin embargo él no parecía querer lo mismo o lo habría hecho. Aquello la entristeció, pero no quiso desanimarse. Se suponía que estaban haciendo ejercicio y aunque aquel beso había parecido uno inocente entre amigos por lo menos era un comienzo, podía convertirse en mucho más, aún tenían tiempo. Tendría que esperar semanas para solucionar lo del coche.

—Quizá deberíamos ir a la ciudad y andar por las aceras —sugirió Nick.

—Conducir hasta un lugar para hacer ejercicio es de tontos —Gina intentó que su tono de voz fuera normal, no quería que él notara lo mucho que aquel beso la había afectado.

—La lista de tonterías que se hacen hoy en día es interminable. Hace tiempo la gente hacía suficiente ejercicio en su vida diaria.

—He estado en un par de museos donde se podía ver a gente sacar agua del pozo, cortando leña y cocinando en una hoguera —dijo Gina mientras se encogía de hombros—. Yo no quiero vivir de aquella forma.

Nick tosió.

—¿Acaso no te gusta la aventura?

—Prefiero una aventura razonable ¿Hasta dónde llega este bosque?

—Recorre muchos kilómetros aunque a mí me pertenece sólo un poco, el resto es de la ciudad —de repente el reloj de Nick sonó—. Es hora de volver.

Gina se giró.

—Deberíamos caminar más deprisa.

—Pero el terreno no es muy bueno, tú ya te has tropezado una vez.

–Pero las vistas merecen la pena, apuesto a que dentro de unos días, cuando las hojas se hayan caído, seguirá estando precioso.

–Pero entonces no se podrá caminar por aquí.

Gina esperó a que Nick se explicara y cuando no lo hizo le preguntó:

–¿Por qué no?

–Porque empieza la época de caza y te pueden disparar.

–¿Disparar? –Gina lo miró estupefacta–. ¿Qué tipo de caza hay en este lugar?

–Los que dan problemas no suelen ser los cazadores, sino los inútiles que disparan a todo lo que se mueve y luego miran si era un animal o no –aunque no sólo en los bosques había locos disparando a cualquier cosa, se dijo Nick.

–Así que este lugar no es seguro.

–No hay ningún lugar seguro –dijo Nick y Gina tuvo la sensación de que estaba hablando de otro tema.

Lo miró unos instantes y se quedó muy sorprendida, era como si Nick de repente hubiera puesto un cartel de prohibido el paso y ella no estaba preparada para enfrentarse a aquel estado.

Suspiró y siguió caminando a su lado.

–¿Quieres que limpie primero el piso de arriba? –le preguntó una vez que llegaron a la casa.

–No, tengo que hacer cosas en el estudio. Empieza por el piso de abajo.

Gina se dijo a sí misma que Nick también le estaba pidiendo que no lo molestara.

–De acuerdo –dijo obligándose a sonreír–. Limpiaré el baño y tu cuarto mañana por la mañana.

–Muy bien, sólo te pido que no limpies el estudio. Me gusta mantener las cosas como están, si no, no encontraré nada.

–¿Has oído hablar de los archivadores?

–Tengo un sistema que funciona muy bien, voy a preparar café, ¿quieres un poco?

–Tomaré uno más tarde.

Gina le sonrió y salió de la cocina. Ella quería estar con él, pero no quería que él pensara que quería algo más de él, o que le gustaba. Aunque en realidad le gustara. Aunque... Gina recordó la forma en que él se había apartado de ella durante su paseo. Quizá se había debido a la forma en que ella había reaccionado a su beso, quizá era una forma de decirle que no se hiciera ilusiones...

Gina se sintió avergonzada, pero no tardó en darse cuenta de que en realidad no sabía cuál había sido la razón, tal vez no tenía nada que ver con ella, tendría que tener mucho cuidado para que él no se diera cuanta de lo mucho que la afectaba su comportamiento.

CAPÍTULO 6

ASÍ QUE estabas aquí.

Gina dejó de fregar los platos, se giró para mirarlo y se quedó maravillada. Llevaba un jersey azul que le sentaba muy bien, era un hombre increíblemente atractivo y era un milagro que no tuviera pareja, debía tener práctica en deshacerse de mujeres.

A ella no tendría que decirle nada, tal vez le gustara, pero no quería tener una relación seria con él ya que a principios de enero tenía que estar en Illinois.

Por primera vez la idea de volver a estudiar no la llenaba de entusiasmo y aquello la preocupó.

–¿Te has intoxicado con los productos de limpieza? Estás muy pálida.

Gina se sintió decepcionada, por una vez deseaba que un hombre la mirara y se sintiera terriblemente atraído por ella, aunque aquello era igual que desear que le tocara la lotería.

–Lo único que he estado usando ha sido jabón porque en esta casa no parece haber otra cosa.

–Sí, bueno... Ya se me estaba olvidando por qué te estaba buscando. Te llaman por teléfono.

A Nick le resultaba extraño, pero cuando se acercaba a aquella mujer todo lo demás se le olvidaba y sólo podía pensar en ella. Nunca le había pasado aquello con ninguna otra mujer y estaba preocupado. Aunque se dijo a sí mismo que no debía preocuparse ya que Gina no tendría ninguna intención de tener una relación seria con él ya que en enero comenzaba a estudiar.

—¿Una llamada? ¿Sabes quién es? —le preguntó ella mientras se dirigía al salón.

—No me han dado ningún nombre, pero es una mujer.

Gina se quedó helada durante unos segundos, pero intentó no dejarse llevar por el miedo, su madre no sabía dónde estaba. Probablemente sería la mujer de los cheques de viaje.

Gina tomó aire y habló por el auricular.

—¿Dígame?

—Gina, cariño, ¿quién es ese hombre que ha contestado el teléfono?

Gina sintió cómo se quedaba pálida y se quedó mirando la pared del salón con la mirada perdida.

Después se dijo que era una mujer adulta e independiente y perfectamente capaz de hablar con su madre, pero las repentinas náuseas y el zumbido en su oído le hacían darse cuenta de que su cuerpo no pensaba lo mismo.

Nick frunció el ceño cuando vio a Gina palidecer por momentos ¿Con quién estaría hablando? ¿Sería la señorita del banco para decirle que no podría recuperar su dinero? Pero una noticia como aquélla no podía afectarla tanto. Estaba muy seria y muy tensa, tanto que parecía que iba a romper el auricular con la mano.

—¿Algún problema?

Gina se sobresaltó como si se le hubiera olvidado por completo que Nick estaba allí.

Tapó el auricular.

—No, todo está bien —le contestó.

Nick reprimió el impulso de estrecharla entre sus brazos y decirle que todo iba a salir bien, que él la protegería. La forma en que se comportaba lo dejaba todo claro, quería estar sola.

—Estaré en la cocina por si me necesitas —le dijo él y se fue.

Gina esperó a oír cómo la puerta de la cocina se cerraba y después reanudó la conversación.

—¿Qué quieres, madre?

—Quiero que me contestes —exigió Helen—. ¿Quién es ese hombre que ha contestado el teléfono y qué estás haciendo con él?

—¿Quién te ha dado mi número de teléfono?

—El abogado, le dije que tenía que ponerme en contacto contigo porque mi corazón está cada vez peor y él me lo dio.

—Está claro que debes estar bastante peor si necesitas llamarme aquí —se esforzaba por mantener la calma, ella sabía, por experiencia, que siempre que se enfadaba su madre se aprovechaba de ello—. Dime una cosa, ¿no has pensado en ir al psiquiatra para que te diga por qué necesitas controlar a la gente que afirmas querer?

—Nunca pensé que podías llegar a ser tan mala como para dejarme —su madre emitió un sollozo, aquellos sollozos que Gina conocía tan bien, era un recurso que solía usar a menudo con Gina y con su padre.

—No creo que debas ponerte así, no conseguirás

nada. Es más, creo que esta conversación no tiene sentido, no quiero hablar contigo.

–Soy tu madre y te necesito.

–No es una relación beneficiosa ni para mí ni para ti, me pondré en contacto contigo más adelante –dijo Gina deseando que quizá cuando llegaran las navidades podría ser capaz de hablar con su madre sin enfadarse al recordar los años que había desperdiciado por ella.

–¡No me has dicho quién es ese hombre! –le repitió su madre–. Parece demasiado sofisticado para alguien cono tú. Quiero decir que yo te quiero, cariño, pero incluso yo que soy tu madre he de reconocer que no eres nada atractiva y que...

Gina colgó con suavidad y se quedó mirando la pared durante unos instantes mientras intentaba tranquilizarse. Su madre estaba enferma, no decía las cosas con maldad, aunque tampoco eran necesariamente verdad. Estaba claro que ella no era de aquel tipo de mujeres que vuelven locos a los hombres, como tampoco tenía el aspecto de muñeca rubia delicada de su madre que hacía que los hombres quisieran protegerla. Pero aquello no quería decir que no tuviera ningún tipo de atractivo, lo único que tenía que aprender a potenciar los atractivos que tenía. Y estaba dispuesta a hacerlo. Ya no tenía que ocuparse de su madre y estaba dispuesta a sacar el máximo partido de su feminidad.

Gina asintió con la cabeza muy decidida. Era el momento de empezar, y lo haría con Nick, estaba claro que él no parecía actuar como si ella fuera irresistible, se estremeció al recordar el beso que le había dado en el bosque. Aunque desde entonces no la había tocado y no había hecho ningún comentario sobre el tema, ¿acaso aquel beso le había hecho darse cuenta de que no quería nada más con ella? Frunció el ceño.

—¿Malas noticias? —preguntó Nick.

Gina se giró y vio a Nick en la puerta.

—No, no es grave, sólo un pequeño malentendido.

—¿Puedo hacer algo para ayudar? —se ofreció él más aliviado al ver que Gina ya no estaba tan pálida.

Gina pensó que no podría ser de mucha ayuda a no ser que conociera a un psiquiatra en Illinois para que viera a su madre, alguien que lograra convencerla de que tenía un problema.

—No, gracias —quería cambiar de tema y miró a su alrededor en busca de algo que hacer ya que había terminado de limpiar, pero no vio nada para entretenerse—. ¿Tienes alguna afición?

—No tengo tiempo para aficiones, normalmente trabajo mucho.

—Bueno, ahora es un buen momento para descubrir alguna —propuso ella muy animada—. ¿Qué te gustaría hacer?

Nick pensó que lo que le gustaría hacer sería tomarla entre sus brazos, llevarla a la cama más cercana y hacerle el amor durante toda la noche. Se la imaginó sonrojada, con la respiración entrecortada y los pezones erguidos... Tuvo que apartar aquella idea de su cabeza de inmediato ya que su cuerpo estaba empezando a reaccionar.

Después se preguntó qué le estaba pasando, se estaba obsesionando con el cuerpo de Gina, necesitaba centrarse en otras cosas de ella. Era menos arriesgado.

–Debe haber algo que te guste hacer –volvió a hablar ella. No iba a dejar que los silencios de él la desanimaran. Tenía que buscar algo que hacer con él, algo que le diera la oportunidad de explorar su capacidad de relacionarse con el sexo opuesto.

–Fue idea tuya así que elige tú algo –dijo él.

–De acuerdo, lo haré –Gina vio el periódico y decidió echarle un vistazo.

–Si buscas cine o teatro no lo hagas en esta ciudad porque no los hay, tendríamos que ir a Vinton –le dijo Nick. Ella frunció el ceño.

–No estaba pensando en ir al cine, estaba mirando los acontecimientos que van a tener lugar. Aquí está.

–¿Hay una sección que informe de eso en una ciudad tan pequeña como Wellingsford?

–Por supuesto Hay dos posibilidades, una conferencia en la biblioteca esta tarde acerca de cómo mejorar el cociente intelectual de tu hijo y una clase de baile de salón mañana por la noche en el Ayuntamiento –le dijo intentando que la emoción que sentía al imaginarse bailando entre sus brazos no se notara.

–Los niños ya son suficientemente listos.

–Aun así parece una charla interesante, me pregunto si el conferenciante tendrá alguna idea que pueda ayudarme con mis alumnos.

–Averigüémoslo –dijo Nick mientras miraba la hora–. Tendremos que darnos prisa si queremos llegar a tiempo.

Gina se levantó de repente.

–¿Puedes prestarme papel y bolígrafo para tomar apuntes?

–Iré arriba por ello, ¿por qué no compruebas que la puerta trasera esté cerrada mientras yo subo?

–De acuerdo –Gina se dirigió a la cocina y comprobó que la puerta trasera estuviera cerrada. Hacerlo le provocó una extraña sensación, como si Nick y ella fueran una pareja que compartían las labores de la casa antes de salir a divertirse. Como si ir a una conferencia pudiera considerarse como algo divertido.

Gina sonrió. En realidad cualquier cosa que hiciera con Nick Balfour resultaba divertido, era el hombre más interesante que había conocido nunca, y aunque no había conocido a muchos siempre había sido muy observadora y Nick era único.

Fue a su cuarto para tomar unos de sus nuevos jerséis y regresó al salón. Nick estaba esperándola en la puerta y ella disminuyó el paso. Él estaba sujetando la puerta y ella se dispuso a salir, pero se detuvo al sentir que él la agarraba del hombro.

–Espera un momento –dijo él de repente–. Tienes algo en...

Gina se puso tensa al sentir los dedos de él detrás de su cuello, eran suaves y delicados y aquello hizo que le recorriera un escalofrío por la espalda. Sintió como los dedos de él se metían por su cuello y ella tuvo que intentar pensar en otra cosa y no olvidarse de respirar, pero la colonia de él lo hacía cada vez más difícil.

–Ya está –dijo él mientras le mostraba la etiqueta–. Se te olvidó quitarla.

–Gracias...

–No hay de qué –dijo Nick mientras salían de la casa.

No tardaron en llagar a la biblioteca y Gina se quedó muy impresionada al ver la cantidad de coches que había en el aparcamiento.

–¿Sabes quién da la conferencia? –le preguntó Nick.

–En el periódico ponía que lo daba una psicóloga que tiene una consulta privada en Vermont.

–Me pregunto a qué se debe que sea una experta en cociente intelectual.

–Quizá le interese el tema, la sabiduría no se mide siempre por los estudios que tienes.

–Es verdad, pero sigo pensando que los padres deberían dejar que los niños fueran niños y no pretender convertirlos en pequeños genios.

Gina lo miró sorprendida y pensó que quizá a Nick no le gustaba la idea porque él mismo había vivido la decepción de sus padres. Pero como no se sentía capaz de preguntárselo directamente decidió dejar el tema y ambos entraron en la biblioteca. La habitación de la conferencia no era demasiado grande y estaba llena de gente. Nick saludó a varias personas mientras se dirigía hacia un par de asientos vacíos en el fondo.

Gina se detuvo al ver al sheriff sentado en mitad de la sala. Agarró a Nick del brazo para decírselo.

–Nick, ahí está el sheriff, quizá tenga noticias del coche.

–No lo creo.

–¿Ni siquiera lo dudas?

–No, seguro que no tiene ninguna noticia.

–Eres muy pesimista, voy a preguntarle –Gina saludó al sheriff con la mano y éste se levantó y se dirigió hacia ella.

—¿Ha sabido algo del coche, señorita Tessereck? —le preguntó Mygold.

Gina frunció el ceño mientras Nick fingía toser para evitar una carcajada.

—Eso es lo que quería preguntarle yo a usted, sheriff.

—Pensé que quizá la policía de tráfico la había llamado directamente. Aunque no suelen darle mucha importancia al robo de coches, si la hubieran secuestrado a usted habrían reaccionado con más eficiencia.

—Qué tonta he sido, no pensé que algo así podría ayudarme a recuperar el coche, si no lo habría hecho.

—Es por la prensa —le explicó Mygold muy serio—. Un secuestro o un asesinato sale en primera página y un robo sin embargo no.

—He de decir que desde el punto de vista de la que lo sufre, un robo ya está bastante bien.

Mygold le sonrió un poco y regresó a su asiento ya que acababa de aparecer una mujer en el estrado.

—Pensé que iba a darme palmaditas en la espalda y decirme que una chica tan bonita como yo no debía preocuparse por cosas así —susurró Gina muy enfadada a Nick una vez que se sentaran.

Nick le dio un par de palmaditas en la espalda.

—Una chica tan bonita como tú no debería preocuparse por cosas así —dijo él en tono burlón.

Gina se puso nerviosa al sentir la mano de Nick tocándola, estaba claro que cuanto más tiempo pasaba cerca de él, más la afectaba su presencia.

Lo miró y notó el brillo burlón de sus ojos. Ella no tenía ganas de reír y tomó aire lentamente en un intento por relajarse. Estaba claro que el simple hecho de que él la tocara hacía que todo su cuerpo se encendiera como una llama, pero aquello no se convertiría en un problema siempre que se asegurara que Nick no se daba cuenta de lo mucho que le afectaba cualquier roce de su piel con la de él. Estar cerca de Nick exigía cierto grado de sofisticación y ella iba a tenerla aunque tuviera que controlar una tormenta para conseguirlo.

—Quizá no te des cuenta pero estás al borde del precipicio.

—Y creo que la pendiente es mucho más pronunciada de lo que parece.

Una voz delante de ellos pidió silencio y a Gina le alivió poder dejar la conversación con Nick. Quizá si prestaba mucha atención a la conferencia, podría olvidarse de la atracción que sentía por él durante unos momentos y así tranquilizarse un poco.

Abrió la libreta y esperó a que terminaran de presentar a la doctora Anderson, la conferenciante.

Gina se quedó estupefacta al ver a una mujer levantarse y dirigirse hacia el estrado. Se trataba de la doctora Anderson y ¡era una mujer despampanante! Una mujer de las que los hombres se quedan mirando sin poder apartar la mirada. Gina miró a Nick de reojo, él la estaba mirando con una expresión indescifrable, era imposible darse cuenta de nada de lo que estaba pensando. Quizá no le gustaban las mujeres rubias de piernas interminables y con trajes de seda negros. Un traje de seda negro que resaltaba su esbelta figura y dejaba al descubierto sus interminables piernas.

La doctora Anderson no tenía que preocuparse

por su cociente intelectual, pensó Gina, tan sólo por estar allí conseguiría que nueve de los diez hombres que la mirasen le ofrecieran cualquier cosa que pidiera.

Se arrepintió de pensar algo así, no era culpa de ella tener aquel aspecto, merecía ser respetada por sus ideas y no sólo por su aspecto.

Se obligó a prestar atención a lo que decía en lugar de fijarse en su aspecto. Algo que le resultó difícil de hacer desde el momento en que ella se fijó en Nick, porque parecía hablar sólo para él.

Gina se movió incómoda. Lo peor de todo aquello era que había sido idea suya ir a aquella conferencia, si hubiera sido por él ambos estarían en la casa haciendo... ¿Haciendo el qué?

De repente se imaginó a Nick encima de ella con una mirada llena de deseo y una sonrisa muy sensual. Gina intentó calmarse y no dejarse llevar por su imaginación, a pesar de lo placentera que resultaba la idea. Tenía que prestar atención.

Sin embargo el escuchar las teorías de la doctora Anderson sólo le sirvió para darse cuenta de que no estaba de acuerdo con ella, sus ideas parecían tan insensibles...

Se sintió aliviada cuando la gente empezó a aplaudir al final de la conferencia.

–¿Alguien quiere hacer alguna pregunta? –preguntó ella con una sonrisa benevolente.

Gina pensó cómo se le había ocurrido asistir a una conferencia en la que la doctora parecía pensar que los niños eran objetos inanimados.

De repente se sorprendió al ver que Nick alzaba la mano.

–Sí –dijo la doctora Anderson con una de sus más espléndidas sonrisas.

–¿Qué evidencia tiene de que el cociente intelectual del niño se define a la edad de dos años? –le preguntó Nick.

–Durante mi larga experiencia en este campo me he dado cuenta de que los intentos de elevar el cociente intelectual del niño después de los dos años suelen fracasar.

–¿Es consciente de que su afirmación contradice los últimos descubrimientos hechos en el campo neurológico? Sobre todo uno de los más famosos, el estudio realizado por Barton y Slycovski.

Gina se quedó perpleja y se preguntó cómo podía saber aquello Nick.

–Creo que ese trabajo no estaba bien fundamentado. Como experta en el campo del desarrollo del niño puedo asegurarle que si los padres siguen mis métodos conseguirán elevar el intelecto de sus hijos.

–Teniendo en cuenta que los test para medir el cociente intelectual de los niños es muy poco fiable con niños de tan corta edad, ¿cómo evalúa los resultados obtenidos?

–No se preocupe, será capaz de ver la diferencia –la doctora Anderson sonrió de una forma tan seductora a Nick que Gina s se puso furiosa, aquella mujer estaba intentando seducirlo delante de todo el mundo.

–¿Alguna pregunta más? –dijo la doctora Anderson dirigiéndose al resto de los oyentes.

Una mujer delgada le preguntó sobre una técnica de la que la doctora había hablado y ella le dijo que el material para llevarla a cabo estaría a la venta al final de la conferencia.

–Bingo –murmuró Gina–. Siempre hay dinero detrás.

–Sí, suele ser así.

Cuando nadie más hizo preguntas y la conferencia se dio por terminada Gina se levantó muy dispuesta a marcharse.

–¿Te ha gustado la conferencia? –le preguntó Nick.

Gina hizo una mueca.

–Creo que la frase hay que besar a muchas ranas antes de encontrar al príncipe azul la describe muy bien.

Nick casi se atraganta.

–¿Acaso estás buscando tu príncipe azul?

–No, a los príncipes cuesta mucho mantenerlos y yo estoy demasiado ocupada como para ocuparme de uno. Además, nunca me ha gustado la idea de que un príncipe me montara en su caballo y me llevara con él.

–¿Por qué no?

–Bueno, piensa en ello detenidamente. En primer lugar es insultante porque es como decir que yo no soy capaz de ganarme la vida sola y en segundo lugar, ¿qué tipo de mujer querría casarse con un hombre que elige a su mujer sólo por su aspecto?

–He de reconocer que nunca lo había visto así.

–Hola –dijo una voz detrás de Gina y ella se giró para ver unos ojos violetas preciosos. Eran lentillas, se dijo Gina, pero le quedaban muy bien–. Quería agradecerle la aportación que hizo al final de la conferencia –dijo la doctora Anderson mientras se acercaba hacia Nick y daba la espalda a Gina–. Soy Beverly Anderson, ¿y usted es... ?

–Nick Balfour y ésta es Gina Tessereck.

La doctora Anderson sonrió rápidamente a Gina y se giró hacía Nick de nuevo.

Gina se quedó mirándola entre fascinada y enfadada. Tal vez no le gustara que aquella mujer estuviera interesada en Nick pero envidiaba el estilo con que lo hacía, la confianza que parecía tener en sí misma. Estaba claro que si ella tuviera el aspecto de aquella mujer también tendría mucha más confianza en sí misma. Miró a Nick para ver cómo reaccionaba él ante los encantos de aquella mujer.

No parecía estar reaccionando, por lo menos no lo parecía, Gina no podía interpretar nada en su expresión porque él permanecía impasible de nuevo. Quizá no le interesaba la doctora Anderson o quizá era muy bueno ocultando su interés. No sabía qué pensar.

–Si tienes un hueco más tarde, querría que habláramos del tema más detenidamente –le dijo la doctora mostrando todos sus encantos–. Me alojo en el Windward Inn.

–Tienes suerte de haber encontrado alojamiento en esta época del año –intervino Gina.

–Yo creo que si realmente quieres algo lo consigues –le dijo la doctora Anderson con una sonrisa cínica.

–Muchas gracias, doctora Anderson, pero ya nos íbamos –le dijo Nick.

–¿Se van sin tomar un refresco? –le preguntó la doctora sorprendida, como si no estuviera acostumbrada a que la rechazasen.

–Gina –Nick se dirigió a ella–. ¿Quieres tomar ponche y galletas?

—No, prefiero irme —le dijo con sinceridad.

Nick agarró a Gina del brazo, se despidió de la doctora con un breve gesto y se dirigieron a la puerta.

Gina podía sentir el calor de su mano recorrerle todo el cuerpo, su pulso se aceleró peligrosamente.

Nick la soltó en cuanto salieron de la sala de conferencias y aquello no le gustó.

Gina no quiso pensar en lo mucho que le afectaba que él la tocara y se dijo a sí misma que estaba un poco sensible porque la doctora Anderson le había hecho sentirse insegura. Y aquello era verdad porque ella dudaba mucho poder competir con una mujer como aquélla. Por lo menos en lo que se refería a seguridad en sí misma y atractivo físico. Se estremeció al recordar lo mucho que a ella le había costado decidirse a acercarse a Nick en el bar. Si se hubiera tratado de la doctora Anderson, se habría acercado para decirle la suerte que tenía de que estuviera hablando con él.

Sin embargo era ella la que estaba viviendo con Nick y la que se había quedado a un lado había sido la doctora Anderson. Nick había sido muy educado, pero estaba claro que la había rechazado. Aquella idea la agradó.

GINA miró a Nick detenidamente mientras conducía. Perecía un extraño, un extraño misterioso. Un escalofrío le recorrió el cuerpo, pero no era un escalofrío provocado por el frío, era un escalofrío provocado por la emoción, la emoción de pensar en conocer a Nick de una forma más íntima.

Se fijó en sus musculosas piernas y mientras sentía cómo su cuerpo se encendía se preguntó cómo sería como amante, qué sensaciones le provocaría tener su cuerpo desnudo cerca de ella.

Tomó aire mientras sentía cómo su pezones reaccionaban ante la invitadora perspectiva que le brindaba su imaginación.

–¿Qué te ha parecido la conferencia?

Las palabras de él sonaron en el interior del coche como si llegaran a ella desde muy lejos y Gina hizo un esfuerzo para regresar a la realidad.

–No me ha gustado mucho –Gina se sintió aliviada al notar que su voz tenía el tono habitual. Se hubiera sentido avergonzada si él se diera cuenta de lo obsesionada que estaba con él. No quería que pensara que era una mujer tan emocionalmente inmadura que no podía quitarse a un hombre atractivo de la cabeza. Porque no lo era, tal vez no tuviera demasiada experiencia, pero no era una mujer inmadura.

–Esperaba algo más interesante y me he encontrado con una hábil vendedora, ¿hay alguna madre lo suficientemente tonta como para utilizar esas técnicas con un bebé de dos meses?

–Sí, desgraciadamente las hay –dijo Nick con frialdad–. Y aún peor, creo que muchas de esas madres viven en esta ciudad ¿Viste la cantidad de padres que estaban comprando su material después de la conferencia?

Gina pensó en decirle que no, que había estado demasiado ocupada viendo como la doctora intentaba coquetear con él.

–Supongo que no será tan malo –dijo ella pensativa–. Quizá hasta hagan algún bien a los niños, por lo menos les obligará a prestarles atención y a jugar con ellos.

–El contacto físico es importante para todo el mundo –dijo Nick con un tono grave.

Gina se movió incómoda, ¿acaso había dicho aquello con un doble sentido? ¿Debía ella hacer algo? Pero no sabía qué hacer, cómo reaccionar ante aquel comentario y decidió ignorarlo y buscar otro tema de conversación.

–Tú sugeriste un tema muy interesante –dijo Gina al recordar algo que le había intrigado al oírlo. Entonces se había preguntado cómo Nick podía conocer aquella investigación que había nombrado, ella nunca había oído hablar de aquel artículo y había hecho un curso de desarrollo infantil ¿Cómo podía un hombre que vivía tan apartado del mundo conocerlo?

–Estaba intentando contradecir algunos de los

fundamentos del argumento de la doctora Anderson, pero no sirvió de nada.

—¿Te interesa la neurología?

—No especialmente.

—Pareces saber bastante del tema para alguien que no está interesado en el tema —dijo Gina, no se atrevía a decirlo más directamente.

Nick frunció el ceño y se dio cuenta de que no debía haber hecho ningún comentario, pero la forma en que la doctora Anderson hablaba con tanta seguridad en sí misma y en lo que relataba lo había enfurecido. Había sentido ganas de hacer que aquella mujer se bajara de su pedestal, pero debía haberlo pensado mejor. Conocía a mucha gente como ella en Boston y sabía que no se podía hacer nada contra aquel sentimiento de superioridad.

Gina sospechaba algo y él no quería que lo hiciera, quería que ella lo tratara como lo había estado tratando hasta el momento, como un amigo. Quería que lo hablara cono si le gustara el hombre llamado Nick Balfour, no por ser un prestigioso cirujano, ni por tener una fundación de ayuda a niños, estaba disfrutando mucho por ser valorado por quién era, no por lo que hacía, y quería que las cosas siguieran así durante un tiempo.

Sabía que todo cambiaría cuando le contara la verdad, siempre le pasaba lo mismo. Apartó unos segundos la mirada de la carretera para mirarla y se dio cuenta de que parecía preocupada, ¿estaría preocupada por lo que él había dicho?

—Vi un documental sobre el cerebro una vez —Nick omitió el hecho de que lo había visto en su tercer año de medicina.

–Debía tratarse de los documentales del canal Nova, hay algunos muy buenos pero el del cerebro no lo vi, debí perdérmelo.

Nick se sintió aliviado a la vez que culpable. Se sentía aliviado porque no tendrá que dar más explicaciones y se sentía mal porque cada vez le costaba más mentirle. Incluso cuando se trataba de mentiras sin importancia, Gina era una mujer tan sincera que él quería comportarse de la misma forma con ella, pero no se atrevía a arriesgarse, tenía mucho que perder.

Cuando llegaron a la casa y salió del coche, Nick se dijo a sí mismo que quizá al día siguiente Gina ya no se acordaría de lo que había pasado en le conferencia.

–Creo que esta noche no ha salido muy bien –dijo Gina.

–Olvídate de las conferencias –dijo Nick mientras abría la puerta de la casa.

–No creo que sea para tanto, quiero decir que sólo porque ésta haya sido...

–¿Una basura?

Gina se rió y aquella risa hizo que Nick se llenara de júbilo y tuvo que hacer uso de toda su fuerza de voluntad para no estrecharla entre sus brazos y besarla. Y se contuvo porque pensó que sería incapaz de besarla una vez y dejarlo ahí, tendría que llevarla hasta el dormitorio y hacerle el amor... Y no podía hacer algo así, si él lo intentaba ella seguramente saldría corriendo y no la volvería a ver. Aquella idea no le gustó.

Nick se dijo a sí mismo que llevaba demasiado tiempo aislado en aquella casa de campo y que una vez volviera a Boston y al trabajo su fascinación por

Gina desaparecería. Era extraño pero aquella idea no lograba calmarlo.

Gina dejó el monedero en la mesa de la entrada y miró a Nick, tenía una expresión extraña en la cara. Se fijó en sus anchas espaldas y en las duras facciones de su cara. Parecía enfadado por algo.

Pero aquella expresión en su cara no tenía nada que ver con ella, se dijo Gina. Después de todo ella sólo estaba de paso y además tenía el suficiente sentido común como para no arriesgarse a enfadarlo, además era incapaz de hacerlo.

Para que alguien se enfadara con una persona tenía que importarle bastante y no conocía a Nick lo suficiente como para saber lo que él consideraba importante, además no era tan tonta como para pensar que ella podía ser importante para él. Aquello no le gustó aunque sabía que era mejor así. Ella tenía que regresar a Illinois en un par de meses, no podía permitirse enamorarse.

Lo volvió a mirar y tuvo la impresión de que la barrera que tenía para protegerse de él era tan fina que no sería difícil de romper... Tembló al pensar en el desorden que algo así causaría en su vida.

–¿Qué te pasa? –Nick la había visto temblar–. ¿Tienes frío?

–No.

Nick la miró con atención y notó que parecía incómoda pero, ¿por qué? Se preguntó con mucha curiosidad Estaba claro que él no había hecho nada para que ella se apartara de él, y aquello era lo que ella estaba haciendo, apartándose de él. Aquello lo enfadó mucho, no quería que ella le ocultara sus sentimientos.

Se acercó a ella despacio, para no asustarla, y acarició con el dedo su labio inferior y sintió cómo ella tomaba aire.

También pudo notar cómo todo el cuerpo de ella temblaba y se sintió aún más atraído por ella. Nick decidió que no la besaría hasta que no supiera que ella lo deseaba con toda su alma.

–Debes estar cansada –le dijo mientras seguía acariciando sus labios. Se puso tenso al notar cómo todo su cuerpo le pedía que se acercara aún más y la besara, que probara aquellos labios que estaba acariciando con el dedo.

La miró fijamente y se perdió en aquellos intensos ojos azules.

–Creo que me acostaré un rato –susurró ella.

Nick la oyó decir aquello y se tuvo que obligar a apartarse.

–Buenas noches –dijo él mientras se giraba y se dirigía al salón.

Gina observó cómo se alejaba e intentó calmarse un poco ¿Por qué la había tocado? ¿Y qué quería decir? ¿Acaso él estaba tocándola para complacerla? Quizá lo había hecho sin ninguna intención, quizá era una caricia inocente como la que se da a los niños.

Gina suspiró y se dirigió hacía su habitación. Él no podía estar interesado en una persona como ella. Ella sabía por las revistas de mujeres y por lo que le contaban sus amigas que cuando a un hombre le interesaba una mujer intentaba hacer algo, no tocaban sin intención, tocaban para poder llegar a acostarse con ellas. Y Nick no lo había hecho con aquella intención.

Cerró la puerta de su habitación. Se negaba a sentirse derrotada, sólo porque aún no hubiera conseguido que Nick la viera como una mujer sensual no quería decir que no pudiera llegar a lograrlo.

Se miró en el espejo y se preguntó cómo podría lograr algo así si no tenía ninguna de las características que socialmente se contemplaban como atractivas. Era demasiado alta y delgada, sus pechos demasiado pequeños y su cara nada del otro mundo.

Se apartó del espejo. Tenía que haber alguna forma, muchas mujeres parecidas a ella tenían novios. Tenían que haber encontrado una manera de parecer atractivas y si lo habían conseguido ella también. Iba a conseguir que Nick Balfour la viera como una mujer.

–¿Gina? –le dijo Nick de repente desde el otro lado de la puerta–. ¿Estás acostada ya?

Gina se giró ¿Qué querría? ¿Acaso acababa de darse cuenta de que quería darle un beso de buenas noches? Sintió una gran emoción antes de que su sentido común le dijera que aquello no era posible.

No sabía qué quería Nick pero estaba segura de que no había acudido por un irrefrenable deseo, un deseo que había aparecido en tan sólo cinco minutos. Deseaba que fuera así pero sabía que no era probable.

Abrió la puerta.

–¿Qué pasa?

–Nada, sólo que acabo de escuchar los mensajes del contestador y hay uno para ti.

–¿La compañía de seguros? –preguntó ella ilusionada.

–No lo sé, es una mujer que afirma que necesita que la llames, que es urgente.

Gina se puso tensa.

—¿Decía quien era?

Nick se quedó mirándola durante unos segundos y se preguntó por qué se había quedado tan helada de repente. Parecía que estuviera asustada. Pero no había habido nada en el mensaje que pudiera provocar miedo. Tal vez fuera un mensaje un tanto molesto, aquella mujer tenía un tono exageradamente dulce. A Nick no le gustaba tratar con gente que hablaba de aquella manera, pero Gina...

—No, no lo dijo. Sólo dijo que estaba muy enferma y que la llamaras lo antes posible.

—Gracias, la llamaré por la mañana.

—Como quieras —dijo Nick y se fue mientras se preguntaba qué estaría pasando. La mujer había dicho que estaba enferma y Gina no parecía nada preocupada. Aunque tenía una expresión de preocupación en la cara pero no parecía provocada por el hecho de que aquella mujer estuviera enferma, parecía que lo que le había preocupado había sido la llamada. Sin embargo si aquella mujer la había llamado era porque Gina le había dado el número de teléfono y si era así, ¿por qué no parecía gustarle que la llamara?

No entendía nada y aquello lo molestaba. Tampoco le gustaba que Gina no le diera explicaciones, quería que le contara lo que sucedía ¿Acaso tenía algún problema? ¿De qué tipo de problema se trataba? Recordó su sonrisa, no podía haber hecho nada ilegal pero entonces, ¿de qué se trataba?

Nick abrió el armario donde guardaba el alcohol, se sirvió un whisky y se dirigió a la ventana.

Tal vez había huido de una mala relación. Se

imaginó a Gina en la cama con otro hombre y se apresuró a apartar aquella desagradable idea de su cabeza. En realidad tenía sentido, estaba huyendo, por eso llevaba todas sus pertenencias en el coche. Si hubiera estado viviendo con un hombre y se hubieran separado ella se habría quedado sin hogar. Y si había sido ella la que lo había abandonado y él no había querido que lo hiciera, ella tal vez habría decidido irse a vivir a otra ciudad.

Pero si había sido así, ¿quién era aquella mujer que le había dejado el mensaje? Intentó pensar en las posibilidades, pero no logró nada, le faltaba información.

En realidad Nick tuvo que admitir que carecía de información, tan sólo hacía suposiciones y podía estar muy equivocado. La forma en que Gina se había apartado de él cuando le había dicho lo de la llamada quizá no tuviera nada que ver con el mensaje. Tal vez estaba pensando en otra cosa completamente diferente. Aunque él no sabía de qué se podía tratar.

Nick terminó de beberse el whisky y dejó el vaso sobre la repisa de la ventana. Tenía ganas de estrechar a Gina entre sus brazos y decirle que no iba a permitir que le pasara nada malo. Pero no podía hacer eso, si le mostraba que era importante para él ella podía pensar que sentía algo por ella.

Y no era así. Por lo menos no mucho. Sólo le gustaba. Sólo quería su compañía y algunos besos. De repente sintió cómo todo su cuerpo se acaloraba al pensar en el beso de hacía unos momentos. Al día siguiente volvería a intentar besarla, pero intentaría ir un poco más allá, besarla con más intensidad. Al pensar en besarla con pasión su pulso se aceleró. La idea era tentadora. Tenía ganas de que llegara el día siguiente.

A Gina le costó mucho conciliar el sueño y cuando se durmió soñó que su madre aparecía y la llevaba a casa de nuevo.

Cuando se levantó tenía un fuerte dolor de cabeza y una sensación de no haber descansado en toda la noche.

Se tomó un par de aspirinas y se dijo a sí misma que debía dejar de tener temores absurdos. Era una persona adulta y nadie podía obligarla a hacer algo que no quisiera hacer. Debía mantenerse firme y un día su madre se daría cuanta y la dejaría en paz.

Gina suspiró mientras preparaba el café. Era el momento de llamar a su madre y decirle que la dejara en paz. La necesidad de llamarla le hizo sentirse culpable.

Se dijo a sí misma que era normal, que estaba acostumbrada a complacerla, que estaba acostumbrada a sentirse culpable cuando no lo hacía. Era el momento de romper las cadenas, sólo podía controlar su vida si ella le dejaba hacerlo.

Intentó no olvidarse de aquello y salió en busca de Nick, No estaba en el salón y en la casa reinaba el silencio, ¿estaría dormido aún?

Miró el reloj, eran casi las ocho de la mañana y no sabía a qué hora se había acostado la noche anterior.

Gina decidió llamar a su madre antes de que Nick apareciera, no quería que él la oyera. No quería arriesgarse a hablarle de su madre, a Nick no. El acuerdo que tenían era demasiado valioso como para arriesgarse a que se rompiera.

Se dirigió al teléfono y llamó a su madre. Helen no tardó en contestar, como si hubiera estado esperando la llamada.

—¿Por qué no me llamaste anoche? Te dije muy claramente que no me encontraba bien, ahora podría estar muerta.

—Ya no me creo tus mentiras, madre —intentó mantener un tono de voz frío y distante—. No estás enferma.

—Te he dicho que...

—No, por una vez en mi vida soy yo la que te está hablando a ti. Y quiero pedirte que me dejes en paz.

—Eres mi hija.

—Una hija no es lo mismo que una esclava —dijo molesta y empezando a sentirse culpable.

—Estoy enferma.

—Sí, pero el tipo de especialista que necesitas se llama psiquiatra. Te sugiero que llames a uno.

Gina colgó el teléfono y sintió una mezcla de furia y culpa.

—Buenos días —dijo Nick desde la puerta y ella se giró para mirarlo.

Ella se preguntó cuánto tiempo llevaría allí. Él la sonreía y se sintió intranquila al mirarlo a los ojos. Intentó repetirse a sí misma que el estado de ánimo de él no tenía nada que ver con ella.

—¿Has hecho café?

Gina se alegró de que Nick cambiara de tema.

—Acabo de hacerlo.

—Qué bien, necesito cafeína —se giró y se dirigió a la cocina.

Gina se relajó durante unos segundos y se dispuso a llamar a la compañía de seguros. Media hora después y tras hacer tres llamadas colgó el teléfono con ganas de arrojarlo por la ventana.

—Intenta hacer ese ejercicio de respiración que te enseñé,

—Ni siquiera eso me ayudaría hoy.

—Cuéntamelo todo.

—Según la compañía de seguros, ni siquiera pueden empezar a tramitar nada hasta que no tengan la denuncia y siguen sin tenerla. El banco dice que el director sigue fuera y esperan que vuelva esta tarde pero no están seguros de que sea así. Y el abogado que se suponía que tenía que enviarme parte de mi dinero no ha podido hacerlo porque todo está paralizado.

—¿Paralizado?

—Han interpuesto un recurso —dijo ella reconociendo parte de la verdad. No quería contarle que cuando había llamado al abogado para ver si su madre había retirado el recurso había tenido que escuchar sus críticas de mala hija. El abogado afirmaba que era increíble que una hija pudiera abandonar de aquella forma a una madre tan enferma. Ella había sentido ganas de decirle al abogado que llamara al médico de su madre para que le contara lo sana que estaba, lo único que la había detenido había sido saber que el médico nunca hablaría de la salud de su madre con el abogado. En su lugar le dijo al letrado que le dijera a su madre que si seguía adelante, Gina la llevaría a juicio para recuperar su dinero.

El abogado se había enfadado aún más y Gina había terminado colgando.

—Si estás tan enfadada como pareces tu presión sanguínea está en grave peligro —afirmó Nick.

Gina se quedó mirándolo, había estado muy enfadada, pero en el momento en que lo miró atentamente su enfado se disipó. Tan sólo se sintió decepcionada, pero no por las llamadas, era una decepción diferente. Se mojó los labios mientras se preguntaba cómo podía cambiar de humor con tanta rapidez.

—Necesitas aprender a controlar tu enfado.

La voz de él sonaba grave y suave, tomó aire al darse cuenta de que estaba muy cerca de ella. Tan cerca que podía sentir el calor del cuerpo masculino.

Él la acercó hacía su cuerpo lentamente. Gina sintió cómo sus pechos se endurecían y sus pezones se volvían rígidos mientras se apoyaba contra él.

Gina sintió cómo su pulso se aceleraba vertiginosamente y como si alguien ajeno a ella hubiera tomado el control de su cuerpo, miró hacía arriba, hacía los labios de él y sintió una gran emoción por todo su cuerpo.

Gina no supo quién de los dos terminó de acercar sus labios hacía los del otro, pero no le importó. Lo único que le importó fue que la besó. Hacía tiempo había sentido la necesidad de saborear los labios de él y como si él hubiera sentido lo mismo, acercó sus labios hacía los de ella y la besó con una intensidad propia de algo muy deseado.

Él acarició los labios de ella con la lengua y ella la abrió para invitarle a entrar. Él lo hizo y dejó que su lengua recorriera cada milímetro de su boca.

El deseo apareció y Gina sintió cómo se apoderaba de todo su cuerpo y se dejó llevar por las sensaciones que le provocaba aquel beso profundo. Nick sabía a café, a café y a algo tan masculino y tan íntimo que ella no podía dejar de saborearlo una y otra vez.

Cuando Nick apartó la cabeza, Gina tomó aire e intentó captar todo el olor de él, toda su esencia. Todo su cuerpo estaba en llamas y lo llamaba, lo llamaba sin cesar, estaba impaciente.

Pero Nick no siguió besándola, en su lugar se quedó mirándola, mirando sus labios enrojecidos.

—¿Te encuentras mejor? —le preguntó él.

Durante unos segundos Gina pensó en decirle la verdad. En decirle que en lugar de hacerle olvidar su decepción, había hecho que ésta creciera. Él la había besado intencionadamente, había querido hacerlo y había sentido lo mucho que ella también lo deseaba. Pero aun así había dejado de besarla, había parado porque había querido, porque había tenido suficiente. Al darse cuenta de aquello Gina sintió cómo su orgullo se hacía cada vez más fuerte, tenía que ser tan sofisticada como él o Nick no volvería besarla. Y ella quería que la besara de nuevo desesperadamente.

Utilizó toda la fuerza de voluntad que tenía para apartarse de él.

—Sí, me encuentro mucho mejor, gracias.

MYGOLD suele pasar el día aquí –dijo Nick mientras aparcaba delante de la funeraria.

A Gina no le gustaba aquel lugar, le recordaba la muerte de su padre, pero abrió la puerta y salió de la camioneta.

Nick pareció notar que no estaba cómoda porque se acercó a ella y le agarró la mano. Ella lo miró muy sorprendida.

De nuevo apareció la llama, aquella llama que aparecía cada vez que él la tocaba, la rozaba, estaba cerca de ella. Aquel hombre parecía tener la habilidad para hacer reaccionar sus hormonas al instante, ¿a qué se debería? Y más importante aún, ¿por qué él no sentía lo mismo?

Gina miró a Nick de reojo mientras se acercaban a la funeraria. Tenía una expresión normal, no había nada en su cara que indicara una mínima reacción, algo que le hiciera parecer deseable ante él, cualquier cosa...

Estaba claro que de alguna forma le gustaba porque él la había besado, ella no le había obligado a hacerlo. Lo miró de nuevo y tuvo la impresión de que nadie podía obligar a ese hombre a hacer algo que él no quisiera.

De repente se sintió más animada, Nick Balfour la

había besado, y si lo había hecho era porque había deseado hacerlo. La había besado dos veces, y si lo había repetido era porque le había gustado la primera.

Nick abrió la puerta de la funeraria y la mantuvo abierta para que Gina entrara.

Gina entró lentamente. Había ido hasta allí por un motivo, conseguir una copia de la denuncia, y no quería pensar en nada más. Sin embargo no pudo evitarlo, el olor de las flores y el ambiente del lugar hizo que se estremeciera.

–¿Estás bien? Te has quedado pálida.

–Estoy bien, es sólo que no me gustan las funerarias.

Nick la agarró del cuello y la acercó hasta su pecho en un intento por tranquilizarla. Después le dio un tímido beso en los labios.

Gina sintió cómo el calor de los labios de él fluía por sus venas. El beso de la noche anterior le había provocado un intenso deseo de quitarse la ropa y sin embargo éste le hacía sentirse en paz, a salvo... ¿Cómo podía ser?

Se apresuró a apartar aquella idea de la cabeza, nadie podía hacerle sentirse a salvo, era algo que tenía que hacer ella sola.

–¿Por qué te disgustan tanto las funerarias? –le preguntó Nick.

–Por la muerte de mi padre.

–¿Eres hija única?

–Sí, mi madre tuvo un embarazo difícil y se vio incapaz de afrontar otro –explicó ella y por primera vez pensó en la posibilidad de que lo del embarazo fuera una exageración más de su madre para no reconocer que era demasiado egoísta como para tener otro hijo.

–Tu madre debió sufrir mucho por la muerte de tu padre, ¿no?

Gina se quedó pensativa e intentó recordar, pero lo único que logró recordar fue a su madre en el funeral diciéndole que no debía llorar porque se le ponía la cara roja y los ojos hinchados. Pero ella no era nadie para juzgar la pena de su madre y después de todo la gente solía decir cosas en los funerales que no eran propias de ellos.

–Estuvieron cerca de treinta años casados.

Nick frunció el ceño y tuvo la impresión de que había algo extraño entre Gina y su madre. No era por lo que ella había dicho sino por lo que no había dicho así como su forma de hablar de ella.

Pero antes de que pudiera seguir preguntándola apareció el sheriff.

–Ah, eres tú, Nick –dijo Mygold un tanto decepcionado–. Creí que era un cliente.

–Es respecto a tu otro trabajo –se apresuró a señalar Gina, estaba deseando conseguir la copia de la denuncia y marcharse. No le gustaba la forma en que Mygold la trataba–. La compañía de seguros dice que aún no han recibido la copia de la denuncia.

–¿La denuncia? –Mygold la miró como si escuchara aquella palabra por primera vez.

–¿Recuerda que le pedí que mandara una copia de la denuncia por correo urgente a mi compañía de seguros?

–¡Correo urgente! ¿Sabe lo que cuesta eso?

–¿Sabe lo que este retraso me está costando a mí?

Mygold abrió la boca para replicar, pero antes de que pudiera hablar intervino Nick.

–Si intentas decirnos que la justicia va lentamente, vas a tener problemas, Amos –Mygold se calló–. ¿Qué te parece si nos das la copia y nosotros nos encargamos de mandarlo?

–Es que todavía no está mecanografiado, Nick, ¿recuerdas que te dije que Thelma estaba en casa de su madre?

–Pero le informó a la policía de tráfico, ¿no es así? –preguntó Gina.

–Por supuesto, sólo que no he tenido tiempo de mecanografiarlo.

–Y qué te parece si sacas un hueco esta mañana –parecía que era una pregunta pero el tono con que lo decía era imperativo–. Y cuando lo termines lo llevas a correos y lo mandas por correo urgente.

Nick se sacó la cartera del bolsillo y le dio un billete de veinte dólares a Mygold.

Gina se quedó estupefacta al ver la velocidad con que Mygold se guardaba el billete.

–Lo haré ahora mismo –prometió Mygold–. Estará en la oficina de correos antes de las dos y mañana por la mañana lo recibirán los de la compañía.

–Gracias –dijo Gina.

–Hasta luego –dijo Nick mientras se despedía de Mygold y agarraba a Gina del brazo antes de marcharse.

–¿Crees que lo hará? –preguntó Gina una vez en la camioneta.

–Sí –dijo Nick mientras salía a la carretera–. Amos es una persona bastante competente, pero odia el papeleo. Normalmente se lo pasa todo a su mujer pero como está fuera lo deja para cuando ella regrese.

–Gracias por darle el dinero para que lo mande, te lo devolveré en cuanto solucione lo de los cheques de viaje.

Nick se limitó a asentir con la cabeza.

–¿Qué vas a preparar de postre esta noche?

–No lo he decidido todavía, ¿te apetece algo en especial?

–Tarta de chocolate con helado de vainilla.

–Te voy a nombrar el rey del colesterol, comes demasiada comida basura.

–Mi colesterol está perfectamente, gracias, he heredado genes de calidad.

Gina lo miró detenidamente y se fijó en aquel cuerpo perfecto milímetro a milímetro y no pudo evitar notar cómo su cuerpo se acaloraba y sus pezones se endurecían.

Se movió un poco. Estaba avergonzada de su reacción, pero no tardo en disculparse a sí misma. Después de todo era una mujer adulta con deseos y dos buenos ojos capaces de identificar un cuerpo tan perfecto.

–Espero que les hayas agradecido a tus padres el legado genético que te han dejado.

–Puedes preguntarles si realmente estoy agradecido en persona –dijo él sin prestar mucha atención ya que un coche había girado de repente y Nick había tenido que dar un frenazo para no chocarse con él.

Gina se preguntó cuándo podría preguntarles algo así, ¿acaso Nick estaba pensando en que siguieran siendo amigos una vez que terminara el acuerdo? Gina sintió una inmensa alegría y su pulso se aceleró antes de que su sentido común le hiciera poner los pies en la tierra. Incluso aunque él quisiera, ella no creía que fuera posible ya que cuando él regresara a Massachussets ella estaría en Illinois.

Aquella idea la hizo sentirse vacía, pero intentó librarse de la sensación concentrándose en su objetivo principal. Se recordó a sí misma que tenía ganas de volver a estudiar, que deseaba terminar sus estudios y comenzar a trabajar con niños. Así lograría hacer realidad su sueño. Pero entonces, ¿por qué la idea no la hacía inmensamente feliz? Miró a Nick pero él estaba concentrado en la carretera.

No estaba entusiasmada porque por primera vez en la vida le interesaba un hombre de verdad. Y la fascinación que sentía por aquel hombre no le permitía pensar en nada más.

–¿Me harás la tarta? –preguntó Nick de repente.

–Si estás dispuesto a pasar por el supermercado sí, no sé si tenemos los ingredientes necesarios para hacer una tarta.

–Por supuesto, iremos allí de camino a casa.

–Y que no se te olvide que esta noche vamos a las clases de baile de salón –le recordó Gina deseando que el entusiasmo que sentía por pasar la tarde entre sus brazos no se notara–. Había clases de baile o de encaje, pero no creo que a ti te guste el encaje.

Nick pensó que le encantaría hacer algo de encaje si ella fuera a ponérselo después. De repente se imaginó aquel cuerpo esbelto con un camisón negro de encaje y todo su cuerpo reaccionó con entusiasmo. Nick se esforzó por mantener sus hormonas bajo control, pero la imagen de Gina tumbada en su cama, con el camisón de encaje transparente y la piel blanca como las perlas no desaparecía de su mente.

Se preguntó qué diablos le estaba pasando, no había estado tan obsesionado con una mujer desde que era un adolescente. Pero él ya era un hombre maduro y responsable. Entonces, ¿por qué su cuerpo reaccionaba como si fuera un adolescente?

Nick la miró de reojo. Gina era diferente, ahí estaba la respuesta. No sólo era una mujer muy atractiva, sino que había algo en su carácter que le llamaba la atención, algo que nunca había sentido por nadie. No sólo la deseaba, sino que también le gustaba. La respetaba y la admiraba por lo que quería ser, por lo que era...

Balfour se dijo que no debía a seguir con esos pensamientos. Ella tan sólo se quedaría allí un par de semanas, cuando solucionara lo de su coche se iría, y aunque quisiera quedarse un poco más terminaría marchándose ya que empezaba las clases. Era imposible mantener una relación estando tan lejos uno del otro.

Aunque en Boston también había buenas universidades para la formación del profesorado, tenía una de las más prestigiosas del país. Gina podría estudiar allí y si lo hacía podrían mantener el contacto. Se sonrojó al pensar en el tipo de contacto que le gustaría tener con ella.

Era una posibilidad que merecía la pena estudiar. Tenía un amigo que daba clases en aquella universidad y decidió escribirle un e-mail cuando llegara a casa para pedirle que le mandara un programa. Así podría enseñárselo a Gina y ver cómo reaccionaba.

Una cosa estaba clara, no importaba lo que pasara en el futuro, quería aprovechar el presente al máximo.

Tras pasar por el supermercado se dirigieron a

casa y Nick se apresuró a subir a su estudio. A Gina le dijo que tenía que ver algo urgentemente.

Gina lo miró mientras subía las escaleras y se preguntó si realmente tendría algo que hacer o si simplemente querría alejarse de ella un rato. De repente sintió miedo de que él se hubiera dado cuenta de lo obsesionada que estaba con él, pero no quiso dejar que aquel miedo se apoderara de ella.

Suspiró y decidió que seguiría tratando a Nick como él la trataba a ella, a no ser que él le diera razones para hacerlo de otra forma. Era lo más sensato que podía hacer y estaba decidida a llevar aquella relación de la forma más razonable y madura de la que fuera capaz hasta que se fuera.

La idea de no volver a ver a Nick la entristeció, aunque quizá se debía a su falta de experiencia en temas de hombres. La siguiente vez que tuviera una relación con un hombre le costaría menos decir adiós, y cada vez le costaría menos. Pero aquello no la tranquilizó.

—¿Estás lista? —le preguntó Nick aquella tarde cuando ella salió de su habitación.

—Me olvidé de algo —dijo ella con suavidad mientras se fijaba en lo bien que le sentaban los pantalones que llevaba y lo increíblemente atractivo que estaba con aquella camisa amarilla y el jersey marrón que llevaba sobre los hombros. Gina deseó poder estar tan guapo como él.

—¿De qué?

—Se me olvidó que sólo tengo la ropa que compré en el centro comercial. Lo que se reduce a vaqueros, y no es el tipo de ropa que uno debe llevar para bailes de salón.

Nick siguió los movimientos de su mano, que señalaban los vaqueros que llevaba puestos. Él estaba de acuerdo, y sus hormonas también, de que no debía llevarlos, le quedaban demasiado bien. Nick intentó controlar el deseo que sentía de repente, tenía ganas de estrecharla entre sus brazos, pero se dijo a sí mismo que aquella tarde parecía prometedora y que no iba a perdérselo.

–Si estás intentando no ir ahora que yo ya me he arreglado, olvídate –dijo él–. Esto fue idea tuya y tú tienes que venir.

A Gina le gustó saber que él quería ir con ella, pero no logró disipar su miedo a llamar la atención. Sabía que era un miedo que le había inculcado su madre, pero no podía evitarlo.

–Yo creo que es mejor ir en vaqueros que ir con falda. Con ellos podrás mirarte los pies y seguir el ritmo con más facilidad.

–En eso tienes razón.

–A propósito, llamé al sheriff mientras te estabas preparando y me dijo que ya había mandado la copia de la denuncia, Probablemente la reciban mañana por la mañana.

Gina agarró el bolso y salió de la casa con él.

–¿Te dijo algo sobre mi coche? –le preguntó ella.

Nick esperó a que estuvieran dentro del coche para contestar.

–Me dijo que la policía no ha encontrado ningún coche abandonado como el tuyo así que lo más probable es que estén intentando venderlo.

–Es una pena que no vayan a vendérselo a mi

compañía de seguros. Así nos ahorrarían trabajo y complicaciones a todos. Lo que más me enfada es tener que esperar tanto a que me den el dinero. Tendrían que darse cuenta de que a estas alturas las probabilidades de que el coche aparezca son muy escasas ¿Por qué no me pagan por él y zanjan el tema?

–Porque a ellos les beneficia quedarse con el dinero el mayor tiempo posible ¡Las compañías de seguros son unas ladronas!

Gina se quedó mirándolo fijamente. Aquellas duras palabras la habían sorprendido, Nick parecía odiar a las compañías de seguros, era algo extraño. La mayoría de la gente no opinaba sobre el tema, ella no tenía nada en contra de las compañías de seguros hasta que le habían robado el coche.

–¿Tuviste algún problema con la tuya cuando te rompiste el brazo? –preguntó ella con curiosidad.

–No.

Nick no quiso decirle que su secretaria se pasaba el tiempo lidiando con compañías de seguros. Aquello podría hacerle preguntar cosas que él no quería contestar, y estaba harto de no darle respuestas directas. Necesitaba contarle la verdad, pero no era el momento, tenía que esperar un poco más, esperar a que ella lo conociera un poco más.

Quizá se lo podría contar cuando le contestara su amigo. Entonces podría decirle a qué se dedicaba de una forma casual, como si no fuera nada del otro mundo ser cirujano en un hospital de Boston. Se mordió el labio mientras se intentaba imaginar cómo reaccionaría ella.

Estaba seguro de que a Gina no le importaría que él fuera cirujano, a ella no parecía impresionarle lo que un hombre tenía o hacía. Lo que sí le iba a molestar era que él la hubiera engañado a propósito, ella era tan sincera que iba a querer saber por qué él se lo había ocultado. No podía decirle que lo había hecho por miedo a que se interesara por él sólo por el dinero que ganaba. Aquello le haría parecer un ser arrogante y prepotente.

Apretó el volante con fuerza. Nunca debía haberla mentido.

Mientras llegaba al aparcamiento se calmó un poco. No iba a preocuparse por aquel tema, era el momento de disfrutar.

–No esperaba que tanta gente quisiera aprender bailes de salón –le susurró Gina mientras entraban a la sala donde iba a tener lugar la clase–. Debe haber cerca de cuarenta personas aquí.

–Sí... –afirmó Nick mientras miraba a su alrededor. Sabía que lo que realmente iba a disfrutar de la clase era tener a Gina entre sus brazos. Pero no sabía qué podía interesarle al resto de la gente, la mayoría rondaban los cincuenta y los sesenta.

–¿Qué tipo de baile es el baile de salón? –le preguntó Nick a Gina.

–No lo sé, es la primera vez que hago algo así.

De repente una mujer corpulenta pidió que la atendieran y comenzó a hablar de los bailes de salón. Después pidió un poco de espacio e hizo una demostración del vals que iban a aprender aquella tarde.

Gina suspiró al ver cómo la profesora y su pareja se movían con elegancia por el salón.

–Me pregunto cuánto tiempo se tarda en bailar así de bien.

Una mujer muy guapa y morena que estaba junto a ellos se giró y miró a Gina. Tenía una expresión de desprecio en la cara, pero aquel gesto cambió en cuanto vio a Nick.

–¡Nicky! –exclamó la mujer mientras sonreía de una forma provocadora–. Hace mucho tiempo que no te veo, no sabía que...

–Shellie –se apresuró a decir Nick para evitar que dijera algo que no quería que Gina oyera–. ¿Qué tal estás?

–Mucho mejor desde que te he visto –Shellie lo miró con coquetería. Tenía unas pestañas interminables.

A Gina le pareció absurdo el nombre con que aquella mujer llamaba a Nick. Era un nombre infantil y Nick era todo menos infantil.

–Gina, te presento a Shellie Larson.

–Billington –le corrigió el hombre que estaba junto a Shellie–. Shellie me hizo el hombre más feliz de la tierra el mes pasado. Por cierto, me llamo George –el hombre extendió el brazo hacia Nick.

–Lo siento, me he roto el brazo –dijo Nick.

–Nicky, eso es horrible... –dijo Shellie con un tono tan afectado que parecía fingido.

–Lo lamento –dijo George–. No me di cuenta.

–Tenemos que... –empezó a decir Shellie pero la profesora volvió a pedir atención y se calló.

Mientras la profesora hablaba, Gina se dijo a sí misma que no había sabido llevar la situación. En lugar de quedarse quieta como un muñeca mientras aquella mujer hablaba, debía haber... Pero no sabía qué debía haber hecho ¿Debía haber montado una escena? Sabía que los hombres odiaban aquello, además, no tenía ningún derecho a sentir celos por Nick, él no le pertenecía. Lo único que había entre ellos era una acuerdo, un acuerdo de negocios.

–¿Te ha molestado Shellie? –le susurró Nick al ver la forma en que se mordía los labios–. Cree que es la cenicienta del baile.

–Bueno, hay que reconocer que es muy guapa, es la mujer más guapa de esta sala de baile.

–Cree que por ser guapa puede permitirse comportarse como quiera –dijo Nick con un tono de sátira–. El pobre que está a su lado debe ser su tercer marido, quizá el cuarto. Ya he perdido la cuenta.

Gina suspiró aliviada. Estaba claro que a Nick no le gustaba aquella mujer.

–¡El pie! –exclamó Nick de repente.

–¿Qué pie? –Gina miró a la profesora que estaba con su pareja al lado de Nick.

–El que se supone que tiene que estar entre la pareja mientras nosotros dirigimos el vals ¿Cómo vamos a bailar juntos si tú estás allí y yo aquí?

–Creo que tenéis que acercaros un poco más –dijo el señor mayor que estaba junto a Nick.

Nick se dijo que no sería capaz de hacerlo durante mucho tiempo pero aun así acercó a Gina hacia él y la colocó cómo la profesora le estaba indicando. Si aquello seguía así, no podría aguantarse y terminaría besándola delante de todo el mundo.

De repente se imaginó cómo reaccionaría la profesora. Quizá podría decirle que era un paso de la lambada.

GINA miró a su alrededor para asegurarse de que la cocina estaba impecable, miró a través del cristal del horno para ver qué tal iba la cena y fue a buscar a Nick.

Como si su cuerpo pudiera sentirlo, decidió dirigirse directamente a la habitación que él usaba de estudio en el piso de arriba. Y allí lo encontró. Gina se quedó en la puerta y observó cómo la luz que entraba por la ventana iluminaba su rostro y hacía brillar su oscuro pelo.

Sintió un temblor agradable por todo el cuerpo que se hizo más intenso cuando recordó lo que sentía cuando él la agarraba de la espalda mientras bailaban y cómo todo su cuerpo se derritió cuando se tropezó y cayó contra su robusto pecho.

—¿Todo va bien? —le preguntó Nick.

Gina intentó dejar de pensar en el cuerpo de Nick y actuar con normalidad aunque se estaba dando cuenta de que le costaba mucho actuar de esa forma estando cerca de él.

—Sí, es sólo que ya he terminado de limpiar la cocina y quería saber si estabas preparado para hacer un poco de ejercicio. Aunque... —Gina se quedó mirando la habitación. Toda la habitación estaba llena de polvo, salvo los lugares donde había montañas de papeles. La habitación estaba hecha un desastre–. ¿Estás seguro de que no quieres que limpie esta habitación?

–Segurísimo.

Gina frunció el ceño.

–Por el tamaño de esas pilas de papeles aquí más que una señora de la limpieza necesitas un arqueólogo. Pero tú decides ¿Damos un paseo?

–Eso ya lo hicimos.

Gina tosió y él la miró fijamente. Nick se había dado cuenta de que había cometido un error. La noche anterior habían estado dos horas bailando y aquello estaba tomando unas proporciones tales que cada vez le costaba más dejar de pensar en ella. Su olor, el brillo de sus ojos cuando se reía, la forma en que se ponía seria para contar los pasos del vals, la melodía de su voz...

–Se supone que se debe hacer ejercicio todos los días –dijo ella.

–Eso me parece excesivo, ¿qué te parece cada dos días?

–Todos los días –insistió ella.

–Dos días y luego uno de descanso.

–Dime una cosa, ¿eres sindicalista?

–Estoy siendo razonable. Dos días de tres serán suficientes para que note mejoría y el día de descanso me ayudará a mantener el ritmo.

–De acuerdo, dos días seguidos y descansamos el tercero. Lo que quiere decir que hoy nos toca, ¿puedes hacerlo ahora o estás muy ocupado?

Gina miró hacia los papeles que estaban sobre la mesa. Allí también había dos libros muy gruesos y sintió curiosidad por saber de qué eran ¿Qué podría estar estudiando? Deseó saberlo, pero sabía que a Nick no le gustaría que se acercara.

Al ver el interés de Gina, Nick tuvo miedo de que se diera cuanta de que estaba leyendo un texto sobre medicina, así que se levantó y se dirigió hacia ella. Gina salió al pasillo y él la siguió cerrando la puerta detrás de él.

—¿Adónde vamos? —le preguntó él.

—Afuera ¿Es tan importante que cierres con llave cuando sales sólo un rato?

—Es más seguro —dijo Nick sin querer confesarle que había ciertas personas que creían que por el hecho de ser médico tendría medicinas en la casa que podrían vender en el mercado negro a buen precio. Y había demasiada gente en la ciudad que sabía que él era médico. Lo positivo de todo aquello era que lo conocían desde hacía tanto tiempo que ya no solían mencionar su profesión.

—Supongo que tienes razón —dijo Gina con un suspiro—. Pero es una pena, todo parece tan tranquilo aquí.

—El delito está en todas partes, sino recuerda lo que te pasó a ti.

—Sí, pero eso fue en la ciudad, aquí estamos en el campo.

—Sigue siendo el mismo mundo, y un hombre prudente debe tomar precauciones.

—Las mujeres prudentes también lo hacen, aunque a veces no sirve de mucho. Pero hablemos de otra cosa más agradable.

Nick miró la luminosa cara de Gina y sintió cómo el deseo volvía a parecer. De repente pensó que si ella quería hablar de algo más agradable, podrían hablar de sexo. No había nada más agradable que la idea de hacer el amor con ella.

Nick se apresuró a librarse de aquel impulso, no quería apresurarse con ella. Tenía que tener una relación controlada con ella hasta que Gina no dependiera económicamente de él. Recordó lo de Illinois, quizá era el momento de preparar el tema acerca de Boston.

—¿Comenzaste la carrera en Illinois?

—Sí, estaba en Champaign Urbana hasta que a mi padre le diagnosticaron cáncer de pulmón. Y lo peor de todo era que él no fumaba.

Nick sintió ganas de consolarla y la abrazó con fuerza.

—Una de las lecciones más difíciles que el ser humano ha de aprender es que la vida no es justa.

Gina suspiró, por alguna extraña razón aquel pequeño gesto la tranquilizó mucho.

—¿Así que decidiste volver al mismo lugar para terminar los estudios?

—Sí, tengo que tomar las riendas de mi vida de nuevo.

—Una enfermedad terminal puede acabar con toda tu ilusión de vivir.

Gina pensó que no era la enfermedad de su padre la que le había hecho sentirse así, sino los continuos chantajes a los que le sometía su madre.

—Me gusta Illinois, es... —de repente Gina se dio cuenta de que quizá no podría comenzar el trimestre en la Universidad de Illinois. La universidad le había dicho que la aceptaba en enero, pero tal vez cambiaran de opinión si no recibían el dinero pronto. Todo dependía del tiempo que su madre mantuviera el recurso.

–Quizá deberías valorar otras opciones. Quiero decir, ¿no has pensado en terminar tus estudios en algún otro lugar?

Gina sintió cómo su pulso se aceleraba por momentos, ¿acaso Nick quería que terminara sus estudios en aquella zona? ¿Acaso le gustaba tanto que le quería pedir que se quedara para que se conocieran mejor?

–Boston tiene unas universidades maravillosas –aquel cometario hizo que las ilusiones de Gina se desvanecieran, Boston a cuatrocientos kilómetros de allí. Él no quería que ella estuviera cerca de él.

–Todas las universidades en las que he preguntado te piden que hayas estudiado por lo menos dos años en ellas, así que si pidiera otra universidad perdería un año de curso –y de dinero, se dijo Gina para sí misma, y en aquellos momentos el dinero era más importante que el tiempo.

–Es verdad, pero quizá ese trabajo extra te sirva para hacer el doctorado, ¿vas a hacer el doctorado, no?

–Sí, pero pensaba hacerlo mientras trabajo para poder mantenerme.

Nick frunció el ceño. Quería decirle que él pagaría las facturas, pero no se atrevía hacerlo. En primer lugar porque estaba seguro de que ella no estaría de acuerdo y en segundo porque no quería confesarle aún que era médico. Ya había sacado el tema, con aquello bastaba. Volvería a hablar de ello cuando recibiera la información de su amigo.

–¿Hasta dónde vamos a caminar hoy? –preguntó Nick.

Gina miró su reloj.

–Caminemos otros diez minutos y después regresaremos. Aunque deberíamos acelerar el paso.

–¿Cómo de rápido? ¿Así? –Nick comenzó a acelerar el paso y Gina se dispuso a seguirlo, pero de repente se resbaló y se cayó por una pequeña ladera que llegaba hasta un arroyo.

Nick se apresuró detrás de ella y la sacó del arroyo.

–¿Quieres ir lo suficientemente rápido como para romperte el cuello, no es así?

–No me he roto nada y además no es culpa mía que el terreno sea tan inestable –le contestó ella. Tembló de frío al sentir como el agua helada traspasaba sus vaqueros.

–No, pero sí será culpa tuya si te resfrías por quedarte aquí con la ropa mojada. Vamos –la agarró del brazo y regresaron al camino–. A casa, necesitas un baño caliente –Gina volvió a temblar al regresar al camino–. Quizá deberías quitártelos –sugirió Nick–. Podrías usar mi jersey para secarte y después...

–No –Gina se negó en rotundo. No estaba dispuesta a quedarse en ropa interior delante de él. No se atrevía a hacerlo, no tenía la suficiente seguridad en sí misma como par llevarlo a cabo. Ella seguía pensando que sus piernas eran flacas y además llevaba unas bragas blancas muy poco femeninas. Probablemente él en lugar de sentir deseo se reiría de ella.

Y lo que ella quería que Nick sintiera era deseo, quería que la mirara y que no pudiera evitar tocarla, que la deseara con toda su alma, quería... Quería la luna, ella lo sabía. Pero ella no estaba acostumbrada a coquetear con los hombres, no sabía cómo hacerlo y nunca sabría.

–Date prisa –le dijo Nick mientras la agarraba del brazo.

Gina se apresuró, aunque le importaba más sentir aquellos dedos que la garraban con fuerza que el hecho de que sus zapatos estuvieran encharcados.

Cuando llegaron a una parte más estable del camino él la soltó y ella lo lamentó. Gina pensó que se estaba volviendo loca, después de todo Nick no era más que un amigo. Aquellos besos que le había dado no significaban nada, y menos con un hombre tan atractivo como él.

–Ve a darte una ducha caliente mientras yo preparo un poco de café –le dijo Nick cuando llegaron a casa–. No quiero que te pongas enferma.

Lo que ella sí deseaba era ponerse cerca de él, tan cerca que terminaran en la cama ¿Qué aspecto tendría Nick desnudo? Lo miró atentamente mientras él abría la puerta. Gina sintió cómo sus pezones se endurecían ante la perspectiva de verlo desnudo y se sonrojó.

Nick abrió la puerta y la invitó a pasar.

–¡Maldita sea! Estás roja, tal vez tengas fiebre...

–No voy a caer enferma –dijo ella aliviada de que él pensara que se debía a la caída. Se moriría de vergüenza si él supiera que el mero hecho de mirarla le provocaba tal deseo–. Una vez leí que aunque te mojes no tienes por qué resfriarte.

–Eso es verdad, pero si pasas frío tus defensas disminuyen y si tienes algún virus esta situación facilita que caigas enfermo. Vete a tu cuarto.

Gina fue hacia allí y diez minutos después estaba duchada, limpia y caliente. Fue a la cocina. Nick la esperaba allí, la miró de arriba abajo con frialdad, como alguien a quien estuviera estudiando y le sirvió un poco de café.

—Bebe un poco, ¿cómo te encuentras? —le dijo él.

—Limpia, Y más lista. La próxima vez que salgamos a pasear me apartaré del borde del camino.

—Quizá deberíamos pensar en hacer otro tipo de ejercicio —la miró detenidamente. Nick sabía perfectamente qué tipo de ejercicio le gustaría hacer con ella, ¿acaso no se decía que hacer el amor era uno de los mejores ejercicios que había? Estaba seguro de que con ella lo sería. Se movió incómodo, le costaba controlar los impulsos de su cuerpo. Con sólo mirar a Gina todo su cuerpo se llenaba de deseo, si alguna vez hacían el amor probablemente la casa entera comenzaría a arder.

No podía hacerle el amor en aquellos momentos. Tenía que mantener su deseo bajo control. Podría hacerlo si ella accediera a terminar sus estudios en Boston. Allí podrían tratarse como iguales, ella no dependería de él.

Si pudiera estar con ella en Boston, podrían pasar mucho tiempo juntos, no le costaría disminuir un poco su jornada laboral. Quizá un par de tardes por semana y algún fin de semana...

—Creo que volveré a llamar al banco, quizá tenga suerte y el director ya haya regresado —dijo Gina.

Dejó la taza de café sobre la encimera y se dispuso a iniciar la clásica batalla telefónica.

Sin embargo aquella vez no fue ninguna batalla, la persona que contestó el teléfono encontró su caso de inmediato y le pasó con el director. El director se disculpó por el retraso y le aseguró que los cheques se volverían a emitir aquella misma tarde y que se los enviarían por correo urgente cuanto antes.

Gina colgó el teléfono. Estaba muy sorprendida.

—¿Qué pasa? ¿Algo va mal? —le preguntó Nick.

—Acabo de hablar con la primera persona competente, ni siquiera me dijo nada acerca de haber anotado la numeración de los cheques en un lugar seguro. Me va a enviar los nuevos cheques de inmediato. Llegarán mañana por la mañana.

—Siempre hay gente que sabe hacer su trabajo —dijo Nick—. ¿Quieres que salgamos a cenar para celebrarlo?

Gina pensó en cenar fuera rodeada de gente extraña y en hacerlo los dos solos en la casa. Prefirió la segunda opción. Además no quería que él se gastara dinero en ella, ya que no sabía si tenía mucho o poco.

—En otra ocasión, tengo algo en el horno.

—Entonces podemos comernos lo que queda de la tarta de chocolate de postre.

—No se puede vivir sólo de chocolate.

Él sonrió.

—Quizá tengas razón, pero no estaría mal probar de vez en cuando. Si tú...

Sonó el teléfono y Nick respondió de inmediato.

Gina lo miró fijamente.

—Es para ti —le dijo él dándole el teléfono—. Es un hombre.

Gina lo miró estupefacta mientras agarraba el auricular. No podía imaginarse qué hombre podía llamarla a ella. No podía ser el sheriff, Nick habría reconocido la voz, quizá se trataba de un hombre de la compañía de seguros. De repente se desilusionó al darse cuenta de que una vez que recuperara el coche ya no tendría razones para permanecer allí. Aunque elegir un coche nuevo llevaba su tiempo. La idea la tranquilizó.

—¿Diga? —contestó Gina.

—Hola, Gina, soy el reverendo Milsom.

—¡Ah! Hola.

A Gina no le gustaba ni el reverendo ni su iglesia. Creía que la gente de su congregación era un grupo de hipócritas intolerantes que sólo aceptaban a los que pensaban como ellos.

Había seguido yendo a la iglesia sólo porque su madre iba y siempre le pedía que la llevara en coche. La única vez que Gina se había atrevido a proponerla llevarla y después pasar a recogerla, su madre se había puesto a llorar.

No sabía por qué el reverendo querría hablar con ella. Frunció el ceño. Además, ¿cómo habría conseguido el número?

—Acabo de llegar de visitar a tu madre y estoy muy decepcionado contigo.

—Supongo que no tardará en explicarme por qué.

—Esto es un tema muy grave. La Biblia dice que debemos honrar a nuestros padres, y abandonar a tu madre así teniendo en cuenta lo enferma que está es un pecado mortal.

Gina miró a Nick y le alivió ver que estaba mirando unos vídeos y que no parecía estar prestando atención.

—A mi madre no le pasa nada —dijo Gina—. En realidad se pondría mucho mejor si hiciera algo diferente como buscarse un trabajo a tiempo parcial.

—Estás poniendo tu alma en peligro al tratar con

tanta ligereza la salud de tu madre. Debes regresar a tu hogar inmediatamente.

—Prefiero permanecer en el infierno —dijo Gina con suavidad y después colgó el teléfono. La satisfacción que sintió le duró poco ya que de repente Gina se preguntó cómo podía una madre tratar a una hija de aquella forma.

Se dijo que por lo menos sabía perfectamente qué era lo que no iba a hacer cuando ella tuviera hijos. Pero aquello no la tranquilizó.

—¿Algún problema? —le preguntó Nick. La miró fijamente durante unos segundaos. Quienquiera que hubiera sido aquel hombre estaba claro que la había disgustado. Mucho.

Gina tomó aire y se obligó a sonreír.

—Una llamada sin importancia.

Nick no la creyó. Una llamada sin importancia no provocaba un disgusto como aquél, pero no quería obligarla a que se lo contara y hasta que ella quisiera contárselo él debía ser paciente.

Se llevó algunos vídeos y se dirigió a las escaleras.

—Si me necesitas, estaré arriba.

Gina le observó subir las escaleras y después fue a la cocina y se tomó otra taza de café. Estaba intranquila, quería que su madre la dejara en paz, pero ésta parecía incapaz de hacerlo. Su madre era una mujer bastante joven, ¿por qué no comenzaba ella también una nueva vida?

Gina sintió ganas de ponerse a llorar, pero logró controlarse, era inútil exigir respuestas para preguntas imposibles.

La vida era un obstáculo continuo.

Aunque no toda ella. En aquellos momentos estaba viviendo unos días muy agradables y la persona que lo hacía posible estaba en el piso de arriba, muy cerca de ella.

Gina se sintió mucho mejor y comenzó a pelar patatas para la cena.

CAPÍTULO 10

GINA miró las velas que sujetaba en la mano y después la mesa de la cocina. De repente trató de imaginarse el aspecto que tendría Nick con la luz de las velas.

Seguro que estaba maravilloso, aunque él siempre tenía una aspecto fantástico. Era el tipo de hombre que siempre sería guapo, incluso cuando fuera mayor.

Aunque ella no iba a estar a su lado para verlo y aquello la entristeció. Lo había conocido en un momento de su viada en el que tan sólo podía ser una persona pasajera. Su relación no podría mantenerse cuando estuvieran separados, aunque él tampoco había dado signos de querer mantener el contacto cuando ella se fuera. Recordó el comentario de Nick acerca de Boston, tal vez aquella ciudad estuviera más cerca de aquel lugar que Illinois, pero seguía siendo demasiada distancia apara mantener una relación.

Desgraciadamente y aunque ella sabía que aquella relación no tendría futuro, a su cuerpo no le importaba. Su cuerpo deseaba a Nick con fervor, deseaba que la abrazara, que la besara en la boca, que se dejara caer sobre ella.

Tan sólo tenía que dejar que su cabeza guiara las

acciones y para lograrlo debía recordar que aunque ella lo deseaba con toda su alma, él no parecía sentir lo mismo hacia ella. No tenía mucha experiencia con los hombres, pero su sentido común le decía que si Nick hubiera querido hacer el amor con ella, ella lo habría notado. Pero no había sido así, lo único que había hecho había sido besarla un par de veces.

Gina suspiró mientras volvía guardar las velas en el cajón, había cambiado de opinión.

Comprobó que todo estuviera preparado para la cena, se acercó a las escaleras y llamó a Nick. Él no respondió.

Gina pensó que quizá tenía la puerta cerrada y no la oía así que decidió subir a buscarlo y se dirigió al cuarto que usaba de estudio.

Se sorprendió al ver que la puerta estaba abierta, se asomó y vio a Nick viendo un vídeo con mucho interés.

Gina frunció el ceño y se acercó a él intentando ver qué estaba viendo. Probablemente se trataba de una película de miedo porque parecía un...

Gina se quedó horrorizada cuando se dio cuenta de lo que estaba viendo. Unas manos estaban extrayendo el corazón de un niño, Gina sintió náuseas.

Nick se giró y se apresuró a apagar la tele.

–¿Está lista la cena? –preguntó él.

–¿La cena? –Gina repitió aquella palabra como si la hubiera dicho en otro idioma–. ¿Cómo puedes comer después de ver algo como...?

Nick maldijo en voz baja, Gina lo había visto y él no sabía qué hacer. Podía mentir, pero ya no sabía qué decirle, o podía decir la verdad y arriesgarse a estropear unos días que se estaban convirtiendo en los mejores de su vida.

Observó la pálida cara de Gina y la idea de seguir mintiendo le produjo un gran rechazo. Tal vez había sido capaz de mentirle al conocerla, pero en aquellos momentos no podía hacerlo porque la amaba. La idea lo asustó, ¿cómo podía haber sido tan estúpido como para enamorarse de ella? Sabía que aquello le daría muchos problemas, no tenía tiempo para dedicarle a una relación seria, ya tenía una amante muy exigente... La medicina.

Aunque quizá no fuera verdad, se miró el brazo escayolado y sintió una gran tristeza. Quizá no pudiera volver a operar nunca, y si fuera así, ¿qué tendría? Nada. Nada que fuera realmente importante para él. Aquella idea lo llenó de dolor.

—¿Nick?

Nick se apresuró a apartar la tristeza y el miedo de su cabeza. No era el momento. Tenía que contestar a una pregunta que le había hecho Gina y si decir la verdad le daba más problemas, tendría que añadirlos a la lista de cosas que tenía que afrontar.

—No es una película —dijo finalmente—. Es un vídeo práctico que muestra cómo llevar a cabo una nueva técnica realizada en Suiza.

—¿Una técnica?

—Una técnica quirúrgica para extraer corazones para transplantes. Está dando buenos resultados.

—¿Buenos resultados? —repitió Gina—. ¿Quieres decir que te gusta ver operaciones?

—En cierta manera —Nick tomó aire—. Soy cirujano, siempre estoy interesado en mejorar mi técnica.

Gina frunció el ceño.

—¿Cirujano? Pero tú dijiste que eras técnico.

—Y lo soy, sólo que uso un escalpelo como instrumento de trabajo.

Gina se mordió el labio mientras intentaba asimilar lo que Nick le acababa de contar. Estaba claro que Nick era médico, era inteligente y tenía una paciencia que debía tranquilizar mucho a sus pacientes... Todo cuadraba.

Pero Gina no entendía por qué la había mentido. Ella había sacado la conclusión de que él trabajaba en una fábrica y él le había llevado a pensar aquello. Quizá él se había dado cuenta de lo mucho que a ella le gustaba y había querido desanimarla haciéndola creer que era un simple trabajador. Pero no tenía sentido, si a él le hubiera preocupado que ella pudiera interesarse por él nunca la habría invitado a hospedarse en su casa.

—¿Por qué me lo has ocultado? —le preguntó Gina.

—Porque la mayoría de las mujeres me tratan de una forma diferente cuando averiguan que soy médico.

Gina lo miró durante unos segundos.

—¿Por qué?

Nick estaba incómodo, tenía miedo de parecer prepotente.

—Cuando algunas mujeres averiguan a qué me dedico, sólo ven a un marido que puede proporcionarles una vida muy cómoda y desahogada. Incluso antes de saber nada de la fundación que mi abuelo me dejó en herencia —Nick había decidido contarle absolutamente todo—. Y las que no quieren atraparme por mi dinero quieren que las examine de alguna dolencia constantemente –añadió él al ver que ella no decía nada.

–No tienes por qué preocuparte por mí –dijo ella con orgullo–. No necesito a nadie que me mantenga y estoy muy sana.

Gina se preguntó a sí misma si estaba molesta pero descubrió que no era así. En realidad Nick la había mentido cuando apenas la conocía y cuando ya la conocía mejor, había decidido arriesgarse a decirle la verdad. Era como una forma de decirle que aquella relación era importante para él. O por lo menos así lo esperaba ella.

A Nick le sorprendió notar que las palabras de Gina no lo tranquilizaron, más bien lo enfurecieron. No quería que Gina lo viera como prescindible, quería que... Quería que se abalanzara sobre él y le declarara amor eterno.

Estaba claro que aquello era lo que deseaba, aunque sabía que les traería complicaciones, tanto a él como a ella. Nick quería que ella le dijera que lo amaba.

Quizá ella no lo amara en aquellos momentos pero tal vez podría llegar a amarlo más adelante.

–Sé que no quieres mi dinero –dijo él.

–En realidad, eso no es completamente verdad –señaló ella–. Ahora que sé que no eres pobre, querría que me dieras quinientos mil dólares como compensación por la indigestión.

–¿Qué indigestión?

–La indigestión que vas a padecer por comer comida quemada porque la cena que preparé en esa antigüedad de horno que tienes en la cocina se achicharró porque el regulador de temperatura no funciona.

—No suelo cocinar demasiado.

—Pero yo sí.

—Mensaje recibido. Un nuevo horno, ¿quieres algo más?

Gina pensó en decirle que no sería mala idea comprar un poco de pintura para las paredes del salón, pero decidió no hacerlo. Nick podría pensar que estaba intentando quedarse más tiempo si empezaba a sugerir que hiciera cambios en la casa. Y ella no tenía ninguna intención de pasar a formar parte del grupo de mujeres que pretendían atraparlo.

—No, con el horno es suficiente. En realidad vine a decirte que la cena está lista.

—Estupendo, me muero de hambre.

Gina miró la televisión y sintió un escalofrío, Nick debía tener un estómago a prueba de balas.

—Tiene un aspecto estupendo —dijo Nick mientras se sentaban en la mesa.

Comenzaron a comer.

—Si eres médico, Nick, ¿por qué no haces ejercicio?

—No tengo tiempo.

—Pero todos los médicos deberían hacer ejercicio.

—Tú también deberías hacerlo.

—Sí, tal vez... ¿Trabajas por esta zona? —preguntó ella para cambiar de tema

—No, ésta es la casa de campo de mi familia. Sólo vine aquí a descansar mientras me recuperaba del brazo.

—¿Dónde trabajas?

—En Boston.

Boston era la ciudad en la que estaba la universidad de formación del profesorado tan buena de la que él le había estado hablando ¿Qué querría decir aquello? ¿Acaso había estado hablando de ella porque le gustaba hacer propaganda de la ciudad donde vivía o querría que ella estuviera cerca de él?

De repente Gina sintió una inmensa alegría. Era posible pero poco probable. Intentó no emocionarse demasiado pero, ¿cómo podría descubrir su motivación? Y si fuera verdad, ¿estaba ella dispuesta a empezar en una universidad nueva en la que tardaría por lo menos un año más en terminar?

Gina miró fijamente a Nick y sintió cómo el deseo aparecía una vez más. Tan sólo con mirarlo todo su cuerpo se encendía como una llama pero, ¿por qué? ¿Por qué la presencia de Nick la afectaba tanto?

Estaba claro que era un hombre muy guapo, pero había conocido a otros hombres también guapos que no le habían provocado nada igual. También era inteligente y siempre estaba dispuesto a probar cosas nuevas. De repente pensó si estaría dispuesto a probar cosas nuevas también en la cama... Gina se sonrojó al pensar en Nick como amante. Se apresuró a beber agua.

—La cena está muy buena —dijo Nick mientras volvía a servirse.

—Gracias, leí en una revista que el carbón es bueno para el aparato digestivo.

—Entonces quizá no debería cambiar el viejo horno.

—Permíteme que repita la frase, he leído que un poco de carbón es bueno para el aparato digestivo.

Él sonrió.

—Tus frases siempre tienen un doble sentido —dijo él con una sonrisa.

Gina se preguntó qué sentido oculto tendría Nick y enseguida lo descubrió. Nick era capaz de romperle el corazón sin tan siquiera darse cuenta. De repente se dio cuenta de que lo amaba, y aquella revelación la dejó helada.

¿Cómo podía haber dejado que pasara? ¿Cómo podía haberse enamorado de un hombre que acababa de decirle que despreciaba a las mujeres que pretendían atraparlo? ¿En qué momento el deseo se había convertido en amor? No lo sabía, lo único que sabía era que tenía un gran problema.

—¿Estás bien? —le preguntó Nick mientras la miraba detenidamente—. ¿No te habrás puesto enferma por lo de ayer? ¿Te duele algo?

—Estoy bien, no suelo ponerme enferma —dijo ella y se obligó a sonreír. Deseaba haberse dado cuenta de lo que sentía en otro momento, en un momento en que él no estuviera delante.

—Ya verás cuando empieces a dar clases —dijo él—. La mujer de un amigo mío es profesora de educación infantil y se pone enferma cada vez que hay una epidemia. Aunque se está volviendo inmune.

—Gajes del oficio —dijo Gina muy agradecida de que hablaran de algo tan superficial. Se preguntó cuánto tiempo tardaría ella en comenzar a dar clases. Si su madre decidía seguir adelante con el recurso, tardaría años en terminar sus estudios. Y teniendo en cuenta el comportamiento de su madre hasta el momento, era poco probable que abandonara el tema.

De repente sintió una inmensa pena y tuvo ganas de llorar. El que realmente la había querido había sido su padre, él siempre había estado dispuesto a escucharla. Al recordar el pasado, Gina se dio cuenta de que su madre nunca había sido capaz de permitir que otra persona fuera el centro de atención, ni siquiera su hija.

Gina se sorprendió mucho al sentir cómo Nick la agarraba de la mano.

—¿Por qué estás tan seria? —le preguntó él.

—Estaba pensando en mi padre.

—¿Cómo era tu padre? —Nick apartó la mano y Gina lo lamentó.

—Era una persona maravillosa —le dijo ella. No quería hablar de su padre porque si hablaba de él terminaría hablando de su madre, y no quería hablarle a Nick de su madre. Él podría pensar que había algo extraño en ella si su propia madre no la quería.

Nick intentó controlar la decepción que sintió al notar que ella no quería hablarle de su padre. Sentía ganas de estrecharla entre sus brazos y hacer que aquella expresión de pena desapareciera de su cara. Quería decirle que no estaba sola, que él estaba con ella. Que la quería. Pero él creía que a ella no le agradaría oír aquello. Estaba claro que ella estaba deseando ir a Illinois a terminar sus estudios, no parecía muy dispuesta a comprometerse con él y terminar su carrera en Boston. Por lo que había podido observar, ella parecía quererlo sólo como amigo, ni siquiera le había molestado que él la hubiese mentido acerca de su profesión, aunque quizá se habría dado cuenta de que tal vez no podría volver a operar.

Miró la escayola muy preocupado, si algún nervio había resultado dañado...

–¿Te duele el brazo? –le preguntó Gina.

–No.

–¿Cuándo te quitan la escayola.

–Dentro de un par de semanas. Tienen que hacerme una radiografía y Sam supervisará la cura-
ción.

–¿Quién es Sam?

–El ortopeda que me operó el brazo.

Gina lo miró extrañado, no se solía operar por
una simple fractura...

–¿Cómo te lo rompiste?

–Yo no me lo rompí.

–¿Y qué pasó?

–Una bala rompió el hueso.

–¡Una bala! –exclamó ella horrorizada–. ¿Dónde
estabas para que te disparasen?

–Estaba en la sala de urgencias del hospital con
una víctima de un accidente. Hay detectores de meta-
les en la entrada del hospital, pero aquel día los había
apagado porque el sistema tenía un fallo y no dejaba
de pitar y molestaba a los enfermos. Así que unos chicos llevaron a un amigo que estaba muy drogado.
Iban armados pero los vigilantes no lo detectaron.

–¡Dios mío!

–Bueno, el caso es que cuando la enfermera fue a
curarlo, el chico pensó que estaba atacándolo y le
disparó. Yo estaba en la habitación de al lado.

–E intentaste quitarle la pistola.

–No tuve opción, la enfermera estaba desangrán-
dose en el suelo, necesitaba ser atendida y quién
sabe a quién más podía haber disparado, estaba muy

drogado. Tampoco tenía muy buena puntería porque me dijo que me iba a meter una bala en la cabeza y en su lugar apuntó a mi brazo.

Gina agarró la mano de Nick.

—Podrías haber muerto —le susurró horrorizada al pensar que podría no haberlo conocido. Aquello hubiera sido como vivir en una serie de televisión en blanco y negro, sin la cantidad de colores que tenía en aquel momento su vida.

—Espero que hayan despedido a ese vigilante, no le registró bien y por su culpa os dispararon a ti y a esa enfermera, ¿qué tal terminó ella?

—Se recuperará, aunque no quiere volver a trabajar en urgencias.

—Es comprensible, nunca he pensado que los hospitales eran lugares peligrosos, pero ahora...

—Normalmente no lo son. Pero después de lo que ha pasado, tal vez nunca recupere la movilidad suficiente en los dedos como para volver a operar —le dijo para dejarle claro que tal vez no pudiera volver a ejercer la medicina—. Parece ser que el hueso está soldándose bien, pero todavía es pronto para saber si los nervios o los músculos están dañados.

Gina notó lo preocupado que estaba, pero no sabía qué decir. Sus problemas con los estudios eran insignificantes comparados con lo que Nick tendría que afrontar si no podía volver al trabajo.

—Tienes que esperar para saber qué pasa y supongo que la espera se hace eterna.

—No es tan mala desde que tú apareciste. Tenías razón cuando dijiste que necesitaba alguna afición para distraerme un poco. Hasta que me dispararon estaba completamente dedicado a mi trabajo.

Gina se alegró de oírle decir aquello.

–Pero aún no hemos encontrado algo que te interese.

–¿Qué hay hoy? ¿Has mirado en el periódico?

–Ensayo del coro en la iglesia. Están buscando gente.

–A mí seguro que no me buscan, no sé cantar ni en la ducha.

–Aunque ellos no podrían quejarse de ti.

–¿Por qué?

–Porque la Biblia dice que hemos de hacer un ruido alegre para llamar al señor, no dice nada de tener que cantar bien,

–No me importa lo que diga la Biblia, no quiero que la gente hable mal de mí. ¿Y qué hay mañana?

–Mañana hay un mercadillo de segunda mano en Vinton. Podríamos ir.

–¿Para qué?

–Quizá puedas hacerte coleccionista de algo.

Nick la miró detenidamente, lo único que él quería coleccionar eran partes de ella, y lo antes posible, antes de que alguien se le anticipara. No tenía ganas de visitar ningún mercadillo, pero disfrutaría sólo por estar con ella.

CAPÍTULO **11**

QUIZÁ lo que necesites es un abogado –le
dijo Nick la mañana siguiente cuando ella regresó a la cocina tras hablar con la compañía
de seguros.

–Un abogado me cobraría más de lo que vale el
coche, y hasta el mes que viene no tengo nada que
hacer.

–Entonces, ¿por qué sigues llamándolos?

–Es una cuestión de principios –aquélla era una
de las razones y otra era que no quería que Nick se
diera cuanta de lo mucho que deseaba quedarse en
aquella casa con él. Por primera vez en su vida su
sueño de convertirse en profesora era secundario, lo
que más deseaba en el mundo era estar con Nick. Y
aquello era algo que la preocupaba.

Nick la miró y decidió no ofrecerse a pagarle el
abogado. Gina era una mujer muy independiente, no
parecía gustarle que le ofrecieran dinero. Y él quería
complacerla, quería complacerla y hacerle el amor.
Miró los labios de ella y sintió ganas de besarla, quería besarla, saborearla, deseaba tanto hacer el amor
con ella que se estaba convirtiendo en una obsesión.

Se prometió a sí mismo que lo haría, pero no debía apresurarse. No quería que Gina fuera una aventura más, quería que formara parte de su vida para

siempre. Quería verla en la misma mesa en la que desayunaba él todas las mañanas y quería dormir en la misma cama que ella el resto de su vida. Quería casarse con ella. Y la única forma que tenía de conseguir eso era teniendo paciencia. Lo primero que tenía que hacer era convencerla de que Illinois no era el único lugar donde podía terminar sus estudios y que en Boston podría hacerlo también.

Una vez ella hubiera estado de acuerdo, él podría arriesgarse a intimar más con ella. Mientras tanto debía ser paciente.

–He de decirte algo, tu defensa de los principios te va a dar problemas de tensión.

–¡Mira quien habla! Tú no tienes aficiones y eso sí que va a darte problemas de tensión.

Nick bebió un poco de café.

–He estado pensando en ello y en realidad sí que tengo una afición.

Gina lo miró sorprendida.

–¿Y cuál es?

–La medicina.

–Eso no es una afición, es tu profesión –Gina se dijo a sí misma que la medicina parecía ser toda su vida, no parecía tener tiempo para tener una relación con una mujer.

Nick se puso serio de repente, sus miedos habían vuelto a aparecer.

–Tal vez la medicina deje de ser tanto profesión como afición.

Gina frunció el ceño al ver la preocupación de Nick y agarró su mano de una forma instintiva.

Al notar la mano de Gina, Nick sintió como si todo su cuerpo se despertara de repente.

—Ojalá hubiera algo que pudiera decirte para tranquilizarte.

—Las palabras no pueden cambiar las cosas —dijo él, mientras pensaba que las acciones, sin embargo, sí podían hacerle olvidar sus preocupaciones. Por ejemplo hacer el amor con ella, aquello le haría olvidar todos sus miedos.

Gina suspiró.

—Tienes razón, no hay nada que puedas hacer excepto esperar ¿Qué dice el doctor? ¿Qué probabilidad hay de que te recuperes?

—Sam dijo que recuperaría la destreza suficiente como para llevar a cabo una vida normal.

—¿Y para operar necesitas más que la destreza del día a día?

—¡Mucho más! Y no puedes engañarte porque la vida de tus pacientes está en juego. No sé que haré si...

Se levantó y se dirigió a la encimera. Gina observó cómo se tocaba el pelo con los dedos y deseó ser ella la que se lo tocase. Deseó tocarle hasta que aquella preocupación desapareciera. Pero no se atrevía a hacerlo, si no respetaba la amistad que tenían quizá lo perdiera todo.

Nick se giró y la miró fijamente.

—¿No vas a decirme que puedo seguir siendo médico aunque no pueda operar?

Gina se mojó los labios y pensó en el humor en el que estaba Nick. Parecía cambiante y en aquellas circunstancias quizá lo mejor era decir la verdad con un poco de sentido común. Estaba claro que no quería que lo compadecieran.

—No hace falta que te lo diga yo, tú ya lo sabes y

si eso te tranquilizara no estarías tan preocupado de que tu brazo se curara bien.

–¿Crees que me estoy comportando como un niño caprichoso?

–¿Por qué te preocupa perder todo por lo que has luchado? No serías un buen cirujano si no te gustara tanto ese campo de la medicina.

–Pero la cirugía no es la única especialidad que hay –dijo él recordando lo que le habían dicho sus compañeros hasta que decidió ir a la casa de campo para no tener que escuchar más comentarios como aquellos.

–Es verdad, supongo que es como si yo no consigo trabajar de profesora de lectura y tengo que conformarme con un puesto de profesora de inglés.

–¿Y lo harías?

–Sí, porque sería también profesora.

–El problema es que no me interesa ninguna otra especialidad.

–Si yo fuera médico me encantaría ser el que asiste en los partos. Es un momento tan feliz...

Nick la miró y de repente se la imaginó embarazada, su suave cuerpo redondeado por el embarazo, por un hijo. Su hijo. De repente sintió un fuerte deseo y tuvo que morderse los labios para controlarse.

–Los partos suelen ser rutinarios y cuando no lo son se pasa mucho miedo.

Gina frunció el ceño y pensó que era el momento de cambiar de tema.

–Es hora de que nos vayamos, el mercadillo empieza a la una.

A Nick le encantaba la forma en que Gina decidía cambiar de tema. A ella no le costaba nada contrade-

cirle, discutir con él o hacerle callar y aquello le
gustaba. La mayoría de la gente le trataba con excesivo cuidado y admiración. Parecía que le tenían
miedo por el hecho de que fuera médico o porque
tuviera mucho dinero. Pero a Gina no le importaba
nada de aquello. Aunque a Nick le hubiera gustado
que ella lo tratara como un amante.

–Tienes que ver todo el mercadillo antes de deci-
dirte. Y según el periódico hay cerca de ciento cincuenta puestos.

Probablemente estarían toda la tarde allí. La idea
de pasarla con Gina le agradaba, era mucho mejor
que quedarse en casa lamentándose por lo que le había ocurrido en el brazo.

–¿Dónde lo ponen?

–En la armería de Vinton, iré por mi monedero.
Te veo en la puerta.

–¡Mira eso! –dijo Gina una vez en el mercadillo
señalando un puesto de libros usados.

Nick miró a su alrededor.

–¿Que mire qué?

–¡Libros! ¡Libros usados! Vamos a ver qué tienen
–a Gina le estaba encantando el mercadillo.

Nick la observó mirar los libros.

–¿Eres alérgica a algo? –le preguntó.

–No, ¿por qué lo preguntas? –dijo ella mientras
ojeaba una copia antigua de un libro de Agata Christie.

–Porque estos libros están llenos de polvo y hu-
medad.

–No te preocupes por ésos, aquí hay muchos más
–dijo ella mientras se ilusionaba al encontrar otro libro de Agata Christie que no había leído.

Nick no prestó atención a los libros, estaba demasiado fascinado con Gina como para hacerlo.

Una hora después abandonaron el puesto y Gina terminó con una caja de cartón llena de libros.

–¿No te gustó ninguno? –le dijo Gina al darse cuenta de repente de que él era el que iba a buscar algo para coleccionar.

–Sí, un libro de Umberto Eco que no había leído.

–¿Eso es todo?

–Es todo lo que quería, ¿qué te parece si llevo esa caja a la camioneta antes de que sigamos?

Gina miró la escayola y después la caja.

El dueño del puesto notó las miradas de ambos y se apresuró a hablar.

–El precio de los libros incluye servicio de entrega hasta el coche –dijo el señor–. ¡Ryan! –un niño adolescente apareció de inmediato–. Lleva esta caja hasta el coche de estos señores.

–Por supuesto, papá –el niño terminó de comerse el dulce que tenía en la boca y llevó la caja como si no pesara nada.

–Mejor será que lo acompañe para abrir la camioneta –dijo Nick.

–Iré mirando los otros puestos –le dijo Gina antes de que se fuera.

Cuando Nick regresó Gina estaba mirando cómo una mujer hacía madejas de lana y después siguieron avanzando hasta un puesto de casas de muñecas.

Gina estaba tan fascinada con las casitas que Nick sintió ganas de coleccionarlas con ella y quizá algún día podría incluso tener una pequeña niña con el sedoso pelo de Gina o un niño con sus precioso ojos azules. Nick se llevó una tarjeta del hombre del puesto.

Pero lo primero que tenía que hacer era convencer a Gina de que casarse con él era una idea estupenda. Nick se preguntó cómo podría conseguirlo.

Él nunca había sentido la necesidad de pedirle a ninguna mujer que se casara con él, siempre había temido que casarse se interpusiera en su trabajo. Pero con Gina todo parecía diferente, Gina sabría entender que a veces tendría que sacrificarse por su trabajo. No era del tipo de mujeres que exigían que un hombre estuviera a su disposición, ella tenía ambiciones personales que deseaba realizar.

Sonrió al recordar lo placentero que le había resultado sentarse en el salón con ella la noche anterior. Ella había leído y él había estudiado un caso de transplante de corazón.

Gina era una persona muy especial y él la amaba y como la amaba no sólo estaba dispuesto a trabajar un poco menos, sino que estaba deseando hacerlo. Deseando pasar el mayor tiempo posible con ella.

Sin embargo, ¿sentiría ella lo mismo por él? Nick se dijo que parecía que le gustaba estar con él, que le gustaba besarlo pero no había visto en ella nada que le hiciera pensar que sintiera algo más profundo por él.

Deseó recibir la información sobre la Universidad de Boston pronto para poder convencerla de que estudiara allí.

Después de tres horas recorriendo el mercadillo decidieron regresar a casa.

—¿Viste algo que te llamara la atención? —le preguntó Gina cuando se dirigían a la camioneta.

—No, creo que no tengo futuro como coleccionista de cosas.

—Bueno, por lo menos lo hemos intentado.

—¿Quieres que cenemos fuera? —le propuso Nick cuando salieron del aparcamiento.

—He dejado un poco de carne preparada y no tardaré en terminarla, prefiero que vayamos a casa —dijo ella, la verdad era que también prefería estar a solas con él.

—De acuerdo.

Media hora más tarde llegaron a casa. Había un coche aparcado delante de la puerta. Quizá alguien había acudido en busca de Gina, a Nick siempre le había resultado difícil de creer que ella no estuviera con nadie.

—Parece que tienes visita —dijo ella.

Nick la miró, pero ella sólo parecía curiosa. Como si el coche que había allí no tuviera nada que ver con ella.

—No conozco el coche —dijo él mientras paraba el motor.

—¿Y conoces todos los coches de la ciudad?

—Casi todos.

—Quizá sea alguien de Boston.

—Quizá —dijo él mientras miraba a su alrededor—. Pero si fuera así, ¿dónde están? Dejé la casa cerrada. Tú quédate aquí.

Salió de la camioneta y se dirigió a la casa.

Gina salió de la camioneta rápidamente y se unió a él. No iba a permitir que se enfrentara a un extraño él solo.

—No puede ser nadie malo —dijo ella intentando tranquilizarlo tanto a él como a sí misma—. Sino no habrían dejado el coche frente a la casa.

Nick frunció el ceño.

—Por lo menos quédate detrás de mí hasta que averigüemos qué está pasando.

Nick abrió la puerta y se asomó a la entrada. No había nadie allí. Miró a Gina y ella se encogió de hombros.

Nick le hizo un gesto a Gina para que permaneciera donde estaba y siguió avanzando.

Gina le observó acercarse al salón, no pensaba que hubiera nadie escondido en la casa, pero el coche de fuera y...

—Ya era hora de que alguien apareciera.

El sonido de aquella voz de mujer hizo que Gina se estremeciera, cerró los ojos y tomó aire. Intentó decirse a sí misma que todo aquello eran imaginaciones suyas, ella no podía estar en aquella casa, no le había dado la dirección. Pero de repente recordó que sí se la había dado al abogado.

—¿Gina? —Nick la llamó desde el salón, había estado tan absorta que ni siquiera le había visto entrar allí.

Gina se obligó a sí misma a ir al salón. Podía notar cómo su piel estaba pálida y le temblaban las piernas.

—Gina, cariño, ¿no vas a saludarme después de hacer un viaje tan largo para verte?

Miró a su madre que estaba tumbada en el sofá con una expresión de enferma desvalida que Gina conocía muy bien.

—¿Cómo has llegado hasta aquí? —le preguntó Gina.

Nick observó la reacción de Gina. No parecía contenta de ver a aquella mujer, de hecho parecía bastante disgustada por la visita pero, ¿por qué?

Miró a la mujer que estaba en el sofá, estaba claro que no representaba ningún peligro aunque Gina parecía asustada.

–Tuve que tomar un vuelo y fue muy desagradable. Después tuve que conducir desde el aeropuerto hasta aquí. Gracias a Dios no tendré que repetirlo.

–¿Por qué? –preguntó Gina–. ¿Alguien viene a recogerte?

La mujer se rió sin ganas.

–No seas tan bromista, cariño. Tú me llevarás de vuelta a casa, por supuesto. Fuiste una chica mala al no darme tu dirección, pero afortunadamente convencí al señor Mowbry para que me la diera.

–No voy a ir a ningún sitio contigo –dijo Gina sin atreverse a mirar a Nick, ella sabía lo que él estaría pensando de ella.

–Por supuesto que lo harás, yo te necesito –Helen sonrió a Nick–. Estoy muy enferma, ¿sabe usted? Necesito que me cuide. El señor Mowbry me dijo que lo estaba ayudando con la limpieza así que supongo que no le molestará que se vaya.

–No voy a ir a ningún sitio contigo –repitió Gina haciendo un gran esfuerzo por no ponerse a llorar. ¿Cómo podría explicarle esta supuesta insensibilidad a Nick?

–¿Cómo puedes ser tan egoísta? –su madre empezó a llorar–. Yo no viviré mucho tiempo y cuando muera puedes hacer lo que quieras. Oh... –dijo mientras se tocaba el pecho con una mano–. Me siento tan...

Nick apartó la mirada de Gina e intentando no pensar en las ganas que tenía de estrecharla entre sus brazos, decidió llegar al fondo de aquel asunto.

Gina era una de las personas más cariñosas que conocía, no podía creerse que fuera capaz de abandonar a alguien que realmente la necesitara. Averiguaría cómo aquella mujer había entrado en su casa más
adelante.

–¡Gina! –exclamó él para hacerla volver a la realidad, parecía petrificada–. Ve arriba y tráeme mi estetoscopio, está en el segundo cajón de mi escritorio. Pero antes de eso, ¿te importa presentarme a
esta mujer?

–Soy Helen Tessereck, la madre de Gina –se adelantó la mujer–. No me extraña que no haya notado
el parecido. La pobre Gina se parece a su padre. Él
era muy alto también, claro que en una mujer...

Helen hizo un gesto de dolor.

Gina se apresuró a buscar el estetoscopio aunque
no tenía ninguna intención de ir a ningún sitio con
su madre. Sin embargo, tampoco podía permanecer
con Nick, todo se había estropeado. Su amistad, la
unión que había entre los dos había desaparecido...

Estaba claro que Nick pensaría que ella era un
monstruo insensible y no querría que se quedara en
su casa. Sintió ganas de llorar pero logró controlarse.

Se detuvo delante del estudio y pensó que no le
importaba, todavía tenía sus estudios, un sueño por
hacer realidad. Siempre que su madre retirara el recurso. Suspiró, sus problemas parecían aumentar
por momentos.

Intentó no pensar en ello y bajó el estetoscopio y
se lo dio a Nick sin mirarlo. No podía ver el desprecio en sus ojos.

–¿Por qué tiene eso? –le preguntó Helen a Nick.

Él no le contestó y la agarró de la muñeca mientras miraba su reloj–. ¿Qué está haciendo?

–Estoy intentando entender por qué se encuentra tan débil, su pulso está muy bien para una mujer de su edad.

–¡Mi edad! –la madre de Gina hizo ademán de levantarse, pero debió recordar el papel que estaba representando y de inmediato se volvió a recostar.

–Gina, por favor, ayuda a tu madre a incorporarse, quiero oír su corazón.

–No voy a permitir que un hombre cualquiera...

–Madre, éste es el doctor Balfour, es cirujano y un gran especialista en corazón. Estudió en Harvard.

–No me importa quién diga que es, no pienso permitir que un extraño me toque.

Nick la miró detenidamente.

–Como desee, pero no puedo ignorar el hecho de que usted afirma que tiene problemas cardiacos ¿Cómo se llama su médico de cabecera?

–No tengo...

–Se trata del doctor Whitney –afirmó Gina–. Tengo su teléfono en mi agenda.

–Por favor, ve por él.

–No, me niego a permitir que lo llame –la madre de Gina parecía furiosa–. Él no puede hacer nada desde Illinois.

–Puede enviar su historial médico al hospital de aquí –afirmó Nick.

–¡No voy a ir a ningún hospital! Visitaré a mi médico cuando Gina me lleve a casa.

–No voy a ir a ningún sitio contigo –afirmó Gina una vez más, quizá si lo repetía varias veces su madre terminaría aceptándolo–. Ni ahora, ni nunca.

Después de decir aquello salió corriendo de la habitación y se dirigió a la cocina. Comenzó a llorar al pensar en lo que Nick estaría pensando de ella. No le importaba lo que pensara ni el abogado ni el reverendo, pero Nick... Se mordió el labio para controlar los sollozos, él no querría ni hablarla después de aquello. Además, aunque intentara contarle la verdad sobre su madre, no tenía pruebas, el comportamiento de su madre era tan mezquino que la verdad resultaba difícil de creer.

Quizá lo mejor era que hiciera las maletas y se fuera, así le ahorraría la molestia de echarla. Por lo menos había recuperado sus cheques de viaje y tenía suficiente dinero como para alquilar un coche y una habitación el tiempo que hiciera falta hasta recuperar su coche.

Dio un paso hacia su habitación, pero se detuvo al ver trozos de cristales en el suelo. Una de las ventanas de la cocina estaba rota. En ese momento Gina entendió cómo su madre había entrado en la casa, era típico en ella, destruir todo lo que se interpusiera en su camino.

Gina decidió recoger los cristales antes de irse.

–¿Qué estás haciendo? –dijo Nick desde la puerta. Gina se sobresaltó.

–Recogiendo esto. Te pagaré el cristal.

–Olvídalo, buscaré algo para taparlo más tarde. Me resulta difícil de creer que esa mujer sea tu madre.

–Todo el mundo dice lo mismo –afirmó ella–. ¿Hay taxis en Vinton? –le preguntó ella. No quería que él tuviera que llevarla hasta la ciudad.

–No necesita un taxi, tiene un coche.

–No voy a irme con ella –dijo Gina, tenía la sensación de que si entraba en aquel coche con ella nunca podría escapar.

Nick frunció el ceño.

–¿Y por qué habrías de hacerlo? No creerás que realmente está enferma, no?

–¿Qué quieres decir?

–Quiero decir que es evidente que tu madre es una manipuladora y usa su supuesta enfermedad para controlar a la gente que tiene a su alrededor, que en este caso eres tú. ¿Estabas huyendo de ella, no es así? –Nick de repente se dio cuenta de que no había ningún otro hombre en la vida de Gina.

–Sí –dijo Gina con un suspiro–. Lo descubrí hace unas semanas. Su médico me llamó y me dijo que estaba sana y me acusó de no dejarla hacer nada.

Nick sucumbió a sus deseos y la estrechó entre sus brazos. Quería calmarla, borrar aquella expresión de dolor de su cara.

–¿Así que decidiste hacer las maletas e irte?

Gina sollozó.

–No llegué muy lejos.

–Llegaste donde tenías que llegar –le dijo Nick mientras apoyaba su cara sobre la cabeza de ella.

–¿Qué está haciendo ella?

–Se ha ido. Le dije que se marchaba o llamaba a una ambulancia para que la llevara al hospital.

Gina alzó la mirada y lo miró.

–¿Y se ha marchado?

–Y no creo que vuelva, le dije que si lo hacía llamaría a su médico y le contaría cómo se había comportado aquí.

Gina se quedó estupefacta. Nick se había dado

cuenta de que su madre era una farsante, se había dado cuenta en cuanto la había visto.

—Así que el problema con tu madre ya está resuelto.

—Parte de él. Mi madre ha interpuesto un recurso en el testamento de mi padre. Si no la convenzo para que lo retire antes de enero, no podré empezar los estudios.

Nick la miró y sintió un inmenso amor hacia ella. Durante unos segundos pensó en pedirle que se casara con él como un acuerdo, él pagaría sus estudios y ella... Tomó aire. Tenía muchas ganas de hacer el amor con ella, pero no quería hacerlo si ella no sentía lo mismo.

Y la única forma que tenía de averiguar lo que ella sentía era contándole la verdad. Toda la verdad.

Nick tomó aire e intentó sacar fuerzas de flaqueza. Tenía miedo de que ella lo rechazara. Pero tenía que saberlo.

—Cásate conmigo y termina tus estudios en Boston —se apresuró a decir él.

Gina se puso tensa. Era como si pensara que le había oído mal. No la culpaba por ello. Había sido bastante torpe.

—¿Que me case contigo? —repitió ella incrédula—. Pero, ¿por qué?

—Porque te amo con todo mi ser —lo dijo y después tomó aire. Tenía miedo de su reacción, tenía miedo de que lo rechazara, si lo hacía... No sabía si podría vivir con ello. Podría vivir sin la cirugía si Gina estaba cerca de él, pero no podía vivir sin ella.

Nick se mordió el labio con fuerza y de repente se dio cuenta de que ella estaba llorando. Cerró los

ojos, lo que tanto había temido se había hecho realidad.

–No llores –murmuró él para consolarla–. No importa.

–No estoy... Yo no... ¿No me lo estarás proponiendo porque te doy pena, no? –logró decir ella finalmente.

–¡Por supuesto que no! Hay muchas maneras de
ayudar a la gente sin tener que casarte con ellas. Si
fuera sólo por eso te prestaría el dinero para que me
lo devolvieras cuando recuperaras tu parte de la herencia. Quiero casarme contigo porque te amo.
Quiero pasarme cada noche de mi vida haciendo el
amor contigo. Quiero volver del trabajo y encon-
trarte en casa, quiero poder contarte cómo me ha ido
el día y que tú me lo cuentes a mí. Quiero que tengamos niños.

Todo el cuerpo de Gina se llenó de felicidad.
Nick realmente la amaba.

–Oh, Nick, te amo con toda mi alma.

Se besaron con todo el deseo atrasado y sintieron
que estaban hechos el uno para el otro. Gina había
encontrado la razón de su existencia. Aquella razón
se llamaba Nick.

EPÍLOGO

¡**P**API, papi, papi! –la aguda voz de Edward se llenó de emoción al ver cómo se abría la puerta de la entrada. Gateó hasta allí.

Su hermano se apresuró a acercarse a la puerta, estaba deseando contarle algo a su padre.

–Papá, la profesora dice que tengo que hacer de rey mago en la obra del colegio, pero no tiene camellos para hacerlo y yo no quiero –le dijo Max.

Nick dejó su maletín en el suelo, tomó a su hijo menor en brazos y abrazó a Max.

–Lo siento, compañero, pero si eres lo suficientemente mayor como para ir a la guardería tienes que cumplir tus responsabilidades y una de ellas es hacer de rey en la obra. Con camello o sin camello.

Nick miró hacia delante en busca de Gina. Su cuerpo entero se tensaba cada vez que la veía de pie, en la entrada a la cocina. La miró de arriba abajo y se detuvo a la altura de su pequeña barriga. De repente sintió cómo el deseo hacía su aparición.

–Buenas tardes, mujercita mía –Nick sentía una gran satisfacción al decir aquella palabras. Una satisfacción que no había desaparecido tras diez años de matrimonio–. ¿Qué tal estáis tú y nuestra hijita?

Gina sonrió y se acarició el vientre.

–Se está comportando por una vez. Hoy ha sido

un día tranquilo en el colegio y después los niños y yo hemos ido al cuentacuentos que había en la biblioteca.

—¡Fue genial, papá! —exclamó Max entusiasmado—. La mujer que contaba el cuento trajo un pájaro con garras y un poco torcido.

—Un búho —le dijo Gina.

—¡Yo! —gritó Edward de repente y después le dio un beso muy húmedo a su padre. Luego trató de meterle un dedo en el ojo.

—No —le dijo Nick apartándose—. No se opera con los dedos, Edward.

Nick dejó a Edward en el suelo y se dirigió a su mujer para darle un abrazo. Ella se apoyó contra el pecho de él.

—Papá, no quiero hacer de rey, en serio —insistió Max.

—Y yo lo que quiero es estar a solas contigo —le susurró Nick a Gina.

Gina sintió un pequeño escalofrío y le dio un beso en el cuello.

—Más tarde —le dijo ella—. ¿Qué tal tu día?

—Muy atareado y cuando me iba entró una urgencia que tuve que atender. Por eso llego tan tarde. Fueron cuatro horas de operación, pero creo que la paciente sobrevivirá.

Gina lo miró orgullosa.

—Por supuesto que sí, la ha atendido el mejor cirujano de Massachusetts.

Gina sintió un gran placer al ver la sonrisa de Nick. A veces se sentía tan feliz que le daba miedo. Tenía todo lo que siempre había soñado e incluso cosas con las que no se había atrevido a soñar. Tenía un esposo encantador que la quería con locura, dos hijos preciosos, y una hija en camino. Además había encontrado un trabajo de media jornada como profesora de lectura de la escuela local. Incluso su madre había accedido a ver a un psiquiatra. Gina se dijo a sí misma que su vida era perfecta, y en aquel momento Nick la besó, y ella dejó de decirse nada.

JAZMÍN

SHIRLEY JUMP
RIVALES

Claire Richards quería ganar aquel concurso porque la enorme casa sobre ruedas que obtendría como premio era la garantía para salir de Mercy, Indiana. Pero primero tendría que derrotar a los otros participantes, entre los que estaba Mark Dole, su guapísimo enemigo de la infancia. ¿Sería capaz de vivir en tan reducido espacio junto a aquel irresistible *playboy*?

CARLA CASSIDY
EL MATRIMONIO MÁS ADECUADO

Era el plan perfecto. Melanie Watters deseaba tener un hijo con todas sus fuerzas, así que decidió pedirle al soltero más empedernido de la ciudad, que casualmente era su mejor amigo, que se casara con ella. A cambio de dejarla embarazada, Bailey Jenkins conseguiría escapar de las insinuaciones de las participantes del concurso de belleza del que era juez. Y luego solo tendrían que divorciarse… o no.

N.º 581

JUDITH McWILLIAMS
UNA VIDA NUEVA

En cuanto el doctor Nick Balfour la vio, quiso rescatar a aquella hermosa e inocente mujer y mantenerla a salvo. Gina Tesserek se encontraba en apuros económicos, por lo que aceptó la oferta de Nick para ser su asistenta temporal. En poco tiempo, Nick se dio cuenta de que su acuerdo solo había sido una excusa para estar cerca de ella… y ahora no había vuelta atrás.

JULIA™

KIMBERLY LANG
A FAVOR DEL VIENTO

Ally Smith había roto con su novio por egoísta e infiel, pero no estaba dispuesta a desperdiciar la luna de miel en el Caribe que había pagado por adelantado.

Mientras intentaba salvar sus vacaciones, conoció al apuesto y seductor Chris Wells y se arrojó de cabeza a una tórrida aventura veraniega sin sospechar que aquel magnate de los barcos la había dejado embarazada.

JILL SORENSON
EMOCIONES TURBULENTAS

N.º 476

Una reserva de fauna exótica era un sueño hecho realidad para la bióloga Daniela Flores, hasta que descubrió que su exmarido era el jefe del equipo de investigación.

Sean Carmichael había ido a las remotas Islas Farallón a estudiar tiburones asesinos, pero un verdadero asesino andaba suelto amenazando a la mujer a la que nunca había dejado de querer. Y ahora sabía que debía protegerla.

JUSTINE DAVIS
LA MEJOR VENGANZA

Había algo en los intensos ojos azules de St. John que a Jessa Hill le recordaba a su amigo de la infancia. Pero Adam Alden había muerto veinte años atrás…

¿Podrían ser St. John y Adam la misma persona? ¿Y si lo eran, se marcharía, llevándose su corazón por segunda vez?

¡YA EN TU PUNTO DE VENTA!

Brenda Novak

En tus brazos

Cuando Lucky Caldwell tenía
diez años, su madre, Red, la
prostituta más famosa de Dun-
dee, Idaho, se había casado con
Morris Caldwell, un hombre
rico y mucho mayor que ella.
Por supuesto, el matrimonio no
había durado, pero la amabilidad de Morris había sido muy
importante para Lucky.

Mike Hill, nieto de Morris, no
sentía demasiada simpatía hacia Red ni hacia su hija; habían
separado a su abuelo de su familia, e incluso este le había
dejado en herencia a Lucky
una mansión victoriana a la
que ella no había hecho ningún caso durante años…

Buscando su lugar

Hacía diez años que Hope Tanner había escapado de su co-
munidad, y lo había hecho sola y embarazada. Después había
dejado la adopción de su bebé en manos de Lydia Kane, la fun-
dadora de una clínica de Nuevo México.

Ahora tenía que regresar a su ciudad para ayudar a su hermana
a escapar y ¿qué mejor sitio para acudir con una embarazada en
busca de ayuda que la clínica? Allí, su hermana Faith podría dar
a luz en paz y ella podría volver a ver a los viejos amigos, como
Lydia… o como el irresistible Parker Reynolds.

Pero Parker, padre viudo y administrador del centro, no parecía
alegrarse de volver a ver a Hope…

JULIET LANDON
La princesa esclava

Para el exoficial de caballería Quinto Tiberio Marcial el deber siempre era lo primero. Su próximo cometido, escoltar a una cautiva del emperador romano, debía ser fácil. Pero una sola mirada a la feroz esclava bastó para que Quinto deseara anteponer sus deseos a todo lo demás. Poderoso y curtido en la batalla, el romano hizo entrar en conflicto los sentimientos y la razón de la princesa esclava, que presa de emociones recién descubiertas, no tardó en preguntarse si quería salir de aquel peligroso viaje a Aquae Sulis con su virtud intacta…

MARGO MAGUIRE
La dama sajona

No. 84

El barón Mathieu Fitz Autier esperaba encontrar alguna resistencia al reclamar la tierra sajona que había ganado en la batalla. Pero nunca habría imaginado que la antigua señora de la mansión tuviera el valor para enfrentarse a él… lanzándole una flecha. Lady Aelia vio cómo se venía abajo cuando los normandos se hicieron con el control de su querido hogar. Pero lo más grave fue que se sintió irremisiblemente atraída por Fitz Autier, su peor enemigo. Y cuando la pasión surgió entre ambos supo que no podía abandonarse a ella porque él debía entregarla a un rey normando…

¡YA EN TU PUNTO DE VENTA!

DESEO

KATE HARDY
PASIÓN EN ROMA

Rico Rossi era un rico propietario de una cadena de hoteles. Cuando Ella Chandler, una preciosa turista inglesa, lo confundió con un guía turístico, no pudo resistirse a la tentación de seguir de incógnito y de enseñarle todas las maravillas de Roma. Entre ellos surgió un intenso deseo, pero Ella descubrió que Rico le había mentido... y ahora él tenía que demostrarle que la quería de verdad.

KIRA SINCLAIR
SECRETOS EN LAS VEGAS

Dominic Mercado cultivaba su falsa imagen de rico mujeriego desaprensivo adrede, le servía de tapadera para ayudar a mujeres en situaciones desesperadas sin que nadie se enterase. Pero el artículo que Meredith Forrester estaba a punto de escribir le delataría. Hacía años que Meredith, amiga íntima de su hermana, le gustaba. Pero ahora, ¿iba Dominic a atreverse a revelar la verdad a Meredith y arriesgarlo todo?

N.º 555

JENNIFER LEWIS
APOSTAR POR LA SEDUCCIÓN

Constance Allen era seria, formal e inocente. La intachable auditora debía asegurarse de que las finanzas del casino New Dawn estuvieran fuera de toda sospecha y, de paso, conseguir un ascenso. Hasta que John Fairweather, el millonario propietario del casino, la sedujo. Aquel conflicto de intereses hacía peligrar su trabajo, pero Constance era incapaz de controlarse.

DESEO

BARBARA DUNLOP

DESEOS A MEDIANOCHE

Nathaniel Stone, piloto de avionetas y ejecutivo de telecomunicaciones de Alaska, no estaba preparado para confiar en la impresionante desconocida que decía ser la hija biológica de su jefe. ¿De verdad la habrían cambiado al nacer? ¿O Sophie Crush estaba ejecutando una estafa brillante para introducirse en aquella adinerada familia? Nathaniel se acercó a ella para descubrirlo… Se acercó demasiado. Porque cuando bajó la guardia y se rindió a la pasión, las revelaciones amenazaron con destapar su propio engaño… y un secreto familiar sobrecogedor.

N.º 556

ESPOSO SOLO DE NOMBRE

Lo último que la ambiciosa arquitecta Adeline Cambridge deseaba en aquellos momentos era convertirse en una mujer casada. Sin embargo, tras una noche de pasión con el apuesto congresista Joe Breckenridge en la que se quedó embarazada inesperadamente, su familia insistió en que se unieran en matrimonio. Con los posibles escándalos que los amenazaban, un acuerdo secreto con Joe era la mejor salida para ambos. ¿Terminaría en lágrimas aquella unión entre dos poderosas familias o habría encontrado Adeline un apasionado compañero de vida?

BIANCA.™

LYNN RAYE HARRIS

EXTRAÑOS EN LAS DUNAS

Todos creían que Isabella, la esposa del jeque Adan, había muerto.
Pero reapareció cuando él estaba a punto de contraer matrimonio
con otra mujer y de convertirse en rey de su país.

Isabella tendría que ser su reina y compartir su trono del desierto
y su cama real. Pero ya no era la joven
pura y consciente de sus deberes de
antaño, sino una mujer desafiante y
seductora que excitaba a Adan; una
mujer que no recordaba haber sido su
esposa.

CAUTIVA Y PROHIBIDA

La noticia de que Veronica St. Germai-
ne, la popular y frívola diva del mundo
del corazón, se había regenerado y estaba dispuesta a convertirse en sobe-
rana de un principado del Mediterráneo
había revolucionado a todos los medios
de comunicación.

N.º 491

El cargo exigía que el guardaespaldas Rajesh Vala la protegie-
se a toda costa. Pero Veronica no había sido nunca muy amiga
de aceptar órdenes de nadie.

Él había decidido llevarla a su casa de la playa para que estuviera más segura, pero ella se sentía prisionera allí. Ambos
habían comprendido desde el primer momento que la atracción
mutua que había surgido entre ellos podría ser un problema…

BIANCA™

No todo lo que reluce... es oro

BELLEZA MANCILLADA

SHARON KENDRICK

N.º 3139

Ciro D'Angelo era un despiadado hombre de negocios que reconocía una oportunidad en cuanto la veía, y Lily Scott, con su dulce vulnerabilidad y antiguos valores, era la esposa que necesitaba. Todo lo contrario a las cazafortunas que lo habían perseguido durante toda su vida.

Pero, en su noche de bodas, Ciro se dio cuenta de que Lily no era tan pura como él había esperado, y se preguntó si no sería tan interesada como las demás. Al parecer, su matrimonio había terminado antes de empezar, pero Lily ya era la señora D'Angelo y no había marcha atrás.